探偵《たんてい》チームKZ《カッズ》事件《じけん》ノート

# アイドル王子《おうじ》は知《し》っている

藤本《ふじもと》ひとみ／原作《げんさく》
住滝《すみたき》良《りょう》／文《ぶん》　駒形《こまがた》／絵《え》

講談社 青い鳥文庫

もくじ

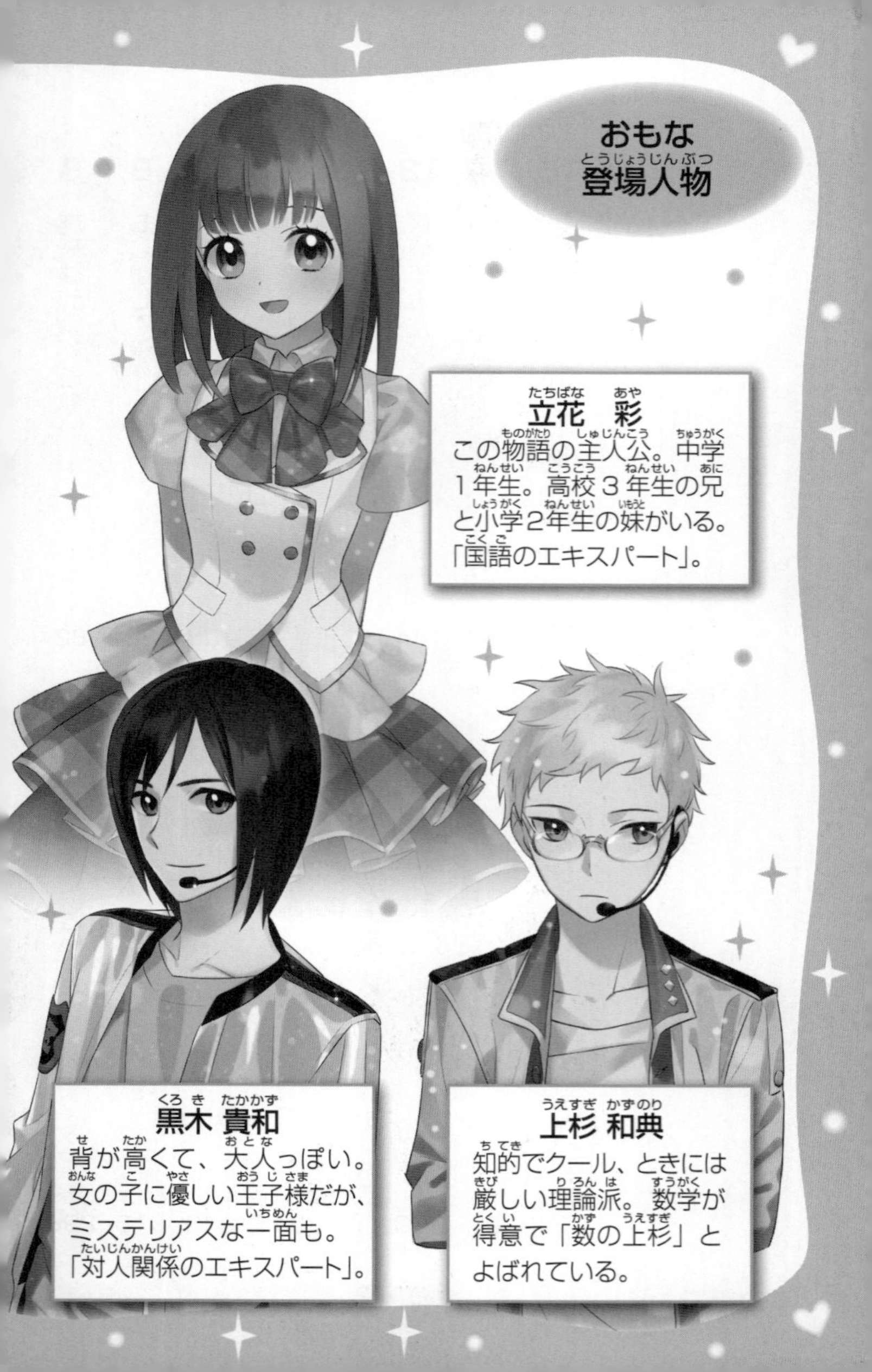

## おもな登場人物《とうじょうじんぶつ》

**立花《たちばな》 彩《あや》**

この物語《ものがたり》の主人公《しゅじんこう》。中学《ちゅうがく》1年生《ねんせい》。高校《こうこう》3年生《ねんせい》の兄《あに》と小学《しょうがく》2年生《ねんせい》の妹《いもうと》がいる。「国語《こくご》のエキスパート」。

**黒木《くろき》 貴和《たかかず》**

背《せ》が高《たか》くて、大人《おとな》っぽい。女《おんな》の子《こ》に優《やさ》しい王子様《おうじさま》だが、ミステリアスな一面《いちめん》も。「対人関係《たいじんかんけい》のエキスパート」。

**上杉《うえすぎ》 和典《かずのり》**

知的《ちてき》でクール、ときには厳《きび》しい理論派《りろんは》。数学《すうがく》が得意《とくい》で「数《かず》の上杉《うえすぎ》」とよばれている。

**小塚《こづか》 和彦《かずひこ》**

おっとりした感《かん》じで優《やさ》しい。社会《しゃかい》と理科《りか》が得意《とくい》で「シャリ（社理《しゃり》）の小塚《こづか》」とよばれている。

**若武《わかたけ》 和臣《かずおみ》**

サッカーチームKZ《カッズ》のエースストライカーであり、探偵《たんてい》チームKZ《カッズ》のリーダー。目立《めだ》つのが大好《だいす》き。

**七鬼《ななき》 忍《しのぶ》**

彩《あや》の中学《ちゅうがく》の同級生《どうきゅうせい》。妖怪《ようかい》の血《ち》をひく一族《いちぞく》の末裔《まつえい》。IT《アイティ》の天才《てんさい》で、人工知能《じんこうちのう》の開発《かいはつ》を手《て》がける。

**美門《みかど》 翼《たすく》**

彩《あや》のクラスにやってきた美貌《びぼう》の転校生《てんこうせい》。鋭《するど》い嗅覚《きゅうかく》の持《も》ち主《ぬし》で、KZ《カッズ》のメンバーに加《くわ》わった。

# 1　完璧王子《かんぺきおうじ》クールボーイ

それは、1日《いちにち》の授業《じゅぎょう》が終《お》わった後《あと》、帰《かえ》りのホームルームでのことだった。

「じゃ、今日《きょう》はこれで終《お》わりね。気《き》を付《つ》けて帰《かえ》りましょう。知《し》らない人《ひと》に声《こえ》をかけられても、絶《ぜっ》対《たい》についていかないように。声《こえ》をかけてきたのが、もし、」

そう言《い》いながら薫先生《かおるせんせい》は悪戯《いたずら》っぽい表情《ひょうじょう》になり、教室内《きょうしつない》を見回《みまわ》した。

「男子《だんし》も女子《じょし》も大好《だいす》きな、クールボーイみたいにカッコいいイケメンだったとしてもね。」

瞬間《しゅんかん》、男子《だんし》の、

「おーっ！」

という声《こえ》と、女子《じょし》の、

「きゃあっ！」

という声《こえ》がいっせいに上《あ》がって、教室内《きょうしつない》は騒然《そうぜん》っ！

「昨日《きのう》、テレビ出《で》てたよな。」

「すっげぇ、カッケぇ！」

「ダンス、超《ちょう》いい。」

「バックダンサーまで、レベル高《たか》すぎ！」

「バックも、今《いま》やもうアイドルだよね。」

「私《わたし》、ＫＡＩＴＯ《カイト》が好《す》き！」

「私《わたし》も、たまんない♡」

「全員《ぜんいん》いいけど、やっぱＫＡＩＴＯ《カイト》王子《おうじ》が断《だん》トツだよね。」

クールボーイというのは、16歳《さい》から18歳《さい》までの高校生男子《こうこうせいだんし》４人《にん》のダンスユニット。

1年前《ねんまえ》、メジャーデビューしたとたんにオリコンや各《かく》チャートで10週以上《しゅういじょう》も連続《れんぞく》1位《い》を記録《きろく》してブレイク、一気《いっき》にトップアイドルに上《のぼ》りつめたとか。

うちの学校《がっこう》は、中等部《ちゅうとうぶ》はそうでもないけど高等部《こうとうぶ》になるとかなり偏差値《へんさち》高《たか》いから、いい大学《だいがく》を目指《めざ》して中等部《ちゅうとうぶ》から入《はい》ってくる子《こ》も、結構《けっこう》いる。

そういう子《こ》たちは、成績重視《せいせきじゅうし》だから、アイドルや芸能人《げいのうじん》には見向《みむ》きもしないんだ。

でもクールボーイだけは例外《れいがい》、誰《だれ》もが夢中《むちゅう》になっている。

なぜってクールボーイは全員《ぜんいん》、すごく偏差値《へんさち》の高《たか》い名門私立高校《めいもんしりつこうこう》に在学中《ざいがくちゅう》の男子高校生《だんしこうこうせい》ばかりだから。

芸能活動《げいのうかつどう》をしながら好成績《こうせいせき》をキープできるクールボーイ、しかもカッコよくてダンスセンスも抜群《ばつぐん》。

つまり4人《にん》とも、完璧王子《かんぺきおうじ》なんだ。で、人気《にんき》は上《あ》がる一方《いっぽう》。

メンバーの名前《なまえ》の下《した》に、《王子《おうじ》》ってつける女子《じょし》も多《おお》いみたい。

「薫先生《かおるせんせい》も、もしかしてファンなんですか？」

「ねぇねぇ誰《だれ》が好《す》きなんですか？」

聞《き》かれて薫先生《かおるせんせい》は、ニンマリした。

「もちろんKAITO《カイト》王子《おうじ》。」

皆《みな》がどっと歓声《かんせい》を上《あ》げ、それからはもう収拾《しゅうしゅう》がつかないほどの大騒《おおさわ》ぎ。

「じゃあ皆《みな》さん、さようなら。気《き》を付《つ》けてね。」

薫先生《かおるせんせい》が押《お》し付《つ》けるように言《い》って教室《きょうしつ》を出《で》ていってからも、騒《さわ》ぎはまったく収《おさ》まる気配《けはい》がなかった。

男子《だんし》も女子《じょし》も、帰《かえ》るのも忘《わす》れてクールボーイの話《はなし》に熱中《ねっちゅう》。

私《わたし》は、そっと立《た》ち上《あ》がり、目立《めだ》たないように教室《きょうしつ》を出《で》た。

実《じつ》は私《わたし》、クールボーイを見《み》たことがない。

学校《がっこう》から帰《かえ》ると、すぐ塾《じゅく》だし、予習復習《よしゅうふくしゅう》もあるからテレビを見《み》ている時間《じかん》がないんだ。

もちろんネットや雑誌《ざっし》とかも、見《み》てないし。

クラスの中《なか》には、私《わたし》みたいな毎日《まいにち》を送《おく》ってる子《こ》もいるはずだけど、きっと皆《みな》、余裕《よゆう》があるんだろうな。

私《わたし》は、余裕《よゆう》なんて、まるでナシ。

自分《じぶん》のこと、あんまり頭《あたま》よくないかもしれないって思《おも》う時《とき》もあるから・・・、もう必死《ひっし》になって勉強《べんきょう》しないと安心《あんしん》できないし、自信《じしん》が持《も》てないんだ。

それでクールボーイの話《はなし》には、ちっとも交《ま》じれなかった。

1人《ひとり》でシラッとして教室内《きょうしつない》にいても、雰囲気壊《ふんいきこわ》すし、夢中《むちゅう》で話《はな》してる皆《みんな》に向《む》かって、それってどういうグループか教《おし》えて、なんて初歩的《しょほてき》な質問《しつもん》をぶつけても話《はなし》に水《みず》を差《さ》すし、帰《かえ》るのが1番《いちばん》だろうと判断《はんだん》した。

秀明《しゅうめい》にも行《い》かなくちゃならないし、ね。

「待《ま》ってよ、」

後《うし》ろから声《こえ》がして、振《ふ》り返《かえ》ると、翼《たすく》が教室《きょうしつ》から出《で》てくるところだった。

「俺《おれ》も帰《かえ》る。一緒《いっしょ》に行《い》こ。」

びっくりした。

だって翼《たすく》は、幼稚園《ようちえん》の時《とき》からヒップホップのダンスを習《なら》ってて、全国大会《ぜんこくたいかい》で優勝《ゆうしょう》したことがあるって聞《き》いていたんだもの。

確《たし》か「ハート虫《むし》は知《し》っている」で、だよ。

そういう過去《かこ》があるなら、ダンスユニットのクールボーイには興味《きょうみ》を持《も》ってて当然《とうぜん》なのに、なんでさっさと帰《かえ》るんだろ。

疑問《ぎもん》に思《おも》いながら、同時《どうじ》に、私《わたし》は、すごくあせってしまった。

なぜって・・・こうして翼《たすく》と親《した》しく話《はな》していると、付《つ》き合《あ》っているっていう噂《うわさ》が学校《がっこう》で広《ひろ》まるんじゃないかと思《おも》って。

「妖怪《ようかい》パソコンは知《し》っている」の中《なか》で、翼《たすく》はクラスメートの兵藤君《ひょうどうくん》に、私《わたし》のことを彼女《かのじょ》だって紹介《しょうかい》した。

その時《とき》は、それがKZ《カッズ》の調査《ちょうさ》のために必要《ひつよう》だったから、しかたがなかったんだけど、それ・・・そのままになっているんだ。

そのことについて翼《たすく》は、これっぽっちも気《き》にしていない。

そのままで別《べつ》に構《かま》わないとか言《い》っていて、全然《ぜんぜん》大《たい》したことじゃないって感《かん》じで、問題《もんだい》にもしていないみたいだった。

翼《たすく》がそういう態度《たいど》でいるのに、私《わたし》だけが気《き》にしているのも、何《なに》か意識《いしき》しすぎてるみたいで恥《は》ずかしかったから、何《なに》もできなかったんだ。

でも私《わたし》、内心《ないしん》、兵藤君《ひょうどうくん》が誰《だれ》かに話《はな》して、クラスで噂《うわさ》が広《ひろ》まるんじゃないかとヒヤヒヤしていた。

だって翼《たすく》は、普通《ふつう》の子《こ》じゃない、学校《がっこう》のアイドルなんだもの。

すごく整《ととの》ったきれいな顔《かお》をしているし、スタイルもいい、それに驚異《きょうい》の運動神経《うんどうしんけい》の持《も》ち主《ぬし》でバスケ部《ぶ》のエース、成績《せいせき》も学年《がくねん》でいつも3番以内《ばんいない》、そして性格《せいかく》がいい。

クラス内《ない》では、一時的《いちじてき》に誤解《ごかい》されたこともあったけれど、でも今《いま》では皆《みんな》が、翼《たすく》を好《す》きなんだ。

特《とく》に女子《じょし》は、目《め》がハート。

その翼《たすく》が、特定《とくてい》の誰《だれ》かと付《つ》き合《あ》っているなんて話《はなし》は、恐《おそ》ろしすぎる。

全女子《ぜんじょし》が、凍《こお》るよ、きっと。

しかも私《わたし》、付《つ》き合《あ》ってないし。

すべてはKZ《カッズ》の調査《ちょうさ》のためだったんだからね。

幸《さいわ》いなことに、今《いま》のところは、噂《うわさ》になっていない。

たぶん兵藤君《ひょうどうくん》が、しゃべってないんだ。

でも、その口《くち》がふっと緩《ゆる》んだりすれば、いつ噂《うわさ》になってもおかしくないから、その時《とき》に、

「ああやっぱりね。そうじゃないかって思《おも》ってたんだ。だって、よく2人《ふたり》でいるじゃん。決《き》まりだね。」

って言《い》われて誤解《ごかい》が定着《ていちゃく》しないように、学校《がっこう》では絶対《ぜったい》、翼《たすく》に近寄《ちかよ》らないようにしてきたんだ。

それが、こんなにはっきり呼《よ》び止《と》められたら、どんな努力《どりょく》も水《みず》の泡《あわ》っ！

「あのさぁ、」

そう言《い》いかけた翼《たすく》を、私《わたし》は思《おも》わずにらんでしまった。

私《わたし》の気持《きも》ちもわかってよ、って言《い》いたかったんだけれど、とにかく早《はや》く離《はな》れてほしくて、短《みじか》い言葉《ことば》しか思《おも》いつかなかった。

「何《なに》？」

翼《たすく》は、とても鋭《するど》いから、すぐ私《わたし》の雰囲気《ふんいき》を察知《さっち》したらしい。

しばらく黙《だま》ったまま突《つ》っ立《た》っていて、やがて言《い》った。

「何《なん》でもない、ごめん。」

私《わたし》の脇《わき》をすり抜《ぬ》けて、昇降口《しょうこうぐち》の方《ほう》に歩《ある》いていく。

その後《うし》ろ姿《すがた》を見《み》ていて、私《わたし》はすごく悪《わる》いことをしたような気持《きも》ちになった。

自分《じぶん》が嫌《いや》な子《こ》に思《おも》えてきて、いたたまれない。

私《わたし》たちは友《とも》だちなのに、私《わたし》は自分《じぶん》の立場《たちば》ばっかり考《かんが》えていて、何《なに》か話《はな》そうとしていた翼《たすく》を黙《だま》らせてしまったんだ。

大事《だいじ》な話《はなし》だったのかもしれないのに、頭《あたま》からシャットアウトするみたいに、にらんだりして・・・。

そんな自分《じぶん》が情《なさ》けなくて、哀《かな》しくなってきた。

このままじゃ、いけない。

そう思《おも》って、急《いそ》いで翼《たすく》の後《あと》を追《お》いかけた。

誰《だれ》かが見《み》たら、私《わたし》が翼《たすく》を追《お》いかけていたって噂《うわさ》になるだろうと思《おも》ったし、家《いえ》に帰《かえ》ってから電話《でんわ》で謝《あやま》って話《はなし》を聞《き》けばいいとも思《おも》ったんだけれど、早《はや》く謝《あやま》りたかった。

この際《さい》、もう誰《だれ》がなんて言《い》ってもいい、嫌《いや》な自分《じぶん》と手《て》を切《き》ろう。

「待《ま》って。」

昇降口《しょうこうぐち》の近《ちか》くで翼《たすく》に追《お》いつき、その背中《せなか》に声《こえ》をかける。

「ごめん、ごめんね。何《なに》か話《はなし》があったの？」

翼《たすく》は、大《おお》きな息《いき》をつきながらこちらを振《ふ》り返《かえ》った。

「よかった。」

え？

「さっき、すげぇ不機嫌《ふきげん》だったでしょ。」

そう言《い》いながら凜《りん》とした光《ひかり》を浮《う》かべた2つの目《め》に、からかうような笑《え》みを含《ふく》む。

「いつものアーヤと違《ちが》ってたから、心配《しんぱい》だったんだ。体調《たいちょう》でも悪《わる》いのかなとか、俺《おれ》が何《なに》かしちまったのかなとか、どうすればいつものアーヤに戻《もど》ってくれるのかなとか、いろいろ考《かんが》えて。」

ちょっと悪戯《いたずら》っぽい感《かん》じのするその顔《かお》は、胸《むね》が痛《いた》くなるほどきれいだった。

ほんの少《すこ》しも怒《おこ》っていない。

ああ翼《たすく》は、ほんとにいい子《こ》なんだな。

そう思《おも》いながら私《わたし》は、ますます自分《じぶん》が恥《は》ずかしかった。

「不機嫌《ふきげん》の原因《げんいん》は、何《なに》？」

え・・・なんて言《い》えばいいんだろう。

こうやって追《お》いかけてきてしまっているのに、今《いま》さら離《はな》れてほしかったなんて、変《へん》だよね。

「えっと、特《とく》にない。ただ気分《きぶん》。」

そう言《い》うしかなかった。

「それより、話《はなし》があったんでしょ。」

翼《たすく》は、私《わたし》がごまかしているのに気《き》づいたみたいだった。

その目《め》をキラッと光《ひか》らせ、突《つ》っこむようにこちらを見《み》る。

私《わたし》は、視線《しせん》を逸《そ》らすよりなかった。

そのまま凍《こお》りついたように体《からだ》を強張《こわば》らせていると、やがて翼《たすく》の声《こえ》が聞《き》こえた。

「さっき小塚《こづか》から、スマホにメールあったんだ。アーヤには俺《おれ》が伝《つた》えとくって返信《へんしん》したからさ。今日《きょう》、KZ《カッズ》会議《かいぎ》開《ひら》くって。」

凍《こお》りついていた私《わたし》は、一気《いっき》に解凍《かいとう》、テンションMAX《マックス》っ！

ハロウィンのパーティ以来《いらい》、ずっと集合《しゅうごう》がかからなくて、すっごく久《ひさ》しぶりだったから本当《ほんとう》にうれしかった。

「休憩時間《きゅうけいじかん》に、カフェテリアに集合《しゅうごう》だって。」

とても満足《まんぞく》した気分《きぶん》で、コクコクと何度《なんど》も頷《うなず》く。

翼《たすく》が、クスッと笑《わら》った。

「アーヤ、いい顔《かお》するね。俺《おれ》、ちょっとまいっちゃいそう。」

澄《す》んだ瞳《ひとみ》にまっすぐに見《み》つめられて、私《わたし》はドギマギした。

何《なん》て返事《へんじ》をしていいのかわからなくて、言葉《ことば》が途切《とぎ》れ、沈黙《ちんもく》が広《ひろ》がる。

まるで翼《たすく》と2人《ふたり》で、ピンクの雲《くも》に包《つつ》みこまれているみたいだった。

うわぁ、こういう雰囲気《ふんいき》って、すごく苦手《にがて》。

何《なん》とかそれを解消《かいしょう》しようとして、私《わたし》は、とにかく何《なに》か言《い》わなければならないという気持《きも》ちになった。

「若武《わかたけ》、新《あたら》しい事件《じけん》でも見《み》つけたのかな。」

ようやくのことでそう言《い》うと、翼《たすく》は溜《た》め息《いき》をついた。

「そうじゃないみたいだよ。」

え？

「各自《かくじ》が、エキスパートとしての話題《わだい》を用意《ようい》してきて発表《はっぴょう》する会《かい》だ、って言《い》ってたから。」

はぁ・・・。

「事件《じけん》がないからって集合《しゅうごう》をかけずにメンバーを放《ほう》っておくのは、リーダーとしてまずいと思《おも》ったんだろ。顔《かお》を合《あ》わせて、各自《かくじ》の専門分野《せんもんぶんや》について話《はなし》をさせ、意見交換《いけんこうかん》して結束《けっそく》を固《かた》めとこうって考《かんが》えてるんじゃないかな。」

私《わたし》は、ちょっと感動《かんどう》した。

集合《しゅうごう》がかからないと、私《わたし》なんかは残念《ざんねん》に思《おも》ったり、憂鬱《ゆううつ》になったりしてるだけだけど、若武《わかたけ》はリーダーとして、事件《じけん》が起《お》こらなくてもKZ《カッズ》をまとめていくためにあれこれと考《かんが》えているんだ。

事件《じけん》って、そんなに度々《たびたび》起《お》こる訳《わけ》じゃないし、それにKZ《カッズ》は今《いま》、秀明生《しゅうめいせい》じゃない翼《たすく》や忍《しのぶ》を抱《かか》えている。

おまけに皆《みんな》、個性《こせい》が強《つよ》いから、それをまとめていくのは、昔《むかし》より大変《たいへん》になってきているんだ。

記録係《きろくがかり》として私《わたし》も、もっと協力《きょうりょく》しないといけないいかも。

それに私《わたし》・・・皆《みんな》と一緒《いっしょ》にいるのが好《す》き。

事件《じけん》を追《お》いかけて解決《かいけつ》するのも達成感《たっせいかん》があって楽《たの》しいけれど、事件《じけん》がなくても、メンバーが揃《そろ》っているのを見《み》るだけで、心《こころ》が落《お》ち着《つ》くんだ。

ちょうど家族《かぞく》が揃《そろ》っている時《とき》みたいに、自分《じぶん》はこの中《なか》の一員《いちいん》なんだって思《おも》えて、ほっとする。

だから若武《わかたけ》が、事件《じけん》の有《あ》る無《な》しにかかわらず集合《しゅうごう》を考《かんが》えてくれているのは、すごくうれしいことだった。

今度《こんど》からは私《わたし》も、集合《しゅうごう》の提案《ていあん》をしてみようかな。

ただ待《ま》ってるだけじゃなくて、何《なに》かイベントとか、KZ《カッズ》の団結《だんけつ》が強《つよ》まるようなことを企画《きかく》して。

それが若武《わかたけ》に協力《きょうりょく》することにもなるんだもの。

あ、KZ大憲章《カッズだいけんしょう》も作《つく》らないといけないしね。

「小塚《こづか》には、もう言《い》ってあるけど、俺《おれ》、ちょっと遅《おく》れるかもしんない。」

翼《たすく》は今《いま》、ハイスペック精鋭《せいえい》ゼミナールに行《い》っている。

その都合《つごう》で遅《おく》れるんだと、私《わたし》は思《おも》った。

「わかった。塾《じゅく》が違《ちが》うと、集合《しゅうごう》も大変《たいへん》だよね。」

すると翼《たすく》は、癖《くせ》のないその髪《かみ》をサラッと乱《みだ》して首《くび》を横《よこ》に振《ふ》った。

「いや別件《べっけん》なんだ。これから用事《ようじ》があってさ。」

それでクラスの皆《みんな》とクールボーイの話《はなし》をしている時間《じかん》がなかったのかぁ。

「忙《いそが》しそうだね。」

私《わたし》の言葉《ことば》に、翼《たすく》は、わずかに微笑《ほほえ》んだ。

「まぁ・・・」

そう言《い》いながら、昇降口《しょうこうぐち》の屋根《やね》の向《む》こうに見《み》える夕方《ゆうがた》の空《そら》に視線《しせん》を投《な》げる。

「元々好《もともとす》きだったし、せっかくチャンスがきたんだから、できるところまでやってみようかなって感《かん》じ。」

謎《なぞ》みたいな言葉《ことば》だった。

だって、目的語《もくてきご》がないんだもの。

主語《しゅご》は、おそらく《翼《たすく》》で、《やってみようかな》というのが述語《じゅつご》。

でも何《なに》をやるのかの部分《ぶぶん》、つまり目的語《もくてきご》が欠《か》けていた。

それで私《わたし》には、はっきりとしたことが摑《つか》めなかったんだ。

「じゃ、」

翼《たすく》は片手《かたて》を上《あ》げる。

「後《あと》で、カフェテリアで会《あ》お。」

そう言《い》って、昇降口《しょうこうぐち》から出《で》ていった。

呼《よ》び止《と》めて、聞《き》くこともできたんだけれど、忙《いそが》しそうだったし、本人《ほんにん》が言《い》わないんだからと考《かんが》えて、やめておくことにした。

それが後々《のちのち》、あんな大事件《だいじけん》に発展《はってん》していくなんて、この時《とき》は考《かんが》えてもみなかったんだ。

## 2 待《ま》っていた！

エキスパートとして話題《わだい》を用意《ようい》して発表《はっぴょう》する会《かい》って言《い》ってたけど、私《わたし》、何《なに》を話《はな》せばいいんだろう。

私《わたし》の専門分野《せんもんぶんや》は、国語《こくご》や言葉《ことば》だけれど、皆《みんな》の関心《かんしん》を集《あつ》めて、それで意見交換《いけんこうかん》できるようなことって、何《なに》かあるかな。

そう考《かんが》えながら学校《がっこう》を出《で》た時《とき》には、もう夕焼《ゆうや》けも終《お》わり、あたりは薄暗《うすぐら》くなっていた。

駅《えき》まで歩《ある》いて、電車《でんしゃ》に乗《の》る。

う〜ん、どういうことを話《はな》せば、皆《みんな》の関心《かんしん》を引《ひ》けるんだろう。

悩《なや》みながら電車《でんしゃ》に揺《ゆ》られていると、そばに立《た》っていた男《おとこ》の子《こ》が、お母《かあ》さんを見上《みあ》げながらこう言《い》った。

「ねぇママ、パネェって何《なに》？」

お母《かあ》さんは、首《くび》を傾《かし》げる。

「え・・・何《なん》だろ。それ、どういう時《とき》に聞《き》いたの？」

今度《こんど》は、男《おとこ》の子《こ》が首《くび》を傾《かし》げた。

「うっんと・・・忘《わす》れた。」

私《わたし》には、すぐわかった。

でも知《し》らない人《ひと》だったし、横《よこ》から口《くち》を出《だ》すのは失礼《しつれい》かもと思《おも》って、黙《だま》っていたんだ。

パネエっていうのは、たぶん、半端《はんぱ》じゃないってこと。

半端《はんぱ》って言葉《ことば》は、きちんと揃《そろ》っていないとか、必要《ひつよう》な数《かず》に満《み》たないとか、どっちつかずとか、いう意味《いみ》がある。

それを否定形《ひていけい》にして、《半端《はんぱ》ではない》という形《かたち》にすると、程度《ていど》が甚《はなは》だしい、つまりレベル大《だい》って意味《いみ》になるんだ。

それを短縮《たんしゅく》したのが、《ハンパない》って言葉《ことば》で、さらに短《みじか》くすると、《パネエ》とか《パナイ》になる。

私《わたし》の周《まわ》りでは、誰《だれ》も《半端《はんぱ》ではない》なんて言《い》わないで、《ハンパない》って言《い》うけれど、《パネエ》は、さすがにまだ少数《しょうすう》だった。

言葉《ことば》って、生《い》きてるものだからね。

話《はな》し言葉《ことば》はもちろん、書《か》き言葉《ことば》だって、平安時代《へいあんじだい》や江戸時代《えどじだい》に使《つか》われていたものと現代《げんだい》のものとでは、かなりの違《ちが》いがある。

《ハンパではない》も、今《いま》に《ハンパない》になっていくのかもしれなかった。

それで私《わたし》は、言葉《ことば》の変化《へんか》と誤解《ごかい》について話《はな》したらいいかも、と思《おも》いついたんだ。

たとえば、昔《むかし》は《他人事《たにんごと》》と書《か》いて《ひとごと》と読《よ》むのが普通《ふつう》だったのに、今《いま》では《たにんごと》という言葉《ことば》が生《う》まれてきたとか、《一生懸命《いっしょうけんめい》》は、元々《もともと》《一所懸命《いっしょけんめい》》という言葉《ことば》で、武士《ぶし》が自分《じぶん》の領地《りょうち》を必死《ひっし》で守《まも》るという意味《いみ》だったのに、いつの間《ま》にか《一所《いっしょ》》が《一生《いっしょう》》と取《と》り違《ちが》えられて新《あたら》しい言葉《ことば》になってきているとか。


うん、いいかも。

自分《じぶん》の考《かんが》えに満足《まんぞく》しながら、私《わたし》は駅《えき》で降《お》り、駐輪場《ちゅうりんじょう》から自転車《じてんしゃ》を出《だ》した。

駅《えき》の周辺《しゅうへん》の商店街《しょうてんがい》は、もう、どこもすっかりクリスマスカラー。

自転車《じてんしゃ》を走《はし》らせていくと、結構《けっこう》、頰《ほお》が冷《つめ》たかった。

でも私《わたし》、冬《ふゆ》は嫌《きら》いじゃない。

冬《ふゆ》には、キリッとした感《かん》じや、清楚《せいそ》で美《うつく》しいイメージがあるから。

あ、春《はる》も夏《なつ》も秋《あき》も、嫌《きら》いじゃないよ、それぞれの理由《りゆう》で。

まぁ1年中《いちねんじゅう》が好《す》きってことで、それは生《い》きているのが好《す》きだってことだよね。

ん、私《わたし》は、人生《じんせい》を愛《あい》しているんだ。

家《いえ》の近《ちか》くまで来《き》て、公園《こうえん》の中《なか》を突《つ》っ切《き》るために、私《わたし》は自転車《じてんしゃ》から降《お》りた。

水銀灯《すいぎんとう》の青白《あおじろ》い光《ひかり》に照《て》らされている公園《こうえん》は、昼間《ひるま》より断然《だんぜん》きれい、まるでファンタジーの世界《せかい》が広《ひろ》がっているように見《み》える。

自転車《じてんしゃ》を押《お》しながら、私《わたし》は階段《かいだん》の方《ほう》に向《む》かった。

子供《こども》たちはもう帰《かえ》ってしまっていて、あたりにはまったく人《ひと》の姿《すがた》がない。

ところが遊歩道《ゆうほどう》の角《かど》を曲《ま》がったとたん、そこに誰《だれ》かがいて、私《わたし》はビクッとした。

そのあたりにはブランコがいくつかあるんだけれど、その中《なか》の1つに、人《ひと》が座《すわ》っていたんだ。

それも子供《こども》じゃなくて、男《おとこ》の人《ひと》だった。

脹《ふく》ら脛《はぎ》まであるような、長《なが》いダウンジャケットを着《き》ている。

まぁ子供《こども》じゃなくたって、ブランコに乗《の》りたくなることはあるかもしれない。

でも、その男《おとこ》の人《ひと》は、もう夜《よる》だというのに、色《いろ》の濃《こ》いサングラスをかけていたんだ。

とても大《おお》きなサングラスで、顔《かお》が半分以上《はんぶんいじょう》も隠《かく》れていた。

しかもっ！

そのダウンジャケットの裾《すそ》からは、パジャマのズボンが見《み》えていた。

おまけにっ！

足《あし》には、室内用《しつないよう》のスリッパを履《は》いていたんだ。

私《わたし》は、全身《ぜんしん》、凍《こお》りつく思《おも》いだった。

これ・・・絶対《ぜったい》、普通《ふつう》の人《ひと》じゃない！

でも、あのブランコの脇《わき》を通《とお》らないと、階段《かいだん》まで行《い》けないんだ。

どうしよう!?

立《た》ちすくんだまま私《わたし》は、自分《じぶん》の頭《あたま》の中《なか》で、「どうしよう!?」という声《こえ》が谺《こだま》を引《ひ》いて響《ひび》き渡《わた》るのを聞《き》いていた。

いい方法《ほうほう》は見《み》つからず、誰《だれ》か知《し》り合《あ》いが通《とお》りかかって私《わたし》と一緒《いっしょ》に歩《ある》いてくれるなんていう幸運《こううん》も降《ふ》ってこず、ただ時間《じかん》が経《た》つばかりだった。

早《はや》く家《いえ》に帰《かえ》って、秀明《しゅうめい》に行《い》かなくちゃならない。

私《わたし》は勇気《ゆうき》を振《ふ》り絞《しぼ》り、1人《ひとり》で突《つ》き進《すす》む決意《けつい》をした。

あの人《ひと》のことは、無視《むし》しよう、無視《むし》！

刺激《しげき》しないように、そおっと通《とお》りすぎれば、セーフだ、きっと。

祈《いの》るようにそう思《おも》いながら、静《しず》かに前進《ぜんしん》し、ブランコの脇《わき》に差《さ》しかかった。

直後《ちょくご》、その男《おとこ》の人《ひと》がこちらを向《む》く。
サングラスの黒《くろ》い縁《ふち》が、水銀灯《すいぎんとう》の光《ひかり》を反射《はんしゃ》してギラリと光《ひか》った。
私《わたし》が息《いき》を呑《の》んだ瞬間《しゅんかん》、その人《ひと》の唇《くちびる》がゆっくりと動《うご》き、なんと、こう言《い》ったんだ。
「初《はじ》めまして、アーヤちゃん。」
私《わたし》は、顔《かお》も体《からだ》も、瞬時《しゅんじ》に硬直《こうちょく》っ！
もちろん目《め》は、真《ま》ん丸《まる》っ!!
北極熊《ほっきょくぐま》とかペンギンに話《はな》しかけられたとしても、これほどは驚《おどろ》かなかったと思《おも》う。
何《なん》で、どーして、私《わたし》のこと、知《し》ってるの!?
しかも名前《なまえ》じゃなくて、親《した》しい人《ひと》しか知《し》らないニックネームを。
その上《うえ》、私《わたし》の顔《かお》も知《し》ってるってことだよね。
背筋《せすじ》がゾクゾクした。
でも、それだけでは終《お》わらなかった。
その人《ひと》は次《つぎ》に、なんとっ、こう言《い》ったんだ。
「待《ま》ってたよ。」
げっ、こんな人《ひと》に待《ま》たれる覚《おぼ》えは、私《わたし》にはないっ！

どうしよう⁉

あたりを見回《みまわ》しても、依然《いぜん》として人《ひと》の姿《すがた》はない。

逃《に》げた方《ほう》がいいんだろうか。

「案内《あんない》してくれないかな。」

その人《ひと》は立《た》ち上《あ》がり、私《わたし》に近寄《ちかよ》ってきて自転車《じてんしゃ》のハンドルに片手《かたて》を置《お》いた。

逃《に》げようとしている私《わたし》を阻止《そし》するかのような素振《そぶ》りで、私《わたし》は心臓《しんぞう》がドキンドキンした。

どうしよう、どうしたらいいのっ⁉

誰《だれ》か、お願《ねが》い、助《たす》けてっ！

「さっき、君《きみ》んちに電話《でんわ》したんだけど、裕樹《ゆうき》はまだ帰《かえ》ってないって言《い》われてさ。」

はっ？

「で、裕樹《ゆうき》に電話《でんわ》したら、スマホ切《き》ってるし、」

え・・・。

「しかたがないから、ここで帰《かえ》ってくるのを待《ま》ってたんだ。でも君《きみ》の方《ほう》が先《さき》に来《き》たから、君《きみ》でいいや。兄貴《あにき》でも妹《いもうと》でも、帰《かえ》るとこは同《おな》じだろ。」

もしかして、お兄《にい》ちゃんの知《し》り合《あ》い？

「家《いえ》に連《つ》れてってよ。何《なに》しろ、俺《おれ》、こんな格好《かっこう》だから、あまり長《なが》く外《そと》にいたくないんだ。」

そう言《い》いながら、その人《ひと》はちょっと笑《わら》った。

サングラスをかけていたから頬《ほお》と口元《くちもと》しか見《み》えなかったけれど、清潔《せいけつ》な感《かん》じのする、きれいな微笑《ほほえ》みだった。

「俺《おれ》、裕樹《ゆうき》の中学時代《ちゅうがくじだい》のダチだよ。高宮《たかみや》っていうの。君《きみ》のことは、裕樹《ゆうき》から聞《き》いてる。写真《しゃしん》も見《み》たしね。」

私《わたし》は、心《こころ》の底《そこ》から大《おお》きな息《いき》をついた。

体中《からだじゅう》に入《はい》っていた力《ちから》が一気《いっき》に抜《ぬ》けて、その場《ば》にしゃがみこんでしまいそうだった。

よかった、変《へん》な人《ひと》じゃなくて！

「今《いま》、ちょっと困《こま》っててさ、どうしようかって考《かんが》えてるうちに、この間《あいだ》の裕樹《ゆうき》の話《はなし》を思《おも》い出《だ》したんだ。父親《ちちおや》がベトナムに出張中《しゅっちょうちゅう》で部屋《へや》が空《あ》いてるって言《い》ってた。きっと泊《と》めてくれるだろうと思《おも》ってここまで来《き》たんだ。あいつがスマホ切《き》ってると思《おも》わなくってさ。」

確《たし》かにパパは今《いま》、仕事《しごと》でベトナムに行《い》っている。

パパの会社《かいしゃ》は商社《しょうしゃ》で、ベトナムでは鉄道事業《てつどうじぎょう》に関《かか》わっているんだけれど、社員《しゃいん》がベトナム政府《せいふ》関係者《かんけいしゃ》に賄賂《わいろ》を贈《おく》った罪《つみ》で現地《げんち》の警察《けいさつ》に逮捕《たいほ》されてしまって、その事情調査《じじょうちょうさ》に派遣《はけん》されたの。

帰《かえ》りは、いつになるかわからないって言《い》っていた。

これは会社《かいしゃ》でも極秘《ごくひ》になっていることで、知《し》ってるのは、一部《いちぶ》の役員《やくいん》と、私《わたし》たち家族《かぞく》だけ。

お兄《にい》ちゃんは、おしゃべりな人間《にんげん》じゃないから、それを話《はな》したってことは、この人《ひと》が信頼《しんらい》できる友《とも》だちだからだ。

それなら、助《たす》けてあげなくちゃならない！

「家《いえ》は、こっちです、どうぞ。」

私《わたし》は元気《げんき》を取《と》り戻《もど》し、自転車《じてんしゃ》を引《ひ》いて先《さき》に立《た》った。

困《こま》っている人《ひと》の役《やく》に立《た》てるのが、すごくうれしかったんだ。

で、家《いえ》まで高宮《たかみや》さんを連《つ》れていった。

「ただいま。お客様《きゃくさま》だよ。」

玄関《げんかん》でそう言《い》うと、ママが出《で》てきた。

「お客様《きゃくさま》って、どこ。この子《こ》のこと？　誰《だれ》よ。」

すごく嫌《いや》そうな顔《かお》だったから、私《わたし》は困《こま》ったなと思《おも》った。

「あの、お兄《にい》ちゃんの友《とも》だちで、高宮《たかみや》さん。今日《きょう》、家《うち》に泊《と》まりたいんだって。」

瞬間《しゅんかん》、ママは雷《かみなり》でも落《お》ちたかのような怒鳴《どな》り声《ごえ》を上《あ》げた。

「何《なに》、勝手《かって》なこと言《い》ってんのよ。裕樹《ゆうき》は裕樹《ゆうき》で毎日遅《まいにちおそ》いし、顔《かお》を合《あ》わせてもろくに話《はなし》もしないし。その上《うえ》、友《とも》だちを泊《と》めろですって？　お断《ことわ》り！」

ああ、はっきりと・・・。

「肝心《かんじん》の裕樹本人《ゆうきほんにん》がいないんだし、今《いま》はパパもいなくて女《おんな》ばかりですからね。物騒《ぶっそう》で、他人《たにん》なんか家《いえ》に上《あ》げられません。」

そこをなんとか・・・だって、この人《ひと》が気《き》の毒《どく》だよ。

「まず裕樹《ゆうき》を連《つ》れてきて、そして事情《じじょう》をきちんと説明《せつめい》してくれれば、その時点《じてん》で考《かんが》えるけど、今《いま》はとにかくダメよ。帰《かえ》って。」

ママって、きついからなぁ。

私《わたし》は心配《しんぱい》しながら、高宮《たかみや》さんの顔色《かおいろ》をうかがった。

パジャマにスリッパ姿《すがた》なのに、外《そと》に追《お》い出《だ》すなんてかわいそうだったし。

「それは、すみませんでした。」

そう言《い》いながら高宮《たかみや》さんはサングラスを取《と》り、頭《あたま》を下《さ》げた。

「では裕樹君《ゆうきくん》を捜《さが》してから、もう一度《いちど》うかがいます。僕《ぼく》は高宮《たかみや》と言《い》います。失礼《しつれい》しました。」

瞬間《しゅんかん》、ママが悲鳴《ひめい》のような声《こえ》を上《あ》げたんだ。

「あなた、もしかしてクールボーイの、KAITO《カイト》王子《おうじ》ぃっ!?」

へっ!?

私《わたし》が驚《おどろ》いていると、高宮《たかみや》さんは、さっき私《わたし》に見《み》せたような、とても美《うつく》しい微笑《ほほえ》みを浮《う》かべた。

「はい、KAITO《カイト》です。」

わっ!

仰天《ぎょうてん》しながら私《わたし》は、自分《じぶん》にとって初《はじ》めての生《なま》アイドル、KAITO《カイト》王子《おうじ》をマジマジと見《み》つめた。

本当《ほんとう》にさわやかで、しかも気品《きひん》を感《かん》じさせる顔立《かおだ》ちだった。

眺《なが》めまわしてみれば、すらりとした長身《ちょうしん》で、顔《かお》の小《ちい》さな八頭身《とうしん》、スタイル抜群《ばつぐん》っ!

クラスの子《こ》たちが口《くち》にしていた賞賛《しょうさん》の言葉《ことば》に、思《おも》わず同意《どうい》せずにいられなかった。

これでカッコよく踊《おど》ってたら、もう気絶《きぜつ》するほど素敵《すてき》かも!

「うっそぉ! 信《しん》じられない。ちょっと、ちょっと上《あ》がって詳《くわ》しい話《はなし》を聞《き》かせてよ。ね、ね、いいでしょ、もちろん泊《と》めてあげるから。何日《なんにち》だって、いていいのよ。」

今《いま》にも飛《と》びつきそうなほど狂喜《きょうき》しているママを見《み》ながら、私《わたし》は思《おも》った。

ものすごいもの、連《つ》れてきてしまったって。

# 3　KZ《カッズ》、恋話《コイバナ》で盛《も》り上《あ》がる

秀明《しゅうめい》に行《い》かなきゃならなかったから、私《わたし》はその後《ご》、すぐ家《いえ》を出《で》た。

ママが、ダイニングに高宮《たかみや》さんを連《つ》れこんで、お茶《ちゃ》を出《だ》したりケーキを出《だ》したりしているのを横目《よこめ》で見《み》ながら。

ちょっと燥《はしゃ》ぎすぎだよって思《おも》ったけれど、でもママがそういう気分《きぶん》じゃなかったら、高宮《たかみや》さんは家《いえ》に上《あ》げてもらえなかったんだから、ま、しかたがない。

それにしても人気絶頂《にんきぜっちょう》のクールボーイのメンバーと、お兄《にい》ちゃんが親《した》しかったなんて、全然知《ぜんぜんし》らなかった。

お兄《にい》ちゃんって、家《いえ》ではほとんどしゃべらない人《ひと》なんだもの。

この分《ぶん》だと、お兄《にい》ちゃんに関《かん》して私《わたし》が知《し》らないことって、きっと山《やま》ほどあるんだろうな。

それでいいんだろうかって、ふっと思《おも》う。

だって私《わたし》たちは兄妹《きょうだい》で、家族《かぞく》なのに。

秀明《しゅうめい》に着《つ》いてから休《やす》み時間《じかん》になるまで、私《わたし》はずっとそのことを考《かんが》えていた。

あ、授業《じゅぎょう》は、ちゃんと聞《き》いてたよ。

それで休《やす》み時間《じかん》がくると、事件《じけん》ノートを持《も》ってカフェテリアに駆《か》け上《あ》がっていったんだ。

今日《きょう》は事件《じけん》の話《はなし》じゃないみたいだったから、必要《ひつよう》ないかもって思《おも》わなくもなかったけれど、念《ねん》のため。

だって世《よ》の中《なか》って、いつ何《なに》が起《お》きるかわからないんだもの。

カフェテリアには、翼《たすく》を除《のぞ》く全員《ぜんいん》がもう来《き》ていて、いつも通《どお》り、目立《めだ》たない隅《すみ》の方《ほう》のテーブルに座《すわ》っていた。

でも、いつもみたいにゆったりとした感《かん》じじゃなくて、全員《ぜんいん》かなり前《まえ》のめりで、テーブルの上《うえ》に身《み》を乗《の》り出《だ》し、何《なに》やら熱心《ねっしん》に話《はな》していたんだ。

中《なか》では1番《いちばん》冷《さ》めた様子《ようす》だった上杉君《うえすぎくん》が、ふっと私《わたし》を見《み》つけ、片手《かたて》を上《あ》げた。

私《わたし》は近寄《ちかよ》っていき、空《あ》いている椅子《いす》に座《すわ》って、隣《となり》の小塚君《こづかくん》に聞《き》いてみた。

「何《なに》、話《はな》しているの？」

小塚君《こづかくん》は、微妙《びみょう》な顔《かお》で答《こた》える。

「さっき、七鬼《ななき》に告白《こくはく》しようとして、２年生《ねんせい》の女子《じょし》が来《き》たんだ。」

へえっ！

告白《こくはく》は、私《わたし》たち中学生《ちゅうがくせい》にとって最大《さいだい》のイベントの1つ。

私《わたし》は俄然《がぜん》、興味《きょうみ》を持《も》った。

皆《みな》が身《み》を乗《の》り出《だ》してたのは、やっぱりそれだけの価値《かち》ある話題《わだい》だったからだね。

忍《しのぶ》は、なんて返事《へんじ》をしたんだろう。

「で、その女子《じょし》が化粧《けしょう》してたんだよ。そこから、中学女子《ちゅうがくじょし》の化粧《けしょう》はいかがなものかって話《はなし》になってるんだ。」

何《なに》か・・・違《ちが》う！

告白《こくはく》から化粧《けしょう》にいくって、すごくズレてる気《き》がするのは、私《わたし》だけ？

「ちょっと前《まえ》の歌《うた》にあっただろ、『勉強《べんきょう》できても愛《あい》されなきゃ意味《いみ》がない』とか、『メイク上手《じょうず》ならいい』とかさ。」

そう言《い》いながら若武《わかたけ》が、不愉快《ふゆかい》そうに眉根《まゆね》を寄《よ》せる。

「そう思《おも》ってる女《おんな》がいても、別《べつ》にいいよ。考《かん》え方《かた》は個人《こじん》の自由《じゆう》だ。けど、俺《おれ》はそうは思《おも》わないし、そう考《かんが》えてる奴《やつ》は嫌《きら》いだ。超《ちょう》ムカつく。」

黒木君《くろきくん》が、ちょっと笑《わら》った。

「今《いま》、若武《わかたけ》が言《い》った歌《うた》の部分《ぶぶん》だけ取《と》り上《あ》げて検証《けんしょう》すると、その発想《はっそう》って、かなり古《ふる》いと思《おも》うよ。

勉強《べんきょう》より愛《あい》ってことを歌《うた》ってるんだろうけどさ、今《いま》はもうそういう時代《じだい》じゃない。勉強《べんきょう》ができることと愛《あい》されることの両立《りょうりつ》って、普通《ふつう》にアリだろ。」

確《たし》かに、クールボーイなんか、そうだもんね。

「メイクも、今《いま》はそれ単独《たんどく》じゃ魅力《みりょく》にならない。メイク上手《じょうず》で成績《せいせき》もいいとか、メイク上手《じょうず》で性格《せいかく》もすごくいいとか、2つ以上《いじょう》の優《すぐ》れたところがないと注目《ちゅうもく》されないし、モテない時代《じだい》なんだ。」

上杉君《うえすぎくん》が、大《おお》きな溜《た》め息《いき》をつく。

「メイクなんて、なんですんだ？　あれって朝《あさ》して、夜《よる》には取《と》って、また朝《あさ》すんだろ。それを毎日毎日《まいにちまいにち》くりかえすって、どれほど時間《じかん》ロスしてんだ。1日《にち》30分《ぷん》としたって、1年《ねん》じゃ182・5時間《じかん》だぜ。膨大《ぼうだい》な浪費《ろうひ》だ。」

話《はな》しながら、サラッと計算《けいさん》できるって、すごいなぁ。

「そんな時間《じかん》があったら、ボランティアでもやって人《ひと》の役《やく》に立《た》て、と言《い》いたい。そしたら心《こころ》が磨《みが》かれて、内側《うちがわ》から美《うつく》しくなるだろ。」

う〜ん、正論《せいろん》かも。

「じゃ上杉《うえすぎ》は、そういう子《こ》が好《す》きなの？」

珍《めずら》しくも、小塚君《こづかくん》が突《つ》っこんだ。

「ボランティアやってる子《こ》が、タイプってこと？」

上杉君《うえすぎくん》は腕《うで》を組《く》み、天井《てんじょう》を見上《みあ》げて真剣《しんけん》な表情《ひょうじょう》になった。

考《かんが》えこみながら答《こた》える。

「実際《じっさい》にやってなくても、そういう心構《こころがま》えを持《も》ってる子《こ》、かな。いつも人《ひと》の役《やく》に立《た》ちたいって思《おも》ってるような奴《やつ》が、好《す》きなんだ。そんで、自分《じぶん》らしく生《い》きてる子《こ》。自分《じぶん》らしく生《い》きようとすると、周《まわ》りとぶつかるだろ。傷《きず》もできるしさ。付《つ》き合《あ》いながらそれを見守《みまも》ったり、癒《い》やしたりしてやりたいんだ。」

人《ひと》を寄《よ》せ付《つ》けない感《かん》じのする上杉君《うえすぎくん》にしては、意外《いがい》にもホットな言《い》い方《かた》だったので、皆《みな》が一瞬《いっしゅん》、黙《だま》りこんだ。

若武《わかたけ》が、俺《おれ》にも注目《ちゅうもく》しろと言《い》わんばかりに口《くち》を開《ひら》く。

「俺《おれ》は、ベッタリしない子《こ》。俺《おれ》にとって、彼女《かのじょ》って大事《だいじ》だけど、他《ほか》にも大事《だいじ》なものはある。それと横並《よこなら》びだからさ。成績《せいせき》とかサッカーとか。そういうことをわかってくれる子《こ》でないとダメ。俺《おれ》には、自分《じぶん》が求《もと》める自分像《じぶんぞう》ってのがあるんだ。それに理解《りかい》を示《しめ》してくれる子《こ》がいい。もちろん俺《おれ》も、彼女自身《かのじょじしん》の理想像《りそうぞう》を大事《だいじ》にするし、協力《きょうりょく》もするけどさ。」

へえ、意外《いがい》と冷静《れいせい》なんだ。

「ああ、それは俺《おれ》もそうだよ。」

黒木君《くろきくん》が静《しず》かに口《くち》を開《ひら》く。

「恋愛驀地《れんあいまっしぐら》で、いつでも私《わたし》を見《み》てて、2人《ふたり》でいれば何《なに》もいらないっていう子《こ》より、自分《じぶん》の周《まわ》りの世界《せかい》を大事《だいじ》にしていて、いろんなことを考《かんが》えてる子《こ》の方《ほう》が刺激的《しげきてき》だ。話《はなし》をしてもおもしろいし、そこから自分《じぶん》も成長《せいちょう》できるしさ。」

小塚君《こづかくん》が、深《ふか》く頷《うなず》いた。

「ん、自分《じぶん》を成長《せいちょう》させてくれる子《こ》って、すごく魅力的《みりょくてき》だよね。」

私《わたし》は、目《め》から鱗《うろこ》が落《お》ちる思《おも》いだった。

だって皆《みんな》、真面目《まじめ》に考《かんが》えてるんだもの。

男女交際《だんじょこうさい》って、もっと軽《かる》くて、感情的《かんじょうてき》で気分的《きぶんてき》なものだとばかり思《おも》っていた自分《じぶん》が、かなり恥《は》ずかしかった。

「だけどさ、」

黒木君《くろきくん》の艶《あで》やかな目《め》に、憂鬱《ゆううつ》そうな影《かげ》が浮《う》かび上《あ》がる。

「頭《あたま》でそう思《おも》ってても、好《す》きになるって理性《りせい》が働《はたら》かなくなるってことだろ。」

皆《みな》が一瞬《いっしゅん》、息《いき》を呑《の》んだ。

もちろん私《わたし》も。

「心《こころ》を摑《つか》まれるっていうか、呑《の》みこまれてしまうっていうか、自分《じぶん》の存在自体《そんざいじたい》を全部《ぜんぶ》もってかれるっていうかさ。とにかく非合理《ひごうり》な世界《せかい》に嵌《はま》って、自分自身《じぶんじしん》でもどうしていいのかわからなくなるってことだよ。おまけに厄介《やっかい》なのは、そんな状態《じょうたい》をハッピーだと感《かん》じて、うっとりしてしまうことなんだ。」

皆《みな》が、いっせいに溜《た》め息《いき》をついた。

そう言《い》えば、ゲーテの「若《わか》きウェルテルの悩《なや》み」の中《なか》に、こういう文章《ぶんしょう》があったっけ。

「人間《にんげん》が持《も》っているちっぽけな理性《りせい》なんか、情熱《じょうねつ》が荒《あ》れ狂《くる》った時《とき》には何《なん》の役《やく》にも立《た》ちはしないんだ。」

私《わたし》は、何《なん》だか恐《こわ》いなって思《おも》ってしまった。

だってそれは、自分自身《じぶんじしん》を見失《みうしな》うってことだもの。

それがハッピーだと思《おも》えるなんて・・・正常《せいじょう》じゃない気《き》がする。

「七鬼《なぎ》は、どんな子《こ》がいいわけ？」

若武《わかたけ》の言葉《ことば》で、話《はなし》はようやく、私《わたし》がさっき求《もと》めていた方向《ほうこう》に戻《もど》ってきた。

よし、これで、告白《こくはく》にきた子《こ》にどういう返事《へんじ》をしたのかがわかる。

私《わたし》は興味津々《きょうみしんしん》で、身《み》を乗《の》り出《だ》した。

その瞬間《しゅんかん》、上杉君《うえすぎくん》が言《い》ったんだ。

「どうせ断《ことわ》ったんだろ。」

え、そうなの。

「誰《だれ》とも付《つ》き合《あ》わないって噂《うわさ》だけど、なんで？　もしかして女嫌《おんなぎら》い？」

若武《わかたけ》が手《て》を伸《の》ばし、上杉君《うえすぎくん》の頭《あたま》を小突《こづ》く。

「それ、おまえだろ。」

上杉君《うえすぎくん》は素早《すばや》くその手《て》を摑《つか》まえ、引《ひ》き寄《よ》せて若武《わかたけ》にヘッドロックをかけた。

「俺《おれ》は、おまえほど女大好《おんなだいす》きだ。変態《へんたい》みたいに女大好《おんなだいす》きじゃないってだけだ。」

「誰《だれ》が女大好《おんなだいす》きだ。変態《へんたい》みたいに言《い》うんじゃねーっ！」

摑《つか》み合《あ》いのバトルが始《はじ》まって、私《わたし》は小塚君《こづかくん》と顔《かお》を見合《みあ》わせる。

「いつものパターンだよね。」

「ん。　2人《ふたり》とも、よく飽《あ》きないよね。」

でもこういうふうに発散《はっさん》してもらった方《ほう》が、私《わたし》としては安心《あんしん》。

以前《いぜん》には、急《きゅう》に雰囲気《ふんいき》が悪《わる》くなって黙《だま》りこむようなことがよくあったから、そんな時《とき》、これから先《さき》どうなるんだろう、KZ《カッズ》はもう分裂《ぶんれつ》するのかもしれないって思《おも》って、ドキドキしたもの。

「俺《おれ》、」

忍《しのぶ》が、当《あ》たり前《まえ》のことでも言《い》うかのように、さらりと口《くち》にする。

「もう彼女《かのじょ》いるから。」

そのひと言《こと》が、まるで稲妻《いなずま》のように私《わたし》たちの間《あいだ》を駆《か》け抜《ぬ》けた。

摑《つか》み合《あ》っていた若武《わかたけ》と上杉君《うえすぎくん》は瞬時《しゅんじ》に手《て》を止《と》め、私《わたし》たちは目《め》を丸《まる》くし、そして全員《ぜんいん》で一度《いちど》に叫《さけ》んだ。

「えーっ!!」

カフェテリア中《じゅう》に響《ひび》き渡《わた》るような大合唱《だいがっしょう》だったので、その場《ば》にいた塾生《じゅくせい》たちが皆《みな》、こっちを見《み》た。

私《わたし》たちは、はっと我《われ》に返《かえ》り、あわてて立《た》ち上《あ》がって皆《みんな》の方《ほう》に向《む》き直《なお》ると、揃《そろ》って頭《あたま》を下《さ》げた。

「何《なん》でもありません。すみませんでした。」

# 4　七鬼忍《ななきしのぶ》の彼女《かのじょ》とは

塾生《じゅくせい》たちがそれぞれの話題《わだい》に戻《もど》っていくのを見《み》て、若武《わかたけ》が腰《こし》を下《お》ろしながらこっそり言《い》った。

「彼女《かのじょ》って、どんな子《こ》？」

その顔《かお》は、うらやましそうでもあり、また、くやしそうでもあった。

何《なん》といっても私《わたし》たちは全員《ぜんいん》、まだ特定《とくてい》の相手《あいて》を持《も》っていない。

同《おな》い年《どし》の仲間《なかま》に先行《せんこう》されたら、気持《きも》ちは複雑《ふくざつ》だった。

しかも忍《しのぶ》はIT《アイティー》の天才《てんさい》で、妖怪《ようかい》の血《ち》を引《ひ》いていて、引《ひ》きこもりの時期《じき》を送《おく》っていたという個性《こせい》的《てき》すぎる中学生《ちゅうがくせい》。

それが、いったいどんな子《こ》を彼女《かのじょ》にしているのか、関心《かんしん》を持《も》たずにいられなかったのは私《わたし》だけじゃないはずだった。

「いつ、どこで知《し》り合《あ》ったんだ。どっちが告《こく》ったわけ？」

「その子《こ》の、どんなとこがよかったの？　付《つ》き合《あ》ってもうどのくらい？」

うん、知《し》りたい知《し》りたい。

「どういう付《つ》き合《あ》い方《かた》してんだ？　ＬＩＮＥ《ライン》？　デートとか？」

「時間《じかん》、どうやってやりくりしてんの？　足《た》りなくならね？」

質問攻《しつもんぜ》めに合《あ》って、忍《しのぶ》はいささか閉口《へいこう》した様子《ようす》だった。

「えっと、まだ知《し》り合《あ》ってない。」

へっ？

「付《つ》き合《あ》ってないし、顔《かお》も見《み》たことない。だから、どこがいいのかわからない。」

はっ？

「でも時間《じかん》は、足《た》りなくならない、ＬＩＮＥ《ライン》もデートもしてないから。」

それで思《おも》わず、全員《ぜんいん》で叫《さけ》んでしまったのだった。

「それのどこが彼女《かのじょ》なんだっ！　普通《ふつう》、言《い》わないだろーがっ!!」

カフェテリア内《ない》にいた塾生《じゅくせい》たちが、またもこちらを見《み》る。

いい加減《かげん》にしろよ、と言《い》いたそうだった。

私《わたし》たちは立《た》ち上《あ》がり、再《ふたた》び深々《ふかぶか》と頭《あたま》を下《さ》げなければならなかった。

「でも彼女《かのじょ》なんだ。」

忍《しのぶ》が、言《い》い訳《わけ》でもするかのようにつぶやく。

「将来《しょうらい》は、結婚《けっこん》することになってるからさ。」

びっくりしながらも、私《わたし》は思《おも》い出《だ》した。

そう言《い》えば、婚約者《こんやくしゃ》がいるって話《はなし》、聞《き》いたことがある気《き》がする。

「七鬼《なな き》一族《いちぞく》の血《ち》を守《まも》り、継承《けいしょう》していくためだ。俺《おれ》は一族《いちぞく》の最後《さいご》の1人《ひとり》だから、皆《みな》に期待《きたい》されてる。しかたがないって思《おも》ってるよ。」

ふぅん、名門《めいもん》って大変《たいへん》なんだねぇ。

「写真《しゃしん》くらい、持《も》ってるだろ。」

若武《わかたけ》に言《い》われて、忍《しのぶ》はスマートフォンを出《だ》した。

「ん、一枚《まい》だけ。」

持《も》ってるんだ。

じゃ、それなりに大切《たいせつ》に想《おも》ってる訳《わけ》ね。

「見《み》せろよ。」

忍《しのぶ》はスマートフォンを操作《そうさ》し、画面《がめん》に写真《しゃしん》を浮《う》かび上《あ》がらせる。

「昔《むかし》のだけど・・・」

そう言《い》いながらスマートフォンごと若武《わかたけ》に預《あず》けた。

受《う》け取《と》った若武《わかたけ》は、それを見《み》るなり、目《め》をパチパチさせながら無言《むごん》で上杉君《うえすぎくん》に渡《わた》す。

え・・・どんな子《こ》なんだろう。

上杉君《うえすぎくん》も一瞬《いっしゅん》見《み》るなり、何《なに》も言《い》わず黒木君《くろきくん》に回《まわ》した。

私《わたし》は、ますます、興味《きょうみ》をそそられる。

黒木君《くろきくん》は、クスッと笑《わら》って小塚君《こづかくん》に差《さ》し出《だ》し、小塚君《こづかくん》はがっかりしたような様子《ようす》で、それを私《わたし》によこした。

いよいよ写真《しゃしん》を目《め》にすることになり、私《わたし》は内心《ないしん》ものすごく期待《きたい》した。

まるで自分《じぶん》の彼氏《かれし》でも見《み》るかのように胸《むね》をドキドキさせながら、その画面《がめん》に視線《しせん》を落《お》とす。

すると、そこに映《うつ》っていたのは、なんとっ！

産着《うぶぎ》に包《つつ》まれた赤《あか》ちゃんだった。

上杉君《うえすぎくん》が、ゲンナリした顔《かお》で言《い》った。

「それ、昔《むかし》すぎるだろうが・・・」

確《たし》かに。

「それに、そいつって、」

若武《わかたけ》が、遠慮《えんりょ》もなく突《つ》っこむ。

「どう見《み》てもデブでブスだけど、七鬼《ななき》、そんなんでいいのか？」

黒木君《くろきくん》が肩《かた》をすくめる。

「赤《あか》ん坊《ぼう》って、たいていこんなもんだろ。」

皆《みな》が頷《うなず》いていると、忍《しのぶ》は、意外《いがい》だといったような表情《ひょうじょう》になった。

「え・・・すごくかわいいと思《おも》うけどな。」

そりゃ赤《あか》ちゃんは、かわいいよ。

小《ちい》さくて、いたいけで、くたっとしていて。

でもそれが自分《じぶん》の彼女《かのじょ》としてかわいいかどうかって話《はなし》になると・・・違《ちが》う気《き》がする。

「このまま大《おお》きくなっててくれれば、俺的《おれてき》には、全然《ぜんぜん》、問題《もんだい》ない。」

私《わたし》は、小塚君《こづかくん》と顔《かお》を見合《みあ》わせた。

「忍《しのぶ》の、かわいさの基準《きじゅん》って、どうなってるんだろ。」

「結構《けっこう》、緩《ゆる》いかもね。」

「長《なが》く引《ひ》きこもってたから、そうじゃない人間《にんげん》とは感覚《かんかく》のズレがあるとか？」

「いや、赤《あか》ちゃんタイプの子《こ》が好《この》みなんじゃないかな。」

そう言《い》いながら小塚君《こづかくん》は、思《おも》い出《だ》したようにちょっと笑《わら》った。

「赤《あか》ちゃんっていえば、僕《ぼく》、生《う》まれて一か月目《げつめ》のお宮参《みやまい》りの時《とき》、神社《じんじゃ》にいた猿《さる》に、自分《じぶん》の子供《こども》と間違《まちが》えられたんだよ。僕《ぼく》のことを抱《だ》きしめて、どうしても放《はな》そうとしなかったんだって。」

それで皆《みんな》で、大笑《おおわら》いしてしまった。

もちろんカフェテリア内《ない》の塾生《じゅくせい》からは、矢《や》のような白眼《はくがん》が飛《と》んでくるっ！

怒《いか》りのこもったささやきも聞《き》こえた。

「おまえらだけの、カフェテリアかよ。」

「KZ《カッズ》メンバーだからって、調子《ちょうし》こいてんじゃねーよ。」

若武《わかたけ》はムッとしたようだったけれど、その肩《かた》を黒木君《くろきくん》が押《お》さえた。

「騒《さわ》いだ俺《おれ》らが、悪《わる》いよ。」

それで三度《みたび》、全員《ぜんいん》で立《た》ち上《あ》がり、丁寧《ていねい》に謝《あやま》ったんだ。

「そろそろ本題《ほんだい》に入《はい》るぞ。」

座《すわ》り直《なお》した若武《わかたけ》が、苦虫《にがむし》を嚙《か》み潰《つぶ》したような顔《かお》で私《わたし》たちを見回《みまわ》す。

「今日《きょう》は、各自《かくじ》にエキスパートとしての話《はなし》をしてもらう。自分《じぶん》の得意分野《とくいぶんや》で今《いま》やっていることや、注目《ちゅうもく》していることについて発表《はっぴょう》してくれ。ちなみに俺《おれ》は、今年初《ことしはじ》めて行《おこな》われた東大《とうだい》のAO入試《エーオーにゅうし》について、集《あつ》めた情報《じょうほう》を提供《ていきょう》する。七鬼《ななき》は？」

忍《しのぶ》は、まだ見《み》つめていた彼女《かのじょ》の写真《しゃしん》から、ようやく目《め》を上《あ》げた。

「俺《おれ》は、ＫＺ《カッズ》制作《せいさく》のアプリについて、候補《こうほ》を挙《あ》げてきた。どれにするか、皆《みな》で決《き》めてほしい。今《いま》、注目《ちゅうもく》してることは、近未来《きんみらい》のＡＩ《人工知能》について。人類《じんるい》はＡＩ《人工知能》とどう共存《きょうそん》していけばいいのかってこと。ＡＩ《人工知能》は人間《にんげん》に代《か》わることができる存在《そんざい》だから、考《かんが》え方《かた》によっては脅威《きょうい》なんだ。時代《じだい》は、これからＡＩ《人工知能》が主導《しゅどう》する産業革命《さんぎょうかくめい》に差《さ》しかかる。それについて全世界《ぜんせかい》のＡＩ《人工知能》関係者《かんけいしゃ》が、地球派《ちきゅうは》と宇《う》宙派《ちゅうは》の２つの考《かんが》え方《かた》に分《わ》かれて、争《あらそ》ってるとこなんだ。」

う・・・なんか、規模《きぼ》大《おお》きすぎる。

「じゃ小塚《こづか》は？」

若武《わかたけ》に聞《き》かれて、小塚君《こづかくん》はニッコリした。

「僕《ぼく》が注目《ちゅうもく》してるのは、素数《そすう》ゼミだよ。」

私《わたし》は一瞬《いっしゅん》、それは上杉君《うえすぎくん》のテリトリーなのでは、と思《おも》ってしまった。

だって、素数《そすう》のゼミナールでしょ？

「素数《そすう》ゼミっていうのは、素数《そすう》の年数《ねんすう》の周期《しゅうき》でアメリカで大発生《だいはっせい》する蟬《せみ》のこと。周期《しゅうき》ゼミとも呼《よ》ばれてるんだ。」

あ、蟬《せみ》なのかぁ。

「今年《ことし》はその年《とし》に当《あ》たってて、静岡大学《しずおかだいがく》の調査隊《ちょうさたい》がアメリカに渡《わた》ってDNA《ディーエヌエー》の徹底解析《てっていかいせき》を始《はじ》めてるんだ。なぜ素数《そすう》の周期《しゅうき》で大量発生《たいりょうはっせい》するのか、その謎《なぞ》がいよいよ突《つ》き止《と》められる。すごく楽《たの》しみにしてるんだ。」

その時《とき》だった。

窓《まど》ぎわのテーブルで、女子《じょし》の悲鳴《ひめい》が上《あ》がった。

「変《へん》な鳥《とり》がいるっ！」

見《み》れば、窓《まど》ガラスの向《む》こうのサッシの縁《ふち》に、大《おお》きな烏《からす》が舞《ま》い降《お》りてきていた。

全身《ぜんしん》が黒《くろ》くて、広《ひろ》げた羽《はね》が異常《いじょう》に大《おお》きく、すごく不気味《ぶきみ》だった。

窓《まど》の外《そと》から動《うご》かず、ガラス越《ご》しにこちらをのぞきこんでいる。

若武《わかたけ》が、ガタッと椅子《いす》を鳴《な》らして立《た》ち上《あ》がった。

「神烏《かみノからす》だっ！」

え？

「よく見《み》ろ、足《あし》が3本《ぼん》あるだろ。」

そう言《い》われてみれば、その烏《からす》は、確《たし》かに3本足《ぼんあし》だった。

「捕《つか》まえようっ！」

なんでっ!?

## 5　神剣《しんけん》、美《うつく》しき王子《おうじ》のクリス

「3本足《ぼんあし》の烏《からす》は、神《かみ》の使《つか》いなんだ。日本《にほん》サッカー協会《きょうかい》のシンボルマークにもなっている。」

へぇ、そうなの。

「捕《つか》まえて願《ねが》い事《ごと》をすれば、きっと聞《き》いてくれるはずだ。」

じっと烏《からす》を見《み》つめたままの若武《わかたけ》の横顔《よこがお》は、とても真剣《しんけん》だった。

そういう時《とき》の若武《わかたけ》の目《め》って、すごく素敵《すてき》なんだ。

思《おも》わず、クラッとよろめきそうになるくらい。

「最近《さいきん》サッカーKZ《カッズ》、調子悪《ちょうしわる》いからさ。ま、俺《おれ》がレギュラーじゃないってせいもあるけど。」

誰《だれ》も、反論《はんろん》しなかった。

いつもだったら絶対《ぜったい》、ケッって言《い》うはずの上杉君《うえすぎくん》でさえも。

若武《わかたけ》は、夏休《なつやす》みに膝《ひざ》の手術《しゅじゅつ》をした。

それで当分《とうぶん》、補欠《ほけつ》チームで練習《れんしゅう》して、調子《ちょうし》を上《あ》げてからレギュラーに戻《もど》るってことになっていたんだ。

若武《わかたけ》が留守《るす》のKZ《カッズ》は、確《たし》かに今《いま》までのような精彩《せいさい》を欠《か》いている。

「あの烏《からす》、捕《つか》まえよう。で、KZ《カッズ》の勝利《しょうり》をお願《ねが》いしようぜ。」

上杉君《うえすぎくん》が、絶望《ぜつぼう》したように首《くび》を横《よこ》に振《ふ》った。

「無理《むり》だろ。鳥《とり》って馬鹿《ばか》じゃん。3歩《ぽ》歩《ある》いたら、前《まえ》のこと全部《ぜんぶ》忘《わす》れるっていうくらいだし。」

その隣《となり》で、小塚君《こづかくん》が急《いそ》いで口《くち》を開《ひら》く。

「あ、烏《からす》は別《べつ》だよ。すごくIQ《アイキュー》が高《たか》いんだ。人間《にんげん》の子供《こども》7～8歳《さい》くらいの知能《ちのう》を持《も》つって言《い》ってる学者《がくしゃ》もいるくらいだよ。」

7～8歳《さい》っていったら、小学《しょうがく》2年《ねん》から3年《ねん》だよね。

すごいかも、烏《からす》。

「よし、捕獲《ほかく》するぞ。」

若武《わかたけ》が勢《いきお》いづいた。

「俺《おれ》、屋上《おくじょう》に出《で》て、この窓《まど》の外《そと》に回《まわ》って追《お》いこむ。おまえたちは窓《まど》を開《あ》けて、呼《よ》びこんでよ。」

そう言《い》うなり、飛《と》び出《だ》していこうとしたんだ。

その二《に》の腕《うで》を、忍《しのぶ》が摑《つか》んで引《ひ》きとめる。

「あいつ、俺《おれ》を捜《さが》しにきたみたい。」

皆《みな》がびっくりした。

もちろん私《わたし》も。

「羽《はね》が、かなり傷《きず》ついてる。相当遠《そうとうとお》くから飛《と》んできたんだ。」

労《いたわ》るように言《い》いながら、窓《まど》に歩《あゆ》み寄《よ》っていく。

私《わたし》たちは、息《いき》を呑《の》んでそれを見《み》つめた。

そっと窓《まど》を開《あ》けた忍《しのぶ》は、無言《むごん》でそこから片腕《かたうで》を差《さ》し出《だ》す。

烏《からす》は大《おお》きな羽《はね》を広《ひろ》げ、一瞬《いっしゅん》、羽《は》ばたいたかと思《おも》うと、すぐさま忍《しのぶ》の手首《てくび》に舞《ま》い降《お》りた。

忍《しのぶ》は、窓《まど》から身《み》を乗《の》り出《だ》し、烏《からす》に顔《かお》を近《ちか》づける。

そのまましばらく動《うご》かずにいて、やがて大《おお》きく頷《うなず》いた。

それを見《み》て烏《からす》は羽《は》ばたき、窓《まど》を離《はな》れて空《そら》に舞《ま》い上《あ》がっていく。

その姿《すがた》はグングン小《ちい》さくなり、最後《さいご》は黒《くろ》い点《てん》のようになって、ふっと消《き》えた。

すべてが、ファンタジーの世界《せかい》の出来事《できごと》みたいだった。

「ちょっとした事件《じけん》だ。」

そう言《い》いながら忍《しのぶ》が、こちらを振《ふ》り返《かえ》る。

「神剣《しんけん》クリスが盗《ぬす》まれたって。」

はぁっ!?

私《わたし》はキョトンとしてしまったけれど、でも皆《みな》は急《きゅう》に生《い》き生《い》きとし、うれしそうな表情《ひょうじょう》になった。

「ハードは、何《なに》？」

「そのアイテムの効果《こうか》、知《し》りたい。」

「流《なが》れと基本《きほん》パートも教《おし》えてよ。」

私《わたし》は、まったくついていけず・・・ただ無言《むごん》。

「ゲームの話《はなし》じゃない、現実《リアル》だ。」

忍《しのぶ》は苦笑《くしょう》しながら、カフェテリア内《ない》に視線《しせん》を配《くば》る。

「また怒《おこ》られるぜ。テーブルに戻《もど》ろう。」

それで私《わたし》たちは、はっとし、こちらに注目《ちゅうもく》している塾生《じゅくせい》たちに4度目《どめ》の謝罪《しゃざい》をしてから元《もと》の席《せき》に戻《もど》ったんだ。

「俺《おれ》、すげえ、やる気満々《きまんまん》。」

若武《わかたけ》が、きれいなその目《め》をキラキラ輝《かがや》かせる。

「それ、事件《じけん》だろ。このところ事件《じけん》なかったから、ちょうどいいよ。俺《おれ》たちKZ《カッズ》で解決《かいけつ》しようぜ。アーヤ、記録《きろく》。」

私《わたし》は、あわてて事件《じけん》ノートを開《ひら》いた。

持《も》ってきてて、よかった！

「事件名《じけんめい》は、『神剣《しんけん》クリス盗難事件《とうなんじけん》』。」

ネームセンスのない若武《わかたけ》にしては、まぁ問題《もんだい》のないネーミングだったし、皆《みな》も反対《はんたい》の声《こえ》を上《あ》げなかったので、私《わたし》はそのままノートに書《か》きつけた。

「七鬼《なき》さぁ、おまえんとこって、烏《からす》が知《し》らせにくるシステムなの？」

上杉君《うえすぎくん》が、中指《なかゆび》で眼鏡《めがね》のフレームを押《お》し上《あ》げる。

「感動《かんどう》するほど原始的《げんしてき》だな。もしかして平安時代《へいあんじだい》からずっと変《か》わってないとか？」

忍《しのぶ》が笑《わら》いながら口《くち》を開《ひら》いた。

「ん、平安時代《へいあんじだい》からだよ。」

あっさり肯定《こうてい》されて、上杉君《うえすぎくん》は力《ちから》が抜《ぬ》けてしまったらしく、ガックリと首《くび》を垂《た》れる。

「マジかよ。平安時代《へいあんじだい》って７９４年《ねん》からだぜ。１２００年以上《ねんいじょう》も変《か》わってないって・・・どんだけ古《ふる》いんだ。」

すっかり毒気《どくけ》を抜《ぬ》かれた様子《ようす》だった。

その上杉君《うえすぎくん》に替《か》わり、小塚君《こづかくん》が大《おお》いに活気《かっき》づく。

「聞《き》いたことあるよ、動物《どうぶつ》が神《かみ》の使《つか》いをするんだよね。で、その動物自体《どうぶつじたい》も、信仰《しんこう》の対象《たいしょう》になる。」

小塚君《こづかくん》は、「シャリの小塚《こづか》」のニックネーム通《どお》り、動植物《どうしょくぶつ》のことなら何《なん》でも知《し》っているんだけれど、その知識《ちしき》が神話《しんわ》にまで及《およ》んでいるなんて・・・すごいな。

「そうだ、眷族信仰《けんぞくしんこう》だよ。」

忍《しのぶ》は、わかってくれる同士《どうし》を得《え》てうれしかったらしく、急《きゅう》に饒舌《じょうぜつ》になった。

「各神社《かくじんじゃ》には、その主祭神《しゅさいじん》に仕《つか》える神使《しんし》がいる。春日社《かすがしゃ》は鹿《しか》、日吉社《ひよししゃ》は猿《さる》、八幡社《はちまんしゃ》は鳩《はと》、その他《ほか》、牛《うし》や蜂《はち》、蟹《かに》を神使《しんし》にしてる神社《じんじゃ》もあるんだ。それらの神使《しんし》たちは、神《かみ》に仕《つか》えながら情報《じょうほう》を共《きょう》有《ゆう》し合《あ》って、神社《じんじゃ》の保全《ほぜん》に努《つと》めている。」

初《はじ》めて聞《き》く話《はなし》で、とても興味深《きょうみぶか》かった。

「今《いま》の烏《からす》は、熊野神社《くまのじんじゃ》から来《き》た。熊野《くまの》に入《はい》った情報《じょうほう》を伝《つた》えに来《き》たんだ。発信元《はっしんもと》はインドネシアのヒンドゥ寺院《チャンディ》の烏《からす》で、日本《にほん》では伊勢神宮《いせじんぐう》の烏《からす》が最初《さいしょ》にそれを受《う》け取《と》ったんだって。」

ようやく首《くび》を起《お》こしかけていた上杉君《うえすぎくん》が、再《ふたた》びガックリと下《した》を向《む》く。

「そいつら、何語《なにご》で話《はな》してんだよ・・・」

それを聞《き》いて、私《わたし》は、はっとした。

だって、言葉《ことば》は私《わたし》の守備範囲《しゅびはんい》なんだもの。

答《こた》える義務《ぎむ》があると思《おも》って、一生懸命《いっしょうけんめい》に考《かんが》えてから発表《はっぴょう》した。

「たぶん、霊的《れいてき》な言葉《ことば》じゃないかな。」

上杉君《うえすぎくん》は、ダメージを大《おお》きくしたみたいで、テーブルに額《ひたい》を押《お》し当《あ》てて静《しず》かになってしまった。


はて・・・。

「神剣《しんけん》クリスは、40センチくらいの両刃《りょうば》の短剣《たんけん》だ。3世紀頃《せいきごろ》、インドネシアにその技法《ぎほう》が伝《つた》わってきたと言《い》われていて、ウンプと呼《よ》ばれる専門《せんもん》の職人《しょくにん》が、知恵《ちえ》の神《かみ》ガネーシャの監督《かんとく》の下《もと》で作《つく》るんだ。2005年《ねん》にはユネスコの無形文化遺産《むけいぶんかいさん》にも登録《とうろく》されている。」

へえ！

「魂《たましい》を持《も》つ剣《けん》とか、霊力《れいりょく》のある剣《けん》とか言《い》われていて、1本《ぽん》1本《ぽん》が名前《なまえ》を持《も》つんだ。自分《じぶん》の持《も》ち主《ぬし》は自分《じぶん》で決《き》めるとか、1人《ひとり》で動《うご》くとかいう言《い》い伝《つた》えもある。」

自立《じりつ》してんだね、カッコいい！

「このヒンドゥ寺院《じいん》に奉納《ほうのう》されていたのは、美《うつく》しき王子《おうじ》と呼《よ》ばれるクリスだ。4人《にん》を殺《ころ》すという呪《のろ》いがかかっていたらしい。」

ゾッ！

「このクリスで、すでに3人《にん》が殺《ころ》されたために、寺院《じいん》に収《おさ》められていたんだ。ところが、これが盗《ぬす》み出《だ》された。」

ゾゾッ！

「現地《げんち》では皆《みな》が、きっと4人目《にんめ》の犠牲者《ぎせいしゃ》が出《で》るに違《ちが》いないと恐《おそ》れているって。」

ゾゾゾッ！

「すでに海外《かいがい》に持《も》ち出《だ》された可能性《かのうせい》もあり、霊的能力《れいてきのうりょく》を持《も》つ人間《にんげん》に情報《じょうほう》を送《おく》って協力《きょうりょく》を頼《たの》み、回《かい》収《しゅう》を急《いそ》いでいるらしい。」

上杉君《うえすぎくん》がすっくと顔《かお》を上《あ》げ、断固《だんこ》として言《い》った。

「KZ《カッズ》は、心霊探偵《しんれいたんてい》チームじゃない。この事件《じけん》は、専門外《せんもんがい》だ。」

まぁ、そうかも。

若武《わかたけ》は、諦《あきら》めきれない様子《ようす》だった。

「おもしろそうなのになぁ。」

黒木君《くろきくん》が、宥《なだ》めるように微笑《ほほえ》む。

「現場《げんば》がインドネシアじゃ、遠《とお》すぎるだろ。」

忍《しのぶ》が椅子《いす》を鳴《な》らして立《た》ち上《あ》がった。

「俺《おれ》、現地《げんち》行《い》って詳《くわ》しいことを聞《き》いてくるよ。気《き》になるし。KZ《カッズ》アプリの候補《こうほ》は、若武《わかたけ》のスマホに送《おく》っとく。」

そう言《い》ってから、ちらっと私《わたし》に視線《しせん》を流《なが》し、わずかに笑《え》みを浮《う》かべた。

「現地《げんち》の情報《じょうほう》も送《おく》るよ。呪《のろ》いについても、よく調《しら》べて対策《たいさく》を立《た》てておく。恐《こわ》がってる奴《やつ》がいるみたいだからさ。」

う・・・お見通《みとお》しだ。

恥《は》ずかしく思《おも》う私《わたし》の前《まえ》で、若武《わかたけ》がしかたなさそうに手《て》を振《ふ》った。

「気《き》を付《つ》けて行《い》ってこい。烏《からす》によろしく。」

私《わたし》たちも手《て》を振《ふ》り、それぞれにエールを送《おく》った。

「頑張《がんば》ってね！」

「何《なに》かあったら、連絡《れんらく》しろよ。」

「いつでも役《やく》に立《た》てるように準備《じゅんび》しとくよ。」

「体調管理《たいちょうかんり》、ちゃんとしろよ。」

私《わたし》たちの見送《みおく》りを受《う》けて、忍《しのぶ》はカフェテリアのドアから出《で》ていった。

それを見《み》ながら、上杉君《うえすぎくん》が感嘆《かんたん》の溜《た》め息《いき》をつく。

「あいつ、すごいよな。あれほど古《ふる》くて新《あたら》しい奴《やつ》って、ちょっといなくね？」

私《わたし》たちは、深々《ふかぶか》と頷《うなず》いた。

忍《しのぶ》の守備範囲《しゅびはんい》は、妖怪《ようかい》からAI《人工知能》まで。

妖怪《ようかい》というものすごく古《ふる》いものから、AI《人工知能》というもっとも新《あたら》しいものにまで対応《たいおう》するんだ。

幅《はば》の広《ひろ》さが半端《はんぱ》じゃない。

「七鬼《ななき》は、KZ《カッズ》の重要戦力《じゅうようせんりょく》だ。」

若武《わかたけ》は、どこかが痛《いた》むかのように顔《かお》をしかめた。

「あいつが欠《か》けるのは、痛《いた》いな。」

上杉君《うえすぎくん》が、何言《なにい》ってんだといったように眉《まゆ》を上《あ》げる。

「いいじゃんよ、どっちみち事件《じけん》なんかないんだからさ。」

黒木君《くろきくん》も頷《うなず》いた。

「むしろ、この時期《じき》で幸《さいわ》いだったよ。」

若武《わかたけ》は、ふくれっ面《つら》になる。

「おまえら、軽《かる》すぎだろ。事件《じけん》って、いつ起《お》こるかわかんないんだぜ。常《つね》に万全《ばんぜん》な態勢《たいせい》を整《ととの》えておくべきだろうが。」

上杉君《うえすぎくん》と黒木君《くろきくん》は、顔《かお》を見合《みあ》わせ、鼻《はな》で笑《わら》った。

それを見《み》て若武《わかたけ》は、いっそう不機嫌《ふきげん》になり、黙《だま》りこむ。

その場《ば》の空気《くうき》が悪《わる》くなっていき、困《こま》ったようにあたりを見回《みまわ》していた小塚君《こづかくん》が、声《こえ》を上《あ》げた。

「あ、美門《みかど》が来《き》たよ。」

ドアの方《ほう》に目《め》を向《む》けると、翼《たすく》が姿《すがた》を見《み》せるところだった。

「あいつ、なんで遅《おく》れてんの？　ハイスペックの都合《つごう》？」

黒木君《くろきくん》に聞《き》かれて、小塚君《こづかくん》は首《くび》を傾《かし》げる。

「何《なに》か、外《はず》せない用事《ようじ》があるって言《い》ってたけど・・・」

話《はな》している間《あいだ》に、翼《たすく》はテーブルまでやってきて、開口一番《かいこういちばん》、こう言《い》った。

「ごめん、俺《おれ》、KZ《カッズ》やめる。」

えーっ!?

びっくりする私《わたし》の前《まえ》で、若武《わかたけ》が頭《あたま》を抱《かか》えこんだ。

「美門《みかど》、おまえも離脱《りだつ》か・・・」

# 6 アイドルＫＺ《カッズ》

私《わたし》は、何《なに》も言《い》えずにいた。

だってやめるなんて・・・。

ずっと翼《たすく》のＫＺ《カッズ》入《い》りを応援《おうえん》してきた私《わたし》としては、裏切《うらぎ》られたような気持《きも》ちだった。

すごくショックで、悲《かな》しくて、くやしくて、腹立《はらだ》たしくて、心《こころ》がグラグラ揺《ゆ》れていたんだ。

「できれば続《つづ》けたいって思《おも》っていたけれど、無理《むり》そうだから、」

そう言《い》いながら翼《たすく》は、わずかに微笑《ほほえ》む。

その顔《かお》は、真剣《しんけん》さのあまり血《ち》の気《き》が引《ひ》いているように見《み》えた。

「中途半端《ちゅうとはんぱ》にしてると、きっと迷惑《めいわく》をかけるからさ。」

黒木君《くろきくん》が、ガタッと高《たか》い音《おと》を立《た》てて自分《じぶん》の隣《となり》の椅子《いす》を引《ひ》く。

「まぁ座《すわ》って。落《お》ち着《つ》いて理由《りゆう》を話《はな》せよ。」

その言葉《ことば》を聞《き》いて私《わたし》は初《はじ》めて、翼《たすく》が動揺《どうよう》していることに気《き》づいた。

私《わたし》たち以上《いじょう》に、それを話《はな》している翼本人《たすくほんにん》が心《こころ》を乱《みだ》していたのだった。

ああ翼《たすく》は、すごく迷《まよ》ったんだなってわかった。
迷《まよ》いながら、KZ《カッズ》脱退《だったい》に踏《ふ》み切《き》ったんだ。
きっと何《なに》か、どうしようもないことが起《お》こったのに違《ちが》いない。
いったい何《なに》があったんだろう。
もしかして悪《わる》い病気《びょうき》にでも、かかったとか。
あるいは家族《かぞく》が入院《にゅういん》したとか。
それともハイスペックの方《ほう》で、何《なに》かが起《お》こったとか、etc《エトセトラ》、etc《エトセトラ》。
いろいろと考《かんが》えながら私《わたし》は、翼《たすく》の気持《きも》ちを思《おも》いやった。
その時《とき》になってようやく、それだけの余裕《よゆう》を持《も》つことができたんだ。
何《なに》があったにしても、私《わたし》、翼《たすく》の力《ちから》になってあげなくちゃ！
そう思《おも》うことができた。
「初《はじ》めに言《い》っとくが、」
そう切《き》り出《だ》したのは、若武《わかたけ》だった。
さっきまでの私《わたし》よりもっと怒《おこ》っているみたいで、その目《め》には強引《ごういん》できつい光《ひかり》があった。
「KZ《カッズ》は、出入《でい》り自由《じゆう》の自動《じどう》ドアじゃねーんだよ。甘《あま》く見《み》んな。」

若武《わかたけ》は、ＫＺ《カッズ》を何《なに》より大切《たいせつ》にしているのだった。

ＫＺ《カッズ》を創設《そうせつ》したのは若武《わかたけ》だったし、ずっとリーダーを務《つと》めてきて、誰《だれ》よりも愛情《あいじょう》が深《ふか》いんだ。

「正当《せいとう》な理由《りゆう》もなく、勝手《かって》にやめるのなんか許《ゆる》さねーからな。」

上杉君《うえすぎくん》が、鼻《はな》で笑《わら》う。

「おい、ＫＺ《カッズ》はヤクザか、それとも族《ゾク》かよ。出入《でい》り自由《じゆう》でいいじゃん。」

若武《わかたけ》が突《つ》っ立《た》った。

「きっさま、リーダーでもないくせに、引《ひ》っこんでろ！」

上杉君《うえすぎくん》も立《た》ち上《あ》がる。

「おまえ、リコールしてやろうか？」

２人《ふたり》が火花《ひばな》の散《ち》るようなにらみ合《あ》いを始《はじ》めたとたん、黒木君《くろきくん》が言《い》った。

「翼《たすく》の話《はなし》を聞《き》けよ！」

静《しず》かな口調《くちょう》だったけれど、その声《こえ》の芯《しん》に凛《りん》とした厳《きび》しい響《ひび》きがあったので、小塚君《こづかくん》が思《おも》わず、

「ごめんなさいっ！」

と叫《さけ》んでしまったくらいだった。

う・・・黒木君《くろきくん》も本気《ほんき》になると、かなり恐《こわ》いな。

「甘《あま》く見《み》てるわけじゃないよ。KZ《カッズ》好《す》きだし、続《つづ》けたいんだけど・・・」

そう言《い》いながら翼《たすく》は椅子《いす》に腰《こし》を下《お》ろし、両腕《りょううで》をテーブルに載《の》せて私《わたし》たちを見回《みまわ》した。

「実《じつ》は俺《おれ》、先月《せんげつ》、渋谷《しぶや》に行《い》っててさ、青山通《あおやまどお》りに出《で》たところで芸能《げいのう》プロダクションにスカウトされたんだ。」

私《わたし》たちは皆《みな》、びっくり！

かつてアイドルを目指《めざ》したことのある若武《わかたけ》なんか、それまでの不機嫌《ふきげん》をあっさり放《ほう》り投《な》げて、パカッと口《くち》を開《あ》けたままだった。

だってスカウトされるって、すごいっ！

めったにないことだもの。

私《わたし》なんか、渋谷《しぶや》には家族《かぞく》と一緒《いっしょ》に何度《なんど》も行《い》ったし、青山通《あおやまどお》りも歩《ある》いたけれど、スカウトなんて全然《ぜんぜん》されなかった。

相当《そうとう》な輝《かがや》きを持《も》った子《こ》じゃないと、きっと目《め》に留《と》めてもらえないんだ。

「スカウトから声《こえ》かけられることって、俺《おれ》、珍《めずら》しくないからさ、」

小塚君《こづかくん》が、そっとつぶやく。

「珍《めずら》しくないんだ・・・すごいな。」

まぁ翼《たすく》は、完璧美少年《かんぺきびしょうねん》だからね。

「またかと思《おも》って最初《さいしょ》は相手《あいて》にしなかったんだけど、その人《ひと》、俺《おれ》がヒップホップの全国大会《ぜんこくたいかい》で優勝《ゆうしょう》したこと知《し》ってて、その当時《とうじ》ずっとコンタクトしてたって言《い》うんだ。俺《おれ》の保護者《ほごしゃ》から断《ことわ》られ続《つづ》けて、諦《あきら》めたんだって。それ聞《き》いて、心《こころ》が動《うご》いた。」

その時《とき》になってようやく私《わたし》は、さっきの翼《たすく》の言葉《ことば》の意味《いみ》を理解《りかい》した。

あの時《とき》、欠《か》けていた目的語《もくてきご》は、ヒップホップだったんだ。

「やっぱ自分《じぶん》は、踊《おど》ることが好《す》きなんだなって改《あらた》めて思《おも》ったよ。それを認《みと》めてもらえて、すごくうれしかったから。」

翼《たすく》は、幼稚園《ようちえん》の頃《ころ》からヒップホップを習《なら》っていた。

筑波大附属駒場中学《つくばだいふぞくこまばちゅうがく》に行《い》くためにやめたんだけれど、結局《けっきょく》、筑駒《つくこま》に落《お》ちて、その傷《きず》を抱《かか》えて浜田《はまだ》に来《き》たんだ。

ヒップホップは、翼《たすく》の原点《げんてん》みたいなものだった。

それを認《みと》めてくれる人《ひと》が接触《せっしょく》してきたら、そりゃ心《こころ》が動《うご》くよね。

「渡《わた》された名刺見《めいしみ》たら、クールボーイが所属《しょぞく》してるプロダクションだった。」

わっ！

「俺《おれ》、KAITO《カイト》好《す》きだからさ、」

わわっ！

「で、先週《せんしゅう》、プロダクションに遊《あそ》びに行《い》ったんだ。ちょっと踊《おど》ってみてってって言《い》われたから、踊《おど》ったら、近々《ちかぢか》クールボーイの後輩《こうはい》のユニットをデビューさせる予定《よてい》だから、そこに入《はい》らないかって誘《さそ》われた。クールボーイが現役名門私立高生《げんえきめいもんしりつこうせい》だから、今度《こんど》は現役名門私立中生《げんえきめいもんしりつちゅうせい》を集《あつ》めるらしい。名前《なまえ》は、クールポイントだって。」

私《わたし》は、ふと思《おも》った。

高宮《たかみや》さんが、あんな格好《かっこう》でお兄《にい》ちゃんを訪《たず》ねてきたのは、もしかしてそのことと関係《かんけい》があるのかもしれないって。

「俺《おれ》の中学《ちゅうがく》は名門《めいもん》ってわけじゃないけど、高校《こうこう》が有名《ゆうめい》だから、まぁ許容範囲《きょようはんい》らしい。その返事《へんじ》を今日《きょう》までにすることになってて、さっき行《い》ってきたんだ。」

若武《わかたけ》がゆっくりと立《た》ち上《あ》がり、テーブルに両手《りょうて》をついて、翼《たすく》の方《ほう》に身《み》を乗《の》り出《だ》す。

その顔《かお》は、鬼気迫《ききせま》るというか、尋常《じんじょう》とは思《おも》えないほどの迫力《はくりょく》に満《み》ちていた。

芸能界《げいのうかい》と聞《き》くと、若武《わかたけ》はきっと胸《むね》が疼《うず》くんだ。

自分《じぶん》の昔《むかし》の夢《ゆめ》だし、挫折《ざせつ》を経験《けいけん》しているものね。

「で、入《はい》ることにしたのか？」

見《み》すえられて、翼《たすく》は頷《うなず》く。

「俺《おれ》、筑駒受験《つくこまじゅけん》のためにヒップホップを諦《あきら》めたけど、その筑駒《つくこま》にフラれてるからさ。今《いま》こういう誘《さそ》いがくるのは、原点《げんてん》に戻《もど》れって言《い》われてる気《き》がしたんだ。それでオーケイした。」

これまでの人生《じんせい》を顧《かえり》みながら話《はな》す翼《たすく》の言葉《ことば》には、とても重《おも》みがあった。

それで私《わたし》たちは皆《みな》、反対《はんたい》できなかったし、応援《おうえん》したいって気持《きも》ちにもなったんだ。

仲間《なかま》だもの！

だけど正直《しょうじき》なところ、皆《みんな》、困《こま》っていた。

だって翼《たすく》は、KZ《カッズ》の活動《かつどう》で、重要《じゅうよう》な役割《やくわり》を果《は》たしている。

翼《たすく》がいなくなってしまったら、今後《こんご》のKZ《カッズ》はどうなるんだろう。

「これからオーディションがあるって話《はなし》だから、それに通《とお》らないとダメなんだけどね。もしデビューできるとしたら、どんな毎日《まいにち》になるんですかって聞《き》いたら、これ、見《み》せられた。」

翼《たすく》はポケットからスマートフォンを出《だ》し、画面《がめん》を払《はら》って、1枚《まい》のリストを浮《う》かび上《あ》がらせる。

「成人《せいじん》アイドルのスケジュールなんだけど、だいたいこんな感《かん》じだって。」

目《め》の前《まえ》に差《さ》し出《だ》されたそのスマートフォンに、皆《みな》が注目《ちゅうもく》した。

「月曜《げつよう》18時《じ》、スタジオ入《い》り。20時《じ》、収録開始《しゅうろくかいし》。火曜《かよう》19時《じ》、スタジオ入《い》り。20時《じ》、収録開始《しゅうろくかいし》。水曜《すいよう》から金曜《きんよう》17時《じ》スタジオ入《い》り、土曜《どよう》10時《じ》フォトスタジオ集合《しゅうごう》。日曜《にちよう》8時《じ》、東京駅集合《とうきょうえきしゅうごう》。」

ああ連日《れんじつ》、予定《よてい》が目一杯《めいっぱい》っ！

「学校《がっこう》が終《お》わると、即《そく》、芸能活動《げいのうかつどう》の日《ひ》が多《おお》くなるから、KZ《カッズ》との両立《りょうりつ》はとてもできないと思《おも》うんだ。残念《ざんねん》だけど。ハイスペックも、たぶんやめるようになると思《おも》う。」

その場《ば》に、沈黙《ちんもく》が広《ひろ》がる。

皆《みな》が、何《なん》て言《い》っていいのかわからずにいた。

私《わたし》も、だった。

「この他《ほか》に、歌《うた》や演技《えんぎ》のレッスンもしなくちゃいけないって言《い》われてるから、その時間《じかん》も必要《ひつよう》だし。」

瞬間《しゅんかん》、若武《わかたけ》が口《くち》を開《ひら》いた。

「よし、わかった。俺《おれ》たちも、そのオーディションを受《う》けよう。」

はっ!?

「探偵《たんてい》チームKZ《カッズ》は、アイドルチームKZ《カッズ》に変身《へんしん》するんだ。」

はぁっ!?

## 7 お手本《てほん》は、河馬《カバ》

「俺《おれ》たちは全員《ぜんいん》、オーディションの合格《ごうかく》を目指《めざ》す。そのクールポイントを、俺《おれ》たちKZ《カッズ》メンバーで独占《どくせん》するんだ。そしたらアイドル活動《かつどう》の移動時間《いどうじかん》とか、待《ま》ち時間《じかん》にKZ《カッズ》会議《かいぎ》ができるし、事件《じけん》も追《お》える。美門《みかど》もKZ《カッズ》を辞《や》めなくていいし、俺《おれ》たちも美門《みかど》を失《うしな》わずにすむだろ。」

それは、確《たし》かにその通《とお》りだった。

今《いま》までと同《おな》じようにKZ《カッズ》活動《かつどう》を続《つづ》けようとするのなら、それがただ1つの方法《ほうほう》かもしれない。

でもそんなこと・・・つまり皆《みんな》がオーディションに合格《ごうかく》するなんて・・・できるんだろうか？

「しかもアイドルで探偵《たんてい》って、画期的《かっきてき》じゃん。さっきの黒木《くろき》の言葉《ことば》によれば、2つ以上《いじょう》の優《すぐ》れたところがないと注目《ちゅうもく》されないし、モテない時代《じだい》だってことだから、アイドルと探偵《たんてい》、これでばっちり注目《ちゅうもく》されるぜ。どうだ、最高《さいこう》のアイディアだろ。」

若武《わかたけ》の頬《ほお》はほんのりと赤《あか》くなり、その目《め》はランランと輝《かがや》き始《はじ》めていた。

それで私《わたし》は気《き》づいたのだった、これは若武《わかたけ》にとって、挫折《ざせつ》した芸能界《げいのうかい》への夢《ゆめ》を復活《ふっかつ》させるチャンスなんだということに。

目立《めだ》つことが大好《だいす》きで、何《なに》が何《なん》でもテレビに出《で》たいと思《おも》っている若武《わかたけ》が、アイドルを目指《めざ》すのは当然《とうぜん》、必然《ひつぜん》、必至《ひっし》、必定《ひつじょう》っ！

1度失敗《どしっぱい》しているだけに、このチャンスは、逃《のが》すことのできないものなんだ、きっと。

「上杉《うえすぎ》と小塚《こづか》と黒木《くろき》は、名門私立中《めいもんしりつちゅう》だから問題《もんだい》ないし、俺《おれ》は公立《こうりつ》だけど、ヒップホップにはかなり自信《じしん》あるから大丈夫《だいじょうぶ》。男子限定《だんしげんてい》ユニットだからアーヤは、そうだな、男装《だんそう》するか、それともアドバイザーってことで。」

男装《だんそう》なんて、山《やま》ほど無理《むり》があるよぉ・・・。

そう思《おも》いながらも私《わたし》は、それが翼《たすく》の意志《いし》であり、若武《わかたけ》の希望《きぼう》でもあるとしたら、何《なん》とか叶《かな》えてあげたいと思《おも》わずにいられなかった。

KZ《カッズ》がアイドルを目指《めざ》すとしたら、障害《しょうがい》になるのは、何《なん》だろう。

今《いま》のところ何《なん》の事件《じけん》も起《お》こってないから、オーディションの準備《じゅんび》に専念《せんねん》することは、可能《かのう》。

もし突然《とつぜん》、事件《じけん》が起《お》こっても、皆《みな》がいっせいに緊急出動《きんきゅうしゅつどう》するなんて事態《じたい》は、これまでもそれほど多《おお》くなかったし、自分《じぶん》が必要《ひつよう》とされるポイントでエキスパートとして活動《かつどう》すればいいんだから、オーディションの準備《じゅんび》をしながらでも大丈夫《だいじょうぶ》。

そしてうまくオーディションに受《う》かって、皆《みな》が一緒《いっしょ》にアイドルするようになれば、連絡《れんらく》は密《みっ》に取《と》れるし、会議《かいぎ》もできる。

皆《みな》が忙《いそが》しい時《とき》には、私《わたし》がフォローすればいいんだ。

だって私《わたし》、男装《だんそう》なんてとても無理《むり》だし、ヒップホップもダメだから、アドバイザーが適役《てきやく》だもの。

そしたら芸能活動《げいのうかつどう》しないから、皆《みんな》より時間《じかん》がある。

だから今《いま》までと同《おな》じようにＫＺ《カッズ》のために時間《じかん》を使《つか》えるはずだった。

でも、大問題《だいもんだい》が１つ！

それは、秀明《しゅうめい》。

翼《たすく》も言《い》ってたけれど、あのスケジュールを見《み》れば、塾《じゅく》に行《い》く余裕《よゆう》なんてとてもない。

つまりアイドルＫＺ《カッズ》を目指《めざ》すのなら、私《わたし》を除《のぞ》く全員《ぜんいん》が、秀明《しゅうめい》を休《やす》むか、辞《や》めるかしなけりゃならないのだった。

これは成績《せいせき》や受験《じゅけん》に響《ひび》くし、同時《どうじ》に進路《しんろ》や将来《しょうらい》にも大《おお》きく関係《かんけい》してくる。

アイドルでずっと生《い》きていけるなら、今《いま》、秀明《しゅうめい》を休《やす》んだり辞《や》めたりしても問題《もんだい》はないけれど、そうじゃないなら、すごく苦《くる》しいことになるのは目《め》に見《み》えていた。

でもこの時点《じてん》で、アイドルになれるかどうかなんて、正確《せいかく》に判断《はんだん》するのは不可能《ふかのう》。

つまり、これは、自分《じぶん》の人生《じんせい》を担保《たんぽ》にした賭《か》けなのだった。

私《わたし》は、身《み》がしまるような気《き》がした。

まだ13歳《さい》なのに、もう人生《じんせい》を賭《か》けた決断《けつだん》をしなくちゃならないなんて、すごく恐《こわ》いことだった。

「俺《おれ》の提案《ていあん》に、何《なに》か異議《いぎ》があるか？」

そう言《い》って若武《わかたけ》は、全員《ぜんいん》を見回《みまわ》す。

皆《みな》の意見《いけん》を尋《たず》ねているかのような言葉遣《ことばづか》いだったけれど、その目《め》ははっきりと、反対《はんたい》なんか認《みと》めないぞと宣言《せんげん》していた。

私《わたし》は、コクンと息《いき》を呑《の》む。

皆《みんな》、どうするんだろう。

隣《となり》で、黒木君《くろきくん》がクスッと笑《わら》った。

「鳴《な》ったね。」

え？

黒木君《くろきくん》の艶《あで》やかな眼差《まなざし》は、キョトンとする私《わたし》から逸《そ》れ、若武《わかたけ》に向《む》かう。

「若武劇場《わかたけげきじょう》の開幕《かいまく》ベルだよ。」

驚《おどろ》いて、よく見《み》れば、若武《わかたけ》の目《め》の光《ひかり》はますます強《つよ》くなり、まるで獲物《えもの》を狙《ねら》う猛獣《もうじゅう》みたいだった。

私《わたし》は緊張《きんちょう》し、皆《みな》の出方《でかた》を見守《みまも》る。

「僕《ぼく》、とてもできないよ。」

最初《さいしょ》にそう言《い》ったのは、小塚君《こづかくん》だった。

「このところ、また太《ふと》ったし。」

とんでもない話《はなし》だといったような表情《ひょうじょう》で、胃《い》のあたりをなでる。

「ヒップホップなんか踊《おど》ったら、即《そく》、骨折《こっせつ》か捻挫《ねんざ》すると思《おも》う。」

ところが若武《わかたけ》は、まったく気《き》にもしなかった。

「大丈夫《だいじょうぶ》、大丈夫《だいじょうぶ》。為《な》せば成《な》る、って言《い》うだろ。」

小塚君《こづかくん》は目《め》をパチパチさせ、私《わたし》を見《み》る。

「為《な》せば成《な》るって、正確《せいかく》にはどういう意味《いみ》？」

ああそれ、元《もと》は、武田信玄《たけだしんげん》の言葉《ことば》なんだ。

それを上杉鷹山《うえすぎようざん》が「為《な》せば成《な》る、為《な》さねば成《な》らぬ何事《なにごと》も、成《な》らぬは人《ひと》の為《な》さぬなりけり。」と変《か》え、１９６４年《ねん》の東京《とうきょう》オリンピックの時《とき》に女子《じょし》バレーボールチームを率《ひき》いた大松監督《だいまつかんとく》が引用《いんよう》して、有名《ゆうめい》になったんだよ。

「やれば、できるっていうこと。できないっていうのは、努力《どりょく》が足《た》りないから。」

小塚君《こづかくん》は、信《しん》じられないといったように首《くび》を横《よこ》に振《ふ》った。

「そんな・・・世《よ》の中《なか》って、精神力《せいしんりょく》だけで乗《の》り切《き》れるもの？」

同情《どうじょう》する私《わたし》の前《まえ》で、若武《わかたけ》が小塚君《こづかくん》に向《む》き直《なお》る。

「タレントの渡辺直美《わたなべなおみ》、見《み》てみろよ。あの太《ふと》り方《かた》で、すげぇダンスするじゃんよ。」

小塚君《こづかくん》は、はっとしたように背筋《せすじ》を伸《の》ばした。

視線《しせん》を空中《くうちゅう》にさ迷《まよ》わせながら、何《なに》かを考《かんが》えている。

「おまえにだって、充分《じゅうぶん》できる！」

そう言《い》われて、小塚君《こづかくん》は頷《うなず》いたんだ。

「わかった。」

あ、納得《なっとく》してる。

「頑張《がんば》る。」

しかも、やる気《き》だ。

そのタレントのこと、リスペクト《尊敬》してるんだろうか。

「河馬《カバ》を見習《みなら》えばいいんだ。」

へっ？

「河馬《カバ》って、でっぷりしてて手足短《てあしみじか》いけど、時速《じそく》40キロ以上《いじょう》で走《はし》るんだ。人間《にんげん》よりずっと速《はや》くて、機敏《きびん》なんだよ。水中《すいちゅう》なら2メートルくらいのジャンプもするし。」

小塚君《こづかくん》が空中《くうちゅう》に見詰《みつ》めていたのは、タレントじゃなくて、河馬《カバ》らしかった。

「よし小塚《こづか》、おまえは河馬《カバ》だ。オーディションを勝《か》ち抜《ぬ》いて、人間《にんげん》どもに目《め》に物見《ものみ》せてやれ。」

妙《みょう》な励《はげ》まし方《かた》をした若武《わかたけ》に、上杉君《うえすぎくん》が冷笑《れいしょう》を流《なが》す。

「俺《おれ》は、抜《ぬ》けるからな。」

え・・・1人《ひとり》でも抜《ぬ》けたら、アイドルKZ《カッズ》は成立《せいりつ》しないよ。

「止《と》めても無駄《むだ》だぜ、俺《おれ》は河馬《カバ》じゃない。しかも興味《きょうみ》ないし。」

若武《わかたけ》は、椅子《いす》ごとズリズリと上杉君《うえすぎくん》に近寄《ちかよ》り、その顔《かお》をのぞきこんだ。

「ないのは、興味《きょうみ》じゃなくて自信《じしん》だろ？」

上杉君《うえすぎくん》は、ムッとしたように若武《わかたけ》をにらむ。

その肩《かた》を、若武《わかたけ》が強引《ごういん》に抱《だ》き寄《よ》せた。

「自信《じしん》なんか、なくたっていいんだ。アイドルは、マネージャーやプロデューサーから才能《さいのう》を引《ひ》き出《だ》されて伸《の》びてくものなんだからさ。下手《へた》に自信《じしん》があって自分《じぶん》はこうだって決《き》めてると、いろんなチャンスに対応《たいおう》できないし、羽《は》ばたけないんだ。」

へぇ、そうなのかぁ。

「それとも上杉《うえすぎ》、おまえは、オーディションで落《お》ちるのが嫌《いや》なのか。」

若武《わかたけ》は、上杉君《うえすぎくん》の顔《かお》をすぐそばから見《み》ながら、馬鹿《ばか》にしたようにニヤニヤ笑《わら》う。

「俺《おれ》や小塚《こづか》が受《う》かって、おまえ1人《ひとり》が落《お》ちたら、確《たし》かにカッコつかないもんな。」

上杉君《うえすぎくん》は、さも嫌《いや》そうに身《み》を反《そ》らせ、若武《わかたけ》から体《からだ》を遠《とお》ざけた。

「おまえなぁ、俺《おれ》が落《お》ちると決《き》めてるようだが、」

その瞬間《しゅんかん》、若武《わかたけ》は、まるで卓球《たっきゅう》の球《たま》でも打《う》ち返《かえ》すように素早《すばや》く言《い》ったんだ。

「落《お》ちない自信《じしん》があるなら、やってみろよっ！」

その速《はや》さと、挑《いど》みかかるような激《はげ》しさに、上杉君《うえすぎくん》は釣《つ》られた。

「よし、やってやる！」

あ、引《ひ》っかかった。

「おお言《い》ったな。男《おとこ》に二言《にごん》はないだろーな。やるんだよな。」

突《つ》っこむように念《ねん》を押《お》されて、上杉君《うえすぎくん》は、はっと我《われ》に返《かえ》ったらしかった。

さも無念《むねん》そうに頬《ほお》を歪《ゆが》め、テーブルに拳《こぶし》を押《お》し付《つ》けてガックリとうつむく。

「ちっきしょう・・・」

黒木君《くろきくん》が、気《き》の毒《どく》そうに左右《さゆう》の口角《こうかく》を下《さ》げた。

「敗因《はいいん》は、若武劇場《わかたけげきじょう》が始《はじ》まってるのに気《き》づかなかったことだね。」

でも私《わたし》も、黒木君《くろきくん》に言《い》われなかったら全然《ぜんぜん》わからなかった。

「若武《わかたけ》、進歩《しんぽ》したよね。巧妙《こうみょう》になったみたい。」

ちょっと感心《かんしん》しながらそう言《い》うと、黒木君《くろきくん》も頷《うなず》いた。

「詐欺師《さぎし》への道《みち》は、ますます確実《かくじつ》になったね。」

まぁ、否定《ひてい》しない・・・。

「きっさま、」

上杉君《うえすぎくん》が、目《め》を上《あ》げて若武《わかたけ》をにらむ。

「よくもやったな。」

若武《わかたけ》は鼻《はな》で笑《わら》った。

「何《なん》とでも言《い》え。負《ま》け犬《いぬ》の遠吠《とおぼ》えに、貸《か》す耳《みみ》なんかない。」

そう言《い》いながら翼《たすく》を見《み》る。

「おまえと同《おな》じオーディションを俺《おれ》たちも受《う》けて、一緒《いっしょ》にユニット組《く》むってのは、どう？」

翼《たすく》は、そのきれいな顔《かお》に満面《まんめん》の笑《え》みを浮《う》かべた。

「A hearty welcome to you!《大歓迎！》」

若武《わかたけ》はテーブル越《ご》しに右手《みぎて》を差《さ》し出《だ》し、翼《たすく》と固《かた》い握手《あくしゅ》を交《か》わして私《わたし》たちを見回《みまわ》す。

「オーディションを受《う》けることに賛成《さんせい》なのは、美門《みかど》、小塚《こづか》、上杉《うえすぎ》、それに俺《おれ》。合計《ごうけい》4票《ひょう》だから、多数決《たすうけつ》で決《き》まりだ。」

私《わたし》は、あわてて口《くち》を開《ひら》いた。

「あの、」

皆《みな》とは違《ちが》う自分《じぶん》の立場《たちば》を、最初《さいしょ》にはっきり確認《かくにん》しておかなければならないと思《おも》ったんだ。

「私《わたし》、男装《だんそう》はとても無理《むり》だから、デビューまでのいろいろなことを記録《きろく》しておく係《かかり》でいいかな。KZ《カッズ》がスーパーアイドルになった時《とき》に、本《ほん》として出版《しゅっぱん》できるように。」

若武《わかたけ》は、機嫌《きげん》がよかったせいか、それともスーパーアイドルという言葉《ことば》が気《き》に入《い》ったのか、あっさりオッケイした。

それで私《わたし》は、もう1つの心配事《しんぱいごと》を聞《き》いてみたんだ。

「ところで、皆《みんな》、秀明《しゅうめい》はどうするの。通《かよ》う時間《じかん》、ないと思《おも》うけど。」

若武《わかたけ》の、確固《かっこ》とした答《こた》えが聞《き》こえた。

「捨《す》てる。」

うっ、きっぱり！

「二兎《にと》を追《お》うもの一兎《いっと》をも得《え》ず、だ。」

小塚君《こづかくん》が、そのつぶらな目《め》を私《わたし》の方《ほう》に向《む》け、パチパチしながら無言《むごん》で解説《かいせつ》を求《もと》めた。

まるでリスみたいで、すごくかわいかったから、私《わたし》はニッコリした。

「同時《どうじ》に2つのことをしようとすると、両方《りょうほう》ともうまくいかないって意味《いみ》だよ。」

私《わたし》の答《こた》えを聞《き》きながら、上杉君《うえすぎくん》が天井《てんじょう》を仰《あお》ぐ。

「俺《おれ》は、翼《たすく》を除《のぞ》く俺《おれ》たち全員《ぜんいん》が、オーディションに落《お》ちることを神《かみ》に祈《いの》る。」

まぁそうなれば、確《たし》かに、秀明《しゅうめい》には通《かよ》えるけど・・・。

「そんなもん、祈《いの》るなっ！」

嚙《か》みつくように言《い》った若武《わかたけ》に、上杉君《うえすぎくん》はアカンべする。

「俺《おれ》の自由《じゆう》だ。」

小塚君《こづかくん》が大《おお》きな溜《た》め息《いき》をついた。

「僕《ぼく》は当面《とうめん》、立派《りっぱ》な河馬《カバ》になれるように頑張《がんば》るよ。秀明《しゅうめい》は休《やす》む。」

ん、そうするしかないよね。

「その分《ぶん》は、どっかで取《と》り戻《もど》すからいいよ。」

あっさり言《い》われて、すごくびっくりした。

休《やす》んでも、取《と》り戻《もど》せるんだ・・・。

それは自分《じぶん》にはありえないことだったから、違和感《いわかん》があって、なかなか納得《なっとく》できなかった。

でもよく考《かんが》えてみれば、小塚君《こづかくん》は「シャリの小塚《こづか》」だし、上杉君《うえすぎくん》は「数《かず》の上杉《うえすぎ》」と呼《よ》ばれて、その分野《ぶんや》では他《ほか》の生徒《せいと》の追随《ついずい》を許《ゆる》さない圧倒的《あっとうてき》な実力《じつりょく》の持《も》ち主《ぬし》だった。

若武《わかたけ》だって、波《なみ》はあるけれど、やる気《き》になった時《とき》には、小塚君《こづかくん》や上杉君《うえすぎくん》といい勝負《しょうぶ》をする。

黒木君《くろきくん》も、いつも遊《あそ》んでるって噂《うわさ》だけれど、上位《じょうい》グループから落《お》ちたことはなかった。

翼《たすく》はさらにすごくて、全国模試《ぜんこくもし》で名前《なまえ》を轟《とどろ》かせている。

皆《みんな》、どんなことになっても挽回《ばんかい》できるだけの力《ちから》の持《も》ち主《ぬし》で、だから休《やす》むのなんか恐《こわ》くないんだ。

私《わたし》は、自分《じぶん》を基準《きじゅん》に考《かんが》えていたから、ちょっとでも休《やす》んだら、もう絶対追《ぜったいお》いつけないって思《おも》っていた。

塾《じゅく》を休《やす》めば、成績《せいせき》や受験《じゅけん》に響《ひび》くし、それは進路《しんろ》や将来《しょうらい》にも影響《えいきょう》するって。

でも、それって、私《わたし》だけだったんだ。

大《おお》きなダメージを受《う》けて、私《わたし》は黙《だま》りこんだ。

KZ内《カッズない》での、こういう格差《かくさ》は、初《はじ》めからあった。

でも私《わたし》は、頑張《がんば》って皆《みな》に追《お》いつこうとしてきたんだ。

それなのに・・・ちっとも追《お》いつけていない。

「秀明《しゅうめい》では、冬期講習《とうきこうしゅう》から自由《じゆう》のきくコースを新設《しんせつ》するらしいよ。」

黒木君《くろきくん》が黒《くろ》い詰《つ》め襟《えり》の制服《せいふく》の前《まえ》ボタンを開《あ》け、内《うち》ポケットから1枚《まい》のリーフレットを出《だ》した。

「さっき受付《うけつけ》で見《み》かけたんだ。個人《こじん》の都合《つごう》で受講日《じゅこうび》や時間《じかん》を選《えら》べるコースが新《あたら》しく開設《かいせつ》される。このコースに移動《いどう》できれば、アイドルしながら秀明生《しゅうめいせい》でいられるよ。」

若武《わかたけ》が、うれしそうにそのリーフレットを引《ひ》ったくる。

「おお黒木《くろき》、ナイスフォロージャん。俺《おれ》、これ検討《けんとう》する。皆《みな》も、帰《かえ》りにもらってけよ。時《とき》に美門《みかど》、おまえ、これを機《き》にハイスペックから秀明《しゅうめい》に戻《もど》ってきて、このコース受《う》けたら、どう？」

翼《たすく》は、大《おお》きく頷《うなず》いた。

「そうするよ。」

上杉君《うえすぎくん》が、不愉快《ふゆかい》そうにつぶやく。

「まだ、オーディション受《う》かるって決《き》まった訳《わけ》じゃねーだろ。」

若武《わかたけ》は胸《むね》を張《は》った。

「俺《おれ》に問題《もんだい》はない。あるとすれば、上杉《うえすぎ》、おまえにだ。」

「何《なに》おっ！」

摑《つか》み合《あ》いを始《はじ》める2人《ふたり》の間《あいだ》に、翼《たすく》が肩《かた》を突《つ》っこむ。

「オーディションでは、自己《じこ》PR《ピーアール》をしなくちゃならないみたいだから、その対策《たいさく》として、プロダクションが契約《けいやく》してるダンススクールを紹介《しょうかい》してくれたんだ。一般《いっぱん》の受《う》け入《い》れもしているみたいだから、一緒《いっしょ》にここでレッスンするってのは、どう？」

私《わたし》は、ぼんやりと皆《みんな》の話《はなし》を聞《き》いていた。

「アーヤ、」

そう言《い》われて声《こえ》の方《ほう》に顔《かお》を向《む》ける。

黒木君《くろきくん》が気遣《きづか》わしげにこちらを見《み》ていた。

「どうかした？」

あわてて首《くび》を横《よこ》に振《ふ》る。

でもダメージからの回復《かいふく》は、できなかった。

## 8　未来《みらい》はやってこない

秀明《しゅうめい》が終《お》わって、私《わたし》はいつものようにまっすぐ家《いえ》に帰《かえ》った。

あまりにも落《お》ちこんでいたので、自分《じぶん》の家《いえ》にクールボーイのＫ《カ》Ａ《イ》ＩＴＯ《ト》がいるってことをすっかり忘《わす》れていたけれど、玄関《げんかん》のドアを開《あ》けたとたんに思《おも》い出《だ》した。

奥《おく》から、すごくきれいな歌声《うたごえ》が流《なが》れ出《だ》してきたから。

澄《す》みきった透明《とうめい》な声《こえ》で、その中《なか》に温《あたた》かさや優《やさ》しさを含《ふく》んでいて、きらめくように美《うつく》しかった。

聞《き》いている人間《にんげん》の心《こころ》から、嫌《いや》なことを全部《ぜんぶ》、洗《あら》い流《なが》してしまうような声《こえ》。

生《い》きることの喜《よろこ》びが胸《むね》に染《し》み透《とお》ってくるような歌《うた》い方《かた》だった。

聞《き》き惚《ほ》れながら私《わたし》は、そっと玄関《げんかん》を上《あ》がり、ダイニングのドアを開《あ》けた。

中《なか》にいた高宮《たかみや》さんは、すぐそれに気《き》づき、こちらを向《む》きながら唇《くちびる》の前《まえ》に人差《ひとさ》し指《ゆび》を立《た》てる。

よく見《み》れば、テーブルの上《うえ》にはワインの瓶《びん》が並《なら》び、ママはすっかりいいご機嫌《きげん》で、顔《かお》を伏《ふ》せて眠《ねむ》っていた。

ああＫ《カ》Ａ《イ》ＩＴＯ《ト》王子《おうじ》の歌《うた》で眠《ねむ》るなんて、なんて贅沢《ぜいたく》なんだ。

ファンが知《し》ったら殺《ころ》されそう・・・。

「お帰《かえ》り。」

そう言《い》った高宮《たかみや》さんは、お兄《にい》ちゃんの服《ふく》を着《き》ていた。

ママが着替《きが》え用《よう》に出《だ》したのに違《ちが》いない。

お兄《にい》ちゃんは陸上部員《りくじょうぶいん》でラグビーもやってるから、筋肉質《きんにくしつ》でガッチリしている。

その服《ふく》がちゃんと体《からだ》に合《あ》っているのは、高宮《たかみや》さんも同《おな》じ体型《たいけい》だからだ。

ダンスで鍛《きた》えられてるんだよね、きっと。

そう思《おも》いながらよく見《み》れば、襟《えり》の間《あいだ》から白《しろ》い包帯《ほうたい》がのぞいていた。

わっ、怪我《けが》してる！

「よかったら、食《た》べる？」

高宮《たかみや》さんは、テーブルの上《うえ》のいくつもの料理《りょうり》に視線《しせん》を走《はし》らせた。

「俺《おれ》が作《つく》ったんだ。」

びっくりしながら見《み》れば、それらは、日頃《ひごろ》、家《いえ》で見《み》かけない料理《りょうり》ばかりだった。

「味《あじ》には自信《じしん》があるよ。温《あたた》めようか？」

立《た》ち上《あ》がろうとする高宮《たかみや》さんを、私《わたし》はあわてて止《と》めた。

だって悪《わる》いもの、怪我《けが》してるみたいだし。

「じゃ、このままでどうぞ。」

箸《はし》を差《さ》し出《だ》されて、私《わたし》は一瞬《いっしゅん》戸惑《とまど》い、それから急《いそ》いで洗面所《せんめんじょ》に行《い》って、手《て》を洗《あら》い、嗽《うがい》をして戻《もど》ってきた。

「ごめんなさい。私《わたし》、神経質《しんけいしつ》って言《い》われてるの。」

高宮《たかみや》さんは、クスクス笑《わら》う。

「いや、きちんとしてるよ。俺《おれ》も、清潔《せいけつ》なのが好《す》きだから。そういう子《こ》をお嫁《よめ》さんに欲《ほ》しいな。」

私《わたし》は照《て》れてしまった。

「あ、今《いま》、KAITO《カイト》王子《おうじ》にプロポーズされた。」

そう言《い》うと、高宮《たかみや》さんが笑《わら》った。

「ん、そうかもね。」

端正《たんせい》で清々《すがすが》しくて、しかもどことなく甘《あま》やかで、本当《ほんとう》に心《こころ》が痺《しび》れてしまうような微笑《ほほえ》みだった。

やっぱ、アイドルだぁ！

「さ、どうぞ。」

渡《わた》してもらった箸《はし》で、私《わたし》はお皿《さら》に残《のこ》っていた料理《りょうり》を取《と》り、口《くち》に運《はこ》ぶ。

それは八宝菜《はっぽうさい》で、ママはめったに作《つく》らないものだった。

「美味《おい》しい！」

気《き》を使《つか》ったわけじゃなくて、本当《ほんとう》に美味《おい》しかったんだ。

高宮《たかみや》さんは、そのきれいな目《め》を輝《かがや》かせた。

「だろ。中華料理店《ちゅうかりょうりてん》でバイトしてたことがあるんだ。」

へぇ！

「家《いえ》が貧《まず》しかったのに私立《しりつ》行《い》ってて、学費《がくひ》高《たか》くて、自分《じぶん》で稼《かせ》がなくちゃならなくってさ。でもバイトって、シフト決《き》められるだろ。学校《がっこう》との両立《りょうりつ》ですげぇ忙《いそが》しかったよ。デビューできて、ようやく止《や》められたけど、今度《こんど》は芸能活動《げいのうかつどう》との両立《りょうりつ》が大変《たいへん》。でも好《す》きなことだから頑張《がんば》れるけどね。」

そうだったんだ・・・。

こんなに才能《さいのう》があって、今《いま》はファンから熱烈《ねつれつ》に愛《あい》されている高宮《たかみや》さんにも、そういう苦《くる》しい時期《じき》があったんだね。

「バイトと学校《がっこう》で大変《たいへん》だった時《とき》、いつか自分《じぶん》は認《みと》められるって思《おも》っていましたか？」

私《わたし》の質問《しつもん》に、高宮《たかみや》さんは気持《きも》ちがいいほど強《つよ》く、首《くび》を横《よこ》に振《ふ》った。

「いーや、まったく！　こんなことしてて、将来《しょうらい》いったいどうなるんだろうって、いつも苛立《いらだ》ってたよ。夢中《むちゅう》だったし必死《ひっし》だった。今《いま》だって同《おな》じだけど。」

え？

「ブレイクして注目《ちゅうもく》されたら、いつでもきちんとしてなくちゃならないだろ。ヘタれたカッコは見《み》せられないし、外《はず》した対応《たいおう》もできない。だから落《お》ち着《つ》いて余裕《よゆう》あるように見《み》せてるけど、本当《ほんとう》のところは、いつも必死《ひっし》。水《みず》に浮《う》かんでる白鳥《はくちょう》と同《おな》じだね。人目《ひとめ》には優雅《ゆうが》に泳《およ》いでいるように見《み》えても、水面下《すいめんか》では一心不乱《いっしんふらん》に足《あし》を動《うご》かしてる。」

思《おも》ってもみないことだったけれど、それがわかって、私《わたし》は慰《なぐさ》められた気《き》がした。人気絶頂《にんきぜっちょう》の高宮《たかみや》さんでさえそうなら、私《わたし》なんか、もっともっと頑張《がんば》らないといけないのかもしれないって思《おも》えたから。

「俺《おれ》はね、現在《げんざい》を大事《だいじ》にしなきゃいけないって考《かんが》えてるんだ。」

現在《げんざい》？

「だって過去《かこ》っていうのは、もう過《す》ぎてしまって取《と》り戻《もど》せないものだろ。どうしようもない。」

うん。

「それに未来《みらい》っていうのは、永遠《えいえん》にやってこないものだ。」

え？

「なぜって、未来《みらい》が目《め》の前《まえ》にやってくる時《とき》には、現在《げんざい》って形《かたち》に変《か》わってしまっているから。」

あ、そうか！

「つまり人間《にんげん》が関《かか》わったり、何《なに》かをしたりできるのは、現在《げんざい》に対《たい》してだけなんだ。だから過去《かこ》を後悔《こうかい》して落《お》ちこんでいたり、未来《みらい》に大《おお》きな希望《きぼう》を託《たく》して待《ま》っていたりしていても、ダメ。気持《きも》ちを現在《げんざい》に向《む》けて、今《いま》の時間《じかん》を大切《たいせつ》にして、今《いま》の努力《どりょく》、今《いま》の行動《こうどう》をしないとね。俺《おれ》たちには、今《いま》しかないってことなんだよ。」

私《わたし》は、強《つよ》く心《こころ》を揺《ゆ》さぶられた。

ほとんど激震《げきしん》！

高宮《たかみや》さんの話《はなし》には強烈《きょうれつ》なインパクトがあったし、その中《なか》に真実《しんじつ》がキラキラ輝《かがや》いていたから。

しばらくの間《あいだ》は心《こころ》が痺《しび》れたようにジ〜ンとしていたけれど、やがてそれが薄《うす》れていき、ようし、私《わたし》、頑張《がんば》るぞっていう気持《きも》ちになれた。

今《いま》、頑張《がんば》るんだ、すぐ2階《かい》に行《い》って勉強《べんきょう》しよう！

「でも、あの環境《かんきょう》にいると、俺《おれ》、歪《ゆが》みそう・・・」

ポツリと言《い》った高宮《たかみや》さんに、私《わたし》はびっくり。

だってすごい人気《にんき》で、誰《だれ》からもキャーキャー言《い》われて、きっと仕事《しごと》もたくさんあるだろうし、収入《しゅうにゅう》だって多《おお》いと思《おも》うのに、なんで？

「不思議《ふしぎ》そうだね。」

納得《なっとく》できないもの。

「人《ひと》が歪《ゆが》んでいくのは、貧《まず》しくてほしいものを手《て》に入《い》れられなかったり、失敗《しっぱい》を重《かさ》ねて怒《おこ》られてばかりいるような毎日《まいにち》が続《つづ》いて、そこから逃《のが》れられないからだと思《おも》ってる？」

私《わたし》が頷《うなず》くと、高宮《たかみや》さんはちょっと笑《わら》った。

「そうじゃないよ。人間《にんげん》がもっとも歪《ゆが》むのは、使《つか》い切《き》れないほどの金《かね》があったり、相次《あいつ》ぐ成功《せいこう》で人《ひと》から認《みと》められ続《つづ》けたりした時《とき》だ。」

その笑《わら》いから、哀《かな》しみがにじみ出《で》る。

「評価《ひょうか》され、ほめられてばかりいる環境《かんきょう》で、冷静《れいせい》でいることは難《むずか》しい。人間《にんげん》はね、貧《まず》しさより豊《ゆた》かさの中《なか》で歪《ゆが》むんだ、本当《ほんとう》の自分《じぶん》を見失《みうしな》うから。」

そうなんだ・・・。

高宮《たかみや》さんは、そうやって歪《ゆが》んでいく人《ひと》を見《み》たことがあるんだね。

だから自分《じぶん》の今《いま》の状態《じょうたい》が、恐《こわ》いんだ。

私《わたし》はじっと高宮《たかみや》さんを見《み》つめ、そして言《い》った。

「でも高宮《たかみや》さんは、歪《ゆが》まないと思《おも》う。だって、自分《じぶん》のことをよく見《み》ているもの。きっと自分自身《じぶんじしん》を見失《みうしな》ったりしないはず。」

高宮《たかみや》さんは目《め》を丸《まる》くし、ほっと息《いき》をもらす。

「アーヤちゃん、鋭《するど》いね。さすが裕樹《ゆうき》の妹《いもうと》。あいつも優秀《ゆうしゅう》だもんな。」

ん・・・でも私《わたし》、お兄《にい》ちゃんからは相手《あいて》にされてないんだよ。

そう言《い》おうとして口《くち》を開《ひら》きかけた時《とき》、玄関《げんかん》のドアの音《おと》がした。

「あ、お兄《にい》ちゃんだ。私《わたし》、話《はな》してくるね。」

そう言《い》い置《お》いて玄関《げんかん》に出《で》ると、こちらに大《おお》きな背中《せなか》を向《む》けてハイカットのバッシュの紐《ひも》を解《と》いているお兄《にい》ちゃんの姿《すがた》が見《み》えた。

「おかえり。」

返事《へんじ》は、ない。

いつもならすごく気《き》にして、なんで何《なに》も言《い》ってくれないんだろうって思《おも》うんだけれど、でも今日《きょう》の私《わたし》は、平気《へいき》だった。

「高宮《たかみや》さん、来《き》てるよ。」

瞬間《しゅんかん》、お兄《にい》ちゃんの背中《せなか》が一気《いっき》に縮《ちぢ》み上《あ》がった。

「マジかっ⁉」

そこに、高宮《たかみや》さんが出《で》てきたんだ。

「ごめん、連絡《れんらく》したんだけどさ、」

お兄《にい》ちゃんは脱《ぬ》いで手《て》に持《も》っていたバッシュを振《ふ》り捨《す》てて、高宮《たかみや》さんに向《む》き直《なお》った。

「おい、すごい騒《さわ》ぎになってるんだぜ。病院《びょういん》からＫＡＩＴＯ《カイト》が消《き》えたって。事務所《じむしょ》は、マスコミを撒《ま》くのに必死《ひっし》だし、」

そう言《い》いながら私《わたし》を見《み》て、はっとしたように高宮《たかみや》さんの肩《かた》を抱《だ》き寄《よ》せた。

眉根《まゆね》を寄《よ》せ、声《こえ》を潜《ひそ》めてささやく。

「なんで、ここ来《き》たんだよ。俺《おれ》んちは、ヤバいって。」

見《み》るからに焦《あせ》っている様子《ようす》で、その顔《かお》は青《あお》ざめていた。

そんなにあわてているお兄《にい》ちゃんを、私《わたし》は今《いま》まで見《み》たことがない。

「バレたら、どうすんだ。」

高宮《たかみや》さんは、拝《おが》むように片手《かたて》を立《た》てた。

「悪《わる》い。緊急事態《きんきゅうじたい》でさ。でも同級生《どうきゅうせい》ってことしか話《はな》してないから、たぶん大丈夫《だいじょうぶ》だよ。」

むっ、この会話《かいわ》、何《なん》だか怪《あや》しい・・・。

「しばらく泊《と》めてほしいんだ。訳《わけ》は聞《き》かないでさ。頼《たの》むよ。」

そう言《い》いながら高宮《たかみや》さんは、やんちゃな感《かん》じのする微笑《ほほえ》みを浮《う》かべた。

「あ、お母《かあ》さんにはもう話《はな》した。俺《おれ》が3食《しょく》作《つく》るからって言《い》ったら、即《そく》オッケイ、泊《と》めてくれるって。だけど裕樹《ゆうき》は、俺《おれ》を泊《と》めたくないんだ。あ、そう。俺《おれ》、時々《ときどき》すごく口軽《くちかる》いよ。バラしちゃおうかな。」

お兄《にい》ちゃんは、ゾッとしたような顔《かお》になる。

そのまま、しばらく固《かた》まっていたけれど、やがてしかたなさそうにつぶやいた。

「わかったよ。泊《と》まっていいよ。」

高宮《たかみや》さんはニンマリ笑《わら》い、お兄《にい》ちゃんを誘《さそ》って一緒《いっしょ》にダイニングに入《はい》っていった。

それを見《み》ながら私《わたし》は思《おも》ったんだ、お兄《にい》ちゃんは、何《なに》か大《おお》きな秘密《ひみつ》を持《も》っているんだって。

## 9　もしかして事件《じけん》？

あくる朝《あさ》、学校《がっこう》に行《い》くと、教室《きょうしつ》ではもう大変《たいへん》な騒《さわ》ぎだった。

「KAITO《カイト》王子《おうじ》ってば、怪我《けが》したんだって？」

「ん、ニュースで見《み》た。稽古中《けいこちゅう》に舞台《ぶたい》の階段《かいだん》から落《お》ちたって。」

そうだったんだ。

「かわいそっ！　怪我《けが》ひどいのかなぁ。」

そうでもないみたい、と言《い》いそうになって、私《わたし》はあわてて自分《じぶん》の口《くち》に蓋《ふた》をした。

「入院《にゅういん》してるみたいだけど、面会謝絶《めんかいしゃぜつ》の大怪我《おおけが》らしいよ。」

パジャマ姿《すがた》にスリッパだったのは、そこから抜《ぬ》け出《だ》してきたからかぁ。

「KAITO《カイト》王子《おうじ》がいなくて、クールボーイ活動《かつどう》できるのかな。メインボーカルなのに。」

「病院《びょういん》がわかれば、お見舞《みま》いに行《い》きたい。」

いや病院《びょういん》じゃなくて、私《わたし》んちにいるんだけどね。

そう言《い》いたい気持《きも》ちを、必死《ひっし》でこらえた。

でも、なんで病院《びょういん》から抜《ぬ》け出《だ》したりしたんだろう。

私《わたし》は、高宮《たかみや》さんとお兄《にい》ちゃんの会話《かいわ》を思《おも》い出《だ》す。

訳《わけ》は聞《き》かないで、と言《い》っていたから、お兄《にい》ちゃんも事情《じじょう》は知《し》らないはずだ。

高宮《たかみや》さんに聞《き》いても、きっと話《はな》してもらえないだろう。

そういえば、緊急事態《きんきゅうじたい》とか言《い》っていた。

病院《びょういん》から脱走《だっそう》しなければならないような何《なに》かが起《お》こったんだ。

これ・・・もしかして事件《じけん》かもっ！

急《きゅう》に胸《むね》がわくわくした。

KZ《カッズ》は、クールボーイのプロダクションのオーディションを受《う》けることになっている。

クールボーイのメインである高宮《たかみや》さんに何《なん》らかの事件《じけん》が起《お》こっていたとしたら、絶対《ぜったい》、無視《むし》できないはずだ。

私《わたし》は、急《いそ》いで教室《きょうしつ》を出《で》て廊下《ろうか》の端《はし》にある公衆電話《こうしゅうでんわ》まで飛《と》んでいった。

そこから翼《たすく》に電話《でんわ》したんだ。

でも出《で》なかった。

バスケ部《ぶ》だから、きっと朝練中《あされんちゅう》なんだ。

私《わたし》はちょっと考《かんが》え、リーダーの若武《わかたけ》に電話《でんわ》をかけた。

若武《わかたけ》は、すぐ出《で》た。

「アーヤかっ!? どうした、何《なに》があったんだっ！」

いきなり殺気立《さっきだ》ってるというか、鬼気迫《ききせま》る口調《くちょう》というか、とにかく1人《ひとり》で盛《も》り上《あ》がってしまっていたので、私《わたし》はどうコメントしていいかわからず、ちょっと・・・引《ひ》いた。

「もしもし、どうした、もしもしっ！」

若武《わかたけ》のテンションは、上《あ》がるばかり。

リーダーらしい冷静沈着《れいせいちんちゃく》な感《かん》じは、微塵《みじん》もなかった。

元《もと》から若武《わかたけ》は、瞬間沸騰《しゅんかんふっとう》タイプだけれど、まだ何《なに》も聞《き》いてないうちから、これはひどいかも。

私《わたし》は電話《でんわ》したことを後悔《こうかい》したけれど、でも、かけてしまった以上《いじょう》は対処《たいしょ》しなければならなかった。

「あの、クールボーイのプロダクションで、何《なに》かが起《お》こってるみたい。実《じつ》は、KAITO《カイト》王子《おうじ》って、私《わたし》のお兄《にい》ちゃんの同級生《どうきゅうせい》なんだ。」

瞬間《しゅんかん》、若武《わかたけ》は黙《だま》りこみ、やがて言《い》った。

「お兄《にい》さんと、KAITO《カイト》によろしく！」

違《ちが》うっ！

私《わたし》がほしいコメントは、それじゃないっ!!

「ＫＡＩＴＯ《カイト》王子《おうじ》のプロダクションで、事件《じけん》が起《お》こってるみたいなんだってば。」

もっと詳《くわ》しく話《はな》したかったんだけれど、高宮《たかみや》さんが私《わたし》んちにいることは、言《い》っちゃいけないことのような気《き》がしたし、話《はな》すにしても本人《ほんにん》に聞《き》いてみてからでないとまずいと思《おも》ったから、黙《だま》っているしかなかった。

「へぇ・・・」

その声《こえ》は、とても軽《かる》くて、ふわふわと風《かぜ》に流《なが》されていく煙《けむり》みたいだった。

でも私《わたし》にははっきりとわかったんだ、若武《わかたけ》の目《め》がキラキラ輝《かがや》き始《はじ》めていることが。

小学校《しょうがっこう》からの長《なが》い付《つ》き合《あ》いだもの、お見通《みとお》しっ！

「ちょうど事件《じけん》もないことだし、これ、調《しら》べてみない？」

電話《でんわ》の向《む》こうで、パチンと指《ゆび》を鳴《な》らす音《おと》がした。

「よしっ！」

おお、やっぱり乗《の》った。

「今週《こんしゅう》の土曜日《どようび》、ＫＡＩＴＯ《カイト》のプロダクションに行《い》くことになってんだ。オーディションの書類《しょるい》もらいにさ。その時《とき》に美門《みかど》が、あいつをスカウトした人《ひと》に紹介《しょうかい》してくれるって。それ、誰《だれ》だと思《おも》う?」

わかんない。

「プロダクションの専務《せんむ》なんだ。つまり実力者《じつりょくしゃ》。たまたま青山通《あおやまどお》りを車《くるま》で通《とお》りかかって信号待《しんごうま》ちしてる時《とき》、その目《め》の前《まえ》の横断歩道《おうだんほどう》を美門《みかど》が渡《わた》ってたらしいよ。」

わぁ、そんなことが起《お》こる確率《かくりつ》って、メチャクチャ低《ひく》そうなのに、すごいかも。

「そんで、俺《おれ》たち、その専務《せんむ》に会《あ》って、好印象《こういんしょう》を与《あた》えておいてオーディションを有利《ゆうり》に運《はこ》ぼうって考《かんが》えてるんだ。」

若武《わかたけ》の口調《くちょう》は、どこか得意《とくい》げだったけれど、私《わたし》は思《おも》ってしまった。

それ、決《けっ》してきれいなやり方《かた》じゃないから、自慢《じまん》そうに話《はな》さない方《ほう》がいいよって。

「専務《せんむ》と親《した》しくなれれば、事件《じけん》のことも調《しら》べやすくなる。だけど、どういう事件《じけん》なんだ?」

それは、えっと・・・かなり不明《ふめい》。

私《わたし》は、言《い》ってもいいことと、ダメなことを頭《あたま》で区別《くべつ》しながら答《こた》えた。

「KAITO《カイト》王子《おうじ》が、舞台《ぶたい》の階段《かいだん》から落《お》ちて怪我《けが》をしたの、知《し》ってる?」

若武《わかたけ》は、唸《うな》るような声《こえ》を出《だ》す。

「もち。学校《がっこう》じゃかなり話題《わだい》だった。絶対安静《ぜったいあんせい》で面会謝絶《めんかいしゃぜつ》だって、早朝《そうちょう》ワイドショーでやってたって話《はなし》だけど。」

私《わたし》は自分《じぶん》の周《まわ》りを見回《みまわ》し、声《こえ》をひそめた。

「でも本当《ほんとう》は、入院《にゅういん》した病院《びょういん》から抜《ぬ》け出《だ》してるみたいなんだ。」

電話《でんわ》の向《む》こうで、若武《わかたけ》が息《いき》を呑《の》む。

「緊急事態《きんきゅうじたい》が起《お》こったらしいんだけど、はっきりしたことはわからない。それを調《しら》べるところから始《はじ》める感《かん》じ、かな。」

若武《わかたけ》は、力《ちから》のこもった声《こえ》を出《だ》した。

「おもしれぇ！　皆《みな》にそう伝《つた》えとくよ。あ、アーヤも来《こ》ない？　事務所《じむしょ》へのファーストコンタクトは、記録《きろく》として重要《じゅうよう》だろ。スーパーアイドルになるための第一歩《だいいっぽ》だし。」

もうすっかりアイドルになるつもりでいるのは、いかにも若武《わかたけ》らしかった。

「しっかしさぁ、考《かんが》えてみれば長《なが》い道程《みちのり》だったよ。ヒップホップでアイドル目指《めざ》したのに挫折《ざせつ》、その後《ご》、再挑戦《さいちょうせん》の準備《じゅんび》して完璧《かんぺき》に仕上《しあ》げといたのに、サッカーKZ《カッズ》の試合《しあい》と搗《か》ち合《あ》っちまってリタイヤ、これが3度目《どめ》だ。だけど三度目《さんどめ》の正直《しょうじき》って言《い》うからさ、今度《こんど》は確実《かくじつ》だ。しばらくアイドルやって、その後《ご》はミュージカルスターを目指《めざ》す。ブロードウェイに行《い》くんだ。」

あのぅ・・・まだ受《う》かったわけじゃないからね。

そう思《おも》ったけれど、血気《けっき》に逸《はや》る若武《わかたけ》の気持《きも》ちがよくわかったので、突《つ》っこむのはやめておいた。

「じゃさ、朝《あさ》9時《じ》に、駅《えき》で。」

私《わたし》は、電話《でんわ》を切《き》ろうとして耳《みみ》から受話器《じゅわき》を離《はな》す。

とたん、そこから若武《わかたけ》の、いつになく優《やさ》しい声《こえ》がもれてきた。

「アイドルって、恋愛《れんあい》とか男女交際《だんじょこうさい》って、たいてい禁止《きんし》だろ？」

へ？

「でも俺《おれ》、プライベートは断固《だんこ》として確保《かくほ》するから。もしどうしてもダメって言《い》われたら、その時《とき》は、涙《なみだ》を呑《の》んでアイドルやめるからさ。」

は？

「だから心配《しんぱい》しなくていい。」

はぁ・・・。

「俺《おれ》がアイドルになっても、俺《おれ》のこと、諦《あきら》めなくていいってことだよ、わかった？」

バカ武《たけ》っ！

＊

その日《ひ》、家《いえ》に帰《かえ》ると、大変《たいへん》なことが待《ま》ち受《う》けていた。

玄関《げんかん》ドアを開《あ》けると、そこに奈子《なこ》が腰《こし》かけていたんだ。

片手《かたて》にデザートフォーク、もう一方《いっぽう》の手《て》にワッフルの載《の》ったデザート皿《ざら》を持《も》っている。

「お姉《ねえ》ちゃん、」

そう言《い》いながら、こちらに目《め》を上《あ》げた。

「突然《とつぜん》の、大嵐《おおあらし》だよ。」

え？

「私《わたし》、ここに避難《ひなん》してんの。」

デザートフォークでワッフルをぐっさりと刺《さ》し、そのままパックリ！

「ああ、そんな食《た》べ方《かた》、しないっ！　ちゃんと切《き》りなさい。」

奈子《なこ》は、口《くち》をモゴモゴさせた。

「ナイフは、ダイニングなんだ。大嵐《おおあらし》の中《なか》に入《はい》っていくのは、無理《むり》だもん。」

私《わたし》は息《いき》を呑《の》み、廊下《ろうか》の途中《とちゅう》にあるダイニングのドアを見《み》た。

つまり大嵐《おおあらし》は、ダイニングで起《お》こっているわけね。

そっと玄関《げんかん》に上《あ》がり、足音《あしおと》を忍《しの》ばせてドアに近《ちか》づく。

耳《みみ》を押《お》し当《あ》ててみたけれど、何《なに》も聞《き》こえなかったので、少《すこ》しだけ開《あ》けた。

瞬間《しゅんかん》、ママの凄《すさ》まじい声《こえ》が飛《と》んできたんだ。

「そんなものにならせるために、今《いま》まで養《やしな》ってきた訳《わけ》じゃないわよっ！」

続《つづ》いてお兄《にい》ちゃんの怒声《どせい》。

「養《やしな》うっ？　俺《おれ》は、あんたに飼《か》われてる犬《いぬ》かよっ！」

うわぁ、ほんとに大嵐《おおあらし》だぁ！

ノブを握《にぎ》ったまま凍《こお》り付《つ》いていると、それを中《なか》から開《あ》けて高宮《たかみや》さんが姿《すがた》を見《み》せた。

私《わたし》がいることに気《き》づき、微笑《ほほえ》んで、こちらに手《て》を伸《の》ばす。

「心配《しんぱい》いらないよ。」

肩《かた》を抱《だ》かれ、大《おお》きな胸《むね》の中《なか》に引《ひ》き寄《よ》せられて、私《わたし》はちょっとドキドキした。

「2人《ふたり》きりにしといた方《ほう》がいいだろう。」

奈子《なこ》のいる玄関《げんかん》の方《ほう》に歩《ある》く。

私《わたし》は、奈子《なこ》の隣《となり》に座《すわ》りこみ、高宮《たかみや》さんは立《た》ったまま壁《かべ》に寄《よ》りかかった。

「実《じつ》はさ、」

そう言《い》いながら、気《き》がかりそうにダイニングの方《ほう》を振《ふ》り返《かえ》る。

「裕樹《ゆうき》は、クールボーイのバックダンサーやってるんだ。」

私《わたし》は、目《め》が真《ま》ん丸《まる》っ！

クラスメートの言《い》っていた言葉《ことば》が、頭《あたま》の中《なか》で谺《こだま》した。

「バックダンサーまで、レベル高《たか》すぎ！」

「バックも、今《いま》やもうアイドルだよね。」

ああ、お兄《にい》ちゃんの秘密《ひみつ》って、これだったんだ！

そりゃ昔《むかし》からカッコよくてモテたし、ヒップホップにはまってた時期《じき》もあったけれど、ほんとにアイドルやってるなんて・・・信《しん》じられないっ！

「最初《さいしょ》は俺《おれ》が誘《さそ》って、2人《ふたり》でオーディション受《う》かって、一緒《いっしょ》にクールボーイでデビューするはずだったんだ。」

聞《き》けば聞《き》くほど、目《め》が点《てん》、点《てん》っ！

「でも最終段階《さいしゅうだんかい》になって、裕樹《ゆうき》は辞退《じたい》した。親《おや》の許可《きょか》が取《と》れないだろうし、大学進学《だいがくしんがく》も視野《しや》に入《い》れときたいからって。で、時々《ときどき》バイトで、パフォーマーやってんの。」

そうだったのかぁ。

「ダンスでやっていくって決心《けっしん》がついた時《とき》に、親《おや》に話《はな》すって言《い》ってたんだけど、さっき俺《おれ》とお母《かあ》さんがキッチンで夕食作《ゆうしょくつく》ってたら、突然《とつぜん》、帰《かえ》ってきて、その話《はなし》を始《はじ》めたんだ。大学《だいがく》に行《い》かずに芸能界《げいのうかい》に入《はい》るって。で、お母《かあ》さんがカッとしてさ。」

ダイニングでは、まだ激《はげ》しい応酬《おうしゅう》が続《つづ》いている。

私《わたし》は、「本格《ほんかく》ハロウィンは知《し》っている」で、ママとお兄《にい》ちゃんが言《い》い争《あらそ》っていた時《とき》のことを思《おも》い出《だ》した。

あんなふうに言《い》っていたのは、それでなんだ。

最初《さいしょ》はたぶん、どこの大学《だいがく》を選《えら》ぶかって話《はなし》だったんだと思《おも》うけれど、最後《さいご》は生《い》き方《かた》の問題《もんだい》になっていた。

お兄《にい》ちゃんは、自分《じぶん》の人生《じんせい》についてずっと迷《まよ》ったり、悩《なや》んだりしてきたのに違《ちが》いない。

私《わたし》には、ようやくそれがわかったのだった。

「やっと裕樹《ゆうき》が踏《ふ》み切《き》ったんだから、応援《おうえん》してほしいと思《おも》うけど、お母《かあ》さんにしてみれば、心配《しんぱい》なんだろうね。」

うちのママは、ちょっと問題《もんだい》のある人《ひと》だけれど、でもお兄《にい》ちゃんを愛《あい》していることは間違《まちが》いない。

お兄《にい》ちゃんは、ママの自慢《じまん》の息子《むすこ》だから。

お兄《にい》ちゃんだって、小《ちい》さな頃《ころ》はママべったりだったし、ママを嫌《きら》いなはずはないのに、どうしてうまくいかないんだろう。

「家族《かぞく》って、さ。」

高宮《たかみや》さんは、大《おお》きな溜《た》め息《いき》をつく。

「つい本音《ほんね》で話《はな》しちゃうよね。本当《ほんとう》のことを正直《しょうじき》に話《はな》せば、家族《かぞく》だからきっとわかってくれるって思《おも》ってるから。でもそれって、甘《あま》えなんだよ。」

びっくりした。

だって学校《がっこう》ではいつも、本当《ほんとう》のことを素直《すなお》に、心《こころ》をこめて話《はな》せば、きっと相手《あいて》に伝《つた》わるって教《おし》えられてきたから。

「自分《じぶん》と同《おな》じ気持《きも》ちを持《も》っている人間《にんげん》なんて、この世《よ》に1人《ひとり》もいない。家族《かぞく》でも、心《こころ》は違《ちが》うんだ。だから本音《ほんね》をぶつけるだけじゃ伝《つた》わらない。言葉《ことば》を選《えら》んだり、考《かんが》えたり、工夫《くふう》したりしないとダメだ。他人《たにん》に対《たい》してはするその努力《どりょく》を、家族《かぞく》に対《たい》してはカットすることが多《おお》いよね。つまり、お互《たが》いに甘《あま》えてるんだ。だからうまくいかない。」

そうか、と私《わたし》は思《おも》った。

血《ち》がつながっているし、一緒《いっしょ》に住《す》んでもいるからわかってくれて当然《とうぜん》だって、つい思《おも》うんだけど、それって違《ちが》うんだ。

理解《りかい》し合《あ》う努力《どりょく》をしないといけないんだね。

そういうふうに考《かんが》えられる高宮《たかみや》さんは、すごいなぁ。

こんな人《ひと》がそばについていてくれたら、お兄《にい》ちゃんも道《みち》を間違《まちが》うことはないと思《おも》う。

芸能界《げいのうかい》に入《はい》っても、きっと大丈夫《だいじょうぶ》だ。

「静《しず》かになったね。」

高宮《たかみや》さんは立《た》ち上《あ》がり、ドアの方《ほう》に歩《ある》き出《だ》そうとする。

その手《て》を、奈子《なこ》が掴《つか》んだ。

「もうちょっとここで様子《ようす》を見《み》た方《ほう》がいいよ。うちのママは、時限装置《じげんそうち》が付《つ》いてるみたいに、時々《ときどき》止《と》まったり、それから急《きゅう》に爆発《ばくはつ》したりするから。ほら、ワッフルの残《のこ》り、あげる。アーンして。」

高宮《たかみや》さんは苦笑《くしょう》し、奈子《なこ》の頭《あたま》をなでながら、その食《た》べ残《のこ》しを口《くち》に入《い》れてもらった。

ああ人気絶頂《にんきぜっちょう》のアイドルなのに。

「おいしい？　だったら私《わたし》に、お礼言《れいい》ってね。アイドル王子《おうじ》だからって甘《あま》えちゃだめだよ。」

高宮《たかみや》さんはその場《ば》に畏《かしこ》まり、両手《りょうて》を廊下《ろうか》について丁寧《ていねい》に頭《あたま》を下《さ》げた。

「ごちそうになり、ありがとうございました。」

ああ食《た》べ残《のこ》し、もらったくらいで・・・。

「よろしい。じゃこのお皿《さら》とフォーク、片付《かたづ》けといてね。」

トコトン上《うえ》から目線《めせん》の奈子《なこ》を、私《わたし》はにらんだけれど、高宮《たかみや》さんは余裕《よゆう》の微笑《ほほえ》みを浮《う》かべて完璧《かんぺき》対応《たいおう》。

「わかった。洗《あら》っておくからね。」

私《わたし》は、あわてて謝《あやま》った。

「すいません、生意気《なまいき》で。」

そう言《い》いながら、はっと思《おも》い出《だ》したんだ、高宮《たかみや》さんが怪我《けが》をしていることを。

「学校《がっこう》で噂《うわさ》になってたんですけど、怪我《けが》、大丈夫《だいじょうぶ》ですか？」

高宮《たかみや》さんは一瞬《いっしゅん》、自分《じぶん》の胸《むね》を見下《みお》ろした。

「大《たい》したことないよ、アバラ3本折《ぼんお》っただけだから。」

ひえっ！

絶句《ぜっく》していると、高宮《たかみや》さんは、あの美《うつく》しい微笑《ほほえ》みを浮《う》かべた。

「肋骨《ろっこつ》の骨折《こっせつ》って、手当《てあ》てのしようがないんだ。ただサポーターをして、安静《あんせい》にしてるだけ。あと痛《いた》み止《ど》めかな。」

え・・・そんなもんなの。

「骨自体《ほねじたい》は、あまり痛《いた》くない。周《まわ》りの筋肉《きんにく》が動《うご》くと痛《いた》いけど。」

やっぱ痛《いた》いんだ。

「奈子《なこ》、自分《じぶん》のお皿《さら》とフォークは、自分《じぶん》で片付《かたづ》けなさい。」

私《わたし》がにらむと、奈子《なこ》は素直《すなお》に頷《うなず》いた。

「わかった。怪我人《けがにん》をコキ使《つか》ったらかわいそうだよね。」

そう言《い》いながら高宮《たかみや》さんを見上《みあ》げる。

「なんで、怪我《けが》しちゃったの？」

高宮《たかみや》さんは、ちょっと困《こま》ったような顔《かお》になった。

「階段《かいだん》から落《お》ちたんだ。」

奈子《なこ》は、ニッコリ。

「運動神経《うんどうしんけい》、ニブいんだね。」

う・・・この子《こ》は、もうっ！

「すみません、躾《しつけ》が悪《わる》くて。」

謝《あやま》った私《わたし》に、高宮《たかみや》さんは、軽《かる》く眉《まゆ》を上《あ》げた。

「そんなことないよ。すごくかわいい。」

はぁ・・・趣味《しゅみ》変《か》わってますね。

# 10　アイドルと暮《く》らす毎日《まいにち》

アイドルが自分《じぶん》の家《いえ》にいると・・・毎日《まいにち》が、とっても華《はな》やか！

高宮《たかみや》さんは会話《かいわ》のセンスも、ノリもいいし、料理《りょうり》も上手《じょうず》、それに何《なに》より一般人《いっぱんじん》の知《し》らないいろんなことを知《し》っている。

私《わたし》たちは、朝《あさ》から夜《よる》まですごく楽《たの》しい時間《じかん》を過《す》ごして、パパのいない寂《さび》しさも感《かん》じないほどだった。

それで奈子《なこ》が、思《おも》わず言《い》ったんだ。

「ねぇアイドル王子《おうじ》、私《わたし》のパパになって！」

高宮《たかみや》さんは、奈子《なこ》をひょいっと抱《だ》き上《あ》げた。

「じゃ奈子《なこ》ちゃんの本当《ほんとう》のパパと決闘《けっとう》しなくちゃ。」

ママが素早《すばや》く口《くち》を開《ひら》く。

「あら、第《だい》2のパパでいいわ。」

半《なか》ば本気《ほんき》の目付《めつ》きが、ちょっと恐《こわ》かった・・・。

ママと大喧嘩《おおげんか》をしたお兄《にい》ちゃんは、その後《ご》、家《いえ》に帰《かえ》ってこない。

でも高宮《たかみや》さんが心配《しんぱい》して連絡《れんらく》を取《と》ってくれていて、その様子《ようす》をいろいろと話《はな》してくれた。

それで私《わたし》たちは、今《いま》までよりずっとよく、お兄《にい》ちゃんの状況《じょうきょう》を把握《はあく》できるようになったんだ。

だってこれまでは、どこで何《なに》してるのか、まったくわからなかったんだもの。

ママが高宮《たかみや》さんに寄《よ》せる信頼《しんらい》は、日増《ひま》しに大《おお》きくなっていき、私《わたし》は思《おも》った。

きっと高宮《たかみや》さんは、ママとお兄《にい》ちゃんの間《あいだ》に入《はい》って、2人《ふたり》をまとめてくれるに違《ちが》いないって。

＊

その週《しゅう》の金曜《きんよう》、塾《じゅく》に行《い》く前《まえ》に、私《わたし》は、ママと高宮《たかみや》さんが夕食《ゆうしょく》を作《つく》っているキッチンに入《はい》っていき、秀明《しゅうめい》バッグにお弁当《べんとう》を入《い》れながら言《い》った。

「明日《あした》は、東京《とうきょう》に遊《あそ》びに行《い》くから。」

ママは眉根《まゆね》を寄《よ》せ、反対《はんたい》しそうな様子《ようす》を見《み》せる。

でも私《わたし》は、それを封《ふう》じる呪文《じゅもん》を知《し》っていた。

「黒木君《くろきくん》と、だよ。」

黒木君《くろきくん》は、ママのお気《き》に入《い》り。

だから一緒《いっしょ》なら、絶対《ぜったい》、反対《はんたい》されないんだ。

「そう。あまり遅《おそ》くならないで帰《かえ》ってくるのよ。」

高宮《たかみや》さんが、目《め》を丸《まる》くした。

「アーヤ、まだ中《ちゅう》1だろ。もう付《つ》き合《あ》ってる子《こ》がいるの?」

私《わたし》は、あわてる。

「そんなんじゃなくて、趣味《しゅみ》のサークルみたいな集《あつ》まりなの。」

いつの間《ま》にか入《はい》ってきた奈子《なこ》が、溜《た》め息《いき》をついた。

「男子《だんし》ばっかりで、皆《みんな》、超《ちょう》カッコいいよ。」

高宮《たかみや》さんはクスッと笑《わら》い、身《み》をかがめて奈子《なこ》の顔《かお》をのぞきこんだ。

「俺《おれ》と、どっちが?」

奈子《なこ》は腕《うで》を伸《の》ばして高宮《たかみや》さんに抱《だ》きつく。

「もちろん王子《おうじ》! でも、智君《ともくん》には負《ま》けるけどね。」

は・・・おまえ、目《め》おかしくない?

「あのね、お姉《ねえ》ちゃんの周《まわ》りにいる子《こ》は皆《みんな》、いつの間《ま》にか、お姉《ねえ》ちゃんのこと好《す》きになっちゃうんだよ。だから私《わたし》、智君《ともくん》をお姉《ねえ》ちゃんに近《ちか》づけないようにしてるんだ。」

高宮《たかみや》さんは笑《わら》って奈子《なこ》を抱《だ》き上《あ》げながら、私《わたし》の方《ほう》を見《み》た。

「モテるね、アーヤ。」

爽《さわ》やかで甘《あま》い笑顔《えがお》に見《み》つめられて、私《わたし》は赤《あか》くなりながら奈子《なこ》をにらんだ。

こいつ・・・いー加減《かげん》なことを言《い》うんじゃないっ！

＊

翌朝《よくあさ》、私《わたし》たちは駅《えき》に集合《しゅうごう》して電車《でんしゃ》に乗《の》り、東京《とうきょう》に向《む》かった。

電車《でんしゃ》は、わりと空《す》いていたけれど、若武《わかたけ》たちサッカーKZ《カッズ》のメンバーは、チームの規則《きそく》で座席《ざせき》に座《すわ》らないことになっている。

私《わたし》と小塚君《こづかくん》だけが座《すわ》って、その前《まえ》に４人《にん》が立《た》った。

「プロダクションは、渋谷《しぶや》の宇田川町《うだがわちょう》にあるんだ。安田《やすだ》プロダクションっていうの。」

翼《たすく》の言葉《ことば》に、上杉君《うえすぎくん》が眉根《まゆね》を寄《よ》せる。

「その名前《なまえ》、古《ふる》くね？」

黒木君《くろきくん》が上着《うわぎ》の前《まえ》を開《あ》け、ホルスターからタブレットを出《だ》した。

画面《がめん》に一瞬《いっしゅん》、視線《しせん》を流《なが》しただけで、タブレットが起動《きどう》したので、皆《みな》びっくり！

「なんだ、それっ!?」

すぐ若武《わかたけ》が取《と》り上《あ》げ、皆《みな》でのぞきこんだ。

「これ、虹彩認識《こうさいにんしき》タブレットだ！」

「世界初《せかいはつ》だぜ、すげぇ！」

私《わたし》がキョトンとしていると小塚君《こづかくん》が教《おし》えてくれた。

「今年《ことし》の夏《なつ》に発売《はつばい》された新製品《しんせいひん》だよ。目《め》の虹彩《こうさい》の模様《もよう》で個人《こじん》を認識《にんしき》して、電源《でんげん》が入《はい》ったり、ロックを解除《かいじょ》したりする世界初《せかいはつ》の端末《たんまつ》なんだ。」

へぇ、IT《アイティー》の進化《しんか》ってすごいね。

「これ、ほしいっ！」

「俺《おれ》も、ほしい！」

騒《さわ》ぐ皆《みんな》の後《うし》ろから、黒木君《くろきくん》が手《て》を伸《の》ばしてそれを取《と》り上《あ》げ、画面《がめん》に目《め》を落《お》とす。

「安田《やすだ》プロダクションについては調《しら》べた。会社《かいしゃ》ができたのは、昭和《しょうわ》26年《ねん》だ。創設者《そうせつしゃ》は安田始《やすだはじめ》。当《とう》時《じ》のプロダクションって、創設者《そうせつしゃ》の苗字《みょうじ》をそのまま使《つか》ってるとこがわりとあるよ。」

そうなんだ。

「その息子《むすこ》が2代目《だいめ》の社長《しゃちょう》、この人《ひと》が亡《な》くなってその妻《つま》が社長《しゃちょう》を継《つ》いで3代目《だいめ》の社長《しゃちょう》になり、その妹《いもうと》が4代目《だいめ》。これが現在《げんざい》の社長《しゃちょう》だ。美門《みかど》をスカウトしたっていう専務《せんむ》は、2代目《だいめ》と3代目《だいめ》の社長《しゃちょう》の息子《むすこ》で、4代目《だいめ》の社長《しゃちょう》の甥《おい》に当《あ》たる。」

同族経営《どうぞくけいえい》なんだね。

「4代目《だいめ》の社長《しゃちょう》は、白木由美《しらきゆみ》っていう元女優《もとじょゆう》だ。ちょっと奇妙《きみょう》なのは、」

そう言《い》いながら黒木君《くろきくん》は、隣《となり》にいた上杉君《うえすぎくん》にタブレットを差《さ》し出《だ》す。

「3代目《だいめ》の社長《しゃちょう》、つまり2代目《だいめ》の社長《しゃちょう》の妻《つま》は、半年《はんとし》しか社長《しゃちょう》を務《つと》めず、自分《じぶん》の妹《いもうと》で女優《じょゆう》をしていた白木由美《しらきゆみ》に譲《ゆず》っている。半年《はんとし》って、短《みじか》すぎないか？」

私《わたし》は、小塚君《こづかくん》と顔《かお》を見合《みあ》わせた。

「そういうものなの？」

「さぁ。芸能界《げいのうかい》のことって、よくわからないな。」

上杉君《うえすぎくん》が眼鏡《めがね》の向《む》こうの涼《すず》しげな目《め》に、鋭《するど》い光《ひかり》をきらめかせる。

「何《なに》かありそ。このプロダクションの経営状態《けいえいじょうたい》、調《しら》べてみろよ。決算公告《けっさんこうこく》を見《み》れば、一発《いっぱつ》だろ。」

頷《うなず》く黒木君《くろきくん》の隣《となり》で、若武《わかたけ》が思《おも》い出《だ》したようにポケットに手《て》を突《つ》っこんだ。

「あ、七鬼《ななき》から、KZ《カッズ》アプリ候補《こうほ》が届《とど》いてたんだ。結構《けっこう》イケてるぜ。見《み》ろよ。」

取《と》り出《だ》したスマートフォンが、皆《みな》の手《て》から手《て》に回《まわ》っていく。

やがて私《わたし》と小塚君《こづかくん》のところに届《とど》いたから、私《わたし》たちは一緒《いっしょ》にのぞきこんだ。

そこに書《か》かれていたのは、４つのアプリだった。

①不正《ふせい》アプリを退治《たいじ》するアプリ。
②友《とも》だちアプリ。
③子供《こども》の危険防止《きけんぼうし》アプリ。
④KZ《カッズ》ゲームアプリ。

で、それぞれに解説《かいせつ》が付《つ》いていた。

①は、このアプリを入《い》れておけば、悪質《あくしつ》な情報抜《じょうほうぬ》き取《と》りや、仲介料詐欺《ちゅうかいりょうさぎ》、ワンクリック詐欺《さぎ》から完璧《かんぺき》に守《まも》ってくれる。現在《げんざい》、存在《そんざい》しているセキュリティソフトより、幅広《はばひろ》く、かつ柔軟《じゅうなん》に対応《たいおう》する。価格《かかく》も安《やす》くする予定《よてい》。

②は、このアプリのインストールにより、スマホの中《なか》に優秀《ゆうしゅう》で信頼《しんらい》できる親友《しんゆう》を持《も》つことができる。対応《たいおう》は音声《おんせい》で、自由《じゆう》な会話《かいわ》が可能《かのう》。口《くち》が堅《かた》く絶対《ぜったい》にモラさないから何《なん》でも話《はな》せるし、どんな相談《そうだん》にも必《かなら》ず答《こた》えを見《み》つけてくれる。

③は、親《おや》向《む》けのアプリで、これを入《い》れておけば、スマホのスイッチが切《き》れていても、持《も》ち主《ぬし》の居場所《いばしょ》が即座《そくざ》にわかる。また子供《こども》がネットに写真《しゃしん》などを投稿《とうこう》したら、親《おや》に通知《つうち》が届《とど》く。

④は、今《いま》までKZ《カッズ》が解決《かいけつ》してきた事件《じけん》を、ゲーム形式《けいしき》にして提供《ていきょう》するアプリ。21回分《かいぶん》。

私《わたし》の感想《かんそう》はといえば、すごいっ！　のひと言《こと》。

皆《みな》も同《おな》じだったらしくて、その場《ば》に感嘆《かんたん》が漂《ただよ》った。

「あいつ、天才《てんさい》だね。」

ん、きっとそうだよ。

「俺《おれ》、①がいい。」

若武《わかたけ》の声《こえ》に、黒木君《くろきくん》がニヤッと笑《わら》う。

「若武先生《わかたけせんせい》は、この間《あいだ》、ワンクリック詐欺《さぎ》に引《ひ》っかかりそうになったんだ。」

ほんとっ!?

「アブないサイトにアクセスしようとして、やられたらしい。」

皆《みな》の視線《しせん》が、いっせいに若武《わかたけ》に注《そそ》がれ、若武《わかたけ》は真《ま》っ赤《か》になった。

黒木君《くろきくん》が、クスクス笑《わら》う。

「ま、中学男子《ちゅうがくだんし》だったら、1度《ど》や2度《ど》は経験《けいけん》があるよ。」

翼《たすく》が、興味深《きょうみぶか》そうに若武《わかたけ》の方《ほう》に身《み》を乗《の》り出《だ》した。

「で、どうしたの?」

答《こた》えようとした若武《わかたけ》の頭《あたま》を、隣《とな》りにいた上杉君《うえすぎくん》が小突《こづ》く。

「そん時《とき》、俺《おれ》と黒木《くろき》がそばでゲームしてたんだけどさ、こいつ、いきなりうめいて、俺《おれ》、終《お》わったって叫《さけ》びやがったんだ。今《いま》、シャッター音《おん》が鳴《な》った。俺《おれ》、写真撮《しゃしんと》られたって。で、見《み》たら、請《せい》求画面《きゅうがめん》が出《で》てて、解除《かいじょ》するにはここに返信《へんしん》をって書《か》いてあった。名前《なまえ》やアドレスを入力《にゅうりょく》させるようになってたんだ。俺《おれ》が速攻《そっこう》で画面閉《がめんと》じて、戻《もど》そうとしたら、すげぇ悪質《あくしつ》でさ、今度《こんど》は別《べつ》のサイトに飛《と》びそうになった。で、即《そく》、それも消去《しょうきょ》して、画面戻《がめんもど》して、履歴削除《りれきさくじょ》して、怯《おび》えてる若武《わかたけ》に言《い》ったんだ。できることは全部《ぜんぶ》やった、後《あと》はひたすら無視《むし》だ、無視《むし》、気《き》を強《つよ》く持《も》って、トコトン無視《むし》しろって。」

若武《わかたけ》は、いつになく深刻《しんこく》な顔《かお》で大《おお》きな溜《た》め息《いき》をついた。

「それで結局《けっきょく》、何事《なにごと》もなかったんだけどさ、あの時《とき》の恐怖《きょうふ》は、今《いま》も忘《わす》れん。本当《ほんとう》に一生《いっしょう》を台無《だいな》しにしたと思《おも》った。」

これに懲《こ》りて、今後《こんご》は、アブないサイトを見《み》ようなんて気《き》を起《お》こさないようにね。

「③は、保護者《ほごしゃ》が喜《よろこ》びそうだよね。」

小塚君《こづかくん》が、その文面《ぶんめん》にそって視線《しせん》を走《はし》らせる。

「子供《こども》が学校《がっこう》に行《い》ってから帰《かえ》ってくるまで、ずっと見守《みまも》っていられるもの。子供《こども》のスマホ料金《りょうきん》を負担《ふたん》しているのは親《おや》だから、売《う》れるかもしれない。」

小塚君《こづかくん》の前《まえ》に立《た》っていた上杉君《うえすぎくん》が舌打《したう》ちした。

「子供《こども》にしたら、ウザすぎるアプリだぜ。」

まあ、そうかも。

「俺《おれ》なら、②がほしい。」

皆《みな》が一瞬《いっしゅん》、目《め》をむいた。

もちろん私《わたし》も、だった。

だって②は、友《とも》だちアプリだったんだもの。

上杉君《うえすぎくん》が友《とも》だちをほしがるなんて・・・。

皆《みな》の視線《しせん》を感《かん》じた上杉君《うえすぎくん》は、

「なんだよ。」

そう言《い》ってぷいっと横《よこ》を向《む》き、黙《だま》りこんだ。

その状態《じょうたい》のまま乗《の》り換《か》え駅《えき》に着《つ》いたので、私《わたし》たちはいろいろな人《ひと》に交《ま》じってどやどやと降《お》り、地下通路《ちかつうろ》を通《とお》って別《べつ》の路線《ろせん》の電車《でんしゃ》に乗《の》りこんだ。

「私《わたし》は、④がいいな。だってKZ《カッズ》らしいじゃない？」

それには、皆《みな》が一応《いちおう》、賛成《さんせい》してくれた。

「だったら、こうしようか。」

黒木君《くろきくん》が提案《ていあん》する。

「KZ《カッズ》マーケットっていうサイトを作《つく》って、その中《なか》で、この４つのアプリを売《う》るんだ。で、売《う》れないものは削《けず》り、売《う》れるものがあったら、それを改良《かいりょう》してさらに売《う》れるものを作《つく》っていく。」

皆《みな》が賛成《さんせい》し、若武《わかたけ》が言《い》った。

「よし、七鬼《ななき》にメール打《う》っとく。」

# 11　KZ《カッズ》、デビューか!?

渋谷《しぶや》の駅《えき》は、すごい人《ひと》だった。

地下道《ちかどう》を突《つ》き当《あ》たりまで歩《ある》き、階段《かいだん》で地上《ちじょう》に出《で》ると、109と書《か》かれたビルの前《まえ》だった。

そこから交差点《こうさてん》を横切《よこぎ》って、坂《さか》を上《のぼ》る。

交通量《こうつうりょう》も多《おお》くて、若武《わかたけ》たちの目《め》は、車道《しゃどう》に釘《くぎ》づけっ！

「あ、ランボルギーニだっ！」

「ポルシェのスポーツタイプ、いたっ！　1000万《まん》くらいすんじゃね？」

「やっぱ品川《しながわ》の3ナンバー、カッケぇ。」

「ん、湘南《しょうなん》の3ナンバーと同《おな》じくらい、シビれるね。」

男子《だんし》って、幼稚園《ようちえん》くらいから車好《くるます》きだよね。

どうしてだろ。

「ここだよ。」

それは坂《さか》の途中《とちゅう》にある白《しろ》いビルで、出入《でい》り口《ぐち》には、赤《あか》い日除《ひよ》けが張《は》ってあり、そこに向《む》かって観葉植物《かんようしょくぶつ》の鉢《はち》を置《お》いた小道《こみち》が続《つづ》いていて、ちょっとしたカフェみたいだった。

私《わたし》たちは翼《たすく》の後《あと》についてドアを入《はい》り、受付《うけつけ》のカウンターで面会用紙《めんかいようし》に全員《ぜんいん》がサインをし、言《い》われた通《とお》りに7階《かい》まで上《のぼ》った。

「専務室《せんむしつ》は、廊下《ろうか》の突《つ》き当《あ》たりだって。」

なぜか若武《わかたけ》は、しきりにキョロキョロとあたりを見回《みまわ》す。

黒木君《くろきくん》が苦笑《くしょう》した。

「若武先生《わかたけせんせい》、残念《ざんねん》だが、いくら探《さが》してもここにアイドルはいないよ。」

翼《たすく》が頷《うなず》く。

「ここはオフィスビルだからね。アイドルは、まず来《こ》ないって。」

そう言《い》われて若武《わかたけ》は、ようやく落《お》ち着《つ》いた。

「じゃアイドルって、どこにいるの？」

私《わたし》が聞《き》くと、上杉君《うえすぎくん》が、そんなの決《き》まってるだろといった口調《くちょう》で答《こた》える。

「自分《じぶん》んちから仕事場《しごとば》に直行《ちょっこう》だから、テレビ局《きょく》とか撮影所《さつえいじょ》にいるんだ。ダンスや演技《えんぎ》のレッスンを受《う》けてれば、そこに通《かよ》ったりもするだろうけど。」

そうなんだ。

高宮《たかみや》さんも、そういう生活《せいかつ》をしてきたのかな。

怪我《けが》をして入院《にゅういん》してからその毎日《まいにち》に戻《もど》らず、お兄《にい》ちゃんのとこにやってきたのは、どうしてだろう。

そんなことを考《かんが》えていた時《とき》、突然《とつぜん》、叩《たた》きつけるようにドアを閉《し》める音《おと》がし、廊下《ろうか》の向《む》こうから若《わか》い女《おんな》の人《ひと》が走《はし》ってきた。

建物《たてもの》の中《なか》なのに、サングラスをかけている。

私《わたし》たちの先頭《せんとう》にいた翼《たすく》に突《つ》き当《あ》たりそうになり、一瞬《いっしゅん》、立《た》ちすくんだ。

とっさに翼《たすく》が、体《からだ》をひねって避《さ》ける。

その女性《じょせい》は翼《たすく》の脇《わき》を通《とお》り、何《なに》も言《い》わないままエレベーターの方《ほう》に駆《か》けていった。

たちまち見《み》えなくなったその姿《すがた》を振《ふ》り返《かえ》り、上杉君《うえすぎくん》が舌打《したう》ちする。

「屋内《おくない》なのに真《ま》っ黒《くろ》のサングラスかけっ放《ぱな》しって、何《なん》なんだ。」

その肩《かた》を、黒木君《くろきくん》が宥《なだ》めるように抱《だ》き寄《よ》せた。

「上杉先生《うえすぎせんせい》、サングラスは、芸能人《げいのうじん》の必需品《ひつじゅひん》です。」

じゃあの人《ひと》、アイドルか女優《じょゆう》だったんだ。

「だけど、あんな顔《かお》、見《み》たことないな。」

若武《わかたけ》が首《くび》を傾《かし》げる。

「俺《おれ》、アイドルや女優《じょゆう》、結構詳《けっこうくわ》しいけど、あんなの知《し》らない。」

私《わたし》は、まじまじと若武《わかたけ》を見《み》つめてしまった。

へぇえ、そういう趣味《しゅみ》があったんだ。

「専務室《せんむしつ》から飛《と》び出《だ》してきたんだぜ。」

上杉君《うえすぎくん》がそう言《い》い、まったく見《み》ていなかった私《わたし》は、とても感心《かんしん》した。

突然《とつぜん》だったのに、よく目配《めくば》りできたなぁと思《おも》って。

「何《なに》かあったのかな。」

何《なん》となく不穏《ふおん》な気持《きも》ちになりながら、突《つ》き当《あ》たりの部屋《へや》の前《まえ》まで歩《ある》く。

そのドアには、専務室《せんむしつ》というプレートが嵌《は》めこまれていた。

翼《たすく》がノックをする。

「美門《みかど》です。」

ドアから、女《おんな》の人《ひと》が顔《かお》を出《だ》した。

「受付《うけつけ》から連絡《れんらく》のあった美門君《みかどくん》と、そのお友《とも》だちね？」

私《わたし》たちは声《こえ》を揃《そろ》えて挨拶《あいさつ》し、頭《あたま》を下《さ》げた。

「そうです、よろしくお願《ねが》いします。」

女《おんな》の人《ひと》は微笑《ほほえ》み、ドアを大《おお》きく開《ひら》く。

「どうぞ。専務《せんむ》がお待《ま》ちです。奥《おく》の部屋《へや》よ。」

ドアを入《はい》ると、そこは女《おんな》の人《ひと》の机《つくえ》が置《お》かれているだけの、通路《つうろ》のようなスペースだった。

その奥《おく》に木《き》のドアがあり、翼《たすく》が歩《あゆ》み寄《よ》ってコンコンと叩《たた》く。

「美門《みかど》、マスク、マスク。」

上杉君《うえすぎくん》に言《い》われて、あわててそれを取《と》りながら声《こえ》を上《あ》げた。

「美門《みかど》ですが、」

中《なか》から男《おとこ》の人《ひと》の返事《へんじ》が聞《き》こえる。

「おお待《ま》ってたよ、どうぞ。」

翼《たすく》をスカウトした専務《せんむ》というのは、いったいどんな人《ひと》なのか。

私《わたし》は興味津々《きょうみしんしん》で、その部屋《へや》に踏《ふ》みこんだ。

そこは、2面《めん》がガラス窓《まど》になっている角部屋《かどべや》で、窓《まど》を背《せ》にして大《おお》きな机《つくえ》が置《お》いてあり、その椅子《す》から一人《ひとり》の男《おとこ》の人《ひと》が立《た》ち上《あ》がっていた。

とてもおしゃれでスマートな感《かん》じの、40代半《だいなか》ばくらいの男性《だんせい》だった。

「今日《きょう》は、塾《じゅく》の友《とも》だちと一緒《いっしょ》に来《き》たんです。皆《みんな》、クールポイントのオーディションを受《う》けたいって言《い》ってるんで、エントリーシートをもらいに。僕《ぼく》が安田専務《やすだせんむ》を知《し》っているって言《い》ったら、ぜひ会《あ》わせろって言《い》われて。あ、女《おんな》の子《こ》は、オブザーバーです。」

男性《だんせい》は笑顔《えがお》で私《わたし》たちを見回《みまわ》し、机《つくえ》の引《ひ》き出《だ》しに手《て》をかけると、そこから青《あお》い名刺箱《めいしばこ》を出《だ》した。

私《わたし》たち1人《ひとり》1人《ひとり》に配《くば》ってくれる。

透《す》かし模様《もよう》の入《はい》ったプラスティックみたいな薄《うす》い紙《かみ》で、すごくカッコよかった。

「僕《ぼく》は、安田稔《やすだみのる》だ。以前《いぜん》はロックやってて、ラウドスってバンドを組《く》んでたんだけど、知《し》らないだろうね。君《きみ》たち、まだ生《う》まれてなさそうだもんなぁ。」

手渡《てわた》された名刺《めいし》には、名前《なまえ》の他《ほか》に、専務《せんむ》、経理部長《けいりぶちょう》という2つの肩書《かたがき》が書《か》かれていた。

「どうぞ、座《すわ》って。今《いま》、お茶《ちゃ》を持《も》ってこさせるよ。」

そう言《い》った安田専務《やすだせんむ》に、翼《たすく》が微笑《ほほえ》む。

「すぐ失礼《しつれい》しますから、このままで結構《けっこう》です。あ、紹介《しょうかい》します。向《む》こうから上杉《うえすぎ》、若武《わかたけ》、黒木《くろき》、小塚《こづか》、女《おんな》の子《こ》は立花《たちばな》です。」

私《わたし》たちは、揃《そろ》って頭《あたま》を下《さ》げた。

「よろしくお願《ねが》いしまっす。」

安田専務《やすだせんむ》は、満足《まんぞく》そうに頷《うなず》く。

「皆《みな》、なかなか個性的《こせいてき》で、いいね。君《きみ》たちだけで、1《ワン》ユニットできそうだ。作《つく》ってデビューする？」

わっ、オーディションから一気《いっき》に格上《かくあ》げっ！

若武《わかたけ》が、やったっ！ と叫《さけ》びかけ、上杉君《うえすぎくん》と黒木君《くろきくん》があわてて飛《と》びついてその口《くち》を封《ふう》じた。

安田専務《やすだせんむ》は、ニコニコしながら私《わたし》たちを見回《みまわ》す。

「ほんとにいいメンバーだ。アイドルユニットには、いろいろな個性《こせい》が必要《ひつよう》でね。まず中心《ちゅうしん》になる子《こ》を決《き》めて、その周《まわ》りに違《ちが》うタイプの子《こ》を組《く》み合《あ》わせていくんだ。」

若武《わかたけ》は力任《ちからまか》せに2人《ふたり》を振《ふ》り払《はら》い、ここぞとばかりにアピールにかかる。

「俺《おれ》、こいつらのリーダーしてます。中心《ちゅうしん》になるのは、得意《とくい》です。」

安田専務《やすだせんむ》は苦笑《くしょう》する。

「君《きみ》かぁ・・・君《きみ》は、顔《かお》がどうもね、昭和《しょうわ》だからなぁ。センターは無理《むり》だね。」

私《わたし》たちは、どっと笑《わら》ってしまった。

そっか、若武《わかたけ》の顔《かお》は、昭和顔《しょうわがお》なのね。

「今《いま》の流行《りゅうこう》の顔《かお》は、彼《かれ》、かな。」

安田専務《やすだせんむ》が指差《ゆびさ》したのは、上杉君《うえすぎくん》だった。

「繊細《せんさい》で尖《とが》ってて透明《とうめい》な感《かん》じが、すごく今《いま》っぽくてスター性《せい》がある。君《きみ》なら中心《ちゅうしん》になれるし、ソロのアイドルでもいけるんじゃないかな。」

私《わたし》たちはびっくりして、上杉君《うえすぎくん》を見《み》た。

1番驚《いちばんおどろ》いていたのは、上杉君本人《うえすぎくんほんにん》。

人差《ひとさ》し指《ゆび》で自分《じぶん》を指《さ》し、目《め》を真《ま》ん丸《まる》にして、呆然《ぼうぜん》としている。

「上杉君《うえすぎくん》だったよね。」

反応《はんのう》できない上杉君《うえすぎくん》に代《か》わって、若武《わかたけ》が、嚙《か》み潰《つぶ》すように答《こた》えた。

「そうです。」

私《わたし》は、上杉君《うえすぎくん》がすごくモテることを思《おも》い出《だ》した。

あれは「黄金《おうごん》の雨《あめ》は知《し》っている」だっけ、それとも「消《き》えた美少女《びしょうじょ》は知《し》っている」だっけ。

上杉君《うえすぎくん》に憧《あこが》れてる女子《じょし》は、たくさんいる。

それは・・・えっと・・・時代《じだい》の先端《せんたん》をいく顔《かお》だからなんだね。

「上杉君《うえすぎくん》を中心《ちゅうしん》にして、ひたすら美少年《びしょうねん》の美門君《みかどくん》、そして色《いろ》っぽい魅力《みりょく》を持《も》つ年上《としうえ》キラーの君《きみ》、」

指差《ゆびさ》されたのは、黒木君《くろきくん》だった。

これには、全員《ぜんいん》が納得《なっとく》。

「それから誰《だれ》が見《み》てもほっとするドラえもん系《けい》、癒《い》やしタイプの君《きみ》」

安田専務《やすだせんむ》の指先《ゆびさき》が向《む》かっていたのは小塚君《こづかくん》で、皆《みな》がまたも爆笑《ばくしょう》した。

「最後《さいご》に、さっきの昭和顔《しょうわがお》の君《きみ》。口《くち》が達者《たっしゃ》で、話《はなし》がうまそうだからね。」

それは本当《ほんとう》にその通《とお》りで、若武《わかたけ》は、詐欺師《さぎし》と言《い》われるくらいの話《はな》し上手《じょうず》だった。

それをひと目《め》で見抜《みぬ》くのは、さすがプロ！

「ユニットは、1人《ひとり》1人《ひとり》がバラで活動《かつどう》することもある。その時《とき》、それぞれが別《べつ》の分野《ぶんや》で成功《せいこう》できるだけの力《ちから》を持《も》っていると、ユニット自体《じたい》が長《なが》く生《い》き残《のこ》れるんだ。そのために最初《さいしょ》からいろんな個性《こせい》の子《こ》を組《く》み合《あ》わせておく。立《た》ってるだけで絵《え》になる子《こ》とか、演技《えんぎ》やダンスが得意《とくい》な子《こ》とか、話《はな》し上手《じょうず》で司会《しかい》ができそうな子《こ》とか、ね。」

へえ、そうなんだ。

「それから仕事場《しごとば》では、全《ぜん》メンバーが一緒《いっしょ》のことが多《おお》いから、協調性《きょうちょうせい》のない子《こ》がいると、モメて困《こま》る。でも君《きみ》たちみたいに友《とも》だち同士《どうし》だったら、その辺《へん》は心配《しんぱい》がなくて安心《あんしん》だ。よかったら、ちょっとデビューしてみない？」

またも若武《わかたけ》が、やったっ！　と叫《さけ》びそうになり、上杉君《うえすぎくん》と黒木君《くろきくん》が飛《と》びついて止《と》めた。

「ありがとうございます。」

翼《たすく》がきちんと対応《たいおう》する。

「皆《みな》でよく話《はな》し合《あ》いたいと思《おも》うので、少《すこ》し時間《じかん》をください。」

安田専務《やすだせんむ》は、驚《おどろ》いたように眉《まゆ》を上《あ》げた。

「そんな深刻《しんこく》に考《かんが》えることないって。若《わか》いんだからさ、やっちゃいなよ。ダメならダメで、やめればいいんだからさ。」

この人《ひと》・・・何《なに》か、すごく軽《かる》い・・・。

芸能界《げいのうかい》って、そういう所《ところ》なんだろうか。

「わかりました。また連絡《れんらく》させていただきます。」

そう言《い》った翼《たすく》の隣《となり》で、黒木君《くろきくん》が口《くち》を開《ひら》く。

「さっき、飛《と》び出《だ》してきた女《おんな》の人《ひと》とぶつかりそうになりましたけど、何《なに》かあったんですか？」

安田専務《やすだせんむ》は、首《くび》を傾《かし》げた。

「え、そう？　僕《ぼく》は会《あ》ってないよ。ここでずっと1人《ひとり》でいたから。ああ、秘書《ひしょ》と何《なに》かあったのかもしんないね。突然《とつぜん》やってきて、会《あ》ってほしいってゴリ押《お》しする子《こ》も多《おお》いし。」

まぁ芸能《げいのう》プロダクションだから、いろんな人《ひと》が来《く》るんだろうなぁ。

そう思《おも》いながら私《わたし》は、高宮《たかみや》さんの病院脱出《びょういんだっしゅつ》について少《すこ》しでも手《て》がかりを摑《つか》みたい一心《いっしん》で、聞《き》いてみた。

「私《わたし》、クールボーイのファンなんです。クラスの子《こ》は、たいていそうなんですけど。」

安田専務《やすだせんむ》は、ニコニコする。

「ほう、ありがたいね。クールボーイは、うちの1番《いちばん》の売《う》れっ子《こ》だ。サインもらっておいてあげるよ。」

いらないけど。

「たった1年《ねん》でここまで人気《にんき》が出《で》るとは思《おも》ってなかったから、対応《たいおう》にアタフタしてるんだ。うれしい誤算《ごさん》でね。」

高宮《たかみや》さんの怪我《けが》については、何《なに》も言《い》いそうもなかった。

それで、こちらから切《き》り出《だ》したんだ。

「テレビで、KAITO《カイト》王子《おうじ》が怪我《けが》したって聞《き》いて、皆《みな》、心配《しんぱい》してます。どんな具合《ぐあい》ですか？」

安田専務《やすだせんむ》は、ほんの一瞬《いっしゅん》、動《うご》きを止《と》め、それから何《なん》でもないといったように肩《かた》をすくめた。

「ああ大《たい》したことないよ、大丈夫《だいじょうぶ》。ここだけの話《はなし》だけど、マスコミがうるさいから面会謝絶《めんかいしゃぜつ》ってことにしてあるだけなんだ。」

それだけしか言《い》わなかった。

高宮《たかみや》さんが病院《びょういん》を抜《ぬ》け出《だ》していることは、プロダクションの人《ひと》ならもう知《し》っているはずなのに、全然《ぜんぜん》、触《ふ》れない。

「そうですか。」

私《わたし》は、安田専務《やすだせんむ》から情報《じょうほう》を引《ひ》き出《だ》すことを諦《あきら》めた。

「早《はや》く治《なお》ってくださいって、お伝《つた》えください。」

私《わたし》の脇《わき》で、若武《わかたけ》が翼《たすく》に目《め》くばせする。

それを受《う》けて翼《たすく》が、口《くち》を開《ひら》いた。

「今日《きょう》は、大勢《おおぜい》でうかがってすみませんでした。これで失礼《しつれい》します。」

安田専務《やすだせんむ》の見送《みおく》りを受《う》けて、私《わたし》たちは部屋《へや》を退出《たいしゅつ》、外《そと》にいた秘書《ひしょ》の女《おんな》の人《ひと》に挨拶《あいさつ》をして廊下《ろうか》に出《で》た。

瞬間《しゅんかん》、上杉君《うえすぎくん》が言《い》ったんだ。

「安田専務《やすだせんむ》、嘘《うそ》がヘタだな。」

え？

# 12　宇宙《うちゅう》の鉱物《こうぶつ》

「今《いま》の話《はなし》には、２つの嘘《うそ》があった。」

私《わたし》は、びっくり！

だって全然《ぜんぜん》わからなかったんだもの。

「１つは、あのサングラスの女性《じょせい》と会《あ》っていないと言《い》ったこと。専務室《せんむしつ》の手前《てまえ》にいる秘書《ひしょ》のところまで来《く》るには、１階《かい》の受付《うけつけ》を通《とお》らなくちゃならない。突然《とつぜん》やってきた不審《ふしん》な人間《にんげん》なら、１階《かい》の受付《うけつけ》でブロックされてるはずだ。」

あ、そうか。

「２つ目《め》は、ＫＡＩＴＯ《カイト》の怪我《けが》の件《けん》。話《はな》す時《とき》に肩《かた》をすくめてたけど、その肩《かた》の上《あ》がり方《かた》が左右《さゆう》で違《ちが》っていた。」

はっ？

「肩《かた》をすくめる動作《どうさ》には、ＳＶＡ《エスブイエー》、特殊内臓求心性線維《とくしゅないぞうきゅうしんせいせんい》っていう脳神経《のうしんけい》が関係《かんけい》している。これは自分《じぶん》でコントロールしにくいんだ。問題《もんだい》がなさそうに見《み》せるために、わざとやろうとすると、左《さ》右《ゆう》の肩《かた》の上《あ》げ方《かた》が対称《たいしょう》にならない、という説《せつ》がある。」

へぇ、そうなんだ！

「KAITO《カイト》の怪我《けが》に関《かん》して、安田専務《やすだせんむ》は何《なに》か隠《かく》している。」

それは、病院《びょういん》を脱走《だっそう》したってことだろうか。

それとも、もっと別《べつ》のこと？

「あのサングラス女性《じょせい》は、確《たし》かに安田専務《やすだせんむ》と会《あ》ってたよ。」

翼《たすく》が、はっきりと言《い》った。

「専務室《せんむしつ》の机《つくえ》の手前《てまえ》に、あの子《こ》の匂《にお》いが付《つ》いていた。机《つくえ》に両手《りょうて》をついて、その向《む》こうに座《すわ》っていた安田専務《やすだせんむ》と話《はな》してたんじゃないかな。」

若武《わかたけ》が、エレベーターホールに向《む》かって歩《ある》き出《だ》しながら感心《かんしん》したように首《くび》を横《よこ》に振《ふ》る。

「おまえ、事務所《じむしょ》を調《しら》べるって当初《とうしょ》の目的《もくてき》、よく忘《わす》れなかったよな。俺《おれ》、まったく意識《いしき》の外《そと》に追《お》い出《だ》してた。」

いきなりKZ《カッズ》だけでデビューって言《い》われたから、舞《ま》い上《あ》がったんだよね、気持《きも》ちはわかる。

「だけど、その女性《じょせい》と専務《せんむ》の関係《かんけい》、どうも穏《おだ》やかじゃないね。」

黒木君《くろきくん》の発言《はつげん》は、私《わたし》には意味不明《いみふめい》だった。

なんで？

「普通《ふつう》、誰《だれ》かが部屋《へや》を訪《たず》ねてきたら、座《すわ》ってもらうだろ。それなのにその女性《じょせい》は、専務《せんむ》の机《つくえ》の前《まえ》まで行《い》って机《つくえ》に手《て》をついて向《む》き合《あ》って話《はな》し、そして飛《と》び出《だ》していったんだ。どう考《かんが》えても、普通《ふつう》の客《きゃく》じゃない。」

そっか。

「それに何《なん》でもないのなら、安田専務《やすだせんむ》もとぼけなかったと思《おも》うよ。彼女《かのじょ》と会《あ》っていたってことを隠《かく》したかったんじゃないかな。」

う～ん、何《なに》か、すごく胡散臭《うさんくさ》くなってきた感《かん》じ。

やっぱりこのプロダクションには、何《なに》かがある気《き》がする。

「美門《みかど》、他《ほか》に気《き》づいたことは？」

黒木君《くろきくん》に言《い》われて、翼《たすく》は眉根《まゆね》を寄《よ》せた。

「机《つくえ》の上《うえ》から、すごく複雑《ふくざつ》な臭《にお》いが漂《ただよ》ってきてた。いくつもの金属《きんぞく》が入《い》り混《ま》じって溶《と》けたみたいな臭《にお》い。」

え、何《なん》だろ・・・。

「今《いま》まで一度《いちど》も嗅《か》いだことのない鉱物《こうぶつ》の臭《にお》いも交《ま》じってた気《き》がする。」

小塚君《こづかくん》が、興味深《きょうみぶか》そうな声《こえ》を上《あ》げた。

「美門《みかど》には、家《いえ》にある鉱物標本《こうぶつひょうほん》を全部《ぜんぶ》、嗅《か》がせてるはずだよ。それで嗅《か》いだことのない鉱物《こうぶつ》って言《い》ったら、もう地球上《ちきゅうじょう》の鉱物《こうぶつ》じゃないよ。」

ええっ⁉

「宇宙《うちゅう》から来《き》た鉱物《こうぶつ》だと思《おも》うよ、それ。」

話《はなし》がいきなり広《ひろ》がっていってしまったので、私《わたし》はついていけずにアタフタした。

宇宙《うちゅう》から来《き》た鉱物《こうぶつ》って・・・いったい何《なに》？

なんでそんなものが、このビルの中《なか》にあるの⁉

「規模《きぼ》が大《おお》きくなってきたじゃん、おもしれぇや。」

上杉君《うえすぎくん》がニヤッと笑《わら》い、黒木君《くろきくん》が頷《うなず》く。

「その分《ぶん》、不可解《ふかかい》さも倍増《ばいま》しだ。」

私《わたし》は、てんで頭《あたま》が追《お》いつかなかった。

「もう1つ、」

翼《たすく》が付《つ》け加《くわ》える。

「隣《となり》の部屋《へや》から薬《くすり》の臭《にお》いがしてた。塗《ぬ》るタイプの、痛《いた》み止《ど》めの薬《くすり》だよ。俺《おれ》も使《つか》ったことがある。

ほんのわずかだけど血《ち》の臭《にお》いもしてた。それからやっぱりごくわずかニトロセルロースやアンチモンの臭《にお》いも。」

何《なん》だろ。

私《わたし》たちは一瞬《いっしゅん》、顔《かお》を見合《みあ》わせたけれど、その話《はなし》は、さっきの宇宙鉱物《うちゅうこうぶつ》ほどには私《わたし》たちの気《き》を引《ひ》かなかった。

だって私《わたし》たちは面会《アポイントメント》の約束なしに突然《とつぜん》、訪《たず》ねていったから、安田専務《やすだせんむ》は約束《やくそく》のあった人《ひと》を隣《となり》の部屋《へや》で待《ま》たせておいたのかもしれない。

その人《ひと》が痛《いた》み止《ど》めの薬《くすり》を塗《ぬ》っていたり、どこかに怪我《けが》をしていたりしても、それは事件《じけん》じゃないもの。

ニトロセルロースとかは、よくわからないけれど、でも部屋《へや》にいろいろな物《もの》が置《お》いてあってもおかしくないし。

それで私《わたし》たちの関心《かんしん》は、スルッと宇宙《うちゅう》の鉱物《こうぶつ》に戻《もど》ってしまったんだ。

「しっかし宇宙《うちゅう》の鉱物《こうぶつ》って、何《なん》だよ。」

若武《わかたけ》が、まいったといったように片手《かたて》でクチャクチャと髪《かみ》をかき上《あ》げる。

「謎《なぞ》が多《おお》いな。アーヤ、整理《せいり》して。」

私《わたし》は頭《あたま》の中《なか》で昨日《きのう》からのことを思《おも》い出《だ》し、並《なら》べてみた。

「謎《なぞ》の1、クールボーイのKAITO《カイト》が怪我《けが》をし、入院先《にゅういんさき》の病院《びょういん》から抜《ぬ》け出《だ》した。何《なに》かが起《お》こったらしい。謎《なぞ》の2、安田専務《やすだせんむ》は、サングラス女性《じょせい》とトラブルを抱《かか》えており、それを隠《かく》そうとしている。謎《なぞ》の3、安田専務《やすだせんむ》は、KAITO《カイト》の怪我《けが》に関《かん》しても何《なに》かを隠《かく》している。謎《なぞ》の4、安田専務《やすだせんむ》は机《つくえ》の上《うえ》に宇宙《うちゅう》の鉱物《こうぶつ》が混《ま》じった何《なに》かを置《お》いていた。」

そこまで言《い》って、私《わたし》は、美《うつく》しき王子《おうじ》クリスの盗難《とうなん》を、謎《なぞ》の5として入《い》れるべきかどうか、迷《まよ》った。

でもインドネシアの話《はなし》だし、KZ《カッズ》はこれに関係《かんけい》しないことになっていたから、やめておいたんだ。

「以上《いじょう》。」

上杉君《うえすぎくん》が舌打《したう》ちする。

「その4つ、まるっきしバラけてんな。つながりようもないじゃん。」

ここに謎《なぞ》の5を入《い》れていたら、もっとバラバラになって上杉君《うえすぎくん》のご機嫌《きげん》はさらに悪《わる》くなっていただろう。

私《わたし》はヒヤッとしながら、やめておいた自分《じぶん》は偉《えら》いかも、と思《おも》った。

「無理矢理《むりやり》につなげるとすれば、全部《ぜんぶ》が安田《やすだ》プロダクションに関係《かんけい》しているってとこだけだけど。」

先《さき》を歩《ある》いていた若武《わかたけ》が、エレベーターホールで足《あし》を止《と》める。

「KZ《カッズ》がデビューする前《まえ》に、事件《じけん》は解決《かいけつ》しとかないとまずい。所属《しょぞく》プロダクションに問題《もんだい》があったら、週刊誌《しゅうかんし》とかワイドショーが嗅《か》ぎつけて、スキャンダルに発展《はってん》するからな。せっかくのデビューに傷《きず》がつくぜ。」

エレベーターのボタンを押《お》した若武《わかたけ》に、黒木君《くろきくん》がからかうような目《め》を向《む》けた。

「KZ《カッズ》メンバーでデビューしたら、センターは上杉《うえすぎ》だぜ。それでいいの?」

若武《わかたけ》ははっとしたように息《いき》を呑《の》み、片手《かたて》を拳《こぶし》に握《にぎ》りしめる。

「くっそ! やっぱ安田専務《やすだせんむ》の話断《はなしことわ》って、オーディションを狙《ねら》うか。」

上杉君《うえすぎくん》が、吊《つ》り上《あ》がったその目《め》に馬鹿《ばか》にしたような光《ひかり》を浮《う》かべた。

「どっちにしろ、おまえ、センターは無理《むり》だ。その昭和顔《しょうわがお》って、変《か》えようねーだろ、諦《あきら》めな。」

ムッとした若武《わかたけ》が上杉君《うえすぎくん》の襟元《えりもと》を摑《つか》み上《あ》げた時《とき》、エレベーターのドアが開《ひら》き、そこからすらっとした女性《じょせい》が降《お》りてきた。

年齢《ねんれい》は50歳《さい》くらいで、髪《かみ》を紫色《むらさきいろ》に染《そ》め、大《おお》きなイヤリングをしている。

「あら、失礼《しつれい》。」

そう言《い》いながらエレベーターの前《まえ》に群《むら》がっていた私《わたし》たちの間《あいだ》を縫《ぬ》い、専務室《せんむしつ》の方《ほう》に歩《ある》いていった。

上品《じょうひん》なクリーム色《いろ》のツイードのスーツを着《き》て、手《て》にはディオールのバッグを持《も》ち、足《あし》にはハイヒール、立《た》ち去《さ》った後《あと》には香水《こうすい》の匂《にお》いが残《のこ》っていた。

「白木由美《しらきゆみ》だ。」

黒木君《くろきくん》がつぶやく。

「美人女優《びじんじょゆう》として有名《ゆうめい》だったみたいだけど、結婚《けっこん》で引退《いんたい》したんだ。で、今《いま》は、ここの社長《しゃちょう》。」

あれが社長《しゃちょう》かぁ。

「すげぇ大人《おとな》の女《おんな》って感《かん》じだよな。」

溜《た》め息《いき》のような声《こえ》で言《い》った若武《わかたけ》の頭《あたま》を、上杉君《うえすぎくん》が小突《こづ》く。

「バイブ鳴《な》ってってだろ。さっさと出《で》ろ。」

若武《わかたけ》は、上杉君《うえすぎくん》にやり返《かえ》しておいて、ズボンの後《うし》ろポケットからスマートフォンを出《だ》した。

「七鬼《なき》からだ。」

私《わたし》たちは、いっせいに若武《わかたけ》の手元《てもと》をのぞきこむ。

頭《あたま》と頭《あたま》が搗《か》ち合《あ》い、誰《だれ》にもうまく読《よ》めなかった。

若武《わかたけ》が高々《たかだか》とスマートフォンを差《さ》し上《あ》げ、声《こえ》を張《は》り上《あ》げる。

「美《うつく》しき王子《おうじ》のクリスについて報告《ほうこく》。」

ふむ。

「ヒンドゥ寺院《じいん》に奉納《ほうのう》され、寺院博物館《じいんはくぶつかん》に収《おさ》められていたこのクリスを、買《か》い取《と》りたいという人物《じんぶつ》が1か月《げつ》ほど前《まえ》に現《あらわ》れて、寺院側《じいんがわ》と交渉《こうしょう》を進《すす》めていたらしい。ところが最終的《さいしゅうてき》に寺院側《じいんがわ》が断《ことわ》ったため、この交渉《こうしょう》は成立《せいりつ》しなかった。その後《ご》、盗難《とうなん》が発覚《はっかく》したんだ。」

むっ、その人物《じんぶつ》、怪《あや》しいかも。

「警察《けいさつ》は、すでに帰国《きこく》していたこの人物《じんぶつ》に電話《でんわ》で事情聴取《じじょうちょうしゅ》したそうだ。しかし証拠《しょうこ》がなく、任意《にんい》での聞《き》き取《と》りしかできなかった。もちろん無実《むじつ》を主張《しゅちょう》され、取《と》り調《しら》べは終《お》わっている。この人物《じんぶつ》は日本人《にほんじん》で、名前《なまえ》は安田稔《やすだみのる》、職業《しょくぎょう》は芸能《げいのう》プロダクション専務《せんむ》。」

げっ、あの人《ひと》だ！

私《わたし》は息《いき》を詰《つ》め、皆《みな》を見回《みまわ》した。

若武《わかたけ》が、きれいなその目《め》を底《そこ》から光《ひか》らせる。

「超《ちょう》おもしろくなってきたじゃん。」

わくわくするといったようなその表情《ひょうじょう》は、力《ちから》に満《み》ちていて大胆《だいたん》、まるで極悪人《ごくあくにん》みたいに恐《おそ》れ知《し》らずで、胸《むね》がキュンとするほど魅力的《みりょくてき》だった。

ああ若武《わかたけ》が、いつもこんな顔《かお》をしていたら、私《わたし》、完全《かんぜん》にまいっちゃってただろうなぁ。

「そのスマホ、貸《か》して。」

小塚君《こづかくん》が、手《て》を出《だ》す。

さっきドラえもん系《けい》と言《い》われたその表情《ひょうじょう》が、どことなく強張《こわば》っていた。

「七鬼《なき》に聞《き》きたいことがあるんだ。」

若武《わかたけ》からスマートフォンを受《う》け取《と》ると、返信《へんしん》で何《なに》かを送《おく》ってから、それを若武《わかたけ》に返《かえ》す。

「返事来《へんじき》たら、教《おし》えてね。」

私《わたし》は、すごく気《き》になって聞《き》いてみた。

「忍《しのぶ》に、何《なに》を聞《き》いたの？」

すると小塚君《こづかくん》は、ますます憂鬱《ゆううつ》そうな顔《かお》つきになった。

「う・・・ん、ちょっとね。僕《ぼく》の予想《よそう》が外《はず》れてるといいと思《おも》ってんだけど・・・」

何《なに》やら奥歯《おくば》に物《もの》が挟《はさ》まったような言《い》い方《かた》だった。

はて、当《あ》たらない方《ほう》がいい予想《よそう》って、いったい何《なに》？

ますます気《き》になったので、私《わたし》はエレベーターに乗《の》っている間中《あいだじゅう》、若武《わかたけ》のポケットに入《はい》っているスマートフォンを見《み》つめていた。

早《はや》く返事《へんじ》が来《こ》ないかなと思《おも》って。

「アーヤ！」

1階《かい》に着《つ》き、エレベーターから降《お》りたとたん、若武《わかたけ》が、もう我慢《がまん》できないといったように私《わたし》の方《ほう》を見《み》た。

「そんな目《め》で、俺《おれ》を見《み》るのはやめろ。俺《おれ》、すげぇ意識《いしき》するじゃん。」

へっ？

「告《こく》りたいなら、はっきりそう言《い》ってくれ。」

皆《みな》がいっせいに私《わたし》の方《ほう》を見《み》たので、私《わたし》は、瞬時《しゅんじ》に、ボボボボボッ！

全身《ぜんしん》から火《ひ》を噴《ふ》きそうなほど、真《ま》っ赤《か》になってしまった。

「お、赤《あか》らんだ。マジか？」

上杉君《うえすぎくん》がそう言《い》い、黒木君《くろきくん》がちょっと笑《わら》う。

「KZ内《カッズない》でアーヤは、本人《ほんにん》の申《もう》し立《た》てにより女子《じょし》じゃないってことになってたはずだけど、まぁ今《いま》の恋愛《れんあい》は、男女間《だんじょかん》だけとは限《かぎ》らないからね。」

私《わたし》は、目《め》をパチパチさせた。

え・・・その場合《ばあい》、私《わたし》はどういう立場《たちば》で恋愛《れんあい》することになるの？

「俺《おれ》の相手《あいて》は、女子限定《じょしげんてい》！」

若武《わかたけ》が、断固《だんこ》として言《い》い切《き》る。

「相手《あいて》を選《えら》ばず、誰《だれ》でもいいと思《おも》ってるのは、上杉《うえすぎ》だけだ。」

瞬間《しゅんかん》、上杉君《うえすぎくん》が若武《わかたけ》に飛《と》びつき、ヘッドロックした。

「てめぇ、話作《はなしつく》ってんじゃねーよっ！」

若武《わかたけ》のポケットでスマートフォンが鳴《な》り出《だ》す。

「きっと七鬼《なnき》から返事《へんじ》だ。」

小塚君《こづかくん》が飛《と》びつきそうな顔《かお》で言《い》ったけれど、若武《わかたけ》は上杉君《うえすぎくん》とバトル中《ちゅう》で見向《みむ》きもしなかった。

「ねぇ、若武《わかたけ》、メール来《き》てるよ。」

「うるせ、今取《いまと》りこみ中《ちゅう》だ。後《あと》にしろ、後《あと》。」

ところが小塚君《こづかくん》は、どうにも待《ま》ちきれなかったらしく、大胆《だいたん》にも若武《わかたけ》のズボンの後《うし》ろポケットからスマートフォンを抜《ぬ》き取《と》った。

「黒木《くろき》、若武《わかたけ》の暗証番号《あんしょうばんごう》、知《し》ってる？」

黒木君《くろきくん》がスマートフォンを受《う》け取《と》り、手早《てばや》く処理《しょり》して画面《がめん》を読《よ》み上《あ》げる。

「鉄《てつ》、ニッケル、磁鉄鋼《じてっこう》、」

そう言《い》いながら、何《なに》が何《なん》だかわからないといったような表情《ひょうじょう》になった。

でも小塚君《こづかくん》は、その1つ1つに頷《うなず》いていたんだ。

「小塚《こづか》、七鬼《ななき》に何聞《なにき》いたんだ？」

瞬間《しゅんかん》、小塚君《こづかくん》は目《め》をすえて黒木君《くろきくん》をにらんだ。

「最後《さいご》まで全部《ぜんぶ》、読《よ》んでよ。」

怒《おこ》った小塚君《こづかくん》を見《み》るのは初《はじ》めてのことで、私《わたし》は絶句《ぜっく》。

小塚君《こづかくん》も、怒《おこ》ると恐《こわ》いんだぁ・・・。

黒木君《くろきくん》はしかたなさそうに続《つづ》けた。

「えっと赤鉄鋼《せきてっこう》、菱鉄鋼《りょうてっこう》、それから隕石《いんせき》、以上《いじょう》。」

え・・・隕石《いんせき》って、地上《ちじょう》に落《お》ちてきた流《なが》れ星《ぼし》のことだよね。

そんなものが出《で》てくるなんて、これは、いったい何《なん》のリスト？

小塚君《こづかくん》は、何《なに》を調《しら》べようとしたの!?

## 13　探偵《たんてい》チーム、始動《しどう》する

私《わたし》が息《いき》を呑《の》んでいると、小塚君《こづかくん》はゆっくりと、いつもの穏《おだ》やかな表情《ひょうじょう》を取《と》り戻《もど》した。

「それでわかった。」

え？

「安田専務《やすだせんむ》の机《つくえ》の上《うえ》についていた複雑《ふくざつ》な臭《にお》いの原因《げんいん》。」

わかったのっ!?

すごいっ！　原因《げんいん》は何《なに》っ!?

「あの机《つくえ》の上《うえ》には、美《うつく》しき王子《おうじ》のクリスが置《お》いてあったんだ。」

えーっ！

驚《おどろ》いたのは、私《わたし》ばかりではなかった。

皆《みな》がいっせいに、呆気《あっけ》に取《と》られたんだ。

だって考《かんが》えてもみないことだったんだもの。

「さっき安田専務《やすだせんむ》の名前《なまえ》が、美《うつく》しき王子《おうじ》のクリス盗難事件《とうなんじけん》の容疑者《ようぎしゃ》に挙《あ》がってたろ。」

うん。

「で、その安田専務《やすだせんむ》の机《つくえ》の上《うえ》から漂《ただよ》ってくる臭《にお》いの中《なか》に、地球上《ちきゅうじょう》の鉱物《こうぶつ》じゃない臭《にお》いが交《ま》じっていたよね。」

小塚君《こづかくん》は私《わたし》たちを見回《みまわ》し、皆《みな》の反応《はんのう》を確《たし》かめてから話《はなし》を進《すす》めた。

「古《ふる》い時代《じだい》に作《つく》られた剣《けん》の中《なか》には、隕石《いんせき》を使《つか》っている物《もの》があるんだ。」

え、そうなの。

「神剣《しんけん》クリスは、3世紀《せいき》から作《つく》られてるって話《はなし》だったから、今《いま》も当時《とうじ》の方法《ほうほう》に従《したが》って隕石《いんせき》を使《つか》っている可能性《かのうせい》が高《たか》い。隕石《いんせき》っていうのは星《ほし》の欠片《かけら》だから、地球上《ちきゅうじょう》の鉱物《こうぶつ》とは違《ちが》う構造《こうぞう》を持《も》っている物《もの》もあるんだ。それで現地《げんち》にいる七鬼《ななき》に、神剣《しんけん》クリスを作《つく》るのに使《つか》われている標準的《ひょうじゅんてき》な金属類《きんぞくるい》を調《しら》べてもらったわけ。今《いま》、黒木《くろき》が読《よ》み上《あ》げたのが、それだよ。」

そう言《い》って小塚君《こづかくん》は、翼《たすく》に向《む》き直《なお》る。

「安田専務《やすだせんむ》の机《つくえ》から漂《ただよ》ってた臭《にお》いは、今読《いまよ》み上《あ》げた鉱物《こうぶつ》の臭《にお》いだろ?」

翼《たすく》は、感心《かんしん》したといったように大《おお》きく頷《うなず》いた。

「まったく同《おな》じ。隕石《いんせき》の臭《にお》いは嗅《か》いだことないけど、今《いま》まで未経験《みけいけん》の鉱物《こうぶつ》の臭《にお》いがあったから、きっとそれだと思《おも》う。安田専務《やすだせんむ》の机《つくえ》の上《うえ》には、美《うつく》しき王子《おうじ》のクリスが置《お》かれていたんだ。」

若武《わかたけ》が、ニヤッと笑《わら》う。

「謎《なぞ》の4は、解《と》けたな。」

やっぱり安田専務《やすだせんむ》が盗《ぬす》んで、日本《にほん》に持《も》ってきていたんだね。

「そうするとさ、」

小塚君《こづかくん》は再《ふた》び、憂鬱《ゆううつ》そうな顔《かお》になる。

「それが今《いま》、どこにあるのかってことが問題《もんだい》になるだろ。何《なに》しろ呪《のろ》いがかかってるんだから。」

私《わたし》は、4人目《にんめ》の犠牲者《ぎせいしゃ》が出《で》るに違《ちが》いないという話《はなし》を思《おも》い出《だ》し、ゾッとした。

小塚君《こづかくん》がさっき予想《よそう》が外《はず》れてるといいと言《い》ったり、憂鬱《ゆううつ》な気持《きも》ちになったりしている訳《わけ》がよくわかったと思《おも》った。

呪《のろ》いは、日本《にほん》に持《も》ちこまれたんだ！

「あの部屋《へや》の中《なか》にはなかったよ。同《おな》じ臭《にお》いは、どこからもしてなかったもの。」

じゃ、家《いえ》に持《も》って帰《かえ》ったのかも。

「は！　呪《のろ》いなんて、アホくさ。」

鼻《はな》で笑《わら》ったのは、上杉君《うえすぎくん》だった。

「そんなん、ある訳《わけ》ねーだろ。」

黒木君《くろきくん》が腕《うで》を組《く》みながらそばの壁《かべ》に寄《よ》りかかる。

「まず安田専務《やすだせんむ》の事情《じじょう》、盗難《とうなん》までしてクリスを手《て》に入《い》れたかったのは、なぜなのか？　それを知《し》りたいとこだね。」

ん、それ、重要《じゅうよう》ポイントだと思《おも》う。

謎《なぞ》の5、安田専務《やすだせんむ》は、なぜ美《うつく》しき王子《おうじ》のクリスを盗《ぬす》んだのか。

「クリスが、今《いま》どこにあるのかも気《き》になるし、」

謎《なぞ》の6、美《うつく》しき王子《おうじ》のクリスは、今《いま》どこにあるのか。

「日本《にほん》に持《も》ちこまれた呪《のろ》いを、どう処理《しょり》するかって問題《もんだい》もある。」

え・・・呪《のろ》いって処理《しょり》できるものなの？

どうやって!?

「アーヤ、謎《なぞ》の整理《せいり》！」

突然《とつぜん》、命令《めいれい》されて、私《わたし》はあわててこれまでの謎《なぞ》を数《かぞ》え上《あ》げた。

「えっと最初《さいしょ》の謎《なぞ》は、1、ＫＡＩＴＯ《カイト》はなぜ病院《びょういん》から逃走《とうそう》したのか。2、サングラスの女性《じょせい》と安《やす》田専務《だせんむ》の関係《かんけい》。3、安田専務《やすだせんむ》は、ＫＡＩＴＯ《カイト》の怪我《けが》に関《かん》して何《なに》か隠《かく》している。4、机《つくえ》の上《うえ》の不審《ふしん》物《ぶつ》、の4つでしたが、そのうちの4番目《ばんめ》は解決《かいけつ》しました。代《か》わりに謎《なぞ》の5、安田専務《やすだせんむ》はなぜクリスを盗《ぬす》んだのか。謎《なぞ》の6、呪《のろ》いのかかったクリスは今《いま》どこにあるのか。謎《なぞ》の7、クリスの呪《のろ》いをどう処理《しより》するか、が浮上《ふじょう》しています。」

「よし！」

若武《わかたけ》が力強《ちからづよ》く言《い》った。

「探偵《たんてい》チームKZ《カッズ》、始動《しどう》だ！」

私《わたし》たちは一気《いっき》に緊張《きんちょう》し、姿勢《しせい》を正《ただ》す。

「謎《なぞ》の1、2は当面《とうめん》、置《お》いておく。謎《なぞ》7については、現地《げんち》に行《い》ってる七鬼《ななき》が調《しら》べているはずだ。俺《おれ》たちは、謎《なぞ》3、5、6を、3チームに分《わ》かれて調査《ちょうさ》する。」

こういう時《とき》の若武《わかたけ》の素早《すばや》さには、誰《だれ》もかなわない。

ほんの少《すこ》しも迷《まよ》わないし、惚《ほ》れ惚《ぼ》れするほどきっぱりしていて、ああ男《おとこ》の子《こ》らしいなって思《おも》ってしまう。

「あ、俺《おれ》、抜《ぬ》いて。」

黒木君《くろきくん》が、壁《かべ》から身《み》を起《お》こした。

「安田《やすだ》プロダクションについて、調《しら》べるから。」

ああ、それもあったよね。

「よし、4チームに分《わ》かれよう。第《だい》1チームは安田専務《やすだせんむ》に関《かん》すること、謎《なぞ》の3、5を調《しら》べる。これ、上杉《うえすぎ》、小塚《こづか》、アーヤね。」

了解《りょうかい》！

「第《だい》2チームは謎《なぞ》の6、美《うつく》しき王子《おうじ》のクリスが今置《いまお》かれている場所《ばしょ》を特定《とくてい》する、俺《おれ》と美門《みかど》だ。第《だい》3チームは安田《やすだ》プロダクションの調査《ちょうさ》。これは黒木《くろき》1人《ひとり》。第《だい》4チームはクリスについて調《しら》べる。これも七鬼単独《ななきたんどく》だ。各《かく》チームは、今日中《きょうじゅう》に調査《ちょうさ》を完了《かんりょう》し、明日《あした》の休《やす》み時間《じかん》にカフェテリアで報告《ほうこく》する。七鬼《ななき》については例外《れいがい》とし、向《む》こうからの連絡《れんらく》を待《ま》つ。」

黒木君《くろきくん》が軽《かる》く片手《かたて》を上《あ》げた。

「じゃ俺《おれ》、調査《ちょうさ》に入《はい》るから、bye《バイ》。」

そう言《い》いながらふと立《た》ち止《ど》まり、ズボンの後《うし》ろポケットからスマートフォンを出《だ》す。

「はい、黒木《くろき》です。」

誰《だれ》かから、電話《でんわ》がかかってきたみたいだった。

「はい一緒《いっしょ》です。お待《ま》ちください。」

そう言《い》ってスマートフォンを、私《わたし》に差《さ》し出《だ》す。

「ママから、だよ。」

え・・・何《なん》だろ、急用《きゅうよう》かな。

こんなとこまでかけてくるなんて、大事《だいじ》なことでなかったら怒《おこ》るからね。

ちょっと不機嫌《ふきげん》になりながら、私《わたし》が電話《でんわ》に出《で》ると、ママのあわてた声《こえ》がした。

「KAITO《カイト》王子《おうじ》が、帰《かえ》ってこないの。」

えっ！

「あなたが出《で》かけてすぐ、ちょっと出《で》てくるって言《い》って外《そと》に出《で》ていったきり、全然《ぜんぜん》帰《かえ》ってこないのよ。キャップ被《かぶ》ってサングラスかけて行《い》ったけど、誰《だれ》かに見《み》つかったのかもしれない。どうしよう!?」

私《わたし》はあせりながら、超特急《ちょうとっきゅう》で考《かんが》えた。

これ以外《いがい》になさそうだという答《こた》えを、何《なん》とか思《おも》いつく。

「そのうち帰《かえ》ってくるかもしれないけど、心配《しんぱい》だったら取《と》りあえずお兄《にい》ちゃんに連絡《れんらく》して、事情《じじょう》を話《はな》して相談《そうだん》するのがいいんじゃないかな。お兄《にい》ちゃんなら一緒《いっしょ》に働《はたら》いてるようなものだから、いろんなことにも詳《くわ》しいと思《おも》うし。」

ママは、飛《と》びつくように叫《さけ》んだ。

「そうね、そうね。そうす・・・」

最後《さいご》まで聞《き》こえなかったのは、きっとあわてて切《き》ったからだ。

相当《そうとう》、取《と》り乱《みだ》してるみたい。

「何《なに》か、緊急事態《きんきゅうじたい》?」

黒木君《くろきくん》の声《こえ》に、顔《かお》を上《あ》げると、皆《みな》が、じいっとこちらを見《み》ていた。

私《わたし》はちょっと迷《まよ》ったけれど、ここで打《う》ち明《あ》けておいた方《ほう》が今後《こんご》の調査《ちょうさ》のためにもいいんじゃないかと思《おも》ったんだ。

仲間《なかま》だから、絶対《ぜったい》、大丈夫《だいじょうぶ》だし。

「あの、実《じつ》はうちの兄《あに》は、クールボーイのKAITO《カイト》と中学《ちゅうがく》の同級生《どうきゅうせい》なんだ。で、今《いま》、クールボーイのバックダンサーしてるの。病院《びょういん》を抜《ぬ》け出《だ》したKAITO《カイト》は、うちに泊《と》まってるんだ。今日《きょう》どこかに出《で》かけたんだけど、ちっとも帰《かえ》ってこないってママが心配《しんぱい》してるとこ。」

皆《みな》は息《いき》を呑《の》んで聞《き》いていたけれど、やがて声《こえ》を揃《そろ》えて言《い》った。

「お兄《にい》さんとKAITO《カイト》の、サインがほしい!」

う・・・。

固《かた》まっている私《わたし》を、上杉君《うえすぎくん》が、もっと早《はや》く言《い》えよという目《め》でにらんだ。

「じゃさ、なんで病院《びょういん》から脱走《だっそう》したのか、本人《ほんにん》に聞《き》いてみりゃいいじゃん。」

私《わたし》は溜《た》め息《いき》をつく。

「それが、ダメなんだ。友《とも》だちであるお兄《にい》ちゃんにも、訳《わけ》は聞《き》かないでって言《い》ってるくらいだから、絶対話《ぜったいはな》さないと思《おも》う。」

黒木君《くろきくん》が、宥《なだ》めるように上杉君《うえすぎくん》の肩《かた》を叩《たた》いた。

「友《とも》だちにも言《い》いたくないことってあるだろ。アーヤが首《くび》突っこむことで、お兄《にい》さんとKAITO《カイト》の友情《ゆうじょう》に罅《ひび》が入《はい》ったら、責任《せきにん》は俺《おれ》たちにあるよ。KZ《カッズ》で突《つ》き止《と》めればいいじゃないか。じゃね。」

そう言《い》って歩《ある》き出《だ》しながら、肩越《かたご》しに若武《わかたけ》を見《み》る。

「七鬼《ななき》、呼《よ》び戻《もど》せよ。呪《のろ》いの問題《もんだい》は、あいつに任《まか》せた方《ほう》がいいし、美《うつく》しき王子《おうじ》のクリスが日本《にほん》に来《き》てるんなら、あいつがインドネシアに滞在《たいざい》してても意味《いみ》ないだろ。」

若武《わかたけ》は、軽《かる》く頷《うなず》いた。

「クリスについて情報収集《じょうほうしゅうしゅう》が終《お》わったら、すぐ帰国《きこく》して俺《おれ》たちに合流《ごうりゅう》するようにメールしとく。」

そう言《い》って黒木君《くろきくん》を見送《みおく》り、私《わたし》たちを見《み》る。

「ここで別《わか》れよう。俺《おれ》たちは、安田専務《やすだせんむ》がクリスを隠《かく》しそうな場所《ばしょ》を調《しら》べる。美門《みかど》、来《こ》い。」

若武《わかたけ》が翼《たすく》を連《つ》れていってしまうと、後《あと》には、私《わたし》たち3人《にん》だけが残《のこ》った。

でも安田専務《やすだせんむ》が何《なに》かを隠《かく》しているのか、なぜクリスを盗《ぬす》んだのか、なんて、どこから手《て》を付《つ》けていいのか、さっぱりわからない。

「どうする？」

私《わたし》が聞《き》くと、小塚君《こづかくん》は首《くび》を横《よこ》に振《ふ》るばかり。

上杉君《うえすぎくん》が、しかたなさそうな溜《た》め息《いき》をついた。

「戻《もど》ろう。」

え？

「もう一度《いちど》、安田専務《やすだせんむ》に接触《せっしょく》して、人柄《ひとがら》を探《さぐ》るんだ。性格《せいかく》や趣味《しゅみ》、習慣《しゅうかん》、家庭環境《かていかんきょう》なんかがわかれば、そこからKAITO《カイト》との関係《かんけい》や、クリスを手《て》に入《い》れたかった事情《じじょう》が見《み》えてくるかもしれない。」

ああ、そっか。

「だけど、どうやって受付《うけつけ》を通《とお》るの？」

小塚君《こづかくん》は、落《お》ち着《つ》きのない目付《めつ》きで、玄関正面《げんかんしょうめん》の奥《おく》にある受付《うけつけ》の方《ほう》を見《み》る。

「さっきと同《おな》じ用件《ようけん》は、もう使《つか》えないよ。安田専務《やすだせんむ》に気《き》に入《い》られている美門《みかど》もいないしさ。」

上杉君《うえすぎくん》が、ふんと鼻《はな》を鳴《な》らした。

「若武《わかたけ》が、何《なん》のためにおまえたち2人《ふたり》に俺《おれ》を付《つ》けたと思《おも》うんだ？」

は？

「おまえたちだけじゃできない芸当《げいとう》を、俺《おれ》にさせるためだろ。」

はぁ・・。

「期待《きたい》に応《こた》えてこそ、男《おとこ》だ。それがたとえ、無茶振《ムチャブ》りでもな。若武《わかたけ》なんかの思《おも》い通《どお》りになるのはくやしいが、期待外《きたいはず》れだったと言《い》われるのは、もっとくやしい。ちょっと待《ま》ってろ。」

そう言《い》い置《お》いて上杉君《うえすぎくん》は、受付《うけつけ》に向《む》かって歩《ある》いていった。

そこのカウンターに腕《うで》を置《お》いて身《み》を乗《の》り出《だ》し、何《なに》やら話《はなし》をしている。

やがてこちらを振《ふ》り返《かえ》り、手招《てまね》きした。

私《わたし》と小塚君《こづかくん》は急《いそ》いで走《はし》り寄《よ》り、言《い》われるまま、さっきと同《おな》じように面会用紙《めんかいようし》にサインをしたんだ。

「では、あちらのエレベーターで7階《かい》までお上《あ》がりください。」

受付《うけつけ》の女《おんな》の人《ひと》がエレベーターの方《ほう》を指《さ》し、私《わたし》たちはお礼《れい》を言《い》って、さっきと同《おな》じエレベーターに乗《の》った。

「上杉《うえすぎ》さぁ、受付《うけつけ》でなんて言《い》ったの？」

心配《しんぱい》そうに聞《き》いた小塚君《こづかくん》に、上杉君《うえすぎくん》は軽《かる》く答《こた》える。

「専務室《せんむしつ》に忘《わす》れ物《もの》をしたから、捜《さが》したいって言《い》ったんだ。」

あ、上杉君《うえすぎくん》、何《なに》か忘《わす》れたんだ。

「言《い》っとくが、デタラメだからな。」

げっ！

「じゃ、どうすんの？」

不安《ふあん》でたまらないといったような小塚君《こづかくん》の声《こえ》に、私《わたし》もコクコク頷《うなず》く。

上杉君《うえすぎくん》は、冷《ひ》ややかな感《かん》じのするその目《め》を、ゆっくりと細《ほそ》めた。

「出《で》たとこ勝負《しょうぶ》だ。」

私《わたし》は、真《ま》っ青《さお》になる。

だって出《で》たとこ勝負《しょうぶ》っていうのは、方針《ほうしん》や計画《けいかく》を立《た》てられなかった時《とき》に使《つか》う言葉《ことば》だよ。その場《ば》の成《な》り行《ゆ》き任《まか》せで決《き》めていくこと、つまり無計画《むけいかく》で、行《い》き当《あ》たりばったりってことなんだ。

「そんなっ！」

思《おも》わずそう言《い》うと、上杉君《うえすぎくん》は吊《つ》り上《あ》がった目《め》の端《はし》に一瞬《いっしゅん》、鋭《するど》い光《ひかり》を走《はし》らせた。

「嫌《いや》なら、やめろよ。俺《おれ》と小塚《こづか》で行《い》く。」

小塚君《こづかくん》に目《め》を向《む》けると、私以上《わたしいじょう》に、やめたそうな顔《かお》をしていた。

私《わたし》がやめると言《い》い出《だ》したら、きっと僕《ぼく》も、と言《い》うだろう。

そしたら上杉君《うえすぎくん》は、1人《ひとり》で行《い》かなくちゃならない。

出《で》たとこ勝負《しょうぶ》で勝《か》つためには、とっさの判断《はんだん》と、素早《すばや》い行動力《こうどうりょく》が必要《ひつよう》なはず。

それらがなかったら、失敗《しっぱい》するんだ。

上杉君《うえすぎくん》がすごく頭《あたま》がよくて、運動神経《うんどうしんけい》も抜群《ばつぐん》だってことはわかってるけれど、でも1人《ひとり》きりじゃ、どうしようもないことも起《お》こるかもしれない。

「私《わたし》・・・嫌《いや》だけど行《い》く。」

それが自分《じぶん》のKZ《カッズ》メンバーとしての責任《せきにん》だと思《おも》ったから。

「これは、KZ《カッズ》が取《と》り上《あ》げた事件《じけん》だもの。」

そう言《い》うと、上杉君《うえすぎくん》は、止《と》まったエレベーターのボタンを押《お》しながら、顎《あご》で外《そと》を指《さ》した。

「じゃ出《で》ろよ。行《い》くぞ。」

うんっ！

# 14　ただの怪我《けが》じゃない？

私《わたし》たちは専務室《せんむしつ》の前《まえ》まで行《い》き、ドアをノックしようとした。

瞬間《しゅんかん》、中《なか》から大声《おおごえ》が聞《き》こえてきたんだ。

「とぼけても無駄《むだ》よ。」

女《おんな》の人《ひと》の声《こえ》だった。

とっさに上杉君《うえすぎくん》が、鍵穴《かぎあな》に耳《みみ》を押《お》し当《あ》てる。

「何《なに》もかも知《し》っています。KAITO《カイト》に手《て》を出《だ》したのも、どうせあなたでしょう。」

それに応《おう》じて、男《おとこ》の人《ひと》の声《こえ》が聞《き》こえた。

安田専務《やすだせんむ》の声《こえ》らしかったけれど、低《ひく》くて、内容《ないよう》までは聞《き》き取《と》れなかった。

「汚《きたな》いやり方《かた》ね。私《わたし》を見縊《みくび》らないで。脅《おど》しには屈《くっ》しませんからね！　それが言《い》いたくて来《き》たのよ。何《なに》があっても第三者委員会《だいさんしゃいいんかい》は解散《かいさん》させませんから。じゃ失礼《しつれい》。」

叩《たた》きつけるような声《こえ》に続《つづ》いて足音《あしおと》がし、ドアノブが動《うご》く。

わっ、出《で》てくるっ！

「こっちっ！」

上杉君《うえすぎくん》が、私《わたし》の二《に》の腕《うで》を摑《つか》んだ。

「小塚《こづか》、どっかに隠《かく》れろ。」

そう言《い》いながら私《わたし》をドアの脇《わき》の壁《かべ》に押《お》し付《つ》けると、その前《まえ》に立《た》ちふさがる。

そこはちょうど、外《そと》に開《ひら》くドアの陰《かげ》になる部分《ぶぶん》で、私《わたし》は息《いき》を吞《の》んで、自分《じぶん》の頰《ほお》にほとんどくっついている上杉君《うえすぎくん》の背中《せなか》を見《み》つめていた。

「第三者委員会《だいさんしゃいいんかい》の報告書《ほうこくしょ》が上《あ》がってきたら、今度《こんど》こそ絶対《ぜったい》に公表《こうひょう》します。覚悟《かくご》しておくのね！」

ドアが開《あ》き、そこから出《で》てきたのは、さっき私《わたし》たちの間《あいだ》を通《とお》っていった白木由美《しらきゆみ》だった。

ドアを閉《し》めて振《ふ》り返《かえ》れば、私《わたし》たちの姿《すがた》はしっかり見《み》えてしまう。

私《わたし》は、胸《むね》がドキドキした。

見《み》つかるんじゃないかと思《おも》って足《あし》が震《ふる》え、目《め》の前《まえ》にある上杉君《うえすぎくん》の背中《せなか》にしがみつきたかった。

でも、そんなことをしたら、上杉君《うえすぎくん》にびっくりされてしまうんじゃないかと思《おも》って、できなかったんだ。

その時《とき》、上杉君《うえすぎくん》が片手《かたて》を後《うし》ろに回《まわ》し、私《わたし》の手《て》を探《さぐ》り当《あ》てると、自分《じぶん》の掌《てのひら》の中《なか》に握《にぎ》りしめた。

大丈夫《だいじょうぶ》だよって言《い》うように、宥《なだ》めるように、強《つよ》く2度《ど》、ぎゅっと。

それで震《ふる》えが止《と》まった。

ああ、どうか振《ふ》り返《かえ》りませんように！

そう願《ねが》っている私《わたし》の前《まえ》で、白木由美《しらきゆみ》は憤然《ふんぜん》としてエレベーターの方《ほう》に向《む》かって歩《ある》いていった。

その姿《すがた》が、見《み》えなくなる。

上杉君《うえすぎくん》が大《おお》きな息《いき》をついた。

「ふぅ、危《あぶ》ねっ。」

壁《かべ》の窪《くぼ》みの向《む》こうから、小塚君《こづかくん》が恐《おそ》る恐《おそ》るこちらをのぞく。

「行《い》った？」

上杉君《うえすぎくん》が頷《うなず》くのを確認《かくにん》し、ようやく安心《あんしん》したようにこっちに寄《よ》ってきた。

「でも隠《かく》れなくてもよかったんじゃない？　僕《ぼく》たちが専務室《せんむしつ》に行《い》くってことは、どうせ受付《うけつけ》から連絡《れんらく》がいってるんだし。」

あ、そうだよね。

「馬《ば》〜鹿《か》。」

軽《かる》く言《い》いながらも上杉君《うえすぎくん》は、その目《め》に切《き》れるような光《ひかり》を浮《う》かべた。

「今《いま》のは、相当《そうとう》ヤバい話《はなし》だ。俺《おれ》たちが聞《き》いてたってわかったら、ただじゃすまねーよ。

KAITO《カイト》みたいに、階段《かいだん》から突《つ》き落《お》とされるぜ。」

驚《おどろ》きながら私《わたし》は、さっきの話《はなし》を思《おも》い浮《う》かべた。

KAITO《カイト》に手《て》を出《だ》したって・・・そういうことだったんだ。

高宮《たかみや》さんは誤《あやま》って転落《てんらく》したんじゃなくて、誰《だれ》かに突《つ》き落《お》とされた！

病院《びょういん》でも狙《ねら》われたのかもしれない。

それで逃《に》げてきたんだ、このプロダクションの人《ひと》が知《し》らない私《わたし》の家《いえ》に！

私《わたし》は、コクンと息《いき》を呑《の》んだ。

この会社《かいしゃ》で、いったい何《なに》が起《お》こっているの!?

「よぉし、行《い》くぞ。」

上杉君《うえすぎくん》が、広《ひろ》げた片手《かたて》の中指《なかゆび》で眼鏡《めがね》の中央《ちゅうおう》を押《お》し上《あ》げ、姿勢《しせい》を正《ただ》してドアに向《む》き直《なお》る。

「安田専務《やすだせんむ》を探《さぐ》る。」

私《わたし》は緊張《きんちょう》しながら、ノックをする上杉君《うえすぎくん》を見《み》ていた。

毅然《きぜん》としたその横顔《よこがお》は、溜《た》め息《いき》が出《で》そうになるくらいカッコよかった。

「すみません、上杉《うえすぎ》ですが。」

中《なか》から、さっきの女性《じょせい》の声《こえ》がした。

「はい、どうぞ。」

ドアを開《あ》けると、机《つくえ》に着《つ》いていた女性《じょせい》が微笑《ほほえ》んで、安田専務《やすだせんむ》の部屋《へや》のドアを指《さ》す。

「受付《うけつけ》から聞《き》いています。どうぞ。」

それで今度《こんど》は専務室《せんむしつ》のドアをノックしたんだ。

「あ、入《はい》っていいよ。」

部屋《へや》の中《なか》では、さっきと同《おな》じように、安田専務《やすだせんむ》が机《つくえ》の向《む》こうで立《た》ち上《あ》がっていた。

「何《なに》か、忘《わす》れたんだって？」

う・・・なんて答《こた》えるんだろう。

だって忘《わす》れ物《もの》なんて何《なに》もないのは、部屋《へや》の中《なか》を見《み》れば、すぐわかってしまうことだった。

私《わたし》がハラハラしていると、上杉君《うえすぎくん》は軽《かる》く笑《わら》った。

「安田専務《やすだせんむ》に、聞《き》きたいことがあったんですが、聞《き》き忘《わす》れたんです。」

うっ、うまいっ！

方針《ほうしん》も計画《けいかく》も立《た》てていなかったにしては、うますぎる!!

それで私《わたし》は思《おも》ったのだった、上杉君《うえすぎくん》も若武《わかたけ》みたいに、詐欺師《さぎし》でいけるかもって。

「え、何《なに》を聞《き》きたいの？」

そう言《い》った安田専務《やすだせんむ》は、すごくうれしそうだった。

「何《なん》でも、答《こた》えちゃうよ。」

ああ、やっぱ軽《かる》い・・・。

「以前《いぜん》にロックバンドを組《く》んでいたってうかがいましたが、それはロックが好《す》きだったから始《はじ》めたんですよね。」

安田専務《やすだせんむ》は、深《ふか》く頷《うなず》いた。

「そうだよ。」

上杉君《うえすぎくん》の目《め》が、射《い》とめるように光《ひか》る。

「どうしてやめたんですか？」

安田専務《やすだせんむ》は一瞬《いっしゅん》、息《いき》を呑《の》み、視線《しせん》をあちらこちらにさ迷《まよ》わせた。

いろいろなところに目《め》を向《む》けながら、自分《じぶん》の心《こころ》の中《なか》を探《さぐ》っているように見《み》えた。

私《わたし》たちは、じっとそれを見守《みまも》る。

「自分《じぶん》のやりたい方向《ほうこう》が、ウケなかったから、かな。」

そう言《い》った安田専務《やすだせんむ》の顔《かお》は、哀《かな》しげだった。

「親《おや》が芸能事務所《げいのうじむしょ》をやってたから、知《し》り合《あ》いの音楽事務所《おんがくじむしょ》を紹介《しょうかい》してもらってさ、ＣＤ《シーディー》デビューも簡単《かんたん》にできた。かなり人気《にんき》も出《で》たから勢《いきお》いに乗《の》って、ドンドン磨《みが》きをかけていったんだ。今考《いまかんが》えてみると、あの時《とき》が僕《ぼく》の人生《じんせい》の絶頂期《ぜっちょうき》だったね。だけど音《おと》の質《しつ》をよくすればするほど、売《う》れなくなった。それが不満《ふまん》でさ。自分《じぶん》がこんないい曲作《きょくつく》ってんのに、世間《せけん》の奴《やつ》らは頭《あたま》もセンスも悪《わる》いから理解《りかい》できないんだって感《かん》じて、このまま続《つづ》けていってもどうせこの繰《く》り返《かえ》しだろうって思《おも》って、曲作《きょくづく》りに熱《ねつ》が入《はい》らなくなったんだ。それでさらに人気《にんき》が落《お》ちていってさ、事務所《じむしょ》からあなたのバンドとはもう契約《けいやく》できませんって言《い》われて・・・たぶん絶望《ぜつぼう》したんだろうな。」

その場《ば》に沈痛《ちんつう》な雰囲気《ふんいき》が広《ひろ》がり、私《わたし》はすごく心《こころ》を痛《いた》めた。

安田専務《やすだせんむ》は、胸《むね》に傷《きず》を抱《かか》えている人《ひと》なんだと思《おも》って。

でも上杉君《うえすぎくん》は、まるで意《い》に介《かい》さないというか、気《き》にしないというか、平気《へいき》な顔《かお》で話《はなし》を進《すす》めた。

「で、ロックをやめて、どうしたんですか？」

安田専務《やすだせんむ》は、大《おお》きな溜《た》め息《いき》をついた。

「しかたがないから親《おや》の会社《かいしゃ》、つまりここに就職《しゅうしょく》したんだ。精神的《せいしんてき》には荒《あ》れてたね。だって自分《じぶん》が1番信《いちばんしん》じてるものを世間《せけん》から否定《ひてい》されたんだよ。どう生《い》きていけばいいのかわからなくってさ、不貞腐《ふてくさ》れて、もういい、わかったよ、そんじゃ俗世《ぞくせ》の価値観《かちかん》にトコトン染《そ》まってやろうじゃないかって心境《しんきょう》だった。」

ああ自暴自棄《じぼうじき》になって、自分《じぶん》を投《な》げ出《だ》してしまったんだね。売《う》れなくても、否定《ひてい》されても自分《じぶん》を捨《す》てず、我慢《がまん》しながら思《おも》い通《どお》りの道《みち》を貫《つらぬ》いていくって生《い》き方《かた》もあったと思《おも》うのに。

軽《かる》い人《ひと》だから、簡単《かんたん》に考《かんが》え方《かた》を変《か》えたり、自分《じぶん》を曲《ま》げたりしてしまうんだ、かわいそうに。

私《わたし》は同情《どうじょう》し、これ以上《いじょう》聞《き》くのは悪《わる》いような気持《きも》ちになったけれど、上杉君《うえすぎくん》はあくまで冷徹《れいてつ》で、表情《ひょうじょう》も変《か》えなかった。

「俗世《ぞくせ》の価値観《かちかん》って、具体的《ぐたいてき》に何《なん》ですか。」

安田専務《やすだせんむ》は、引《ひ》きつるような笑《え》みを浮《う》かべる。

「いろいろあるけど、1番大《いちばんおお》きなのは金《かね》かな。金《かね》がすべてで1番大事《いちばんだいじ》って考《かんが》え方《かた》。日本《にほん》は資本主義《しほんしゅぎ》だからさ。で、コツコツ給料《きゅうりょう》を貯《た》めて、それを持《も》って自分《じぶん》を切《き》ったディレクターのとこに行《い》って、どーんと金《かね》を積《つ》み上《あ》げてさ、これで新《あたら》しいDVD《ディーブイディー》を出《だ》してくれって言《い》ったんだ。そしたら急《きゅう》に態度《たいど》を変《か》えて、出《だ》させていただきますって言《い》ったよ。スッキリした。」

それを聞《き》きながら私《わたし》は、安田専務《やすだせんむ》の心《こころ》が砂《すな》のようにサラサラと崩《くず》れ落《お》ちていくのを見《み》ている気《き》がした。

人生《じんせい》の途中《とちゅう》でつまずき、歪《ゆが》んでしまったこの人《ひと》を気《き》の毒《どく》に思《おも》い、自分《じぶん》に何《なに》ができるのかと考《かんが》えながら。

「わかりました。ところで安田専務《やすだせんむ》は、骨董品《こっとうひん》に興味《きょうみ》がありますか？」

上杉君《うえすぎくん》が核心《かくしん》に踏《ふ》みこんだのを感《かん》じ、私《わたし》は緊張《きんちょう》しながら安田専務《やすだせんむ》の顔《かお》に注目《ちゅうもく》した。

「絵画《かいが》とか、壺《つぼ》とか、能面《のうめん》、刀剣《とうけん》とか。社会的地位《しゃかいてきちい》が上《あ》がっていくと、よくそういう物《もの》を収集《しゅうしゅう》する人《ひと》がいるじゃないですか。集《あつ》めてますか？」

安田専務《やすだせんむ》は、笑《わら》い声《ごえ》を立《た》てた。

「そういう趣味《しゅみ》はないね。収集《しゅうしゅう》するとしたら、現金《げんきん》だけだよ。」

うっ、徹底《てってい》してる。

「ありがとうございました。」

そう言《い》って上杉君《うえすぎくん》は、頭《あたま》を下《さ》げた。

「興味深《きょうみぶか》いお話《はなし》でした。」

安田専務《やすだせんむ》は、ちょっと決《き》まりが悪《わる》そうだったけれど、どことなくさっぱりした感《かん》じでもあった。

「あまり教育的《きょういくてき》じゃなかったね。でもまぁ世《よ》の中《なか》には、こういう人間《にんげん》もいる。社会勉強《しゃかいべんきょう》だったと思《おも》ってよ。またおいで。」

私《わたし》たちは、挨拶《あいさつ》をして専務室《せんむしつ》を出《で》た。

「聞《き》いただろ、あの人《ひと》は金《かね》で人《ひと》を動《うご》かそうとしている。それは裏返《うらがえ》せば、自分《じぶん》が金《かね》に動《うご》かされてるってことだ。」

ん、そうだね、お金以外《かねいがい》の価値観《かちかん》を教《おし》えてあげたいな。

そう考《かんが》えながら私《わたし》は、それは大人《おとな》より子供《こども》の方《ほう》がよく知《し》っているのかもしれないと思《おも》った。

だって子供《こども》の社会《しゃかい》では、お金《かね》の出番《でばん》があまりない。

子供《こども》は、お金《かね》から遠《とお》くにいるんだもの。

いろいろなことをお金《かね》で解決《かいけつ》したり、交渉《こうしょう》したりできないから、そのつど、そのシーンに合《あ》った解決《かいけつ》や交渉方法《こうしょうほうほう》を考《かんが》えなくちゃならなくって、自然《しぜん》に価値観《かちかん》の幅《はば》が広《ひろ》くなる。

安田専務《やすだせんむ》も、そういう子供時代《こどもじだい》を通《とお》ってきたはずなのに、忘《わす》れてしまったんだろうか。

それとも人《ひと》は大人《おとな》になると、子供《こども》の頃《ころ》の感覚《かんかく》を失《うしな》ってしまうのかな。

「さっきの話《はなし》から推察《すいさつ》すると、」

上杉君《うえすぎくん》はエレベーターに乗《の》りこみ、開《ひらく》ボタンを押《お》しながら私《わたし》と小塚君《こづかくん》が入《はい》るのを待《ま》って、今度《こんど》は閉《とじる》ボタンを押《お》した。

結構《けっこう》、面倒見《めんどうみ》がいいんだよね。

「安田専務《やすだせんむ》が美《うつく》しき王子《おうじ》のクリスを盗《ぬす》んだのは、おそらく、それを金《かね》に換《か》えようと思《おも》ったからだ。」

きっとそうだよ、収集《しゅうしゅう》するのは現金《げんきん》だけって言《い》ってたし。

「ほしがっている人物《じんぶつ》がいて、高額《こうがく》で売《う》れる目途《めど》がついていたか、その約束《やくそく》をしていたかだ。もしかして、もうその人物《じんぶつ》の手《て》に渡《わた》ってしまっているかもしれない。」

どうしよう⁉

「若武《わかたけ》チームに、その可能性《かのうせい》を報告《ほうこく》しておこう。」

1階《かい》に着《つ》くまでの間《あいだ》に、上杉君《うえすぎくん》はそれをメールで打《う》ち、エレベーターが止《と》まってドアが開《あ》くと、今度《こんど》は開《ひらく》ボタンを押《お》し、私《わたし》と小塚君《こづかくん》を出《だ》してから最後《さいご》に自分《じぶん》が出《で》てきた。

「で、もう1つ重要《じゅうよう》なことがはっきりした。」

びっくり！

だって私《わたし》には全然《ぜんぜん》、はっきりしていなかったんだもの。

何《なに》か聞《き》き逃《のが》したんだろうか。

心配《しんぱい》になって小塚君《こづかくん》を見《み》ると、首《くび》を横《よこ》に振《ふ》っていたので、ちょっとほっとした。

「白木由美《しらきゆみ》の言葉《ことば》、覚《おぼ》えてるだろ。」

もちろんだよ、印象的《いんしょうてき》だったもの。

確《たし》か、

「とぼけても無駄《むだ》よ。何《なに》もかも知《し》っています。KAITO《カイト》に手《て》を出《だ》したのも、どうせあなたでしょう。汚《きたな》いやり方《かた》ね。私《わたし》を見縊《みくび》らないで。脅《おど》しには屈《くっ》しませんからね。何《なに》があっても第三者委《だいさんしゃい》員会《いんかい》は解散《かいさん》させません。報告書《ほうこくしょ》が上《あ》がってきたら、今度《こんど》こそ絶対《ぜったい》に公表《こうひょう》します。覚悟《かくご》しておくのね。」

だったと思《おも》う。

つまり安田専務《やすだせんむ》は、社長《しゃちょう》である白木由美《しらきゆみ》を脅《おど》してるんだ。

それに対《たい》して白木社長《しらきしゃちょう》は、第三者委員会《だいさんしゃいいんかい》は解散《かいさん》させない、その報告書《ほうこくしょ》は公表《こうひょう》すると宣言《せんげん》、覚悟《かくご》しておけと捨《す》て台詞《ぜりふ》を吐《は》いている。

戦闘意欲《せんとういよく》マンマンだけど、これって具体的《ぐたいてき》に、何《なに》をめぐっての戦《たたか》いなんだろ。

それに第三者委員会《だいさんしゃいいんかい》って、何《なに》?

すごく聞《き》きたかったけれど、これは言葉《ことば》の問題《もんだい》で、私《わたし》の専門分野《せんもんぶんや》だった。

それを聞《き》くなんて、できない。

私《わたし》は必死《ひっし》で自分《じぶん》の知識《ちしき》を寄《よ》せ集《あつ》め、第三者委員会《だいさんしゃいいんかい》という言葉《ことば》を、何《なん》とか解釈《かいしゃく》しようとした。

第三者《だいさんしゃ》っていうのは、当事者《とうじしゃ》の対義語《たいぎご》、つまり反対《はんたい》の意味《いみ》を持《も》つ言葉《ことば》で、直接《ちょくせつ》そのことに関係《かんけい》していない人《ひと》のこと。

で、その委員会《いいんかい》だから、関係《かんけい》のない人《ひと》たちが集《あつ》まって審議《しんぎ》をする組織《そしき》ってことになる。

う〜ん、さっぱりわかんないな。

きっと表面的《ひょうめんてき》な文字《もじ》に現《あらわ》れていない固有《こゆう》の意味《いみ》が含《ふく》まれてるんだ。

日本語《にほんご》って、そういうの多《おお》いから。

たとえば、川止《かわど》めって言《い》ったら、文字《もじ》だけ見《み》れば川《かわ》を止《と》めることだけれど、本当《ほんとう》の意味《いみ》は、川《かわ》を渡《わた》るのを止《と》めることなんだ。

江戸時代《えどじだい》の通達《つうたつ》の1つだよ。

さて、この場合《ばあい》、文字《もじ》に現《あらわ》れていない意味《いみ》は、何《なに》？

「あの、第三者委員会《だいさんしゃいいんかい》って、何《なん》なの。」

小塚君《こづかくん》がそう聞《き》いてくれたので、私《わたし》はとても心《こころ》が楽《らく》になった。

上杉君《うえすぎくん》が一瞬《いっしゅん》、こちらに視線《しせん》を流《なが》す。

「立花《たちばな》、おまえ、説明《せつめい》する？」

できない・・・。

黙《だま》っていると、上杉君《うえすぎくん》はクスッと笑《わら》った。

こちらを見《み》つめる涼《すず》しげなその目《め》が、わかんないんだろ、と言《い》っている。

私《わたし》は、ちょっと赤《あか》くなった。

「ま、しょうがないか。一般的《いっぱんてき》な言葉《ことば》とは言《い》いがたいからな。じゃ俺《おれ》が説明《せつめい》していい？」

ぜひ、お願《ねが》いっ！

「第三者委員会《だいさんしゃいいんかい》というのは、役所《やくしょ》や会社《かいしゃ》なんかで不正《ふせい》があったと思《おも》われる時《とき》、それを調査《ちょうさ》するために設《もう》ける会《かい》のこと。利害関係《りがいかんけい》のない第三者《だいさんしゃ》で構成《こうせい》するんだ。」

ってことは・・・安田《やすだ》プロダクション内《ない》で不正《ふせい》が行《おこな》われている可能性《かのうせい》があるってことだよね。

社長《しゃちょう》の白木由美《しらきゆみ》は、それに気《き》づいた。

で、第三者委員会《だいさんしゃいいんかい》を作《つく》って、不正《ふせい》の全容《ぜんよう》を明《あき》らかにしようとしているんだ。

それを止《と》めようとして、安田専務《やすだせんむ》が脅《おど》しをかけている。

プロダクションの主力《しゅりょく》アイドルであるクールボーイのＫＡＩＴＯ《カイト》を負傷《ふしょう》させたのは、第三者委《だいさんしゃい》員会《いんかい》を解散《かいさん》しろっていう脅迫《きょうはく》メッセージだ。

ああ、ようやく事件《じけん》の全体《ぜんたい》が見《み》えてきた！

「わからないのは、どういう不正《ふせい》が行《おこな》われているのかってこと、」

うん！

「そして誰《だれ》が不正《ふせい》をしてるのかってこと、だ。」

へっ!?

「安田専務《やすだせんむ》じゃないのっ!?」

小塚君《こづかくん》が驚《おどろ》いたような声《こえ》を上《あ》げ、私《わたし》も高速《こうそく》でコクコク首《くび》を縦《たて》に振《ふ》った。

ところが上杉君《うえすぎくん》は、断固《だんこ》として反論《はんろん》！

「違《ちが》う。」

なんでっ!?

「あの時《とき》、白木社長《しらきしゃちょう》と言《い》い争《あらそ》っていたのは、安田専務《やすだせんむ》の声《こえ》じゃなかった。」

そういえば上杉君《うえすぎくん》は、鍵穴《かぎあな》に耳《みみ》を押《お》し当《あ》てていた。

私《わたし》や小塚君《こづかくん》より、ずっと正確《せいかく》に聞《き》こえたはず。

「誰《だれ》が、なんて言《い》ってたの？」

小塚君《こづかくん》に聞《き》かれて、上杉君《うえすぎくん》は舌打《したう》ちした。

「内容《ないよう》は、言《い》い訳《わけ》だよ。誤解《ごかい》だとか、そんなことはないとか。手《て》がかりになるようなことは、何《なに》一《ひと》つ言《い》ってなかった。誰《だれ》が話《はな》してたのかも不明《ふめい》だ。でも俺《おれ》たちがさっきスルーした美門《みかど》の話《はなし》、覚《おぼ》えてるか？　隣《となり》の部屋《へや》に誰《だれ》かがいたって言《い》ってただろ。」

あっ！

「きっと、そいつだ。」

## 15　第《だい》3の人物《じんぶつ》ミスターX《エックス》

私《わたし》は息《いき》を呑《の》む。

自分《じぶん》たちがさっきいた部屋《へや》と壁《かべ》1枚《まい》で隣《とな》り合《あ》った隣室《りんしつ》に、そんな悪人《あくにん》がいたのかと思《おも》うと、すごく不気味《ぶきみ》だった。

「この会社《かいしゃ》に対《たい》して不正行為《ふせいこうい》を働《はたら》き、その証拠《しょうこ》を掴《つか》もうとしている白木社長《しらきしゃちょう》を脅《おど》しているのは、どこかに怪我《けが》をしていて血《ち》の臭《にお》いをさせ、かつ痛《いた》み止《ど》めの薬《くすり》を塗《ぬ》っている人物《じんぶつ》だ。」

それは誰《だれ》っ!?

「仮《かり》に、ミスターX《エックス》と呼《よ》んでおこう。」

上杉君《うえすぎくん》のネーミングに、私《わたし》も小塚君《こづかくん》も同意《どうい》した。

名前《なまえ》を付《つ》けておかないと話《はな》しづらかったし、間違《まちが》いの元《もと》になるもの。

「これは安田《やすだ》プロダクション内《ない》で起《お》こっている不正《ふせい》だから、ミスターX《エックス》も当然《とうぜん》、プロダクションに関係《かんけい》している人間《にんげん》だよね。」

小塚君《こづかくん》が慎重《しんちょう》な口調《くちょう》で同意《どうい》を求《もと》める。

「しかも専務室《せんむしつ》に出入《でい》りできるんだから、地位的《ちいてき》に上《うえ》の方《ほう》の人物《じんぶつ》だよ、重役《じゅうやく》とか。所属《しょぞく》タレントかもしれない。人気《にんき》と実力《じつりょく》があれば、プロダクション内《ない》での発言力《はつげんりょく》も大《おお》きいだろうし。」

上杉君《うえすぎくん》が、いかにも面倒《めんどう》そうにバサバサッと髪《かみ》をかき上《あ》げた。

「名簿《めいぼ》を手《て》に入《い》れて、そこから当《あ》たっていくしかないか。だけど、どういう不正《ふせい》が行《おこな》われていたのかわからないと、絞《しぼ》りようもないな。あとミスターX《エックス》と安田専務《やすだせんむ》の関係《かんけい》も不明《ふめい》だ。」

私《わたし》は状況《じょうきょう》を整理《せいり》し、予想《よそう》を立《た》ててみた。

えっと、安田専務《やすだせんむ》はミスターX《エックス》を部屋《へや》に呼《よ》んでいた、そこに白木社長《しらきしゃちょう》が怒鳴《どな》りこんだんだよね。

社長《しゃちょう》に対《たい》して言《い》い訳《わけ》していたのはミスターX《エックス》の声《こえ》だったたってことだけれど、じゃその間《あいだ》、安《やす》田専務《だせんむ》は何《なに》してたんだろ。

もしこの問題《もんだい》に無関係《むかんけい》だったら、普通《ふつう》、2人《ふたり》の間《あいだ》に入《はい》って止《と》めるよね。社長《しゃちょう》と争《あらそ》いごとをするのは好《この》ましくないし、白木社長《しらきしゃちょう》と安田専務《やすだせんむ》は叔母《おば》と甥《おい》で親戚《しんせき》だから、まぁまぁ叔母《おば》さん、とか言《い》える立場《たちば》だもん。

それを言《い》わなかったってことは、もしかして社長《しゃちょう》の怒《いか》りが、安田専務《やすだせんむ》にも向《む》かっていたから？

「ミスターX《エックス》と安田専務《やすだせんむ》って、ひょっとして共犯《きょうはん》？」

私《わたし》がそう言《い》うと、小塚君《こづかくん》がすぐ賛同《さんどう》した。

「ありだと思《おも》うよ。」

上杉君《うえすぎくん》が、パチンと指《ゆび》を鳴《な》らす。

「こういうことじゃね？」

ふむ、どういうこと？

「ミスターX《エックス》は、このプロダクションの主力《しゅりょく》タレントだった。ところが、労働条件《ろうどうじょうけん》に不満《ふまん》を持《も》っていた。ギャラが安《やす》いとかさ。それで独立《どくりつ》したいと考《かんが》えた。」

ああ、よく騒《さわ》がれてるよね、タレントの独立《どくりつ》って。

「どこか他《ほか》のプロダクションに移《うつ》るより、自分個人《じぶんこじん》の事務所《じむしょ》を持《も》ちたいと思《おも》ったのかもしれない。それには資金《しきん》が必要《ひつよう》だ。一方《いっぽう》、安田専務《やすだせんむ》も、現状《げんじょう》に不満《ふまん》を持《も》っていた。それは自分《じぶん》の親《おや》の会《かい》社《しゃ》が自分《じぶん》のものにならず、叔母《おば》の手《て》に渡《わた》ってしまったからだ。」

そう言《い》われてみれば、そうだね。

社長《しゃちょう》の座《ざ》は、安田専務《やすだせんむ》のお父《とう》さんからお母《かあ》さんに移《うつ》り、そして叔母《おば》さんである白木由美《しらきゆみ》のものになってしまったんだ。

「社長《しゃちょう》になりたい安田専務《やすだせんむ》は、独立《どくりつ》したがっているミスターX《エックス》と手《て》を組《く》み、新《あたら》しいプロダククションを作《つく》ろうと考《かんが》えた。それには資金《しきん》が必要《ひつよう》だ。それで2人《ふたり》は会社《かいしゃ》の金《かね》を横領《おうりょう》した。それに社《しゃ》長《ちょう》が気《き》づき、調査《ちょうさ》を始《はじ》めたんで、止《と》めるために脅《おど》しにかかった。」

そうきっぱりと言《い》われてしまうと、私《わたし》には、もうそれが真実《しんじつ》としか思《おも》えなくなった。

小塚君《こづかくん》もそうだったらしく、上杉君《うえすぎくん》の話《はなし》が終《お》わるなり、堰《せき》を切《き》ったように口《くち》を開《ひら》いた。

「きっとそうだよ。それにもう1つ、ミスターX《エックス》と安田専務《やすだせんむ》の2人《ふたり》は、あのサングラスの女性《じょせい》と何《なに》か話《はな》すために、部屋《へや》に顔《かお》を揃《そろ》えていたんじゃないかな。で、話《はなし》は決裂《けつれつ》して、女性《じょせい》は飛《と》び出《だ》していった。その後《ご》、僕《ぼく》たちが行《い》ったんで、X《エックス》は隣《となり》の部屋《へや》に引《ひ》っこんだ。そして僕《ぼく》たちが帰《かえ》り、2人《ふたり》が揃《そろ》っていることを知《し》った白木社長《しらきしゃちょう》が乗《の》りこんできた。」

うん、それで決《き》まりだねっ！

「問題《もんだい》は、」

そう言《い》いながら上杉君《うえすぎくん》が大《おお》きな溜《た》め息《いき》をつく。

「証拠《しょうこ》だ。それがなかったら今《いま》の話《はなし》は、すべて妄想《もうそう》でしかない。」

ああ上杉君《うえすぎくん》は、いつも冷静《れいせい》・・・。

盛《も》り上《あ》がっていた気持《きも》ちに水《みず》を差《さ》されて、私《わたし》はシュンとした。

恨《うら》めしかったけれど、でも同時《どうじ》に、上杉君《うえすぎくん》を尊敬《そんけい》せずにいられなかった。

勢《いきお》いに乗《の》って浮《う》かれたりせず、冴《さ》えた頭《あたま》で周《まわ》りの物事《ものごと》や自分《じぶん》のしていることを考《かんが》えられるって、すごいもの。

私《わたし》には、できそうもない。

「このプロダクションについては、黒木《くろき》が調《しら》べてるよ。」

小塚君《こづかくん》は、依然《いぜん》として元気《げんき》だった。

「そっちから情報《じょうほう》が出《で》てくるはずだから、それを待《ま》とう。僕《ぼく》たちの今日《きょう》の調査《ちょうさ》は、謎《なぞ》の3と5、安田専務《やすだせんむ》がＫＡＩＴＯ《カイト》の怪我《けが》に関《かん》して隠《かく》している何《なに》か、それにクリスを盗《ぬす》んだ動機《どうき》、この2つを調《しら》べることだ。3については、怪我《けが》をさせたのは白木社長《しらきしゃちょう》を脅《おど》すためだった、5については、金《かね》目的《もくてき》の転売《てんばい》だったたってことでいいんじゃない？　今《いま》まで陰《かげ》に隠《かく》れていた第《だい》3の人物《じんぶつ》ミスターＸ《エックス》の存在《そんざい》も、突《つ》き止《と》めたことだし。」

そうだね。

「じゃ解散《かいさん》しよっか。」

上杉君《うえすぎくん》がそう言《い》い、スマートフォンを出《だ》した。

「その前《まえ》に、いちお若武《わかたけ》チームの様子《ようす》を聞《き》いてみよう。」

若武《わかたけ》に電話《でんわ》をし、しばらく話《はな》してから切《き》って、私《わたし》と小塚君《こづかくん》を見《み》る。

「だいぶ梃子《てこ》摺《ず》ってるみたいだ。俺《おれ》、合流《ごうりゅう》するよ。おまえたち、帰《かえ》っていいから。」

小塚君《こづかくん》が、私《わたし》に目《め》を向《む》けた。

「僕《ぼく》も合流《ごうりゅう》する。アーヤは？」

私《わたし》も調査《ちょうさ》を続《つづ》けたかったし、皆《みんな》と一緒《いっしょ》に頑張《がんば》りたかった。

でも高宮《たかみや》さんがまだ家《いえ》に帰《かえ》っていなかったり、お兄《にい》ちゃんと連絡《れんらく》が取《と》れていなかったら・・・

ママがまた騒《さわ》ぐに決《き》まっている。

で、黒木君《くろきくん》に電話《でんわ》をかけたりして、調査《ちょうさ》の邪魔《じゃま》をするんだ。

私《わたし》が家《いえ》に戻《もど》っていれば、それを阻止《そし》できる。

「私《わたし》、帰《かえ》るから。じゃあね。」

そう言《い》って手《て》を振《ふ》り、地下鉄《ちかてつ》の出入《でい》り口《ぐち》に向《む》かった。

駆《か》け寄《よ》ってくる足音《あしおと》がし、上杉君《うえすぎくん》の声《こえ》が聞《き》こえる。

「あのさぁ、」

足《あし》を止《と》め、振《ふ》り返《かえ》ると、追《お》いかけてきていた上杉君《うえすぎくん》が、息《いき》を詰《つ》めるようにしてこちらを見《み》ていた。

「さっき、悪《わる》かったかもしれないと思《おも》って・・・」

は？

「専務室《せんむしつ》の廊下《ろうか》で、その、」

片手《かたて》を出《だ》し、そこに視線《しせん》を落《お》とす。

「いきなり手《て》を握《にぎ》ったりしたから。」

吊《つ》り上《あ》がった目《め》の端《はし》が、ほんのり赤《あか》くなっていた。

なんか・・・かわいい。

「あ、全然《ぜんぜん》そんなことないよ。私《わたし》、あれで落《お》ち着《つ》いたもの。ありがと！」

上杉君《うえすぎくん》は唇《くちびる》を丸《まる》め、そこから大《おお》きな息《いき》を吐《は》き出《だ》した。

「よかった。」

そう言《い》いながら、ちょっと笑《わら》う。

「気《き》を付《つ》けて帰《かえ》れよ。」

片目《かため》をわずかに細《ほそ》めたその笑顔《えがお》が、とても素敵《すてき》だった。

上杉君《うえすぎくん》の表情《ひょうじょう》って、時々《ときどき》、すごくカッコいいんだ。

なんていうか、こう・・・こちらの気持《きも》ちを包《つつ》んでくれるみたいな優《やさ》しさがあって、でもその中《なか》に切《き》りこんでくるような鋭《するど》さがあって、胸《むね》がキューンとするような、そんな顔《かお》をする。

上杉君《うえすぎくん》はそういう時《とき》、何《なに》を考《かんが》えているのかな。

聞《き》いてみたいけれど、そこまで踏《ふ》みこめないから、聞《き》いたことがない。

「ありがと、じゃね。」

私《わたし》はそう言《い》って、地下鉄《ちかてつ》の方《ほう》に向《む》かった。

とたん、背中《せなか》でまた上杉君《うえすぎくん》の声《こえ》がしたんだ。

「あのさ、」

あのねぇ・・・一度《いちど》に言《い》ってよ。

向《む》き直《なお》ると、真剣《しんけん》な光《ひかり》を湛《たた》えた2つの瞳《ひとみ》とぶつかった。

とても一途《いちず》な感《かん》じがして、ドキンとしてしまった。

「おまえ、若武《わかたけ》のこと、好《す》きなの？」

う・・・この手《て》の質問《しつもん》は、私《わたし》、すごく苦手《にがて》。

だって好《す》きとかそういうことって、あまり頭《あたま》にないし、考《かんが》えてないんだもの。

「エレベーター降《お》りた時《とき》、若武《わかたけ》が言《い》ってただろ。」

ああ、あのことかあ。

「それ、誤解《ごかい》だから。小塚君《こづかくん》が忍《しのぶ》に何《なに》を聞《き》いたのか気《き》になってたんだ。それで早《はや》く返事《へんじ》がこないかなって思《おも》って、若武《わかたけ》のポケットのスマートフォンを見《み》てただけ。」

上杉君《うえすぎくん》は、呆気《あっけ》にとられたような表情《ひょうじょう》になった。

「それだけ？　若武《わかたけ》、自分《じぶん》のことモロ買《か》い被《かぶ》りじゃん。」

私《わたし》は、ちょっと笑《わら》った。

「まぁね。」

そう言《い》いながら付《つ》け加《くわ》える。

「でも、それが若武《わかたけ》だから。」

上杉君《うえすぎくん》は一瞬《いっしゅん》、無《む》表情《ひょうじょう》になった。

「若武《わかたけ》のこと、よくわかってんだ。」

何《なん》となく真剣《しんけん》な言《い》い方《かた》だったので、私《わたし》は、どう返事《へんじ》をすればいいかわからなくて視線《しせん》を逸《そ》らせた。

すると、こっちを見《み》ている小塚君《こづかくん》が見《み》えたんだ。

まるで、見《み》てはいけないものでも見《み》ているかのような顔《かお》で、私《わたし》と視線《しせん》が合《あ》うと、あわてて横《よこ》を向《む》いた。

私《わたし》は、マズいと思《おも》った。

仲間内《なかまうち》で、こういう壁《かべ》みたいなものができるのは、よくない。

「ちょっと来《き》て。」

私《わたし》は上杉君《うえすぎくん》の腕《うで》を摑《つか》み、小塚君《こづかくん》のところまで連《つ》れていった。

「今《いま》、話《はな》してたのは、ね。」

驚《おどろ》いている小塚君《こづかくん》に、全部《ぜんぶ》を説明《せつめい》する。

「さっき私《わたし》が若武《わかたけ》を見《み》てたのは、スマートフォンが気《き》になったからだってことだよ。若武《わかたけ》はちょっと自惚《うぬぼ》れ屋《や》だけど、でもそれが若武《わかたけ》だからねって話《はな》してたんだ。」

小塚君《こづかくん》は、

「はぁ・・・」

と、

「へぇ・・・」

の中間《ちゅうかん》みたいな、妙《みょう》な返事《へんじ》をした。

上杉君《うえすぎくん》の方《ほう》は、何《なん》だかすごく疲《つか》れたみたいでゲンナリしている。

あら・・・。

私《わたし》は首《くび》を傾《かし》げながら、それでも壁《かべ》の解消《かいしょう》に満足《まんぞく》していたので、2人《ふたり》に向《む》かって力《ちから》いっぱい手《て》を振《ふ》った。

「そんじゃね、明日《あした》会《あ》お。」

## 16 ショック！

地下鉄《ちかてつ》に乗《の》り、私《わたし》は家《いえ》に帰《かえ》った。

東京《とうきょう》の地下鉄《ちかてつ》に1人《ひとり》で乗《の》ることってあまりないから、緊張《きんちょう》してしまった。

やっぱり皆《みんな》と一緒《いっしょ》にいる方《ほう》が、楽《らく》だなぁ。

だから私《わたし》たちは、群《む》れを作《つく》りたがるんだね。

群《む》れの中《なか》にとけこんでいれば、自分《じぶん》っていう個人《こじん》を見《み》つめられずにすむから。

でもそのためには、群《む》れの皆《みんな》から浮《う》き上《あ》がらないようにする必要《ひつよう》があって、それはそれで大変《たいへん》なんだけど・・・。


「ただいま！」

家《いえ》の玄関《げんかん》を開《あ》けると、そこにお兄《にい》ちゃんの靴《くつ》があった。

でも、これ、たぶん高宮《たかみや》さんが履《は》いてたんだ。

帰《かえ》ってきてるんだね。

ほっとしながら玄関《げんかん》を上《あ》がり、ダイニングのドアを開《あ》ける。

そこはもう、ガレットの香《こう》ばしい香《かお》りでいっぱいっ！

ママが、食《た》べながらこちらを見《み》た。

「ちょっと前《まえ》に王子《おうじ》が帰《かえ》ってきたから、お昼《ひる》どうしようって聞《き》いたら、これ焼《や》いてくれたの。すごく美味《おい》しいから。」

高宮《たかみや》さんは、クレープ屋《や》さんでもバイトしてたのかも。

「王子《おうじ》ったら、都内《とない》まで薬買《くすりか》いに行《い》ってたんだって。」

え？

「病院《びょういん》から抜《ぬ》け出《だ》してきてるでしょ。だから院内《いんない》の薬局《やっきょく》には行《い》けないし、その辺《へん》の薬屋《くすりや》に入《はい》ってバレると困《こま》るから、都内《とない》にある知《し》り合《あ》いの薬局《やっきょく》まで行《い》ったんだって。今《いま》、お風呂《ふろ》入《はい》ってるとこ。皮膚《ひふ》を清潔《せいけつ》にしてから、痛《いた》み止《ど》めの薬《くすり》を塗《ぬ》るって。まぁきれい好《ず》きで、素敵《すてき》。」

頭《あたま》の中《なか》で、上杉君《うえすぎくん》の声《こえ》が響《ひび》く。

「ミスターX《エックス》は、痛《いた》み止《ど》めの薬《くすり》を塗《ぬ》っている。」

心臓《しんぞう》を、ギュッと摑《つか》まれたような気《き》がした。

さっきまで調《しら》べていたことが、一気《いっき》に頭《あたま》の中《なか》を走《はし》り過《す》ぎる。

ミスターX《エックス》は、あのプロダクションの主力《しゅりょく》タレントで、さっき専務室《せんむしつ》の隣《となり》の部屋《へや》にいた。

高宮《たかみや》さんも、あのプロダクションでは人気絶頂《にんきぜっちょう》のボーカリストで、今日《きょう》は家《いえ》にいなかった！

もしかして高宮《たかみや》さんは・・・ミスターX《エックス》なの!?

でも、まさか！

私《わたし》はコクンと息《いき》を呑《の》み、それからプルプルと首《くび》を横《よこ》に振《ふ》った。

高宮《たかみや》さんは、外見《がいけん》も心《こころ》も最高《さいこう》の、完璧王子《かんぺきおうじ》なんだ。

会社《かいしゃ》で不正《ふせい》をしたり、誰《だれ》かを脅《おど》したりするなんて、ありえない。

それに今回《こんかい》のことでは被害者《ひがいしゃ》なんだし、だいたい怪我《けが》の種類《しゅるい》が違《ちが》う。

ミスターX《エックス》は、血《ち》の臭《にお》いをさせてるんだ。

高宮《たかみや》さんは肋骨《ろっこつ》を折《お》っただけ、血《ち》なんて出《で》ていないもの。

そう思《おも》いながら、ふっと気《き》がついた。

でも、それ・・・高宮《たかみや》さんからそう言《い》われただけだ。

私《わたし》、実際《じっさい》に見《み》たわけじゃない・・・。

どうしよう!?

すぐ上杉君《うえすぎくん》か小塚君《こづかくん》に、相談《そうだん》した方《ほう》がいいだろうか。

だけど、もし間違《まちが》っていたら、調査《ちょうさ》を混乱《こんらん》させることになる。

「彩《あや》、顔色悪《かおいろわる》いんじゃない？　どうかしたの。」

心《こころ》がグラグラ揺《ゆ》れていた。

このままじゃ高宮《たかみや》さんの顔《かお》をまともに見《み》られないし、態度《たいど》にも出《で》てしまうだろう。

私《わたし》は大《おお》きく息《いき》を吸《す》いこみ、そして決心《けっしん》した、自分《じぶん》の中《なか》に生《う》まれたこの疑惑《ぎわく》に、自分《じぶん》で決着《けっちゃく》をつけようと。

確認《かくにん》するんだ、お風呂場《ふろば》をのぞこう！

「何《なん》でもない。手洗《てあら》ってくるね。」

私《わたし》は、いったん2階《かい》に上《あ》がり、服《ふく》を着替《きか》えて手《て》を洗《あら》い、それからこっそり下《した》に降《お》りた。

そっとお風呂場《ふろば》に行《い》き、脱衣場《だついじょう》のドアを開《あ》ける。

誰《だれ》もいなくて、脱衣籠《だついかご》の中《なか》に、お兄《にい》ちゃんの服《ふく》がきちんと畳《たた》んであった。

1番上《いちばんうえ》には、肋骨《ろっこつ》のサポーターが置《お》いてある。

ああ骨折《こっせつ》したっていうのは、嘘《うそ》じゃなかったんだ。

その下《した》から包帯《ほうたい》がのぞいていた。

リブバンドの内側《うちがわ》に、緩衝材《かんしょうざい》として使《つか》っているのかもしれない。

お風呂場《ふろば》からは、シャワーの音《おと》が聞《き》こえてくる。

磨《す》りガラスの入《はい》ったドアのノブを、私《わたし》は音《おと》をたてないように少《すこ》しずつ回《まわ》し、そっとドアを開《あ》けた。

湯気《ゆげ》の中《なか》に、高宮《たかみや》さんの日焼《ひや》けした背中《せなか》が見《み》える。

傷《きず》なんて、どこにもなかった。

私《わたし》は、ほっと息《いき》をつく。

よかった！

静《しず》かにドアを閉《し》めようとした時《とき》、シャワーの向《む》こうの鏡《かがみ》に映《うつ》っていた高宮《たかみや》さんの上半身《じょうはんしん》が目《め》に入《はい》った。

筋肉質《きんにくしつ》の厚《あつ》い胸《むね》に、血《ち》のにじんでいる大《おお》きな傷跡《きずあと》があるっ！

う・・。

瞬間《しゅんかん》、高宮《たかみや》さんがシャワーの中《なか》から、こちらを振《ふ》り返《かえ》った。

濡《ぬ》れて頬《ほお》に張《は》り付《つ》いた髪《かみ》の間《あいだ》で、その目《め》が青《あお》く光《ひか》る。

私《わたし》は、あわてて身《み》をひるがえし、廊下《ろうか》を走《はし》って2階《かい》に駆《か》け上《あ》がった。

「もう彩《あや》、静《しず》かにしなさいっ！」

ママの大声《おおごえ》を聞《き》きながら自分《じぶん》の部屋《へや》に飛《と》びこもうとしたとたん、腰《こし》にバスタオルを巻《ま》き付《つ》けて追《お》ってきていた高宮《たかみや》さんが、私《わたし》の目《め》の前《まえ》の壁《かべ》にどんと片手《かたて》を突《つ》いた。

私《わたし》は、息《いき》を呑《の》んで立《た》ちすくむ。

「見《み》たよね？」

水《みず》を滴《したた》らせながら目《め》の前《まえ》に立《た》った高宮《たかみや》さんの傷《きず》は、そう深《ふか》くはなかったけれど、裸《はだか》の胸《むね》を斜《なな》めに横切《よこぎ》っていて痛々《いたいた》しかった。

「黙《だま》っててくれるかな。」

私《わたし》は、緊張《きんちょう》と恐怖《きょうふ》でハァハァ息《いき》をつきながら頷《うなず》く。

高宮《たかみや》さんはちょっと笑《わら》い、私《わたし》の頭《あたま》に片手《かたて》を乗《の》せた。

「ありがと、アーヤ。」

大《おお》きなその手《て》でクチャッと私《わたし》の髪《かみ》を掻《か》き回《まわ》してから、階段《かいだん》を降《お》りていった。

私《わたし》は壁《かべ》にもたれたまま、しばらく動《うご》けなかった。

高宮《たかみや》さんは、ミスターX《エックス》なんだ。

安田専務《やすだせんむ》と組《く》んで不正《ふせい》を働《はたら》き、それに気《き》づいた白木社長《しらきしゃちょう》を脅《おど》しているんだ。

嫌《いや》だよそんなこと・・・知《し》りたくなかった！

ずっと信《しん》じていたかった、高宮《たかみや》さんはアイドルで、完璧《かんぺき》な王子《おうじ》なんだって！

こんなの、嫌《いや》だよっ!!

# 17　付《つ》き合《あ》わない？

私《わたし》は、もう人生《じんせい》を投《な》げ出《だ》したいような気《き》持《も》ちになり、ベッドに突《つ》っ伏《ぷ》して起《お》き上《あ》がる力《ちから》もなかった。

泣《な》きたかったけれど、わんわん泣《な》くのも、さめざめ泣《な》くのも、どこか違《ちが》う感《かん》じがした。

私《わたし》・・・どうしたいんだろう。

戦《おの》いている自《じ》分《ぶん》を宥《なだ》めながら、耳《みみ》を澄《す》ませて心《こころ》の声《こえ》を聴《き》いてみる。

納得《なっとく》したいという気《き》持《も》ちが、1番強《いちばんつよ》かった。

今《いま》のままじゃ、すっきりしない。

本当《ほんとう》のことを知《し》りたいんだ。

高宮《たかみや》さんがミスターX《エックス》だとしたら、どういう事情《じじょう》でそうなったの？

しっかりと自分《じぶん》を見《み》つめることのできる高宮《たかみや》さんが、ただ独立《どくりつ》の資金《しきん》がほしいというだけで不《ふ》正《せい》に手《て》を出《だ》すなんて・・・何《なに》があったんだろう。

それに、どうして階段《かいだん》から突《つ》き落《お》とされたの。

それは、高宮《たかみや》さんが被害者《ひがいしゃ》だっていう証明《しょうめい》だよね。

でも、あの傷《きず》は、何《なに》？

どうして病院《びょういん》から逃《に》げ出《だ》したの。

それらがわからなかったら納得《なっとく》できない。

そう考《かんが》えながら、ふっと思《おも》った。

あのプロダクションは、すっごく怪《あや》しい。

高宮《たかみや》さんはもしかして、プロダクションの事情《じじょう》に振《ふ》り回《まわ》されているのかもしれない。

そうだとしたら、今日《きょう》、黒木君《くろきくん》が調《しら》べているはずだ。

私《わたし》は飛《と》び起《お》きて階段《かいだん》を走《はし》り降《お》り、玄関《げんかん》に置《お》かれていた電話機《でんわき》を掴《つか》み上《あ》げて黒木君《くろきくん》にかけた。

いつもつながらない黒木君《くろきくん》だったから、祈《いの》るような気持《きも》ちで受話器《じゅわき》を握《にぎ》り締《し》めていた。

お願《ねが》い、出《で》て！

「黒木《くろき》です。」

低《ひく》い声《こえ》が耳《みみ》に飛《と》びこんできた時《とき》には、神様《かみさま》って本当《ほんとう》にいるのかもしれないと思《おも》ったくらいだった。

「あの、立花《たちばな》ですが、」

そう言《い》うと、黒木君《くろきくん》は、ちょっと笑《わら》った。

「ああ今《いま》、電話《でんわ》しようと思《おも》ってたんだ。」

だから出《で》たんだね。

でも、なんで？

「小塚《こづか》から聞《き》いたんだけど、今日《きょう》、上杉《うえすぎ》を相手《あいて》に、派手《はで》な武勇伝《ぶゆうでん》を披露《ひろう》したんだって？」

はっ？

えっと、武勇伝《ぶゆうでん》って、勇《いさ》ましい手柄話《てがらばなし》のことだよね。

私《わたし》・・・記憶《きおく》ないけど。

「上杉《うえすぎ》、死《し》んでるみたいだよ。」

どーしてっ!?

「俺《おれ》が電話《でんわ》しようと思《おも》ったのは、アーヤには俺《おれ》のレクチャーが必要《ひつよう》だと考《かんが》えたから。」

へ？

「ずっと前《まえ》、確《たし》か小《しょう》6の時《とき》にも言《い》ったけど、もう一度《いちど》言《い》うよ。アーヤ、俺《おれ》と付《つ》き合《あ》わない？」

はぁっ!?

「いろんなこと、教《おし》えてあげるからさ。」

そういえば、確《たし》か「キーホルダーは知《し》っている」の中《なか》で、同《おな》じことを言《い》われた気《き》がする。

あの時《とき》は正直《しょうじき》、心《こころ》を惹《ひ》かれた。

でも若武《わかたけ》とのこともあって、黒木君《くろきくん》の申《もう》し出《で》をオッケイしたら自分《じぶん》の交際範囲《こうさいはんい》が限定《げんてい》され、狭《せま》くなってしまうって感《かん》じたんだ。

で、あせらなくてもいい、という結論《けつろん》に達《たっ》した。

その後《ご》、KZ《カッズ》の存在《そんざい》が自分《じぶん》の中《なか》で大《おお》きくなり、生《い》き甲斐《がい》になるにつれて、メンバーの全員《ぜんいん》といい関係《かんけい》を築《きず》いていかなくちゃいけないと思《おも》うようになったんだ。

1人《ひとり》の人間《にんげん》としての力《ちから》を、きちんと認《みと》められたいとも考《かんが》えていたし。

そのためには、特定《とくてい》の誰《だれ》かと近《ちか》づいたりしたら、マズい。

全員《ぜんいん》と友《とも》だちで、平等《びょうどう》な関係《かんけい》でいなければ。

「返事《へんじ》は？」

ここで、またその話《はなし》が出《で》てくるとは思《おも》わなかったし、今《いま》はそれどころじゃなかったから、私《わたし》は手早《てばや》く答《こた》えた。

「ごめん、付《つ》き合《あ》わない。それより、すごく大事《だいじ》なことを聞《き》きたいの。安田《やすだ》プロダクションについてなんだけど、黒木君《くろきくん》が調《しら》べてたよね。わかってることがあったら、教《おし》えて。」

電話《でんわ》の向《む》こうは、し〜んと静《しず》かになった。

少《すこ》しして、かすかな吐息《といき》。

はて？

「これも、」

そういう声《こえ》が聞《き》こえたのは、しばらくしてからだった。

「武勇伝《ぶゆうでん》の1つだねぇ・・・。今《いま》に、《立花彩《たちばなあや》、最強伝説《さいきょうでんせつ》》ができそうだ。」

はぁ・・・。

何《なん》のことやらと思《おも》っていると、黒木君《くろきくん》はクスッと笑《わら》い、タブレットをタップする音《おと》をさせた。

「安田《やすだ》プロダクションは、今《いま》の社長《しゃちょう》で4人目《にんめ》。初代《しょだい》は高齢《こうれい》で入院《にゅういん》した病院《びょういん》で死亡《しぼう》。2代目《だいめ》は、仕事《しごと》で訪《おとず》れたフィリピンで殺《ころ》されている。」

殺《ころ》されたぁっ!?

「銃《じゅう》で、頭《あたま》を一発《いっぱつ》だ。近年《きんねん》、フィリピンで殺《ころ》される日本人《にほんじん》は少《すく》なくない。2014年《ねん》には、7人《にん》もの被害者《ひがいしゃ》が出《で》てる。フィリピンには銃《じゅう》の製造工房《せいぞうこうぼう》がたくさんあり、警察《けいさつ》の許可《きょか》を取《と》れば誰《だれ》でも銃《じゅう》を持《も》つことができるんだ。登録《とうろく》されている銃《じゅう》の数《かず》は170万丁《まんちょう》、これ以外《いがい》に未登録《みとうろく》で街《まち》に流《なが》れている闇《やみ》の銃《じゅう》が50万丁《まんちょう》以上《いじょう》あると言《い》われている。」

銃社会《じゅうしゃかい》なんだね。

「2代目《だいめ》の社長《しゃちょう》の殺害《さつがい》については、現地《げんち》の警察《けいさつ》が相当《そうとう》、捜査《そうさ》したみたいだけれど、犯人《はんにん》はいまだに捕《つか》まっていない。その社長《しゃちょう》の妻《つま》が、3代目《だいめ》の社長《しゃちょう》なんだ。殺《ころ》された2代目《だいめ》からプロダクションの株《かぶ》を遺産相続《いさんそうぞく》し、大株主《おおかぶぬし》になっていて社長《しゃちょう》に選《えら》ばれたらしい。その息子《むすこ》も、この時《とき》に大量《たいりょう》の株《かぶ》を相続《そうぞく》し、経理部長《けいりぶちょう》を兼《か》ねた専務《せんむ》になっている。」

それが、あの安田専務《やすだせんむ》だよね。

「だが妻《つま》が社長《しゃちょう》になってから、社運《しゃうん》を賭《か》けたタレントの売《う》り出《だ》しに失敗《しっぱい》して経営難《けいえいなん》に陥《おちい》り、そこに所属《しょぞく》タレントのスキャンダルが発覚《はっかく》して営業成績《えいぎょうせいせき》が低迷《ていめい》、プロダクションは倒産《とうさん》の危機《きき》に直面《ちょくめん》したんだ。」

わ、大変《たいへん》。

「妻《つま》は自信《じしん》を失《うしな》って、社長《しゃちょう》の座《ざ》を退《しりぞ》く決心《けっしん》をした。」

あ、それで任期《にんき》が短《みじか》かったんだ。

「その後《あと》を引《ひ》き受《う》けたのが、女優《じょゆう》をやっていた妹《いもうと》の白木由美《しらきゆみ》。これが今《いま》の社長《しゃちょう》で、敏腕家《びんわんか》。自《じ》分《ぶん》でプロデュースしたクールボーイをたちまちヒットさせ、プロダクションを立《た》て直《なお》した。」

じゃプロダクション的《てき》には、不幸《ふこう》を乗《の》り越《こ》え、立派《りっぱ》に再生《さいせい》したってことだよね。

でも安田専務《やすだせんむ》の目《め》から見《み》れば、祖父《そふ》の代《だい》からのプロダクションを乗《の》っ取《と》られたと感《かん》じたのかもしれない。

叔母《おば》の白木由美《しらきゆみ》の下《した》で働《はたら》くより、新《あたら》しいプロダクションを作《つく》って社長《しゃちょう》になりたいと思《おも》ったとしても不思議《ふしぎ》じゃなかった。

新《あたら》しいプロダクションを作《つく》るには、有望《ゆうぼう》なタレントが必要不可欠《ひつようふかけつ》。

そこで人気絶頂《にんきぜっちょう》のクールボーイのメインである高宮《たかみや》さんに、一緒《いっしょ》にやろうと声《こえ》をかけた。

う・・・ダメだ、今《いま》までの路線《ろせん》が固《かた》まるばかりっ！

「ここまでで、不審《ふしん》なことが1つ。」

え？

「3代目《だいめ》の社長《しゃちょう》が辞任《じにん》の決心《けっしん》をした時《とき》、その後《あと》をなぜ自分《じぶん》の妹《いもうと》に任《まか》せることにしたのか。普通《ふつう》なら息子《むすこ》に任《まか》せるだろ。すでにプロダクションに入《はい》って専務《せんむ》をやってるんだし、株《かぶ》も持《も》ってるんだしさ。」

ん、その方《ほう》が、自然《しぜん》だよね。

そうしていたら安田専務《やすだせんむ》も、不満《ふまん》を持《も》ったりしなかったと思《おも》うし。

どうしてだろう。

「不審《ふしん》なことは、もう1つある。クールボーイのＫＡＩＴＯ《カイト》の怪我《けが》だけど、見《み》ていた人間《にんげん》の話《はなし》によると、どうも自分《じぶん》で飛《と》び降《お》りたらしいんだ。」

えっ！

「で、俺《おれ》は、その時《とき》ＫＡＩＴＯ《カイト》が立《た》っていた舞台《ぶたい》を見《み》てきた。確《たし》かに、他人《たにん》が突《つ》き落《お》とせるような場所《ばしょ》じゃなかったよ。」

胸《むね》が、すうっと冷《つめ》たくなった。

高宮《たかみや》さんが階段《かいだん》から突《つ》き落《お》とされ、被害《ひがい》を受《う》けたってことは、心《こころ》のどこかで私《わたし》の救《すく》いになっていたから。

でも自分《じぶん》で飛《と》び降《お》りたとなれば、被害者《ひがいしゃ》を装《よそお》っていたことになる。

ああ、ますます怪《あや》しくなるばかりっ！

「この事件《じけん》、まだ何《なに》か、裏《うら》があるね。」

そう言《い》いながら黒木君《くろきくん》は、艶《あで》やかな声《こえ》を一瞬《いっしゅん》、低《ひく》くした。

「必《かなら》ず突《つ》き止《と》める。」

耳《みみ》に忍《しの》びこむようなその低音《ていおん》は、ゾクゾクするほどカッコよくて、私《わたし》はシビれてしまいそうだった。

うう、黒木君《くろきくん》の魅力《みりょく》、すごい！

「まだ噂《うわさ》や評判《ひょうばん》を集《あつ》めてる段階《だんかい》だけど、できるだけ早《はや》く決算公告《けっさんこうこく》にも目《め》を通《とお》す。それでかなり確《かく》実《じつ》な線《せん》が出《だ》せると思《おも》うよ。」

はて、前《まえ》にも上杉君《うえすぎくん》が言《い》っていたけれど、決算公告《けっさんこうこく》ってなんだろう。

そう思《おも》いながら、聞《き》けなかった。

私《わたし》は、KZ《カッズ》では言葉《ことば》のエキスパートだったから。

いいや、後《あと》で調《しら》べよう。

そう思《おも》っていると、黒木君《くろきくん》がさらりと言《い》った。

「株式会社《かぶしきがいしゃ》には、その経営状態《けいえいじょうたい》を公開《こうかい》する義務《ぎむ》があるからね。会社法《かいしゃほう》でそう決《き》められていて、官《かん》報《ぽう》っていう政府《せいふ》の出《だ》している日刊紙《にっかんし》や、ウェブサイトなんかに決算書《けっさんしょ》を掲載《けいさい》するんだ。この決算《けっさん》公告《こうこく》を見《み》れば、安田《やすだ》プロダクションの経営状態《けいえいじょうたい》がよくわかるんだよ。」

ああ決算公告《けっさんこうこく》って、そういうことなんだ。

納得《なっとく》しつつ私《わたし》は、黒木君《くろきくん》は私《わたし》の困惑《こんわく》を見抜《みぬ》いていたのに違《ちが》いないと思《おも》った。

だから、さりげなく教《おし》えてくれたんだ。

いつも思《おも》うことだけれど、黒木君《くろきくん》は、ほんとによく人《ひと》の気持《きも》ちを察知《さっち》するよね。

若武《わかたけ》もそうだけれど、でも若武《わかたけ》は、それを自分《じぶん》の思《おも》い通《どお》りに動《うご》かそうとしたり、利用《りよう》したりする。

黒木君《くろきくん》には、そういうところがなくて、ただじっと見守《みまも》ってくれる感《かん》じなんだ。

私《わたし》は黒木君《くろきくん》の優《やさ》しさに感謝《かんしゃ》しながら、自分《じぶん》の持《も》っている情報《じょうほう》を伝《つた》えておこうと思《おも》った。

黒木君《くろきくん》がこれから安田《やすだ》プロダクションを調《しら》べていく時《とき》、それらを知《し》っていた方《ほう》が便利《べんり》だろうと考《かんが》えたから。

今日《きょう》3人《にん》で収集《しゅうしゅう》したことから、さっき自分《じぶん》が見《み》たものまで、その全部《ぜんぶ》を私《わたし》が話《はな》している間《あいだ》、黒《くろ》木君《きくん》は黙《だま》っていたけれど、やがて驚《おどろ》いたような、あきれたような声《こえ》を出《だ》した。

「つまりアーヤは、男《おとこ》が入《はい》っている風呂場《ふろば》をのぞき見《み》るのに、何《なん》の躊躇《ためら》いも感《かん》じなかったってことだよね。」

え・・・そっち？

改《あらた》めてそう言《い》われてみると、何《なん》だかいけないことをしたような気《き》もするけれど、あの時《とき》はそんなこと全然《ぜんぜん》考《かんが》えていなかったから。

「だって夢中《むちゅう》だったんだもの。」

そう言《い》うと、黒木君《くろきくん》は笑《わら》い出《だ》した。

「たくましいね、結構《けっこう》だ。」

もしかして私《わたし》、ほめられてる？

微妙《びみょう》にうれしいような、そうでないような複雑《ふくざつ》な気持《きも》ちだったけれど、よく考《かんが》えたらそんな場《ば》合《あい》じゃなかったんだ。

「ねえ、どう思《おも》う？　高宮《たかみや》さんは、やっぱり悪《わる》い人《ひと》なの。」

全身《ぜんしん》の力《ちから》を耳《みみ》に集《あつ》めて答《こた》えを待《ま》っていると、やがて黒木君《くろききくん》の真剣《しんけん》な声《こえ》が聞《き》こえた。

「その胸《むね》の傷《きず》って、どんなだった？」

それは、高宮《たかみや》さんから黙《だま》っているように言《い》われたことだった。

約束《やくそく》していたので、私《わたし》は戸惑《とまど》いながらつぶやく。

「黙《だま》っててくれって言《い》われたんだ。」

黒木君《くろききくん》は鼻《はな》で笑《わら》った。

「きっとスキャンダルになると困《こま》ると思《おも》ってるんだろう。でも俺《おれ》たちが情報《じょうほう》を収集《しゅうしゅう》しているのは、スキャンダルを起《お》こすためじゃない。真実《しんじつ》にたどり着《つ》くためだ。」

ん、もちろん、そうだけど・・・。

「ね、アーヤ、正義《せいぎ》に背《そむ》いたところに、人間《にんげん》の幸《しあわ》せはないんだよ。もしＫＡＩＴＯ《カイト》が罪《つみ》を犯《おか》しているなら早々《そうそう》にそれを改《あらた》めさせ、正義《せいぎ》の下《もと》に引《ひ》き戻《もど》すことだけが彼《かれ》を幸《しあわ》せにする道《みち》なんだ。KAITO《カイト》のためにも、話《はな》すべきだね。」

いつになくきっぱりとしたその言《い》い方《かた》に、私《わたし》は胸《むね》を打《う》たれた。

本当《ほんとう》のことを知《し》りたいというのは、私《わたし》の気持《きも》ちでもあったし。

それで、できるだけ正確《せいかく》に傷《きず》の様子《ようす》を思《おも》い出《だ》し、その長《なが》さや深《ふか》さ、角度《かくど》なんかを事細《ことこま》かに黒木《くろき》君《くん》に話《はな》したんだ。

「ははん、そういうことか。」

黒木君《くろきくん》は、何《なん》でもなさそうに軽《かる》く言《い》った。

「それでわかったよ、KAITO《カイト》が飛《と》び降《お》りた原因《げんいん》。」

私《わたし》は驚愕《きょうがく》っ！

なんで、どーしてわかったのっ!?

その原因《げんいん》は、いったい何《なに》っ!?

「これから裏付《うらづ》けを取《と》りにいく。証拠《しょうこ》を摑《つか》んでから話《はな》すよ。でもおそらく、」

静《しず》かだけれど、確信《かくしん》に満《み》ちた口調《くちょう》だった。

「KAITO《カイト》は、この事件《じけん》に巻《ま》きこまれた被害者《ひがいしゃ》だと思《おも》うね。」

ほんとっ!?

自分《じぶん》でも信《しん》じられないくらいうれしかった。

黒木君《くろきくん》がそう言《い》うんだったら、きっと大丈夫《だいじょうぶ》だって思《おも》えたから。

窒息寸前《ちっそくすんぜん》だった心《こころ》に、一気《いっき》に血《ち》が通《かよ》った気分《きぶん》だった。

「それ、」

不安《ふあん》から解放《かいほう》されて急《きゅう》に涙《なみだ》が出《で》そうになり、声《こえ》が揺《ゆ》れる。

「信《しん》じていいよね!?」

黒木君《くろきくん》は、投《な》げ出《だ》すような溜《た》め息《いき》をついた。

「たぶん、いい。」

よかった!

「そんなに気《き》にしてもらって、KAITO《カイト》王子《おうじ》は幸《しあわ》せだね。」

え、そう?

でも私《わたし》の立場《たちば》に立《た》ったら、どんな女子《じょし》だって同《おな》じように気《き》にすると思《おも》うよ。

だって高宮《たかみや》さんみたいに完璧《かんぺき》に素敵《すてき》でカッコいい人《ひと》なんて、めったにいない。

女《おんな》の子《こ》なら絶対《ぜったい》、その憧《あこが》れ像《ぞう》を壊《こわ》したくないって思《おも》うはずだもん。

「じゃ明日《あした》ね。」

その言葉《ことば》を最後《さいご》に電話《でんわ》が切《き》れ、私《わたし》はちょっと首《くび》を傾《かし》げた。

なんか途中《とちゅう》から、元気《げんき》がなかったみたいだけど、はて・・・。

不思議《ふしぎ》に思《おも》いながら自分《じぶん》の部屋《へや》に引《ひ》き上《あ》げ、明日《あした》のKZ《カッズ》会議《かいぎ》に備《そな》えて事件《じけん》ノートの整理《せいり》をした。

見返《みかえ》していると、まだ事件名《じけんめい》が付《つ》いていないってことがわかったから、「2人《ふたり》の王子事件《おうじじけん》」と名付《なづ》けてみた。

今回《こんかい》は、KAITO《カイト》の病院脱走《びょういんだっそう》から始《はじ》まった事件《じけん》で、クールボーイは完璧王子《かんぺきおうじ》と呼《よ》ばれていたし、「美《うつく》しき王子《おうじ》のクリス」も人間《にんげん》みたいに魂《たましい》を持《も》っていると言《い》われる神剣《しんけん》だから、これは2人《ふたり》の王子《おうじ》と言《い》ってもいいんじゃないかと思《おも》って。

ちょっとロマンティックだしね。

その次《つぎ》に、謎《なぞ》を整理《せいり》した。

たくさんの情報《じょうほう》をわかりやすい順番《じゅんばん》に並《なら》べたり、まとめたりすることは、私《わたし》の数少《かずすく》ない特技《とくぎ》の1つ。

それを発揮《はっき》できる事件《じけん》ノートは、KZ《カッズ》メンバーに私《わたし》の力《ちから》をわかってもらうための大事《だいじ》な道具《ツール》だった。

私《わたし》は、今《いま》まで出《で》ていた謎《なぞ》の中《なか》で解決《かいけつ》できたものは番号《ばんごう》を消《け》し、新《あら》たに出《で》てきたものを書《か》き加《くわ》えた。

現在《げんざい》出《で》ている謎《なぞ》は、全部《ぜんぶ》で10個《こ》。


その1、KAITO《カイト》が病院《びょういん》から逃走《とうそう》したのは、なぜか。

その2、正体不明《しょうたいふめい》のサングラス女性《じょせい》と安田専務《やすだせんむ》の関係《かんけい》。

その3、安田専務《やすだせんむ》は、KAITO《カイト》の怪我《けが》に関《かん》して何《なに》を隠《かく》しているのか。

その5、安田専務《やすだせんむ》は、なぜクリスを盗《ぬす》んだのか。

その6、クリスは専務《せんむ》の机《つくえ》の上《うえ》に置《お》かれた後《あと》、どこにいったのか。

その7、クリスの呪《のろ》いは、どう処理《しょり》すればいいのか。

その8、KAITO《カイト》の胸《むね》の傷《きず》は、どうしてできたのか。またなぜ階段《かいだん》から飛《と》び降《お》りたのか。

その9、3代目《だいめ》の社長《しゃちょう》が、息子《むすこ》でなく妹《いもうと》を後継者《こうけいしゃ》に選《えら》んだ理由《りゆう》。

その10、専務室《せんむしつ》の隣《となり》の部屋《へや》にいた共犯者《きょうはんしゃ》ミスターX《エックス》とは、いったい誰《だれ》なのか。

その1については、白木由美《しらきゆみ》の言葉《ことば》から考《かんが》えて、身《み》の危険《きけん》を感《かん》じたための逃走《とうそう》、ということになっていたんだけれど、今《いま》のところ証拠《しょうこ》がなく、黒木君《くろきくん》の調査待《ちょうさま》ちだから、一応書《いちおうか》いておくことにした。

これがはっきりすれば、そこから、3や8の謎《なぞ》も解《と》けてくるかもしれない。

その5については、安田専務《やすだせんむ》の性格《せいかく》からいって、換金目的《かんきんもくてき》ではないかとの予想《よそう》が立《た》っているものの、やはり証拠《しょうこ》がないから消去《しょうきょ》しない。

また黒木君《くろきくん》の言葉通《ことばどお》り、高宮《たかみや》さんが被害者《ひがいしゃ》なら、専務室《せんむしつ》の隣《となり》の部屋《へや》にいた共犯者《きょうはんしゃ》ミスターX《エックス》は高宮《たかみや》さんじゃないということになり、その10、ではそれは誰《だれ》なのかという謎《なぞ》が生《う》まれてくる。

きれいに書《か》いたノートを眺《なが》めて、私《わたし》はちょっと溜《た》め息《いき》をついた。

謎《なぞ》が・・・増《ふ》えている。

いつも思《おも》うんだけれど、調査《ちょうさ》を進《すす》めるにつれて、謎《なぞ》って自然増殖《しぜんぞうしょく》するんだよね。

まるでバクテリアか、黴《かび》か、茸《きのこ》みたいに、どんどん増《ふ》えていく。

これじゃなんのために調査《ちょうさ》をするのかわからなくなってしまうくらいだけれど、でも投《な》げ出《だ》さないことが大事《だいじ》。

きちんと1つずつ調《しら》べて証拠《しょうこ》を積《つ》み重《かさ》ねていけば、いつか、はっきりとした全体像《ぜんたいぞう》が摑《つか》めるんだ。

ちょうどジグソーパズルが完成《かんせい》する時《とき》みたいに。

それを、私《わたし》は今《いま》まで何度《なんど》も体験《たいけん》した。

その気持《きも》ちよさと達成感《たっせいかん》は、もう最高《さいこう》っ！

そしてＫＺ《カッズ》の団結《だんけつ》は、ますます強《つよ》くなっていくんだ!!

明日《あした》の会議《かいぎ》では、きっといくつかの謎《なぞ》が解決《かいけつ》し、今日《きょう》より真相《しんそう》に近《ちか》づけるに違《ちが》いない。

頑張《がんば》ろうっ！

## 18　KZ《カッズ》に響《ひび》く亀裂《きれつ》の音《おと》

翌日《よくじつ》、秀明《しゅうめい》の休《やす》み時間《じかん》に、私《わたし》は事件《じけん》ノートを持《も》ってカフェテリアに向《む》かった。

ドアを開《あ》けて中《なか》を見回《みまわ》すと、いつものように隅《すみ》のテーブルから若武《わかたけ》が片手《かたて》を上《あ》げた。

私《わたし》は急《いそ》いで駆《か》け寄《よ》り、テーブルにつく。

若武《わかたけ》の隣《となり》に小塚君《こづかくん》、その隣《となり》に上杉君《うえすぎくん》、翼《たすく》、それで全員《ぜんいん》だった。

黒木君《くろきくん》と忍《しのぶ》の姿《すがた》はない。

「黒木《くろき》は、調査《ちょうさ》が完了《かんりょう》してないってことで欠席《けっせき》だ。七鬼《ななき》は、まだインドネシアから帰《かえ》ってきてない。よって、この5人《にん》で」

若武《わかたけ》が、いつも通《どお》りもったいぶって宣言《せんげん》する。

「KZ《カッズ》会議《かいぎ》を始《はじ》める。初《はじ》めにアーヤ、事件《じけん》の概要《がいよう》を。」

私《わたし》は、整理《せいり》してあった事件《じけん》ノートを読《よ》み上《あ》げた。

「経過《けいか》を説明《せつめい》します。今回《こんかい》の事件《じけん》は、完璧王子《かんぺきおうじ》と呼《よ》ばれているクールボーイのKAITO《カイト》が病院《びょういん》から逃走《とうそう》したこと、またインドネシアの寺院《じいん》から呪《のろ》いのかかった神剣《しんけん》『美《うつく》しき王子《おうじ》のクリス』が盗《ぬす》まれたことの2つから始《はじ》まりました。よって事件名《じけんめい》は、『2つの王子事件《おうじじけん》』とつけてあります。」

若武《わかたけ》が、不服《ふふく》そうな顔《かお》でこちらを見《み》る。

「なんだ、それ、迫力《はくりょく》ないじゃん。古《ふる》い英国《えいこく》ミステリーみたいでさ。」

すかさず上杉君《うえすぎくん》が手《て》を上《あ》げた。

「事件名《じけんめい》なんて、何《なん》でもいい。ついてるだけで充分《じゅうぶん》だ。若武《わかたけ》は、つまらんとこにこだわりすぎ。さっさと先《さき》に行《い》こうぜ。俺《おれ》の意見《いけん》に賛成《さんせい》の奴《やつ》は？」

皆《みな》がいっせいに手《て》を上《あ》げ、事件名《じけんめい》は承認《しょうにん》された。

若武《わかたけ》は不貞腐《ふてくさ》れ、体《からだ》を椅子《いす》の背《せ》もたれにぶつけるように、ドーンと寄《よ》りかかる。椅子《いす》が揺《ゆ》れ、若武《わかたけ》の体《からだ》が隣《となり》の小塚君《こづかくん》の椅子《いす》を直撃《ちょくげき》、小塚君《こづかくん》は飛《と》び出《だ》しそうになって、あせって背《せ》もたれにしがみついた。

「先日《せんじつ》の調査《ちょうさ》で、美《うつく》しき王子《おうじ》のクリスは、ＫＡＩＴＯ《カイト》が所属《しょぞく》する安田《やすだ》プロダクションの安田専務《やすだせんむ》の机《つくえ》の上《うえ》に置《お》かれたことがあるとわかりました。現在出《げんざいで》ている謎《なぞ》は、全部《ぜんぶ》で10個《こ》です。」

若武《わかたけ》は頷《うなず》き、その目《め》を上杉君《うえすぎくん》に向《む》けた。

「では報告《ほうこく》を聞《き》きながら、その謎《なぞ》を解決《かいけつ》していこう。ああ最初《さいしょ》に、俺《おれ》と美門《みかど》の第《だい》2チームから言《い》っとく。俺《おれ》たちには、報告《ほうこく》すべき何《なに》ごともない、以上《いじょう》。」

上杉君《うえすぎくん》がニヤッと笑《わら》った。

「つまり何《なに》も摑《つか》めなかったわけね。俺《おれ》と小塚《こづか》が合流《ごうりゅう》しようとしたら、大《おお》きな口叩《くちたた》いて追《お》い返《かえ》したくせに。」

そうだったんだ。

「神剣《しんけん》クリスは依然《いぜん》、所在不明《しょざいふめい》ってことかよ。」

若武《わかたけ》はくやしげな光《ひかり》を浮《う》かべた目《め》で、上杉君《うえすぎくん》をにらんだ。

「おまえんとこは、ちゃんと報告《ほうこく》できるんだろうな⁉ やってみろよ。第《だい》1チーム、上杉《うえすぎ》。」

上杉君《うえすぎくん》は一瞬《いっしゅん》、なんで俺《おれ》を指名《しめい》なんだよ、という顔《かお》をしたけれど、文句《もんく》を言《い》うこともなく立《た》ち上《あ》がり、調査《ちょうさ》の結果《けっか》を的確《てきかく》にまとめて発表《はっぴょう》した。

「安田専務《やすだせんむ》は、拝金主義《はいきんしゅぎ》であると判明《はんめい》。よって神剣《しんけん》クリスを盗《ぬす》んだのは、高《たか》く売《う》れる当《あ》てがあってのことと思《おも》われる。だが、今《いま》のところ証拠《しょうこ》はない。また安田専務《やすだせんむ》は、正体不明《しょうたいふめい》の若《わか》い女《おんな》とトラブルを抱《かか》えている。詳細《しょうさい》については、わかっていない。さらに安田専務《やすだせんむ》は会社内《かいしゃない》で不正《ふせい》を行《おこな》い、それに気《き》づいた白木社長《しらきしゃちょう》を脅《おど》している。同《どう》プロダクションのタレントKAITO《カイト》が階段《かいだん》から突《つ》き落《お》とされたのは、主力《しゅりょく》タレントに危害《きがい》を加《くわ》えることで社長《しゃちょう》に危機感《ききかん》を抱《いだ》かせるため、また

ＫＡＩＴＯ《カイト》が病院《びょういん》から逃走《とうそう》したのは、その後《ご》も危害《きがい》を加《くわ》えられそうになり、身《み》を守《まも》ろうとしたためではないかと推理《すいり》しているが、これらについても今《いま》のところ証拠《しょうこ》はない。白木社長《しらきしゃちょう》は、第三者《だいさんしゃ》委員会《いいんかい》を発足《ほっそく》させて、安田専務《やすだせんむ》に対抗《たいこう》しようとしている。この安田専務《やすだせんむ》には共犯者《きょうはんしゃ》がいる。ミスターＸ《エックス》と名付《なづ》けたが、正体《しょうたい》は不明《ふめい》。その特徴《とくちょう》は出血《しゅっけつ》をともなう怪我《けが》をしており、痛《いた》み止《ど》めを塗《ぬ》っていること。以上《いじょう》。」

私《わたし》は、あわてて立《た》ち上《あ》がった。

「第《だい》１チームの調査後《ちょうさご》、黒木調査員《くろきちょうさいん》との情報交換《じょうほうこうかん》により、新《あたら》しい事実《じじつ》が判明《はんめい》しました。ＫＡＩＴＯ《カイト》は突《つ》き落《お》とされたのではなく、自分《じぶん》で階段《かいだん》から飛《と》び降《お》りたようです。」

上杉君《うえすぎくん》の目《め》に、鋭《するど》い光《ひかり》が走《はし》る。

「ってことは、自作自演《じさくじえん》？　ＫＡＩＴＯ《カイト》は、実《じつ》は安田専務《やすだせんむ》やミスターＸ《エックス》の仲間《なかま》で、２人《ふたり》が企《くわだ》てた白木社長《しらきしゃちょう》への脅迫《きょうはく》に協力《きょうりょく》したってことか？」

私《わたし》は首《くび》を横《よこ》に振《ふ》った。

昨日《きのう》、家《いえ》で起《お》こったことや、黒木君《くろきくん》と話《はな》したことを頭《あたま》の中《なか》で手早《てばや》く整理《せいり》して報告《ほうこく》する。

「時間《じかん》の順《じゅん》に話《はな》します。ＫＡＩＴＯ《カイト》は昨日《きのう》、どこかに出《で》かけていました。その後《ご》、帰《かえ》ってきて痛《いた》み止《ど》めの薬《くすり》を塗《ぬ》るために入浴《にゅうよく》、その胸《むね》には血《ち》のにじんだ傷《きず》がありました。」

若武《わかたけ》が叫《さけ》んだ。

「胸《むね》に傷《きず》って・・・アーヤ、それ見《み》たのかっ!?　どこで、いつっ!?」

その頭《あたま》を上杉君《うえすぎくん》が小突《こづ》く。

「そっちじゃねーだろ。」

小塚君《こづかくん》がつぶやいた。

「じゃＫＡＩＴＯ《カイト》の特徴《とくちょう》は、ミスターＸ《エックス》に当《あ》てはまるってことだよね。アリバイもないし。つまりＫＡＩＴＯ《カイト》は、ミスターＸ《エックス》だってこと?」

ん、誰《だれ》でも、そう思《おも》うよねぇ。

私《わたし》は昨日《きのう》のことを思《おも》い出《だ》し、背筋《せすじ》をぶるっと震《ふる》わせた。

あの傷《きず》を見《み》た時《とき》には、本当《ほんとう》にショックで、どうしていいのかわからなかった。

立《た》ち直《なお》れたのは、黒木君《くろきくん》がはっきりと、高宮《たかみや》さんは被害者《ひがいしゃ》だって言《い》ってくれたからだった。

「黒木君《くろきくん》の見解《けんかい》では、ＫＡＩＴＯ《カイト》はミスターＸ《エックス》ではなく、むしろ被害者《ひがいしゃ》ということです。」

皆《みな》が顔《かお》を見合《みあ》わせる。

「なんでだ?」

「さぁ。」

「黒木《くろき》、何考《なにかんが》えてんだろ。」

誰《だれ》にも、黒木君《くろきくん》の真意《しんい》がわからなかった。

もちろん私《わたし》にも。

「証拠《しょうこ》を摑《つか》んでから報告《ほうこく》するそうです。」

そう言《い》ってから私《わたし》は、昨日《きのう》、黒木君《くろきくん》から聞《き》いた安田《やすだ》プロダクションの内情《ないじょう》を話《はな》した。

2代目《だいめ》の社長《しゃちょう》が殺《ころ》されていること、3代目《だいめ》の社長《しゃちょう》が経営《けいえい》に失敗《しっぱい》し、4代目《だいめ》の白木《しらき》社長《しゃちょう》の時《とき》に持《も》ち直《なお》したものの、経営権《けいえいけん》は安田家《やすだけ》から白木家《しらきけ》に移《うつ》ってしまったこと、などを。

皆《みな》が興味深《きょうみぶか》そうに聞《き》いていたけれど、ただ若武《わかたけ》だけがおもしろくなさそうだった。

「まともに調査《ちょうさ》できてんのは、黒木《くろき》だけだよな。」

若武《わかたけ》の言葉《ことば》に、小塚君《こづかくん》がはっとしたように眉《まゆ》をひそめる。

「そういえば、黒木《くろき》、授業出《じゅぎょうで》てないよ。きっと調査《ちょうさ》に時間取《じかんと》られてんだ。あいつの守備範囲《しゅびはんい》、広《ひろ》いからなぁ。」

若武《わかたけ》が、突《つ》っこむような視線《しせん》を上杉君《うえすぎくん》に向《む》ける。

「熱心《ねっしん》な黒木《くろき》に比《くら》べて、おまえら第《だい》1チームの調査《ちょうさ》は、いい加減《かげん》だぞ。不明《ふめい》なこと多《おお》すぎだろ。証拠《しょうこ》だって、何一《なにひと》つ摑《つか》んでねーし。」

確《たし》かに、その通《とお》りだった。

私《わたし》は視線《しせん》を伏《ふ》せながら、目《め》の端《はし》で小塚君《こづかくん》と上杉君《うえすぎくん》の様子《ようす》をうかがう。

小塚君《こづかくん》は、申《もう》し訳《わけ》なさそうに項垂《うなだ》れていたけれど、上杉君《うえすぎくん》は、その目《め》にムッとしたような光《ひかり》をきらめかせてまっすぐ若武《わかたけ》を見返《みかえ》していた。

う・・・嫌《いや》な予感《よかん》・・・。

と思《おも》ったとたんに、上杉君《うえすぎくん》が言《い》ったんだ。

「若武《わかたけ》、おまえ、人《ひと》のこと言《い》えんのか。」

2人《ふたり》はにらみ合《あ》い、私《わたし》はハラハラした。

ミシミシと音《おと》を立《た》ててKZ《カッズ》に亀裂《きれつ》が入《はい》っていくような気《き》がしたから。

ああここに黒木君《くろきくん》がいたら、きっとうまくまとめてくれただろうに。

固唾《かたず》を呑《の》んでいると、やがて若武《わかたけ》がガタッと椅子《いす》の音《おと》をさせ、立《た》ち上《あ》がった。

「これじゃ会議《かいぎ》したって意味《いみ》がない。時間《じかん》の無駄《むだ》だから、今日《きょう》は解散《かいさん》だ。」

ものすごく不機嫌《ふきげん》で、さっさとカフェテリアから出《で》ていく。

その後《うし》ろ姿《すがた》を見送《みおく》って、上杉君《うえすぎくん》が吐《は》き捨《す》てるようにつぶやいた。

「キレやがって。途中《とちゅう》で放《ほう》り出《だ》して帰《かえ》るって、園児《えんじ》かよ。」

小塚君《こづかくん》が、恐《おそ》ろしそうに出入《でい》り口《ぐち》のドアに目《め》をやる。

「説得《せっとく》して、連《つ》れ戻《もど》した方《ほう》がよくない？」

上杉君《うえすぎくん》が叩《たた》きつけるように答《こた》えた。

「必要《ひつよう》ない。」

翼《たすく》が、ゆっくりと立《た》ち上《あ》がる。

「俺《おれ》、話《はな》してくるよ。」

上杉君《うえすぎくん》が翼《たすく》をにらんだ。

「必要《ひつよう》ないって俺《おれ》が今言《いまい》ったの、おまえ、聞《き》こえなかったのか。」

う・・・今度《こんど》は、こっちに亀裂《きれつ》がっ！

私《わたし》はアタフタしながらも、半《なか》ば諦《あきら》めていた。

だって調査《ちょうさ》が行《ゆ》き詰《づ》まると、いつも必《かなら》ずこうなるんだもの。

皆《みな》がイライラするんだ。

それを解決《かいけつ》するには、新《あたら》しい何《なに》か、行《ゆ》き詰《づ》まりを打開《だかい》できるだけのパワーあふれる何《なに》かが必要《ひつよう》だった。

でもそれが、今《いま》のこの状態《じょうたい》から出《で》てくるはずもない。

感情的《かんじょうてき》な対立《たいりつ》がひどくならないうちに解散《かいさん》して、黒木君《くろきくん》の調査《ちょうさ》に期待《きたい》するしかないかも。

そう思《おも》った時《とき》だった、小塚君《こづかくん》が声《こえ》を上《あ》げたんだ。

「見《み》てっ！　若武《わかたけ》が戻《もど》ってきたよ。」

驚《おどろ》いて目《め》を向《む》ければ、カフェテリアのドアを押《お》して若武《わかたけ》が入《はい》ってくるところだった。

上杉君《うえすぎくん》が、ガックリと肩《かた》を落《お》とす。

「あいつ、プライドないのか。普通《ふつう》、戻《もど》らんだろ、こういう場合《ばあい》。」

でも、とにかく戻《もど》ってきたんだから、ここは結果《けっか》よければすべてよし、ということにしよう！

私《わたし》は、皆《みんな》を見回《みまわ》した。

「何事《なにごと》もなかったかのように迎《むか》え入《い》れるのがいいと思《おも》う。でないと、またスネるから。」

翼《たすく》が微笑《ほほえ》む。

「その心配《しんぱい》は、ないみたいだよ。」

私《わたし》は翼《たすく》の視線《しせん》の先《さき》を追《お》い、そこに見《み》つけた、若武《わかたけ》の後《うし》ろから入《はい》ってくる忍《しのぶ》の姿《すがた》を。

インドネシアから帰《かえ》ってきたんだっ！

翼《たすく》がうれしそうに言《い》った。

「きっと七鬼《ななき》は、いい情報《じょうほう》を持《も》ってるんだ。若武《わかたけ》の不機嫌《ふきげん》が一発《いっぱつ》で吹《ふ》き飛《と》ぶくらいの、すごいヤツをさ。」

# 19　ドリトル先生《せんせい》？

テーブルに近寄《ちかよ》ってきた忍《しのぶ》は、かなり日焼《ひや》けしていた。

紫色《むらさきいろ》の地《じ》に、青灰色《サックスブルー》のペイズリー模様《もよう》のシルクシャツを着《き》ていて、それがとてもよく似合《にあ》って、インドネシアの王子様《おうじさま》みたいだった。

「いつ帰《かえ》ってきたの？」

私《わたし》が聞《き》くと、忍《しのぶ》は空《あ》いている椅子《いす》の背《せ》に片手《かたて》をかけ、軽々《かるがる》と持《も》ち上《あ》げて私《わたし》の隣《となり》に下《お》ろし、そこに座《すわ》った。

「さっき。そんで成田《なりた》からここに直行《ちょっこう》。」

ああ、ご苦労様《くろうさま》。

「なんで、しれっと立花《たちばな》のそばに座《すわ》ってんだ？」

上杉君《うえすぎくん》の追及《ついきゅう》に、忍《しのぶ》はニッコリ笑《わら》う。

「久《ひさ》しぶりだから。」

それで上杉君《うえすぎくん》は納得《なっとく》したらしく、それ以上何《いじょうなに》も言《い》わなかった。

小塚君《こづかくん》が、私《わたし》を見《み》る。

「今《いま》の、理由《りゆう》になってない気《き》がするけど・・・」

「それもそうだけど、上杉君《うえすぎくん》が突《つ》っこまないことの方《ほう》が私《わたし》には不思議《ふしぎ》。」

若武《わかたけ》が、私《わたし》と小塚君《こづかくん》を指差《ゆびさ》した。

「そこ、私語《しご》はやめろ。アーヤ、さっさと七鬼《ななき》に事件《じけん》の概要《がいよう》を説明《せつめい》するんだ。」

私《わたし》は急《いそ》いでノートに視線《しせん》を落《お》とし、まず事件全体《じけんぜんたい》について話《はな》してから、10の謎《なぞ》を列挙《れっきょ》した。

忍《しのぶ》は事件《じけん》の最初《さいしょ》でリタイヤしていたから、詳《くわ》しく話《はな》さないとわからないと思《おも》ったし、時差《じさ》を越《こ》えて帰国《きこく》したばかりだから、きちんと頭《あたま》が働《はたら》くかどうかも心配《しんぱい》で、表情《ひょうじょう》を見《み》ながら理解《りかい》できていることを確認《かくにん》しつつ、すごくゆっくりと事細《ことこま》かに説明《せつめい》したんだ。

たちまち皆《みんな》が、ブーブー言《い》った。

「説明《せつめい》、丁寧《ていねい》すぎね？」

「それに、見《み》つめ合《あ》いすぎる。」

「俺《おれ》、あんなに親切《しんせつ》にしてもらったこと、今《いま》までない。」

「七鬼《ななき》、いいなぁ。」

えーい、うるさい！

「取《と》りあえず、」

腕《うで》を組《く》んで聞《き》いていた忍《しのぶ》が、それを解《と》きながら開口一番《かいこういちばん》、そう言《い》った。

「向《む》こうで見聞《みき》きした話《はなし》を報告《ほうこく》する。あ、謎《なぞ》の7、クリスの呪《のろ》いはどう処理《しょり》すればいいのか、については、その方法《ほうほう》を習得《しゅうとく》してきたから任《まか》せてもらって大丈夫《だいじょうぶ》。」

おお、素晴《すば》らしいっ！

これで謎《なぞ》の7は、解決《かいけつ》だ。

「そんじゃ、」

若武《わかたけ》のきれいな目《め》に、期待《きたい》に満《み》ちた光《ひかり》が浮《う》かび上《あ》がる。

それは、攻撃的《こうげきてき》に見《み》えるほど激《はげ》しいものだった。

「七鬼《ななき》、報告《ほうこく》を頼《たの》む。」

期待《きたい》していたのは、若武《わかたけ》ばかりではない。

行《ゆ》き詰《づ》まっていた私《わたし》たちにとって、忍《しのぶ》の話《はなし》は、それを打開《だかい》してくれるかもしれないものだったんだ。

そこから新《あたら》しい道《みち》が開《ひら》けることを信《しん》じて、私《わたし》は耳《みみ》を傾《かたむ》けた。

「まず美《うつく》しき王子《おうじ》のクリスについて。」

忍《しのぶ》は両腕《りょううで》をテーブルに載《の》せ、10本《ぽん》の指《ゆび》を組《く》んで私《わたし》たちを見回《みまわ》す。

「現地《げんち》で聞《き》いたところ、美《うつく》しき王子《おうじ》のクリスには、こういう伝説《でんせつ》がある。」

ゴックン！

「インドネシアがまだオランダの植民地《しょくみんち》でなかった時代《じだい》、つまり王朝《おうちょう》が栄《さか》えていた頃《ころ》のこと。国《こく》王《おう》の子供《こども》の中《なか》に、一際《ひときわ》、美《うつく》しい王子《おうじ》がいた。輝《かがや》くばかりのその美《うつく》しさは、国中《くにじゅう》のあらゆる人間《にんげん》、老人《ろうじん》から子供《こども》まで、そして悪人《あくにん》さえも虜《とりこ》にしたと言《い》われている。その王子《おうじ》を見《み》た1人《ひとり》の娘《むすめ》が、恋《こい》をした。王家《おうけ》の一族《いちぞく》で、さほど身分《みぶん》の高《たか》くなかったその娘《むすめ》は、毎日《まいにち》、王子《おうじ》の様子《ようす》をうかがうようになり・・・・まぁストーカーだね・・・・その結果《けっか》、王子《おうじ》にはすでに4人《にん》の恋人《こいびと》がいることを知《し》った。」

あ、かわいそ。

「自分《じぶん》の恋《こい》が叶《かな》わないと思《おも》った娘《むすめ》は絶望《ぜつぼう》し、王子《おうじ》から愛《あい》されている4人《にん》の恋人《こいびと》を恨《うら》んで、全員《ぜんいん》を抹殺《まっさつ》したいと願《ねが》った。そのためには、命《いのち》を捧《ささ》げてもいいとすら思《おも》ったんだ。で、クリス職人《ウンプ》に極《ごく》秘《ひ》に依頼《いらい》し、自分《じぶん》の心臓《しんぞう》を練《ね》りこんだクリスを作《つく》った。」

ぞっ！

「女《おんな》、恐《こえ》え・・・」

上杉君《うえすぎくん》がつぶやき、皆《みな》がいっせいに深《ふか》く頷《うなず》く。

KZ《カッズ》の中《なか》でただ1人《ひとり》の女性《じょせい》である私《わたし》は、なんとなく肩身《かたみ》が狭《せま》かった。

「その後《ご》、王子《おうじ》の恋人《こいびと》たち3人《にん》までが次々《つぎつぎ》と謎《なぞ》の死《し》を遂《と》げ、現場《げんば》にはいつも、そのクリスがあった。それで呪《のろ》いがかかっているのではないかと噂《うわさ》になり、それを封《ふう》じこめるために寺院《じいん》に奉納《ほうのう》されたというのが、美《うつく》しき王子《おうじ》のクリスに纏《まつ》わる伝説《でんせつ》。12世紀頃《せいきごろ》の話《はなし》だ。」

わぁ、古《ふる》い。

「20世紀《せいき》に入《はい》って、このクリスは寺院内《じいんない》に新設《しんせつ》された博物館《はくぶつかん》に移《うつ》され、展示《てんじ》されることになった。博物館《はくぶつかん》では、寺院《じいん》で800年前《ねんまえ》から行《おこな》っていた破邪《はじゃ》の神事《しんじ》を引《ひ》き継《つ》ぎ、高僧《こうそう》を招《まね》いて執《と》り行《おこな》っていたらしい。」

破邪《はじゃ》の神事《しんじ》？

「呪《のろ》いを封《ふう》じこめる神事《しんじ》だ。いくつかの儀式《ぎしき》から成《な》り立《た》っていて、一定期間《いっていきかん》ごとに行《おこな》わなければならない。博物館《はくぶつかん》から盗《ぬす》み出《だ》された時点《じてん》でこれが途絶《とだ》えているため、現地《げんち》では関係者《かんけいしゃ》が心配《しんぱい》して、最後《さいご》の神事《しんじ》が行《おこな》われた時《とき》からのカウントダウンをしている。神事《しんじ》の効力《こうりょく》が続《つづ》くのは、あと2日《ふつか》だ。3日目《みっかめ》には封《ふう》じこめが切《き》れる。」

私《わたし》は息《いき》を呑《の》みながら、指《ゆび》を折《お》って数《かぞ》えた。

あと2日《ふつか》といえば、今週《こんしゅう》の火曜日《かようび》。

つまり、その翌日《よくじつ》の水曜日《すいようび》には、呪《のろ》いが解禁《かいきん》っ！

「その時《とき》が来《く》ると、美《うつく》しき王子《おうじ》のクリスは、独《ひと》りで立《た》ち上《あ》がり、」

ゾクッ！

「呪《のろ》いのターゲットの心臓《しんぞう》に向《む》かって突《つ》き進《すす》む。」

ゾクゾクッ！

「そうなったら、もう誰《だれ》にも止《と》めることはできないそうだ。」

ゾクゾクゾクッ！

「はい、質問《しつもん》」

手《て》を上《あ》げたのは、上杉君《うえすぎくん》だった。

「その呪《のろ》いのターゲットって、いったい誰《だれ》よ。王子《おうじ》の恋人《こいびと》で唯一殺《ゆいいつころ》されなかった4人目《にんめ》だって、さすがにもう死《し》んでっだろ。」

ん、その時《とき》から800年以上《ねんいじょう》経《た》ってるものね。

それで生《い》きてたら、恐《こわ》いよ。

「だったらクリスは、いったい誰《だれ》を狙《ねら》うんだ？」

忍《しのぶ》は腕組《うでぐ》みをして長《なが》い睫《まつげ》を伏《ふ》せ、しばし沈思黙考《ちんしもっこう》。

自分《じぶん》の世界《せかい》に入《はい》りこんでいたけれど、やがてふうっと戻《もど》ってきて、上杉君《うえすぎくん》を見《み》た。

「問題《もんだい》は、その呪《のろ》いがどういう言葉《ことば》でかけられているか、だと思《おも》う。呪術界《じゅじゅつかい》では、呪《のろ》いの言葉《ことば》は短《みじか》く具体的《ぐたいてき》なほどいいとされている。いいというのは、強《つよ》いという意味《いみ》だ。単純《たんじゅん》で明快《めいかい》な呪《のろ》いほど、実行力《じっこうりょく》を持《も》つってこと。」

若武《わかたけ》が、よくわかるといったように深《ふか》く頷《うなず》いた。

「確《たし》かに、すげぇ複雑《ふくざつ》に呪《のろ》われても混乱《こんらん》するもんな。覚《おぼ》えきれんし。」

上杉君《うえすぎくん》が、ケッという顔《かお》をする。

「呪術関係者《じゅじゅつかんけいしゃ》って、若武程度《わかたけていど》の頭《あたま》しかないわけか。」

それで2人《ふたり》は、一気《いっき》ににらみ合《あ》いっ！

でも忍《しのぶ》は空気《くうき》が読《よ》めないので、まったく構《かま》わずに先《さき》を続《つづ》けた。

「強《つよ》い呪《のろ》いをかけるために端的《たんてき》な言葉《ことば》を選《えら》び、それで曖昧《あいまい》になる部分《ぶぶん》については、誰《だれ》かに頼《たの》んで補《おぎな》うということもよくある。この場合《ばあい》、3人《にん》の女性《じょせい》が殺《ころ》された現場《げんば》には、いつも美《うつく》しき王子《おうじ》のクリスがあり、それを作《つく》ったクリス職人《しょくにん》は、死《し》ぬ前《まえ》に、確《たし》かに自分《じぶん》が協力《きょうりょく》したと告白《こくはく》したらしい。」

協力《きょうりょく》？

「呪《のろ》いをかけた娘《むすめ》から頼《たの》まれて、王子《おうじ》の恋人《こいびと》たちの部屋《へや》にクリスを置《お》いたということだ。そこから逆《ぎゃく》に考《かんが》えれば、その呪《のろ》いはおそらく、1番近《いちばんちか》くにいる女《おんな》を殺《ころ》せ、だったんじゃないかな。」

なるほど。

「4人目《にんめ》を殺《ころ》す前《まえ》に事態《じたい》が発覚《はっかく》し、クリスの呪《のろ》いは封《ふう》じこめられた。でも命《いのち》を捧《ささ》げてかけた呪《のろ》いは、永遠《えいえん》なんだ。それが完結《かんけつ》するまで決《けっ》して消《き》えない。呪《のろ》いが解放《かいほう》されれば、その時《とき》、クリスは1番近《いちばんちか》くにいる女性《じょせい》を襲《おそ》うはずだ。」

それって、いつ誰《だれ》が襲《おそ》われるか全然《ぜんぜん》わからないってことだよね。

理由《りゆう》もなく、いきなり殺《ころ》される「通《とお》り魔殺人《まさつじん》」に似《に》てるかも。

すごく恐《こわ》いよ。

私《わたし》が背筋《せすじ》を震《ふる》わせていると、忍《しのぶ》がそれに気《き》づき、大丈夫《だいじょうぶ》だというように親指《おやゆび》で自分《じぶん》の胸《むね》を指《さ》した。

「さっきも言《い》ったけど、呪《のろ》いを封《ふう》じこめる神事《しんじ》の方法《ほうほう》は聞《き》いてきた。いったん解《と》き放《はな》たれた呪《のろ》いは、それまでと同《おな》じ方法《ほうほう》では封《ふう》じこめられないっていうから、日本古来《にほんこらい》のやり方《かた》を提案《ていあん》したら、それで大丈夫《だいじょうぶ》だろうって。俺《おれ》がやる。問題《もんだい》は、呪《のろ》いが始動《しどう》する水曜日《すいようび》までに、美《うつく》しき王子《おうじ》のクリスを発見《はっけん》できるかどうかだ。」

若武《わかたけ》が、きっぱりと言《い》った。

「見《み》つけるさ、火曜日中《かようびじゅう》にな。」

私《わたし》たちを見回《みまわ》し、強《つよ》い光《ひかり》を湛《たた》えた2つの目《め》に力《ちから》をこめる。

「KZ《カッズ》の全力《ぜんりょく》で当《あ》たるぞ、いいな。」

私《わたし》たちは大《おお》きく頷《うなず》いた。

うん、頑張《がんば》ろうっ！

「じゃ次《つぎ》、クリスを盗《ぬす》んだ容疑者《ようぎしゃ》について。」

忍《しのぶ》はテーブルに置《お》いていた手《て》を下《お》ろし、腕《うで》を組《く》んで椅子《いす》の背《せ》もたれに体《からだ》を預《あず》けた。

「ごく最近《さいきん》、このクリスを購入《こうにゅう》したいという人物《じんぶつ》が現《あらわ》れ、寺院側《じいんがわ》と交渉《こうしょう》を始《はじ》めた。そのあたりのことはメールで送《おく》ったけど、安田稔《やすだみのる》という男《おとこ》だ。」

ん、聞《き》いてるよ。

「この安田《やすだ》は10年以上前《ねんいじょうまえ》から、年《ねん》に十数回《じゅうすうかい》もフィリピンを訪《おとず》れている。定宿《じょうやど》は、最高級《さいこうきゅう》と言《い》われるホテルだ。」

年《ねん》に十数回《じゅうすうかい》っていうと、1か月《げつ》に1度以上《どいじょう》だよね。

仕事《しごと》だとしても、ちょっと多《おお》すぎない？

「今回《こんかい》は、クリスを購入《こうにゅう》するためにインドネシアまで足《あし》を運《はこ》んだらしい。交渉《こうしょう》が不調《ふちょう》に終《お》わると、すぐフィリピンに戻《もど》っている。で、その滞在《たいざい》ホテルを調《しら》べてみた。安田《やすだ》の部屋《へや》には、マカオの金《きん》の売買業者《ばいばいぎょうしゃ》が出入《でい》りしている。」

金《きん》の売買《ばいばい》っ!?

私《わたし》たちは、顔《かお》を見合《みあ》わせた。

突然《とつぜん》に出《で》てきたそれが、この事件《じけん》にどう関係《かんけい》するのかわからなかったけれど、何《なん》となく怪《あや》しげな感《かん》じがしたんだ。

「安田《やすだ》がフィリピンに行《い》く時《とき》には、必《かなら》ずその業者《ぎょうしゃ》と会《あ》って一緒《いっしょ》にマカオに行《い》くようだ。そしてそこから日本《にほん》に帰《かえ》る。」

はて、帰国《きこく》の時《とき》のマカオ経由《けいゆ》は、何《なん》のため?

「俺《おれ》が思《おも》うに、安田《やすだ》は、この業者《ぎょうしゃ》から金《きん》の延《の》べ棒《ぼう》を買《か》ってるんじゃないかな。」

金《きん》の延《の》べ棒《ぼう》っ!

「マカオでは、消費税《しょうひぜい》がかからない。そして日本《にほん》で金《きん》を売《う》ると消費税分《しょうひぜいぶん》を上乗《うわの》せしてくれる。つまりマカオで金《きん》を買《か》い、それを空港《くうこう》で見《み》つからないようにして日本国内《にほんこくない》に持《も》ちこんで売《う》れば、消《しょう》費税分《ひぜいぶん》が儲《もう》かるんだ。これは密輸《みつゆ》に当《あ》たる。頻繁《ひんぱん》にマカオに行《い》ってるとなったら、ギャンブルで遊《あそ》ぶか、金《きん》を買《か》うくらいしか考《かん》えられないよ。」

安田専務《やすだせんむ》が拝金主義《はいきんしゅぎ》であることを思《おも》えば、ギャンブルより確実《かくじつ》に儲《もう》かる金《きん》の購入《こうにゅう》だよね。

「今《いま》、金《きん》1キロって450万《まん》くらいだろ。」

上杉君《うえすぎくん》が、溜《た》め息《いき》をつく。

「1キロにつき36万儲《まんもう》かるってことだ。ボロ儲《もう》けだよなぁ。」

翼《たすく》も頷《うなず》いた。

「俺《おれ》、20キロくらい持《も》てるかも。」

若武《わかたけ》も同意《どうい》する。

「俺《おれ》も。そしたら1回《かい》で720万《まん》じゃん、すげぇ・・・」

うっとりした顔《かお》の3人《にん》を見《み》て、忍《しのぶ》がやれやれといったように苦笑《くしょう》した。

小塚君《こづかくん》がつぶやく。

「会社《かいしゃ》で不正行為《ふせいこうい》をしているだけでなく、密輸《みつゆ》にも手《て》を出《だ》してる可能性《かのうせい》があるってことだよね。」

私《わたし》は、安田専務《やすだせんむ》の姿《すがた》を思《おも》い浮《う》かべた。

とてもおしゃれでスマートで感《かん》じがよく、でもすごく軽《かる》い。

その軽《かる》さのせいで、いろいろな犯罪《はんざい》に踏《ふ》みこんでいってしまうのかもしれなかった。

「安田《やすだ》がフィリピンに行《い》く時《とき》、昔《むかし》は1人《ひとり》だったようだが、このところは、本人《ほんにん》も含《ふく》めて3人《にん》だ。」

3人《にん》？

「宿泊者名簿《しゅくはくしゃめいぼ》によれば、安田《やすだ》に同行《どうこう》しているのは、夏木健《なつきけん》と原下美香《はらしたみか》。」

新《あら》たな人物《じんぶつ》の出現《しゅつげん》だった。

私《わたし》たちは息《いき》を呑《の》み、耳《みみ》を澄《す》ませる。

「クリスの売買交渉《ばいばいこうしょう》にインドネシアに行《い》った時《とき》も、そこからマカオに向《む》かった時《とき》も、2人《ふたり》が一緒《いっしょ》だ。ホテルでは、安田《やすだ》が3人分《にんぶん》の宿泊費《しゅくはくひ》を払《はら》っている。」

つまり安田専務《やすだせんむ》がクリスを盗《ぬす》んだ時《とき》にも、2人《ふたり》は一緒《いっしょ》だったってことだよね。

共犯者《きょうはんしゃ》かも。

「美門《みかど》、黒木《くろき》にメール打《う》て。」

若武《わかたけ》が、鋭《するど》い声《こえ》で指示《しじ》を出《だ》す。

「夏木健《なつきけん》と原下美香《はらしたみか》が、安田《やすだ》プロダクションの人間《にんげん》かどうかを聞《き》くんだ。黒木《くろき》は、おそらく安田《やすだ》プロダクションの社員名簿《しゃいんめいぼ》を入手《にゅうしゅ》してるはずだ。」

翼《たすく》がスマートフォンを出《だ》し、なんと両手《りょうて》でメールを打《う》った。

その指捌《ゆびさば》きに、皆《みな》が感心《かんしん》する。

メールを送《おく》ってから、ものの1分《ぷん》と経《た》たずに返信《へんしん》があった。

「2人《ふたり》とも、社員《しゃいん》じゃないって。」

じゃ安田専務《やすだせんむ》は、プライベートな関係《かんけい》の2人《ふたり》をフィリピンに連《つ》れていって、宿泊費《しゅくはくひ》を払《はら》ったということになる。

「安田専務《やすだせんむ》は、拝金主義《はいきんしゅぎ》だ。」

上杉君《うえすぎくん》が、きっぱりと言《い》った。

「拝金主義者《はいきんしゅぎしゃ》が金《かね》を使《つか》うのは、それによって、それ以上《いじょう》の利益《りえき》を得《え》られる時《とき》だけだ。」

若武《わかたけ》がニヤッと笑《わら》う。

「新《あたら》しい展開《てんかい》だな。夏木健《なつきけん》と原下美香《はらしたみか》が、安田専務《やすだせんむ》とどういう関係《かんけい》にあるのか調査《ちょうさ》しよう。アーヤ、この2人《ふたり》を謎《なぞ》に追加《ついか》。」

私《わたし》は、謎《なぞ》の11という項目《こうもく》を作《つく》り、そこに、原下美香《はらしたみか》、夏木健《なつきけん》はどういう人物《じんぶつ》なのかと書《か》きこんだ。

「あのさ、」

翼《たすく》のサラサラの前髪《まえがみ》の奥《おく》で、凛《りん》とした瞳《ひとみ》が冴《さ》えた光《ひかり》を放《はな》つ。

「2人《ふたり》のうちのどちらかが、ミスターX《エックス》である可能性《かのうせい》、高《たか》いでしょ。」

きっとそうだよっ！

「部屋《へや》から聞《き》こえてきたのは、男《おとこ》の声《こえ》だったぜ。」

上杉君《うえすぎくん》の言葉《ことば》に、私《わたし》たちはいっせいに叫《さけ》んだ。

「じゃ夏木健《なつきけん》で決《き》まりだっ！」

その場《ば》が俄然《がぜん》、盛《も》り上《あ》がる。

「チーム編成《へんせい》を変《か》えるぞ。」

若武《わかたけ》が身《み》を乗《の》り出《だ》した。

「当面《とうめん》、新《あら》たに名前《なまえ》の出《で》た2人《ふたり》を追《お》う。第《だい》1チームは、俺《おれ》1人《ひとり》。もっとも怪《あや》しい夏木健《なつきけん》を調《しら》べる。第《だい》2チームはアーヤ1人《ひとり》。原下美香《はらしたみか》を調査《ちょうさ》。」

えっ、私1人《わたしひとり》でっ!?

そんなっ、無理《むり》だよ!!

「第《だい》3チーム、これが今回《こんかい》の事件《じけん》の主力部隊《しゅりょくぶたい》だ、七鬼《ななき》と美門《みかど》と上杉《うえすぎ》と小塚《こづか》。4人《にん》で死力《しりょく》を尽《つ》くしてクリスの行方《ゆくえ》を追《お》え。火曜日中《かようびじゅう》に見《み》つけるんだ。」

それを聞《き》いて、私《わたし》は諦《あきら》めた。

だってクリスを捜《さが》し出《だ》して呪《のろ》いを封《ふう》じるのは、4人目《にんめ》の被害者《ひがいしゃ》を出《だ》さないために大事《だいじ》なことだったから。

探偵《たんてい》チームKZ《カッズ》としては、それを優先《ゆうせん》しなければならない。

しかたがない、1人《ひとり》で頑張《がんば》ろう。

「いやぁ七鬼《ななき》、」

そう言《い》いながら若武《わかたけ》は、忍《しのぶ》に向《む》き直《なお》る。

「ほんっとに、ご苦労《くろう》！ よく調《しら》べてくれた。」

顔《かお》はもちろん全身《ぜんしん》から、うれしさがあふれ出《で》ていた。

それを見《み》て、私《わたし》は思《おも》ったんだ、さっきの若武《わかたけ》の、あの超特大級《ちょうとくだいきゅう》の不機嫌《ふきげん》は、調査《ちょうさ》の進《すす》まないチームを抱《かか》えたリーダーの、不安《ふあん》の裏返《うらがえ》しだったのかもしれないって。

「大変《たいへん》だったろう。どうやったんだ。」

忍《しのぶ》は、涼《すず》しい顔《かお》で答《こた》える。

「聞《き》いて回《まわ》ったんだ、地元警察《じもとけいさつ》や、国立芸術学院《こくりつげいじゅつがくいん》のクリス研究家《けんきゅうか》、それにクリス職人《しょくにん》、」

ふむふむ。

「の、家《いえ》に住《す》んでいるネズミやイタチ、犬《いぬ》、庭《にわ》の鳥《とり》に。」

ぶっ！

「街《まち》に屯《たむろ》してる烏《からす》やホテルのフロントに飼《か》われているオウム、猫《ねこ》からも聞《き》いたけど。」

上杉君《うえすぎくん》が、啞然《あぜん》としてつぶやく。

「おまえ、ドリトル先生《せんせい》かよ・・・」

若武《わかたけ》が、すっくと立《た》ち上《あ》がった。

「KZ《カッズ》の調査《ちょうさ》は、子供《こども》の遊《あそ》びじゃないぞ。そんないい加減《かげん》な情報《じょうほう》、持《も》ってくんじゃねーっ！」

真《ま》っ赤《か》になるほど怒《おこ》っていたけれど、忍《しのぶ》はいっこうに気《き》にするふうもなく、冷静《れいせい》そのものだった。

「いい加減《かげん》じゃないよ。正確《せいかく》だ。」

若武《わかたけ》はいっそうカッとし、テーブルに両手《りょうて》をついて忍《しのぶ》の方《ほう》に体《からだ》を乗《の》り出《だ》す。

「おまえなぁっ！」

瞬間《しゅんかん》、小塚君《こづかくん》が言《い》ったんだ。

「でも七鬼《ななき》は、若武《わかたけ》ジュニアを説得《せっとく》したじゃないか。」

若武《わかたけ》は、うっと息《いき》を詰《つ》める。

まるで痛《いた》いところに触《さわ》られたかのようだった。

私《わたし》は、「妖怪《ようかい》パソコンは知《し》っている」の中《なか》でのことを思《おも》い出《だ》した。

あの時《とき》、若武《わかたけ》は、忍《しのぶ》の力《ちから》を認《みと》めたはずだった。

「この間《あいだ》だって烏《からす》から情報《じょうほう》を取《と》ったし、それは間違《まちが》っていなかったよ。そういう能力《のうりょく》を持《も》ってるんだ。今《いま》はまだ世《よ》の中《なか》が、七鬼《ななき》の能力《のうりょく》を認《みと》められるほど進歩《しんぽ》していないだけだよ。」

私《わたし》は片手《かたて》を上《あ》げる。

「忍《しのぶ》の情報《じょうほう》を信用《しんよう》するメンバーは、挙手《きょしゅ》を。」

小塚君《こづかくん》と上杉君《うえすぎくん》、それに翼《たすく》が手《て》を上《あ》げ、私《わたし》も含《ふく》めて4票《ひょう》がまとまった。

若武《わかたけ》は、しかたなさそうに腰《こし》を下《お》ろす。

「くっそ！」

忌々《いまいま》しそうに腕《うで》を組《く》み、私《わたし》たちをにらみ回《まわ》した。

「だけど、それ、KZ内《カッズない》で通《とお》っても、社会的《しゃかいてき》には通《とお》らないぜ。」

それは、確《たし》かにその通《とお》りだった。

私《わたし》が言葉《ことば》に窮《きゅう》していると、上杉君《うえすぎくん》が、大《たい》したことじゃないといったように眉《まゆ》を上《あ》げる。

「七鬼《ななき》の情報《じょうほう》を裏付《うらづ》けする証拠《しょうこ》を挙《あ》げればいいだけだ。何《なに》もないとこからやるより簡単《かんたん》じゃん。さっき決《き》めた通《とお》り、各《かく》チームに分《わ》かれてさっさと行動《こうどう》しようぜ。」

私《わたし》は納得《なっとく》し、大《おお》きく頷《うなず》いた。

「そうだね、それがいいよ。」

皆《みな》が賛成《さんせい》の声《こえ》を上《あ》げる。

若武《わかたけ》はくやしそうに、ちょっと寂《さび》しそうにつぶやいた。

「わかったよ、それでいい。」

誰《だれ》の心《こころ》にも、自分《じぶん》がこうでありたいっていう理想像《りそうぞう》がある。

若武《わかたけ》の場合《ばあい》、それは皆《みな》をリードできる自分《じぶん》であり、誰《だれ》よりも輝《かがや》いている自分《じぶん》なんだ。

それを傷《きず》つけられるのは、きっと辛《つら》いことだ。

私《わたし》は同情《どうじょう》しながら、でもなんて言《い》っていいのかわからなくて、ただ若武《わかたけ》を見《み》つめていた。

その時《とき》、静《しず》かで深《ふか》い響《ひび》きの声《こえ》が聞《き》こえたんだ。

「遅《おく》れて、悪《わる》い。」

目《め》を向《む》けると、こちらに歩《ある》いてくる黒木君《くろきくん》の姿《すがた》が見《み》えた。

荒《あら》い呼吸《こきゅう》で肩《かた》を大《おお》きく上下《じょうげ》させ、片手《かたて》で制服《せいふく》の詰《つ》め襟《えり》のホックをはずしながら近《ちか》づいてきて、
空《あ》いている椅子《いす》に体《からだ》を投《な》げ出《だ》す。

「報告《ほうこく》する。」

とても苦《くる》しげで、疲《つか》れている様子《ようす》だった。

# 20 黒木《くろき》調査員《ちょうさいん》の報告《ほうこく》

「KAITO《カイト》は、ミスターX《エックス》じゃない。」

はっきりと言《い》いながら黒木君《くろきくん》は呼吸《こきゅう》を整《ととの》え、次第《しだい》にいつもの余裕《よゆう》を取《と》り戻《もど》した。

「アーヤから聞《き》いた形状《けいじょう》から判断《はんだん》して、KAITO《カイト》の傷《きず》は、おそらく銃創《じゅうそう》だ。」

銃創《じゅうそう》？

「銃《じゅう》で撃《う》たれた傷《きず》だってこと。」

ええっ！

「KAITO《カイト》は、舞台《ぶたい》で稽古《けいこ》している時《とき》に銃《じゅう》で狙《ねら》われた。その銃口《じゅうこう》から逃《のが》れるために、とっさにそばの階段《かいだん》から飛《と》び降《お》りたんだ。それで、銃弾《じゅうだん》は胸をかすっただけですんだ。銃口《じゅうこう》には消音器《しょうおんき》がついていて、銃声《じゅうせい》はほとんどしなかったんだろう。」

そうだったのか！

「目的《もくてき》は白木社長《しらきしゃちょう》を脅迫《きょうはく》することだから、本当《ほんとう》に殺《ころ》す気《き》はなかったと思《おも》うけど、そこそこの怪我《けが》はさせるつもりだったに違《ちが》いない。瞬時《しゅんじ》の判断《はんだん》で飛《と》び降《お》りたKAITO《カイト》は、いい勘《かん》してるよ。プロダクションではスキャンダルを恐《おそ》れて警察《けいさつ》に届《とど》けず、箝口令《かんこうれい》を敷《し》いたんだろう。」

じゃKAITO《カイト》の怪我《けが》に関《かん》して安田専務《やすだせんむ》が隠《かく》していたのは、そのことだったんだね。

若武《わかたけ》がうれしそうに口《くち》をはさむ。

「よし、これで謎《なぞ》の3、安田専務《やすだせんむ》はKAITO《カイト》の怪我《けが》に関《かん》して何《なに》を隠《かく》しているのかは、解決《かいけつ》だ。」

やった！

私《わたし》は、急《いそ》いでそれをノートに書《か》きいれた。

ずらっと並《なら》んでいる謎《なぞ》が、1つ1つ消《き》えていく。

それは、私《わたし》たちKZ《カッズ》の力《ちから》の証《あかし》だった。

「現場《げんば》に足《あし》を運《はこ》んで、KAITO《カイト》が立《た》っていた場所《ばしょ》に立《た》ってみた。」

黒木君《くろきくん》が報告《ほうこく》を続《つづ》ける。

「アーヤから聞《き》いた傷《きず》の様子《ようす》を考《かんが》えて、どこから狙《ねら》われたのかを推定《すいてい》し、KAITO《カイト》をかすった銃弾《じゅうだん》の方向《ほうこう》を割《わ》り出《だ》したんだ。」

そう言《い》いながら制服《せいふく》の胸《むね》ポケットに手《て》を入《い》れ、そこから口紅《くちべに》みたいな形《かたち》の鉛色《なまりいろ》の物《もの》を摘《つ》まみ出《だ》す。

「これが証拠《しょうこ》。床《ゆか》にめりこんでたから、掃除機《そうじき》に吸《す》いこまれずに残《のこ》っていた。」

皆《みな》が目《め》を真《ま》ん丸《まる》にし、いっせいに手《て》を伸《の》ばす。

「弾丸《だんがん》じゃん！」

「本物《ほんもの》だ、すげぇ！」

黒木君《くろきくん》はそれを高々《たかだか》と差《さ》し上《あ》げ、ゲットの手《て》をかわしてから掌《てのひら》に載《の》せると、私《わたし》の目《め》の前《まえ》に出《だ》した。

「跡《あと》が付《つ》いてるだろ。」

うん。

「これは線条痕《せんじょうこん》といって、銃身《じゅうしん》の内側《うちがわ》に彫《ほ》られている溝《みぞ》の跡《あと》。銃《じゅう》によって違《ちが》っていて、国内《こくない》にある銃《じゅう》の線条痕《せんじょうこん》は、すべて登録《とうろく》されている。それと照合《しょうごう》すれば、この銃弾《じゅうだん》がどの銃《じゅう》から発射《はっしゃ》されたのかがわかるんだ。ただし密輸《みつゆ》されたものだと、登録《とうろく》がないからダメだけどね。」

へぇえ。

「黒木《くろき》、よくやった！」

若武《わかたけ》が意気揚々《いきようよう》と言《い》った。

「これで謎《なぞ》の8、ＫＡＩＴＯ《カイト》の胸《むね》の傷《きず》は、どうしてできたのか。またなぜ階段《かいだん》から飛《と》び降《お》りたのかも、完璧《かんぺき》にケリがついた。」

瞬間《しゅんかん》、翼《たすく》が突《つ》っ立《た》ったんだ。

「わかった。」

いつも静《しず》かなクールビューティの突然《とつぜん》のリアクションに、私《わたし》たちは皆《みな》びっくり。

「銃《じゅう》を撃《う》ったのは、俺《おれ》たちが安田専務《やすだせんむ》を訪《たず》ねた時《とき》、隣《となり》の部屋《へや》にいた奴《やつ》、つまりミスターX《エックス》だ。」

その言葉《ことば》に、またも驚愕《きょうがく》した。

そんなこと、どーしてわかるのっ⁉

「あの時《とき》、俺《おれ》が、ニトロセルロースやアンチモンの臭《にお》いがしてたって言《い》ったろ。全員《ぜんいん》、スルーしたけどさ。」

やや不服《ふふく》そうな翼《たすく》の前《まえ》で、私《わたし》たちは顔《かお》を見合《みあ》わせた。

「そんなん、あったか？」

「そういえば、何《なに》か言《い》ってたよね、美門《みかど》。」

皆《みんな》の印象《いんしょう》は、そんなものだった。

だって、その前《まえ》に出《で》た話《はなし》が宇宙《うちゅう》の鉱物《こうぶつ》だったから、それに比《くら》べてインパクトが弱《よわ》かったんだもの。

「銃《じゅう》を撃《う》つと、硝煙《しょうえん》が発生《はっせい》して衣服《いふく》に染《し》みこむ。射撃残渣《しゃげきざんさ》っていうんだけど、その成分《せいぶん》がニトロセルロースやアンチモンなんだ。俺《おれ》たちが専務室《せんむしつ》に行《い》ったあの日《ひ》、ミスターX《エックス》は、KAITO《カイト》を撃《う》った時《とき》と同《おな》じ服《ふく》を着《き》ていたんだよ。」

上杉君《うえすぎくん》が、冷《ひ》ややかなその目《め》に鋭《するど》い光《ひかり》を浮《う》かべる。

「ちょっと待《ま》て。ミスターX《エックス》は、2人《ふたり》いるのかもしれない。」

ええっ!?

「あの時《とき》、白木社長《しらきしゃちょう》と話《はな》してたのは男《おとこ》の声《こえ》だったけど、部屋《へや》には、2人《ふたり》がいたってこともあるだろ。」

あ、そうか。

「安田専務《やすだせんむ》を含《ふく》めて3人《にん》が共犯《きょうはん》、って線《せん》も考《かんが》えないと。」

怪訝《けげん》そうな顔《かお》をしている黒木君《くろきくん》を見《み》て、私《わたし》は急《いそ》いでノートをめくり、さっきの忍《しのぶ》の報告《ほうこく》を伝《つた》えた。

「へぇ、そうなんだ。」

そう言《い》いながら黒木君《くろきくん》は、考《かんが》え深《ぶか》げな顔付《かおつ》きになる。

「プロダクションと安田専務《やすだせんむ》を調《しら》べてる時《とき》にわかったんだけどさ、ラウドスってバンドやってたって言《い》ってただろ。」

ん、安田専務《やすだせんむ》の人生《じんせい》が、1番輝《いちばんかがや》いていた時《とき》だよね。

「そのメンバーの1人《ひとり》が、夏木健《なつきけん》なんだ。」

私《わたし》たちは、顔《かお》を見合《みあ》わせる。

「古《ふる》い付《つ》き合《あ》いなら、気心《きごころ》が知《し》れてる。普通《ふつう》には話《はな》せないことも、話《はな》せるよな。」

「たとえば白木社長《しらきしゃちょう》を脅《おど》すために、KAITO《カイト》を撃《う》ってくれとか。」

「クリスを盗《ぬす》むには、どうしたらいいかとか。」

「クリスを預《あず》かってくれとか。」

うん、怪《あや》しさ倍増《ばいぞう》っ！

調子《ちょうし》に乗《の》っていろいろと話《はな》していると、若武《わかたけ》ににらまれた。

「やめろ。証拠《しょうこ》のないことをあれこれ詮索《せんさく》するのは、井戸端会議《いどばたかいぎ》と同《おな》じだ。俺《おれ》たちは、ちゃんとした探偵《たんてい》チームなんだ。証拠《しょうこ》をおさえるために調査《ちょうさ》をし、それに基《もと》づいて推理《すいり》をする。胸《むね》に刻《きざ》みつけとけ。」

私《わたし》たちは、シュン。

黒木君《くろきくん》が笑《わら》って立《た》ち上《あ》がった。

「じゃ俺《おれ》、行《い》くから。」

え？

「ＫＡＩＴＯ《カイト》の調査《ちょうさ》に時間取《じかんと》られてて、まだ決算公告《けっさんこうこく》を調《しら》べてないんだ。これからやらなくちゃ。」

上杉君《うえすぎくん》が、繊細《せんさい》な感《かん》じのする眉根《まゆね》を寄《よ》せる。

「おい、無理《むり》すんなよ。」

黒木君《くろきくん》はちょっと笑《わら》い、上杉君《うえすぎくん》の肩《かた》を叩《たた》いてテーブルから離《はな》れていこうとして、ふと立《た》ち止《ど》まった。

「報告《ほうこく》を1つ、忘《わす》れてた。ＫＡＩＴＯ《カイト》の入院《にゅういん》していた病院《びょういん》で、騒《さわ》ぎがあったらしい。看護師《かんごし》をしてる友《とも》だちから聞《き》いたんだけど、送《おく》り主不明《ぬしふめい》の鉢植《はちう》えがＫＡＩＴＯ《カイト》に届《とど》いて、それがアマラっていうフィリピン原産《げんさん》のミカン科《か》の植物《しょくぶつ》だったんで、あわてて処分《しょぶん》したって。」

小塚君《こづかくん》が、黙《だま》っていられないといったような声《こえ》を上《あ》げる。

「それ、世界一周《せかいいっしゅう》を目指《めざ》したマゼランが、フィリピンで死亡《しぼう》した時《とき》の原因《げんいん》と言《い》われてる植物《しょくぶつ》だよ。」

そうなのっ!?

「口《くち》から入《はい》っても大丈夫《だいじょうぶ》なんだけど、血管内《けっかんない》に入《はい》ると危《あぶ》ないんだ。」

そんな植物《しょくぶつ》を送《おく》られたら、すごく気味悪《きみわる》いよね。

高宮《たかみや》さんは怪我《けが》をしてたから、いつ傷口《きずぐち》から入《はい》るかもしれないし。

「それでKAITO《カイト》は危機感《ききかん》を募《つの》らせ、身《み》を隠《かく》さざるを得《え》なかったんじゃないかな。警察《けいさつ》にも届《とど》けてもらえないし、自分《じぶん》で自分《じぶん》を守《まも》るしかなかったんだと思《おも》うよ。」

私《わたし》は、高宮《たかみや》さんと出会《であ》った時《とき》のことを思《おも》い出《だ》した。

夕暮《ゆうぐ》れの公園《こうえん》のブランコに腰《こし》かけていたんだ、スリッパのまま。

頼《たよ》れるのはお兄《にい》ちゃんしかいなかったのに、全然連絡《ぜんぜんれんらく》が取《と》れなくて、どんなにか心細《こころぼそ》かったことだろう。

でもちっとも暗《くら》くなくて、落《お》ちこんでもいなかった。

高宮《たかみや》さんは、すごく強《つよ》い人《ひと》なんだね。

本当《ほんとう》に、カッコいいよ！

「これで謎《なぞ》の1、KAITO《カイト》が病院《びょういん》から逃走《とうそう》したのはなぜか、は解明《かいめい》された。」

私《わたし》たちは、どんどん真実《しんじつ》に迫《せま》っていた。

高《たか》ぶっていく皆《みな》の気持《きも》ちが、部屋《へや》の空気《くうき》を熱《あつ》くする。

「しかし銃《じゅう》なんて、どっから持《も》ってきたんだ。」

上杉君《うえすぎくん》が、煩《わずら》わしそうに髪《かみ》をかき上《あ》げた。

「この事件《じけん》、面倒《めんどう》になる一方《いっぽう》だな。」

黒木君《くろきくん》が宥《なだ》めるような視線《しせん》を向《む》ける。

「安田《やすだ》プロダクションは、昔《むかし》から東南《とうなん》アジアでの公演《こうえん》を手《て》がけていて、安田専務《やすだせんむ》は頻繁《ひんぱん》にフィリピンに行《い》っていたんだ。」

ん、それは忍《しのぶ》も言《い》ってたよね。

「ご存知《ぞんじ》のように、フィリピンは銃天国《じゅうてんごく》だ。」

小塚君《こづかくん》がつぶやく。

「毒草《どくそう》の天国《てんごく》でもあるよ。ヨーロッパの研究家《けんきゅうか》の垂涎《すいぜん》の的《まと》だ。僕《ぼく》も一度《いちど》行《い》ってみたい。」

上杉君《うえすぎくん》が、ゲンナリした顔《かお》をした。

「行《い》きたがるなよ、そんなとこ。」

私《わたし》は、クスクス笑《わら》う。

危険《きけん》をものともしないのは、小塚君《こづかくん》の生物《せいぶつ》への愛《あい》なんだよね。

「安田専務《やすだせんむ》たちは、フィリピンで銃《じゅう》を買《か》い、隠《かく》して日本《にほん》に持《も》ちこんだんじゃないかな。そうだとすると、線条痕《せんじょうこん》から銃《じゅう》を特定《とくてい》するのは無理《むり》だけどさ。」

瞬間《しゅんかん》、私《わたし》の頭《あたま》に浮《う》かんだのは、2代目《だいめ》の社長《しゃちょう》だった安田専務《やすだせんむ》の父親《ちちおや》が、フィリピンで銃《じゅう》で撃《う》たれたという話《はなし》だった。

この2つ、もしかして関係《かんけい》がある？

その時《とき》、休《やす》み時間終了《じかんしゅうりょう》の予鈴《よれい》が鳴《な》り始《はじ》めた。

「アーヤ、」

若武《わかたけ》が、緊迫《きんぱく》した声《こえ》を出《だ》す。

「今《いま》のところ残《のこ》ってる謎《なぞ》を挙《あ》げてくれ、早《はや》く。」

私《わたし》はあわてて、ノートに視線《しせん》を落《お》とした。

「残《のこ》っているのは、その2、正体不明《しょうたいふめい》のサングラス女性《じょせい》と安田専務《やすだせんむ》の関係《かんけい》。その5、安田専務《やすだせんむ》はなぜクリスを盗《ぬす》んだのか。その6、呪《のろ》いのかかったクリスは今《いま》どこにあるのか。その9、3代目《だいめ》の社長《しゃちょう》はどうして息子《むすこ》でなく妹《いもうと》を後継者《こうけいしゃ》に選《えら》んだのか。その10、専務室《せんむしつ》の隣《となり》の部屋《へや》にいた共犯《きょうはん》者《しゃ》ミスターX《エックス》とはいったい何者《なにもの》なのか、その11、夏木健《なつきけん》および原下美香《はらしたみか》はどういう人物《じんぶつ》なのか、以上《いじょう》の6点《てん》です。」

若武《わかたけ》は、了解《りょうかい》したといったように頷《うなず》きながら全員《ぜんいん》を見回《みまわ》す。

「諸君《しょくん》、調査《ちょうさ》は順調《じゅんちょう》に進《すす》み、謎《なぞ》の半数近《はんすうちか》くはすでに解明《かいめい》されている。あと一歩《いっぽ》だ。諸君《しょくん》の弛《たゆ》まぬ努力《どりょく》に期待《きたい》する。では今日《きょう》は、これで解散《かいさん》！」

# 21 信《しん》じられない！

秀明《しゅうめい》が終《お》わって家《いえ》に帰《かえ》りながら、私《わたし》は自分《じぶん》に出《だ》された課題《かだい》、原下美香《はらしたみか》の調査《ちょうさ》について考《かんが》えた。

どこから、どうやって調《しら》べていけばいいんだろう。

原下美香《はらしたみか》なんて、まるっきり知《し》らない人《ひと》だし・・・。

戸惑《とまど》いつつ、それでも何《なん》とか糸口《いとぐち》を見《み》つけなければと四苦八苦《しくはっく》するうちに、安田専務《やすだせんむ》から名刺《めいし》をもらったことを思《おも》い出《だ》した。

あれに、電話番号《でんわばんごう》が書《か》いてある。

それで一気《いっき》に、強《つよ》い気持《きも》ちになれた。

安田専務《やすだせんむ》は軽《かる》い人《ひと》だし、KZ《カッズ》をアイドルデビューさせてくれることになっているから、電話《でんわ》をかければ、いろいろと相談《そうだん》に乗《の》ってくれるだろう。

話《はな》しながら、何《なん》とか原下美香《はらしたみか》のことを聞《き》き出《だ》すんだ。

よし、やるぞ!!

「ただいま。」

玄関《げんかん》のドアを開《あ》けて、私《わたし》はびっくりっ！

そこにママが、顔《かお》を強張《こわば》らせて突《つ》っ立《た》っていた。

「どうしたの？」

私《わたし》が聞《き》くと、ママはようやく表情《ひょうじょう》を和《やわ》らげる。

「今《いま》、変《へん》な子《こ》が、裕樹《ゆうき》を訪《たず》ねてきたのよ。まだそのあたりにいると思《おも》うけど、」

変《へん》な子《こ》？

「いないって言《い》っても、なかなか納得《なっとく》しなくて、行《い》き先《さき》はどこかとか、スマホの番号《ばんごう》を教《おし》えてくれとか、しつこくて帰《かえ》ろうとしないの。そんなもの、やたらに教《おし》えられないし。しかも、うちにはKAITO《カイト》王子《おうじ》がいるから、それに気《き》づかれたら大変《たいへん》だと思《おも》って、追《お》い返《かえ》すのにもう必死《ひっし》。」

お兄《にい》ちゃんのファンかもしれないね。

「すみませんでした。」

奥《おく》から出《で》てきた高宮《たかみや》さんが、困《こま》ったように微笑《ほほえ》んだ。

「何《なん》の力《ちから》にもなれなくって。」

ママは、大《おお》きく首《くび》を横《よこ》に振《ふ》る。

「いいえ、気《き》にしないで。悪《わる》いのは、あの子《こ》なんだから。まったく迷惑《めいわく》。こんな夜《よる》なのに、サングラスなんかかけてて怪《あや》しいし。」

高宮《たかみや》さんは、クスッと笑《わら》った。

「あ、僕《ぼく》もそうでしたよ。でも名乗《なの》る時《とき》には、取《と》りましたけど。」

ママは、そうでなくっちゃといったような表情《ひょうじょう》になる。

「その子《こ》も、裕樹《ゆうき》に伝《つた》えてくれって名前《なまえ》言《い》ってたけどね、えっと原下《はらした》、美香《みか》だっけ、」

ドキッとした。

「サングラスかけっ放《ぱな》しよ、ほんとに失礼《しつれい》。取《と》りなさいって言《い》えばよかった。」

私《わたし》は、持《も》っていた秀明《しゅうめい》バッグをぎゅっと握《にぎ》りしめ、回《まわ》れ右《みぎ》をして玄関《げんかん》を飛《と》び出《だ》した。

原下美香《はらしたみか》が、お兄《にい》ちゃんを訪《たず》ねてきたっ!

信《しん》じられない、どういうことっ!?

もしかして同姓同名《どうせいどうめい》?

でもとにかく確《たし》かめないと!!

あちこちを見回《みまわ》しながら駅《えき》に向《む》かって走《はし》っていくと、大通《おおどお》りに出《で》る前《まえ》に、それらしい後《うし》ろ姿《すがた》を発見《はっけん》した。

「あの、すみません、原下《はらした》さんですよね、」

そう言《い》いながら駆《か》け寄《よ》った。

「私《わたし》、裕樹《ゆうき》の妹《いもうと》で、立花彩《たちばなあや》といいますが、さっきは母《はは》が失礼《しつれい》しました。」

その人《ひと》が、こちらを振《ふ》り返《かえ》る。

顔《かお》を見《み》て、私《わたし》は、全身凍《ぜんしんこお》りつく思《おも》いだった。

だってそれは、安田専務《やすだせんむ》の部屋《へや》から飛《と》び出《だ》してきたあのサングラス女性《じょせい》だったんだものっ！

原下美香《はらしたみか》とサングラス女性《じょせい》は、同一人物《どういつじんぶつ》だったんだ!!

驚《おどろ》きのあまり痺《しび》れたような心《こころ》で、私《わたし》は、ぼんやりと考《かんが》えた。

あの時《とき》、専務室《せんむしつ》の隣《となり》の部屋《へや》には、ミスターX《エックス》がいた。

つまり専務室《せんむしつ》から飛《と》び出《だ》してきた原下美香《はらしたみか》は、ミスターX《エックス》じゃないということになる。

そうするとミスターX《エックス》は、夏木健《なつきけん》の可能性《かのうせい》が濃厚《のうこう》。

すぐ若武《わかたけ》に、連絡《れんらく》しなくちゃ。

でもサングラス女性《じょせい》は、安田専務《やすだせんむ》とトラブルを抱《かか》えてたはず。

それなのに、一緒《いっしょ》にフィリピンに行《い》ってるのは、なんで？

いや待《ま》て、時間《じかん》の経過《けいか》を追《お》って考《かんが》えてみよう。

原下美香《はらしたみか》は、安田専務《やすだせんむ》と親《した》しくてフィリピンへも行《い》ったことがある。

でも専務室《せんむしつ》から飛《と》び出《だ》してきたあの日《ひ》、何《なん》らかの問題《もんだい》が起《お》きて、２人《ふたり》の関係《かんけい》は決裂《けつれつ》したのかもしれない。

「ああ、妹《いもうと》さんなの。」

原下美香《はらしたみか》は、サングラスの向《む》こうから私《わたし》を見《み》た。

専務室前《せんむしつまえ》の廊下《ろうか》で出会《であ》ったことは、どうも覚《おぼ》えていないみたいだった。

あの時《とき》、私《わたし》たちは複数《ふくすう》だったし、翼《たすく》とぶつかりそうになったから、私《わたし》の方《ほう》まで目《め》を配《くば》る余裕《よゆう》がなかったのかもしれない。

「裕樹《ゆうき》が、どこにいるか知《し》ってる？」

私《わたし》は平静《へいせい》を装《よそお》いながら、できる限《かぎ》りの情報《じょうほう》を摑《つか》もうと考《かんが》えた。

それが、私《わたし》に割《わ》り振《ふ》られた役目《やくめ》だったから。

頑張《がんば》らないと！

「すみません、わからないんです。」

原下美香《はらしたみか》の表情《ひょうじょう》は、ほとんど読《よ》み取《と》れなかった。

大《おお》きなサングラスをしていたし、あたりは暗《くら》くて街灯《がいとう》の明《あ》かりしかなかったから。

それで私《わたし》は、原下美香《はらしたみか》がどういう言葉《ことば》を使《つか》うか、その抑揚《よくよう》はどんなふうか、ということに注目《ちゅうもく》した。

そこには表情《ひょうじょう》と同《おな》じくらい気持《きも》ちが表《あらわ》れるはずだし、言葉《ことば》に関《かん》するすべては私《わたし》の得意分野《とくいぶんや》だったから。

「兄《あに》が帰《かえ》ってきたら、そちらに電話《でんわ》するように言《い》います。番号《ばんごう》を教《おし》えてもらえますか？」

原下美香《はらしたみか》は、バッグからスマートフォンを出《だ》した。

「アドレスと、番号《ばんごう》言《い》うから。」

私《わたし》は、それらをメモ帳《ちょう》に書《か》き留《と》める。

胸《むね》がドキドキした。

だって、これでいつでも原下美香《はらしたみか》と連絡《れんらく》が取《と》れることになったんだから。

「あの、失礼《しつれい》ですが、兄《あに》とはどういうご関係《かんけい》ですか？」

原下美香《はらしたみか》は、ちょっと笑《わら》った。

「高校《こうこう》のクラスメート。」

え・・・お兄《にい》ちゃんと同《おな》い年《どし》なんだ。

サングラスで顔《かお》の半分以上《はんぶんいじょう》が隠《かく》れていたせいか、すごく大人《おとな》っぽく見《み》えた。

「でも、彼女《かのじょ》とかじゃないからね。ただのクラスメート。」

私《わたし》や、さっき対応《たいおう》したママに気《き》を遣《つか》っているような言《い》い方《かた》だった。

「急《いそ》いで連絡《れんらく》くれって言《い》っといて。じゃあね。」

駅《えき》の方《ほう》に歩《ある》いていこうとする原下美香《はらしたみか》を、私《わたし》はあわてて呼《よ》び止《と》める。

「すみません、兄《あに》に、どういうご用件《ようけん》ですか。」

原下美香《はらしたみか》は、こちらに向《む》き直《なお》った。

「それは、あなたに関係《かんけい》ないことだよ。」

急《きゅう》に声《こえ》が険《けわ》しくなる。

「余計《よけい》な口《くち》を出《だ》さないで、とにかく伝《つた》えてよ。わかった!?」

腹立《はらだ》たしげに言《い》い捨《す》てて、再《ふたた》び歩《ある》き出《だ》そうとした。

私《わたし》は、その前《まえ》に回《まわ》りこんで進路《しんろ》を塞《ふさ》ぐ。

すごく恐《こわ》かったけれど、原下美香《はらしたみか》の弱点《じゃくてん》はわかっていた。

それは、お兄《にい》ちゃんと連絡《れんらく》を取《と》るためには、私《わたし》を通《とお》すしかないということだった。

だから私《わたし》が多少《たしょう》、強《つよ》く出《で》ても、原下美香《はらしたみか》は、受《う》け入《い》れざるをえないはずなんだ。

「うちのお兄《にい》ちゃんは、私《わたし》にすごく厳《きび》しいんです。何《なん》の用《よう》かもはっきりさせないで伝言《でんごん》なんか引《ひ》き受《う》けたら、怒《おこ》られるし、頭《あたま》っから拒否《きょひ》られて、聞《き》いてもらえません。そしたらきっと原下《はらした》さんにも連絡《れんらく》しないと思《おも》います。」

原下美香《はらしたみか》は、しかたなさそうな息《いき》をついた。

「安田《やすだ》プロダクションについて、いろいろ聞《き》きたいんだ。そこで裕樹《ゆうき》がバイトしてるって噂《うわさ》だから、よく知《し》ってるんじゃないかと思《おも》って。」

私《わたし》は、腑《ふ》に落《お》ちなかった。

だって原下美香《はらしたみか》は、安田専務《やすだせんむ》と親《した》しいんだから、専務《せんむ》を通《つう》じてプロダクションについては、よく知《し》っているはずだ。

それなのにバイトに過《す》ぎないお兄《にい》ちゃんに、いったい何《なに》を聞《き》くつもりなんだろう。

ああ原下美香《はらしたみか》の考《かんが》えていることが、知《し》りたい！

でもここで、これ以上突《いじょうつ》っこんでも不自然《ふしぜん》だったし、話《はな》してもらえそうもなかった。

といって、このままじゃ、原下美香《はらしたみか》は、お兄《にい》ちゃんに相談《そうだん》するだけ。

そこに私《わたし》は入《はい》れないし、お兄《にい》ちゃんも、私《わたし》なんかには打《う》ち明《あ》けてくれないだろう。

だけど事件《じけん》の重要人物《じゅうようじんぶつ》の1人《ひとり》である原下美香《はらしたみか》が、よくわからない動《うご》きをしている今《いま》、その話《はなし》を聞《き》かずにいることなんてできない。

私《わたし》は考《かんが》えこみ、そして結論《けつろん》した。

よし、原下美香《はらしたみか》がお兄《にい》ちゃんと会《あ》う時《とき》に、私《わたし》もその場《ば》にいられるように頼《たの》んでみよう。

もし断《ことわ》られたら、お兄《にい》ちゃんに取《と》り次《つ》がないと脅《おど》すしかない！

私《わたし》は決意《けつい》を固《かた》め、思《おも》い切《き》って口《くち》を開《ひら》いた。

「お兄《にい》ちゃんは、確《たし》かにそこでバイトしてます。」

そう言《い》いながら、頼《たの》んだり脅《おど》したりするよりも、もっといいことを思《おも》いついたんだ。

私《わたし》、天才《てんさい》かもっ！

「でも安田《やすだ》プロダクションについては、私《わたし》の方《ほう》が詳《くわ》しいです。友《とも》だちが今度《こんど》、そこからデビューするんで、一緒《いっしょ》にプロダクションに行《い》ったり、白木社長《しらきしゃちょう》や安田専務《やすだせんむ》と話《はな》したりしていますから。」

原下美香《はらしたみか》は、息《いき》を呑《の》んだように見《み》えた。

「ほんと？」

声《こえ》は震《ふる》えていて、動揺《どうよう》している感《かん》じが伝《つた》わってくる。

「白木社長《しらきしゃちょう》について、詳《くわ》しく知《し》ってるの？」

どうやら聞《き》きたいのは、白木社長《しらきしゃちょう》のことらしい。

それなら、確《たし》かに安田専務《やすだせんむ》からの話《はなし》では信用《しんよう》できないだろう。

だって2人《ふたり》は、対立《たいりつ》しているんだもの。

安田専務《やすだせんむ》とトラブルになっている原下美香《はらしたみか》は、その上司《じょうし》である白木社長《しらきしゃちょう》を頼《たよ》ろうとして、どんな人《ひと》かを探《さぐ》ろうとしているのかもしれない。

「はい、お話《はな》しできます。」

そうは言《い》ったものの、私《わたし》は、白木社長《しらきしゃちょう》についてほとんど知《し》らなかった。

でも今《いま》、黒木君《くろきくん》が調《しら》べているところだから、それを聞《き》けばいいと思《おも》ったんだ。

「もちろん兄《あに》しか知《し》らないこともあると思《おも》うので、どうでしょう、兄《あに》と私《わたし》の2人《ふたり》で、原下《はらした》さんのご相談《そうだん》に乗《の》るというのは？」

原下美香《はらしたみか》は、用心深《ようじんぶか》そうな声《こえ》を出《だ》した。

「裕樹《ゆうき》は、無愛想《ぶあいそう》で突慳貪《つっけんどん》だけど、ほんとは性格《せいかく》いいから、私《わたし》の味方《みかた》になってくれると思《おも》う。」

高校女子《こうこうじょし》になると、クラスメートの男子《だんし》のことを、そこまで見抜《みぬ》くんだ、すごいな。

「でもあなたは、どうなの。私《わたし》の味方《みかた》をしてくれるの？」

YES《イエス》と答《こた》えなければ、きっとオーケイしてくれないだろう。

でも原下美香《はらしたみか》が何《なに》をしているのかまったくわからない現状《げんじょう》で、味方《みかた》になると約束《やくそく》することはできなかった。

私《わたし》は考《かんが》え、自問自答《じもんじとう》して、これしかないと思《おも》われる言《い》い方《かた》をした。

「原下《はらした》さんのしていることが正《ただ》しいなら、私《わたし》はあなたの味方《みかた》です。必《かなら》ず原下《はらした》さんを助《たす》けます。」

原下美香《はらしたみか》は一瞬《いっしゅん》、息《いき》を詰《つ》めたように見《み》えた。

しばらくそのままでいて、やがて疲《つか》れてしまったらしく、投《な》げ出《だ》すようにつぶやく。

「わかった、あなたも一緒《いっしょ》でいいよ。」

やった！

「じゃ裕樹《ゆうき》に、都合《つごう》のいい時間《じかん》を連絡《れんらく》してって言《い》っといて。急《いそ》いでるから、できるだけ早《はや》くね。」

私《わたし》は原下美香《はらしたみか》を見送《みおく》り、家《いえ》に帰《かえ》って、まずお兄《にい》ちゃんに連絡《れんらく》した。

でも、出《で》なかったんだ。

それで今《いま》のことをメッセージにして吹《ふ》きこんでいると、高宮《たかみや》さんが階段《かいだん》を降《お》りてきた。

私《わたし》の電話《でんわ》が終《お》わるまで、そばに立《た》って待《ま》っていて、こう言《い》ったんだ。

「さっきダイニングからのぞいてて、あの子《こ》、どうもどっかで見《み》たことあると思《おも》ってたんだけど、ようやく思《おも》いついたよ。うちのプロダクションの研修生《けんしゅうせい》だ。」

研修生《けんしゅうせい》？

「デビューを目指《めざ》している新人《しんじん》のために作《つく》られている制度《せいど》だよ。研修生《けんしゅうせい》として登録《とうろく》すると、うちのプロダクションが契約《けいやく》している有名《ゆうめい》ダンサーや作曲家《さっきょくか》、演出家《えんしゅつか》、ヘアメイクアーティストの指《し》導《どう》を受《う》けられるんだ。デビューのためのプログラムも組《く》んでもらえるし、うちに所属《しょぞく》するタレントからアドバイスをもらうこともできる。」

じゃデビューしたい人《ひと》にとっては、すごく魅力的《みりょくてき》なものだよね。

「だけど、俺《おれ》、心配《しんぱい》しているんだ。」

え？

「登録《とうろく》には、かなりの費用《ひよう》がかかる。その他《ほか》にレッスン料《りょう》やマネージメント料《りょう》も必要《ひつよう》になる。でも、それらを払《はら》ってもデビューが保証《ほしょう》されるわけじゃないんだ。デビューできずに、ただ費用《ひよう》を払《はら》い続《つづ》けているだけの研修生《けんしゅうせい》も多《おお》いらしい。ちょっと前《まえ》、契約《けいやく》のことで事務所《じむしょ》に行《い》った時《とき》に、研《けん》修生《しゅうせい》の1人《ひとり》が猛烈《もうれつ》な勢《いきお》いで登録制《とうろくせい》に抗議《こうぎ》してるのを見《み》かけた。デビューをチラつかせて儲《もう》ける悪《あく》徳商法《とくしょうほう》だって。」

そうなんだ。

「実態《じったい》を確《たし》かめたい。デビューしたい人間《にんげん》の気持《きも》ちに付《つ》けこんで不当《ふとう》に儲《もう》けるなんて、許《ゆる》せないじゃないか。プロダクションがそんな商売《しょうばい》をしてちゃいけないし、そんなことは長《なが》く続《つづ》かない。必《かなら》ず週刊誌《しゅうかんし》かテレビで叩《たた》かれるよ。そしたらプロダクション全体《ぜんたい》の印象《いんしょう》が悪《わる》くなる。社長以下《しゃちょういか》、社員《しゃいん》も所属《しょぞく》タレントも、ダメージを受《う》けるんだ。その前《まえ》に止《と》めたい。」

高宮《たかみや》さんの瞳《ひとみ》に浮《う》かんだ潔癖《けっぺき》な輝《かがや》きに、私《わたし》は、心《こころ》を洗《あら》われるような気《き》がした。

スーパーアイドルになっても、それを維持《いじ》するのに必死《ひっし》でも、こんなことに巻《ま》きこまれて苦《くる》しい思《おも》いをしていても、なお高宮《たかみや》さんは周《まわ》りの人々《ひとびと》を気《き》にかけ、正《ただ》しい道《みち》を歩《ある》くことを忘《わす》れないんだ。

なんて強《つよ》くて、素敵《すてき》なんだろう!

「白木社長《しらきしゃちょう》はクールボーイの生《う》みの親《おや》だし、俺《おれ》たちメンバーとも親《した》しい。話《はな》せば、きっとわかってくれるはずだ。」

その時《とき》、私《わたし》たちの目《め》の前《まえ》で、家電《いえでん》が鳴《な》り出《だ》した。

高宮《たかみや》さんがディスプレイに視線《しせん》を落《お》とし、そこに表示《ひょうじ》されている番号《ばんごう》を見《み》て、私《わたし》に目《め》を上《あ》げる。

「裕樹《ゆうき》だ。俺《おれ》が出《で》ても、いい?」

私《わたし》が頷《うなず》くのを見《み》て、急《いそ》いで受話器《じゅわき》を取《と》り上《あ》げた。

「ああ俺《おれ》。留守電《るすでん》、聞《き》いたよな。おまえ、彼女《かのじょ》に会《あ》う? だったら同席《どうせき》させてくれ。聞《き》きたいことがあるんだ。」

お兄《にい》ちゃんが同意《どうい》したらしく、高宮《たかみや》さんはほっとしたような表情《ひょうじょう》になる。

「わかった。じゃ。」

そう言《い》って切《き》ろうとしたので、私《わたし》はあわててその手《て》に飛《と》びつき、受話器《じゅわき》を自分《じぶん》の方《ほう》に向《む》けた。

「お兄《にい》ちゃん？　前《まえ》に会《あ》った私《わたし》の仲間《なかま》たちを覚《おぼ》えてる？」

それは「消《き》えた自転車《じてんしゃ》は知《し》っている」の中《なか》でのことだった。

かなり前《まえ》だったんだけれど、意外《いがい》にもすぐ返事《へんじ》が返《かえ》ってきた。

「ああ、あの大胆《だいたん》なチビどもね。」

よし、高評価《こうひょうか》だ。

「その仲間《なかま》で今《いま》、原下美香《はらしたみか》さんのことを調《しら》べてるの。仲間《なかま》を代表《だいひょう》して私《わたし》が、お兄《にい》ちゃんと原下《はらした》さんの話《はなし》に参加《さんか》してもいい？　原下《はらした》さんのオッケイは取《と》ってあるから。」

ドキドキしながら返事《へんじ》を待《ま》っていると、お兄《にい》ちゃんはちょっと息《いき》をついた。

「あの時《とき》は、かなりおもしろかった。あんなことがもう一度《いちど》あってもいいと思《おも》ってる。なんでおまえがそこに首突《くびつ》っこんでるのかわからんが、原下本人《はらしたほんにん》がいいって言《い》ってんなら、まぁいいだろ。」

わっ、やった！

「後《あと》で事情《じじょう》、話《はな》せよ。」

ん、わかった。

「それにしても高宮《たかみや》まで揃《そろ》って、いったい何《なん》なんだ。確《たし》かにクラスメートに原下美香《はらしたみか》っているけど、俺《おれ》、今《いま》まで口利《くちき》いたこともないんだぜ。」

え、そうなのっ!?

「それがいきなり相談《そうだん》って、訳《わけ》がわからんな。まぁ家《いえ》まで訪《たず》ねてくるほど真剣《しんけん》なら、協力《きょうりょく》はするけどさ。」

へぇ、お兄《にい》ちゃんって意外《いがい》にいい人《ひと》なんだ、と私《わたし》はこの時《とき》、初《はじ》めて思《おも》った。

「でもあいつ、なんで俺《おれ》んち、知《し》ってんだ？」

さぁ・・・。

「それは、情報《じょうほう》がモレてるせい。」

高宮《たかみや》さんが笑《わら》いながら、私《わたし》の手《て》から受話器《じゅわき》を取《と》り上《あ》げた。

「中学《ちゅうがく》のクラスに高田《たかだ》って奴《やつ》、いただろ。おまえとは確《たし》か高校《こうこう》も同《おな》じはず。あいつが中高《ちゅうこう》の全生徒《ぜんせいと》の住所録作《じゅうしょろくつく》って、売《う》ったんだ。かなり儲《もう》けたらしいよ。」

受話器《じゅわき》から唸《うな》るような声《こえ》が零《こぼ》れてくる。

「くっそ、今度《こんど》、締《し》めてやる。」

それからお兄《にい》ちゃんと高宮《たかみや》さんは、じゃれるような会話《かいわ》を始《はじ》めたので、私《わたし》はそっと自分《じぶん》の部屋《へや》に引《ひ》き上《あ》げた。

で、着替《きか》えて手《て》を洗《あら》ってから、事件《じけん》ノートを訂正《ていせい》したり、新《あら》たな謎《なぞ》を書《か》き加《くわ》えたりしたんだ。

その2、サングラス女性《じょせい》の名前《なまえ》は原下美香《はらしたみか》、安田《やすだ》プロダクションの研修生《けんしゅうせい》。安田専務《やすだせんむ》と親《した》しかったが、今《いま》はトラブルを抱《かか》えているらしい。

その10、専務室《せんむしつ》の隣《となり》の部屋《へや》にいた共犯者《きょうはんしゃ》ミスターX《エックス》は、夏木健《なつきけん》である可能性《かのうせい》が高《たか》い。

「アーヤ、ちょっといい？」

ノックの音《おと》とともに高宮《たかみや》さんの声《こえ》がした。

私《わたし》はノートを閉《と》じて立《た》ち上《あ》がり、ドアを開《あ》ける。

高宮《たかみや》さんの、素敵《すてき》な笑顔《えがお》が見《み》えた。

「裕樹《ゆうき》は明日《あした》、学校《がっこう》が終《お》わってから原下美香《はらしたみか》に会《あ》うって言《い》ってる。俺《おれ》も同席《どうせき》するから、外《そと》だとマズいだろうということになって、この家《いえ》に呼《よ》んだらってとこまで話《はなし》が進《すす》んだんだけど、」

じゃ私《わたし》も、急《いそ》いで帰《かえ》ってこなくちゃ。

「1つ問題《もんだい》があって、それはお母《かあ》さんなんだ。彼女《かのじょ》と俺《おれ》たちが話《はな》してる間《あいだ》、外出《がいしゅつ》しててもらいたいんだけれど、いいアイディアある？」

私《わたし》は、ちょっと考《かんが》えてから答《こた》えた。

「私《わたし》の仲間《なかま》の黒木君《くろきくん》に頼《たの》んで、ママを連《つ》れ出《だ》してもらえばいいと思《おも》う。」

高宮《たかみや》さんは軽《かる》く頷《うなず》く。

「じゃ、それでいこう。その黒木君《くろきくん》に、裕樹《ゆうき》と連絡《れんらく》を取《と》り合《あ》って時間《じかん》を決《き》めるように言《い》ってくれないか。頼《たの》まれてくれる？」

もちろんっ！

「彩《あや》、」

下《した》からママの声《こえ》がした。

「お風呂《ふろ》、出《で》たわよ。さっさと入《はい》りなさい。」

高宮《たかみや》さんは私《わたし》に顔《かお》を寄《よ》せ、耳《みみ》に息《いき》がかかりそうなほど近《ちか》くでささやいた。

「じゃよろしく。お休《やす》み、アーヤ。」

う・・・ファンに知《し》れたら妬《ねた》み殺《ころ》されそう。

階段《かいだん》を降《お》りていく高宮《たかみや》さんを見送《みおく》って、私《わたし》はお風呂《ふろ》の用意《ようい》をした。

そしてママが自分《じぶん》の部屋《へや》にいることを確《たし》かめてから、急《いそ》いで若武《わかたけ》にかけたんだ。

留守電《るすでん》になっていたから、謎《なぞ》の2と10が変更《へんこう》になったことを伝《つた》え、その事情《じじょう》を付《つ》け加《くわ》えてから高宮《たかみや》さんに頼《たの》まれたことを話《はな》し、最後《さいご》に自分《じぶん》の頼《たの》みごとを吹《ふ》きこんだ。

「そういう訳《わけ》で、明日《あした》の放課後《ほうかご》、原下美香《はらしたみか》に会《あ》って話《はなし》を聞《き》くことになったんだけれど、私《わたし》、安田《やすだ》プロダクションの事情《じじょう》にあまり詳《くわ》しくないんだ。黒木君《くろきくん》が摑《つか》んでいる情報《じょうほう》を全部《ぜんぶ》、私《わたし》にレクチャーしてほしい。そう伝《つた》えて。」

黒木君《くろきくん》に直接電話《ちょくせつでんわ》をかけてもよかったんだけれど、たいてい留守電《るすでん》だし、これはKZ《カッズ》が調《しら》べている事件《じけん》で、そのリーダーは若武《わかたけ》だったから、命令系統《めいれいけいとう》を尊重《そんちょう》したんだ。

「急《いそ》いでね、よろしく。」

これで、よし！

明日《あした》になったら、事件《じけん》は劇的《げきてき》に進展《しんてん》するはず。

私《わたし》が失敗《しっぱい》さえしなければ、ね。

頑張《がんば》ろうっ！

## 22 なぜ息子《むすこ》に譲《ゆず》らなかったか

翌朝《よくあさ》、私《わたし》が着替《きが》えを終《お》え、朝食《ちょうしょく》を食《た》べようとして階段《かいだん》を降《お》りていくと、廊下《ろうか》で電話《でんわ》が鳴《な》った。

ママがダイニングから出《で》てきて受話器《じゅわき》を取《と》り上《あ》げ、こちらを向《む》く。

「彩《あや》、あなたによ。」

ダイニングに入《はい》りかけていた私《わたし》は、即《そく》、電話《でんわ》のところまで引《ひ》き返《かえ》した。

きっと若武《わかたけ》だと思《おも》いながら。

「朝《あさ》の忙《いそが》しい時《とき》に電話《でんわ》なんかかけてこないように、言《い》っときなさいよね。」

私《わたし》は、ママがダイニングのドアを閉《し》めるまで待《ま》ってから、電話《でんわ》に出《で》た。

「替《か》わりました。」

若武《わかたけ》の声《こえ》が耳《みみ》に届《とど》く。

「俺《おれ》。昨日《きのう》はサンクス。短《みじか》い時間《じかん》で、よくそこまで調《しら》べたよな。」

えっと、幸運《こううん》の女神《めがみ》の助《たす》けによって、だよ。

「ずっと黒木《くろき》に連絡《れんらく》してて、さっきやっとつながった。これからそっちに行《い》くって。」

これからっ!?

私《わたし》まだ、朝食《ちょうしょく》食《た》べてないんだけど・・・。

「おまえんちの近《ちか》くに公園《こうえん》があったろ。あそこだ。もう黒木《くろき》は家《いえ》を出《で》てる。おまえもすぐ行《い》け。じゃあな。」

それだけ言《い》うなり、ブツッと切《き》れた。

黒木君《くろきくん》、こっちまで来《き》てくれるんだ。

悪《わる》いな。

あの公園《こうえん》なら、私《わたし》はちょっと歩《ある》くだけだけれど、黒木君《くろきくん》は駅《えき》から往復《おうふく》したあげくに、学校《がっこう》に行《い》かなくちゃならないんだもの。

よし、私《わたし》も犠牲《ぎせい》を払《はら》おう、朝食《ちょうしょく》は諦《あきら》める!

ダイニングにいるママの様子《ようす》をうかがい、高宮《たかみや》さんと楽《たの》しそうに話《はな》しているのを確《たし》かめてから、こっそり玄関《げんかん》を出《で》た。

いつも家《いえ》で着《き》ている服《ふく》のままだったけれど、着替《きか》えてたら黒木君《くろきくん》を待《ま》たせるかもしれないし、ママに気《き》づかれるかもしれない。

いいや、黒木君《くろきくん》は、私《わたし》の服《ふく》を見《み》に来《く》るわけじゃないし。

公園《こうえん》に入《はい》り、ベンチに腰《こし》かけて待《ま》つ。

やがて駅《えき》に近《ちか》い出入《でい》り口《ぐち》の方《ほう》で、派手《はで》なブレーキ音《おん》がいくつも上《あ》がり、並木《なみき》の角《かど》から若武《わかたけ》たちの姿《すがた》が現《あらわ》れた。

え・・・皆《みな》で来《き》たんだ、黒木君《くろきくん》だけでよかったのに。

そう思《おも》いながら、駆《か》け寄《よ》ってくるメンバーを見《み》ていた。

ほとんどひと塊《かたまり》になって走《はし》ってくる様子《ようす》は、とても颯爽《さっそう》としていてカッコよかった。

ただ1人《ひとり》遅《おく》れている小塚君《こづかくん》を除《のぞ》いて・・・。

「お待《ま》たせ。」

若武《わかたけ》が言《い》い、大《おお》きな息《いき》をつきながら両手《りょうて》で髪《かみ》をかき上《あ》げる。

誰《だれ》の額《ひたい》にも汗《あせ》がにじみ、荒々《あらあら》しく肩《かた》を上下《じょうげ》させていた。

「黒木《くろき》、時間《じかん》ないぞ。早《はや》く話《はな》せ。」

若武《わかたけ》に言《い》われて、黒木君《くろきくん》は上杉君《うえすぎくん》と翼《たすく》の間《あいだ》をかき分《わ》け、私《わたし》の前《まえ》に出《で》た。

「安田《やすだ》プロダクションの決算公告《けっさんこうこく》を見《み》たよ。」

そう言《い》いながら自信《じしん》に満《み》ちた笑《え》みを浮《う》かべる。

「だけど、どうも納得《なっとく》できない部分《ぶぶん》があったから、取締役会用《とりしまりやくかいよう》の調査報告書《ちょうさほうこくしょ》を入手《にゅうしゅ》したんだ。白《しら》木由美《きゆみ》が社長《しゃちょう》になってすぐ調《しら》べさせたものだ。取締役会《とりしまりやくかい》に提出《ていしゅつ》されたんだけど、社外秘《しゃがいひ》扱《あつか》いにされ、表《おもて》に出《で》なかったらしい。」

それを聞《き》いて、私《わたし》は、白木社長《しらきしゃちょう》の言葉《ことば》を思《おも》い出《だ》した。

確《たし》か、報告書《ほうこくしょ》が上《あ》がってきたら、今度《こんど》こそ絶対《ぜったい》に公表《こうひょう》します、と言《い》っていた。

あの言葉《ことば》には、最初《さいしょ》の報告書《ほうこくしょ》を公表《こうひょう》できなかった恨《うら》みがこもってたんだ。

「それでようやくわかったよ。謎《なぞ》の9、3代目《だいめ》の社長《しゃちょう》は、どうして息子《むすこ》でなく妹《いもうと》を後継者《こうけいしゃ》に選《えら》んだのか。」

わかったんだ、すごいっ！

なんでっ⁉

「安田《やすだ》プロダクションは、3代目《だいめ》の社長《しゃちょう》になった時《とき》から巨額《きょがく》の不動産《ふどうさん》を大量《たいりょう》に購入《こうにゅう》し始《はじ》めた。都内《とない》のオフィスビル12億《おく》4000万《まん》、郊外《こうがい》のゴルフ場隣接地《じょうりんせつち》28億《おく》、観光地《かんこうち》の老舗旅館《しにせりょかん》20億《おく》、ハワイの別荘《べっそう》18億《おく》3000万《まん》など、合計《ごうけい》20件《けん》、総額《そうがく》300億《おく》だ。このうちの半数以上《はんすういじょう》が焦《こ》げ付《つ》いている。つまり買《か》ったものの、売《う》れないってことだ。この不適切《ふてきせつ》な取引《とりひき》を主導《しゅどう》したのは、経理部長《けいりぶちょう》でもある安田専務《やすだせんむ》。で、ここからがおもしろいんだけどさ、」

そう言《い》いながらニヤッと笑《わら》った。

「この多額《たがく》の不動産《ふどうさん》、誰《だれ》から買《か》ってると思《おも》う？」

さぁ。

「都内《とない》の不動産会社《ふどうさんがいしゃ》だ。その会社《かいしゃ》の社長《しゃちょう》の名前《なまえ》は、夏木健《なつきけん》。」

わっ！

「で、夏木健《なつきけん》を調《しら》べた。安田専務《やすだせんむ》のロックバンド仲間《なかま》だってことは、前《まえ》に言《い》っただろ。バンドが解散《かいさん》してからは自分《じぶん》の父親《ちちおや》の不動産会社《ふどうさんがいしゃ》に入《はい》り、父《ちち》の死後《しご》に社長《しゃちょう》になっている。ところが経営《けいえい》に失敗《しっぱい》、多《おお》くの不良不動産《ふりょうふどうさん》を抱《かか》えこんで倒産寸前《とうさんすんぜん》だったんだ。その頃《ころ》、テレビで『1夜限《いちやかぎ》りラウドス復活《ふっかつ》』という企画《きかく》があって、現場《げんば》で夏木《なつき》と安田《やすだ》が顔《かお》を合《あ》わせた。この時《とき》から2人《ふたり》は再《ふたた》び付《つ》き合《あ》うようになっている。当時《とうじ》、安田《やすだ》プロダクションの社長《しゃちょう》の座《ざ》には、安田《やすだ》の父親《ちちおや》が座《すわ》っていた。その後《ご》まもなく、この父親《ちちおや》がフィリピンで殺《ころ》される。葬儀《そうぎ》では、夏木《なつき》が葬儀委員長《そうぎいいんちょう》を務《つと》めた。これは、夏木《なつき》と安田《やすだ》がかなり親《した》しくなっていたことを示《しめ》すものだ。この後《あと》、安田《やすだ》が専務《せんむ》になり、さっきの不動産購入《ふどうさんこうにゅう》が始《はじ》まる。買《か》ったのはすべて、夏木《なつき》が抱《かか》えていた不良不動産《ふりょうふどうさん》だ。このせいで安田《やすだ》プロダクションは、またも大《おお》きな負債《ふさい》を抱《かか》えた。」

じゃ社内《しゃない》で行《おこな》われていた不正《ふせい》っていうのは、その不適切《ふてきせつ》な不動産取引《ふどうさんとりひき》のことだったんだね。

「3代目《だいめ》の社長《しゃちょう》は、この2人《ふたり》の関係《かんけい》に気《き》づいたんだろう。それで、こんな息子《むすこ》に会社《かいしゃ》を任《まか》せられないと考《かんが》えて、自分《じぶん》の妹《いもうと》である白木由美《しらきゆみ》に譲《ゆず》ったんじゃないかな。」

うん、完璧《かんぺき》に納得《なっとく》！

「社長《しゃちょう》になった白木由美《しらきゆみ》は、安田専務《やすだせんむ》と夏木健《なつきけん》の関係《かんけい》を切《き》るため、独自《どくじ》の調査《ちょうさ》をし、その報告書《ほうこくしょ》を取締役会《とりしまりやくかい》に持《も》ちこんだ。ところが取締役会《とりしまりやくかい》は、プロダクションの創業者《そうぎょうしゃ》の孫《まご》である安田専務《やすだせんむ》が大《おお》きく絡《から》んでいることから、スキャンダルを恐《おそ》れて、これを社外秘《しゃがいひ》にしちまったんだ。で、白木《しらき》社長《しゃちょう》は今《いま》、新《あたら》しく第三者委員会《だいさんしゃいいんかい》を立《た》ち上《あ》げて、徹底的《てっていてき》に追及《ついきゅう》しようとしている。2人《ふたり》をこのままにしておいたら安田《やすだ》プロダクションに未来《みらい》はないと考《かんが》えたんだろうな。」

冷静《れいせい》な社長《しゃちょう》だよね。

でも安田専務《やすだせんむ》は、何《なん》だって自分《じぶん》の会社《かいしゃ》の不利《ふり》になるような取引《とりひき》を続《つづ》けてきたんだろう。倒産寸前《とうさんすんぜん》の会社《かいしゃ》を持《も》つ夏木健《なつきけん》に同情《どうじょう》し、助《たす》けるつもりだったんだろうか。

「よし、謎《なぞ》の9は解決《かいけつ》だ。」

若武《わかたけ》が宣言《せんげん》でもするかのように高《たか》らかに言《い》った。

「謎《なぞ》の11である夏木健《なつきけん》についても、ほぼわかった。アーヤ、残《のこ》っている謎《なぞ》は？」

手元《てもと》にノートがなかったので、私《わたし》は記憶《きおく》を頼《たよ》りに必死《ひっし》で話《はなし》をまとめなければならなかった。

「謎《なぞ》の2、原下美香《はらしたみか》と安田専務《やすだせんむ》の関係《かんけい》。謎《なぞ》の5、安田専務《やすだせんむ》はなぜクリスを盗《ぬす》んだのか。謎《なぞ》の6、クリスは専務《せんむ》の机《つくえ》の上《うえ》に置《お》かれた後《あと》どこにいったのか。謎《なぞ》の10、専務室《せんむしつ》の隣《となり》の部屋《へや》にいた共犯者《きょうはんしゃ》ミスターX《エックス》は、夏木健《なつきけん》である可能性《かのうせい》が高《たか》いが確証《かくしょう》は掴《つか》めていない。謎《なぞ》の11、原下美香《はらしたみか》とはどういう人物《じんぶつ》なのか。」

そこでいったん切《き》ってから、今《いま》、新《あら》たに浮上《ふじょう》した謎《なぞ》を付《つ》け加《くわ》えた。

「謎《なぞ》の12、安田専務《やすだせんむ》は、なぜ夏木《なつき》の不動産《ふどうさん》を買《か》い続《つづ》けたのか、以上《いじょう》6点《てん》です。」

若武《わかたけ》は大《おお》きく頷《うなず》く。

「アーヤ、原下美香《はらしたみか》に会《あ》ったら、探《さぐ》れるだけ探《さぐ》れ。今《いま》これができるのは、おまえだけなんだ。頼《たの》んだぞ。」

私《わたし》は、自分《じぶん》にかかってきた責任《せきにん》の大《おお》きさを噛《か》みしめ、身震《みぶる》いした。

わかった、頑張《がんば》るよ！

「俺《おれ》は、七鬼《ななき》たちに合流《ごうりゅう》する。全員《ぜんいん》でクリスの行方《ゆくえ》を追《お》うつもりだ。」

ん！

「黒木《くろき》は今日午後《きょうごご》4時《じ》に、おまえのお母《かあ》さんを連《つ》れ出《だ》す。」

ゴックン。

「で、その留守《るす》に原下美香《はらしたみか》とお兄《にい》さんがおまえの家《いえ》に行《い》く。KAITO《カイト》は在宅《ざいたく》だろうけど、おまえは学校《がっこう》だろ。急《いそ》いで帰《かえ》ってこいよ。」

ううっ、遅《おく》れないようにしないと！

「おまえの働《はたら》きが、この事件《じけん》を左右《さゆう》する。粉骨砕身《ふんこつさいしん》、努力《どりょく》するんだ。いいな。」

そう言《い》って若武《わかたけ》は右手《みぎて》を出《だ》した。

そんなことは、今《いま》まであまりなかったから、私《わたし》は思《おも》わず立《た》ち上《あ》がり、緊張《きんちょう》しながらその手《て》を握《にぎ》った。

「頑張《がんば》れよ！」

若武《わかたけ》は手《て》に力《ちから》をこめ、飛《と》びきりの笑顔《えがお》を作《つく》る。

その手《て》が離《はな》れると、今度《こんど》は上杉君《うえすぎくん》が進《すす》み出《で》て、右手《みぎて》を出《だ》した。

「何《なに》かあったら、すぐ連絡《れんらく》しろな。」

次《つぎ》には翼《たすく》、小塚君《こづかくん》、忍《しのぶ》、そして最後《さいご》に黒木君《くろきくん》が手《て》を伸《の》ばす。

「真相解明《しんそうかいめい》まで、あと一歩《いっぽ》だ。お互《たが》いに力《ちから》をつくそう。」

握手《あくしゅ》を交《か》わしながら、その時初《ときはじ》めて、私《わたし》にはわかった。

皆《みな》がここまでやってきたのは、私《わたし》を励《はげ》ますためだったんだって。

「いけねっ、時間大幅《じかんおおはば》に超過《ちょうか》だ。諸君《しょくん》、引《ひ》き上《あ》げるぞっ！」

若武《わかたけ》の大声《おおごえ》で、全員《ぜんいん》がいっせいに回《まわ》れ右《みぎ》をし、公園《こうえん》の出入《でい》り口《ぐち》に向《む》かって駆《か》け出《だ》す。

その姿《すがた》が並木《なみき》の向《む》こうに消《き》え、やがて自転車《じてんしゃ》のスタンドを撥《は》ね上《あ》げる音《おと》が立《た》て続《つづ》けに響《ひび》いてきた。

それを聞《き》きながら、私《わたし》は心《こころ》に誓《ちか》ったんだ。

何《なに》があっても乗《の》り越《こ》えて、絶対《ぜったい》にうまくやってみせるって！

## 23　共犯《きょうはん》じゃない

それで学校《がっこう》にいる間中《あいだじゅう》、帰《かえ》ることばかり考《かんが》えていた。

放課後《ほうかご》のホームルームが終《お》わると、即《そく》、昇降口《しょうこうぐち》へっ！

自分《じぶん》の全身《ぜんしん》から、話《はな》しかけるなオーラを発《はっ》しつつ、視線《しせん》を伏《ふ》せてひたすら足《あし》を動《うご》かし、無事《ぶじ》に校門《こうもん》を出《で》た時《とき》にはほっとした。

いつもと同《おな》じ経路《けいろ》で駅《えき》に向《む》かい、そこから電車《でんしゃ》、降《お》りてからは一心《いっしん》に自転車《じてんしゃ》を飛《と》ばして家《いえ》に驀地《まっしぐら》っ！

「ただいま。」

玄関《げんかん》のドアを開《あ》けると、お兄《にい》ちゃんのハイカットのバッシュと、見慣《みな》れない女物《おんなもの》の靴《くつ》があった。

ダイニングの方《ほう》から人《ひと》の気配《けはい》がする。

私《わたし》はそっと2階《かい》に上《あ》がり、服《ふく》を着替《きか》えて手《て》を洗《あら》ってから降《お》りてきて、ダイニングのドアを開《あ》けた。

そこには、お兄《にい》ちゃんと原下美香《はらしたみか》、高宮《たかみや》さんの3人《にん》が顔《かお》を揃《そろ》えていた。

「よし、始《はじ》めるぞ。」

お兄《にい》ちゃんがそう言《い》い、私《わたし》はあわててテーブルにつく。

「まず原下美香《はらしたみか》、俺《おれ》に相談《そうだん》って、なんだ？」

原下美香《はらしたみか》は、まだサングラスをかけたままだった。

「安田《やすだ》プロダクションのことを聞《き》きたかったの。あそこの社長《しゃちょう》って、信頼《しんらい》できる人《ひと》？」

お兄《にい》ちゃんは、その目《め》に切《き》りこむような光《ひかり》を浮《う》かべた。

「なんで、そんなこと知《し》りたいんだ。まず、おまえのこと全部《ぜんぶ》話《はな》せよ。」

原下美香《はらしたみか》は、しばらく黙《だま》っていて、渋々口《しぶしぶくち》を開《ひら》く。

「私《わたし》、安田《やすだ》プロダクションの研修生《けんしゅうせい》になってたんだけど、」

そう言《い》いながらサングラスを取《と》った。

それまで隠《かく》れていた目元《めもと》や鼻《はな》の付《つ》け根《ね》、頬《ほお》が露《あらわ》になり、皆《みな》が一瞬《いっしゅん》、息《いき》を呑《の》む。

そこに、茶褐色《ちゃかっしょく》の大《おお》きな染《し》みがあったんだ。

「鼻《はな》が低《ひく》いから整形《せいけい》した方《ほう》がいいって指導《しどう》を受《う》けて、紹介《しょうかい》された美容外科《びようげか》に行《い》ってプチ整形《せいけい》したんだ。そしたら皮膚《ひふ》が壊死《えし》してしまって、」

痛々《いたいた》しくて、私《わたし》は目《め》を背《そむ》けた。

自分《じぶん》の顔《かお》がそんなふうになってしまったら、どんなにショックだろうと思《おも》いながら。

「鼻《はな》の付《つ》け根《ね》の骨膜《こつまく》に、フィラーっていうジェル状《じょう》の隆鼻剤《りゅうびざい》を入《い》れたんだ。ヒアルロン酸《さん》を入《い》れるより長持《ながも》ちするからって言《い》われたから。でも、それが血管《けっかん》に入《はい》って血流《けつりゅう》を止《と》めてしまって、目《め》が見《み》えなくなった。ステロイド治療《ちりょう》で視力《しりょく》は回復《かいふく》したんだけれど、皮膚《ひふ》の色《いろ》はどうしようもなくって。」

高宮《たかみや》さんが、信《しん》じられないといったように首《くび》を横《よこ》に振《ふ》る。

「それは医療事故《いりょうじこ》だよ。そのこと、プロダクションに話《はな》したの？」

原下美香《はらしたみか》は、苦《くる》しげに顔《かお》をゆがめた。

「私《わたし》、正規《せいき》の研修生《けんしゅうせい》じゃないんだ。登録料《とうろくりょう》とか全然払《ぜんぜんはら》ってないし。いわばモグリだから、言《い》えなくって。」

モグリの研修生《けんしゅうせい》なんて、あるんだ。

「どういうカラクリだよ。」

お兄《にい》ちゃんが、突《つ》っこむような声《こえ》を出《だ》した。

「登録料《とうろくりょう》を無料《むりょう》にしてもらう代《か》わりに、おまえ、何《なに》かしたんだろ。誰《だれ》に、何《なに》させられてたんだ!?」

原下美香《はらしたみか》は、泣《な》き出《だ》しそうな顔《かお》になる。

「専務《せんむ》の安田《やすだ》さんに頼《たの》まれて、金《きん》の密輸《みつゆ》の手伝《てつだ》いをしてた。」

私《わたし》は、突《つ》っ立《た》ちそうになってしまった。

そうだったんだ!

「10代《だい》の女《おんな》の子《こ》なら税関《ぜいかん》も疑《うたが》わないからって、マカオで買《か》った金《きん》の延《の》べ棒《ぼう》を、私《わたし》が体《からだ》に巻《ま》き付《つ》けて日本《にほん》に持《も》ちこんでたの。」

そのために安田専務《やすだせんむ》は、原下美香《はらしたみか》を旅行《りょこう》に同行《どうこう》してたんだね。

「研修生《けんしゅうせい》になる契約《けいやく》のために宇田川町《うだがわちょう》のプロダクションビルに行《い》った時《とき》、ロビーでたまたま安田《やすだ》さんとすれ違《ちが》って・・・私《わたし》のお母《かあ》さんがラウドスのファンで写真集《しゃしんしゅう》もたくさん持《も》ってて、CD《シーディー》とかもよく聞《き》いてて、私《わたし》も好《す》きだったたし、その時《とき》は安田《やすだ》さんだけじゃなくて夏木《なつき》さんもいたから、思《おも》わず声《こえ》をかけたんだ、ファンですって。スマホの番号聞《ばんごうき》かれて、すごくうれしくって教《おし》えたら、その後《ご》、安田《やすだ》さんから連絡《れんらく》があって、仕事《しごと》の手伝《てつだ》いをしてくれれば、無料《むりょう》で研修生《けんしゅうせい》にするって言《い》われた。夢《ゆめ》みたいだった。断《ことわ》れるはずないよ。私《わたし》ん家《ち》、そんなに裕福《ゆうふく》じゃないし。」

そうかぁ・・・。

「顔《かお》がこんなことになってしまって、頼《たよ》れるのは安田《やすだ》さんしかいなかったから相談《そうだん》にいったんだ。でも安田《やすだ》さんは、まぁ不幸《ふこう》だと思《おも》うしかないねって、私《わたし》がびっくりするほど軽《かる》くスルーした。」

ああ、するかもなぁ。

「全然《ぜんぜん》、親身《しんみ》になってくれないんだ。あの美容外科《びようげか》の腕《うで》がよくないことはわかってるんだけど、契約料《けいやくりょう》が安《やす》いからねとか、その顔《かお》じゃデビューは無理《むり》だから諦《あきら》めれば、とか言《い》われた。ひどすぎるよ。だから私《わたし》、このプチ整形《せいけい》をした医者《いしゃ》と、紹介《しょうかい》した安田《やすだ》プロダクションを訴《うった》えるって言《い》ったんだ。そしたら、インドネシアで博物館《はくぶつかん》から神剣《しんけん》クリスを盗《ぬす》んだことを警察《けいさつ》に通報《つうほう》するって言《い》われた。」

え・・・それ、あなただったのっ!?

「私《わたし》はムッとして、そんなこと言《い》うんなら、金《きん》の密輸《みつゆ》をバラすって言《い》ったんだけど、それにはおまえも一枚《いちまい》嚙《か》んでるだろって逆《ぎゃく》に脅《おど》された。俺《おれ》は警察《けいさつ》とも親《した》しいし、何《なん》とでも言《い》い逃《のが》れられるけど、おまえは無理《むり》だろうって。」

お兄《にい》ちゃんが、まいったといったように大《おお》きな息《いき》をつく。

「おまえさぁ、自分《じぶん》の人生《じんせい》、迷走《めいそう》しててね？　犯罪《はんざい》、しまくってんじゃん。」

原下美香《はらしたみか》は、後《うし》ろめたそうに目《め》を伏《ふ》せた。

「言《い》われた通《とお》りにしてただけだよ・・・」

お兄《にい》ちゃんが声《こえ》を大《おお》きくする。

「言《い》われた通《とお》りって、それじゃまずいだろ。なんで他人《たにん》の言《い》いなりなんだ。自分《じぶん》で考《かんが》えて判断《はんだん》できないのかよ。」

すごく怒《おこ》っていた。

きっと真剣《しんけん》に原下美香《はらしたみか》の相談《そうだん》に乗《の》ろうとしていたんだ。

だから、あまりにもイージーな生《い》き方《かた》を聞《き》いて、怒《いか》りを止《と》められないのに違《ちが》いない。

お兄《にい》ちゃんってすごく真面目《まじめ》で、いい人《ひと》なのかもしれない、かなり恐《こわ》いけど。

「だって・・・」

そう言《い》って原下美香《はらしたみか》は黙《だま》りこみ、その場《ば》に沈黙《ちんもく》が広《ひろ》がった。

私《わたし》は今《いま》だと思《おも》い、身《み》を乗《の》り出《だ》す。

「盗《ぬす》んだクリスは、その後《あと》、どうなったんですか?」

原下美香《はらしたみか》は、あまり関心《かんしん》がなさそうで、どうでもいいといったような答《こた》え方《かた》をした。

「夏木《なつき》さんが持《も》ってる。銀行《ぎんこう》の貸《か》し金庫《きんこ》に入《い》れてあるみたい。」

うっ、貸《か》し金庫《きんこ》かぁ。

銀行《ぎんこう》じゃ、警備《けいび》が厳重《げんじゅう》だよね。

神事《しんじ》を行《おこな》わなかったら呪《のろ》いが復活《ふっかつ》するなんて、銀行《ぎんこう》の人《ひと》に言《い》っても相手《あいて》にしてくれないだろうし。

となったら、私《わたし》たちKZ《カッズ》にできることは・・・クリスを奪取《だっしゅ》するための銀行襲撃《ぎんこうしゅうげき》っ!?

「最初《さいしょ》に夏木《なつき》さんが、インドネシアに呪《のろ》いのクリスがあるって情報《じょうほう》を持《も》ってきたんだ。夏木《なつき》さんは呪《のろ》いとか怨霊《おんりょう》とか、超現実的《ちょうげんじつてき》な力《ちから》をすごく信《しん》じる人《ひと》なんだよ。フィリピンに行《い》った時《とき》には、こっそり銃《じゅう》を買《か》ってたから、武器《ぶき》が好《す》きってこともあると思《おも》うけど。」

夏木健《なつきけん》は、銃《じゅう》を持《も》ってるんだ!

「呪《のろ》いのクリスを何《なん》としてでも手《て》に入《い》れたいって夏木《なつき》さんが言《い》ったんで、安田《やすだ》さんが博物館《はくぶつかん》と交渉《こうしょう》した。でもダメだったんだ。それで夏木《なつき》さんが、じゃ盗《ぬす》めよって言《い》い出《だ》した。」

さらっとそんなことを言《い》うなんて、すごく危《あぶ》ない人《ひと》だと私《わたし》は思《おも》った。

絶対《ぜったい》、真面《まとも》じゃない。

「博物館《はくぶつかん》のセキュリティが甘《あま》いことがわかって、安田《やすだ》さんが囮《おとり》になり、怪《あや》しげな行動《こうどう》をして警備員《けいびいん》の目《め》を引《ひ》いている間《あいだ》に、私《わたし》が盗《ぬす》み出《だ》した。日本《にほん》まで持《も》って帰《かえ》ったのも、私《わたし》だよ。警察《けいさつ》の捜査《そうさ》の手《て》が伸《の》びるかもしれないから、しばらくの間《あいだ》おまえの家《いえ》に隠《かく》しとけって言《い》われて、そうした。その間《あいだ》に私《わたし》はプチ整形《せいけい》して、ひどいことになってしまって、安田《やすだ》さんに相談《そうだん》に行《い》かなくちゃと思《おも》ってたら、クリスを専務室《せんむしつ》に持《も》ってこいって言《い》われたの。先週《せんしゅう》の土曜日《どようび》だよ。」

それは、私《わたし》たちが専務室《せんむしつ》を訪《たず》ねた日《ひ》だった。

「専務室《せんむしつ》に行《い》くと、夏木《なつき》さんが待《ま》っててクリスを受《う》け取《と》ったんだ。その後《あと》で、私《わたし》は安田《やすだ》さんにプチ整形《せいけい》の話《はなし》を持《も》ち出《だ》したんだけど、安田《やすだ》さんがあんまりな態度《たいど》だったから、悪態《あくたい》をついて飛《と》び出《だ》したわけ。」

私《わたし》たちが専務室《せんむしつ》に入《はい》ったのは、その直後《ちょくご》だった。

「その時《とき》、夏木《なつき》さん、怪我《けが》していましたか？」

私《わたし》が聞《き》くと、原下美香《はらしたみか》は思《おも》い出《だ》したように頷《うなず》いた。

「ん、インドネシアで、盗《ぬす》んだクリスを握《にぎ》って磨《みが》いていた時《とき》、誤《あやま》って手首《てくび》を切《き》ったんだ。その日《ひ》も包帯《ほうたい》をしてたと思《おも》う。」

専務室《せんむしつ》の隣《となり》の部屋《へや》にいたミスターX《エックス》は、夏木健《なつきけん》だ、間違《まちが》いない！

でもその時《とき》、クリスもそこにあったはずなのに、なぜ翼《たすく》は、臭《にお》いに気《き》づかなかったんだろう。

「クリスには鞘《さや》がなくて、すごく危《あぶ》なかったんだ。それで夏木《なつき》さんが現地《げんち》で、革《かわ》の鞘《さや》と革《かわ》の箱《はこ》を作《つく》らせた。ビニールでコーティングされているすっごく頑丈《がんじょう》な奴《やつ》。」

あ、それで臭《にお》いが外《そと》に漏《も》れなかったんだ。

「私《わたし》はその箱《はこ》ごと持《も》ち運《はこ》んでいたんだ。専務室《せんむしつ》では、夏木《なつき》さんが箱《はこ》を開《あ》けて中《なか》を確《たし》かめたけれど、前《まえ》に怪我《けが》をしたから相当懲《そうとうこ》りてたらしくて、箱《はこ》から出《だ》して机《つくえ》の上《うえ》に置《お》くのに、革《かわ》の手袋《てぶくろ》をしてたよ。」

それで机《つくえ》の上《うえ》だけに臭《にお》いが付《つ》いたんだね。

「で、さぁ、」

原下美香《はらしたみか》は、自分《じぶん》にとってどうでもいい話《はなし》を早《はや》く切《き》り上《あ》げたかったらしく、大《おお》きな声《こえ》を出《だ》した。

「私《わたし》、どうしたらいいの？　安田《やすだ》さんが頼《たよ》りにならないなら、あとは、安田《やすだ》さんより上《うえ》にいる白《しら》木社長《きしゃちょう》に訴《うった》えるしかないんだけど、安田《やすだ》さんと白木社長《しらきしゃちょう》は親戚《しんせき》なんだ。訴《うった》えても、もみ消《け》されるかもしれない。白木社長《しらきしゃちょう》は、どういう人《ひと》なの。私《わたし》の味方《みかた》になってくれるかどうか、その辺《へん》を聞《き》きたかったんだ。それと、他《ほか》にいい手《て》があるかどうかかも。」

私《わたし》は、力《ちから》をこめて答《こた》えた。

「白木社長《しらきしゃちょう》は今《いま》、安田専務《やすだせんむ》と対立《たいりつ》しています。安田専務《やすだせんむ》は、白木社長《しらきしゃちょう》を脅《おど》している。だからあなたが白木社長《しらきしゃちょう》に訴《うった》えれば、きっと聞《き》いてもらえると思《おも》います。」

原下美香《はらしたみか》は、ほっとしたらしく表情《ひょうじょう》を緩《ゆる》める。

「よかった。ありがと。」

そう言《い》いながら、薄《うす》ら笑《わら》いを浮《う》かべた。

「でも安田《やすだ》さんが白木社長《しらきしゃちょう》を脅《おど》してるって、笑《わら》っちゃうね。自分《じぶん》だって脅《おど》されてるのにさ。」

思《おも》ってもみないことだった。

「安田専務《やすだせんむ》って脅《おど》されてるんですか、誰《だれ》に？」

原下美香《はらしたみか》は、見《み》え見《み》えだろうといったような顔《かお》つきになった。

「夏木《なつき》さんにだよ。」

えっ!?

「ほとんど支配《しはい》されてるって言《い》ってもいいくらい。」

私《わたし》は言葉《ことば》を失《うしな》った。

だって2人《ふたり》はバンド時代《じだい》からの仲間《なかま》で、共犯《きょうはん》なんじゃないのっ!?

絶句《ぜっく》していると、原下美香《はらしたみか》は、そんなこともわからないのかといったような溜《た》め息《いき》をついた。

「夏木《なつき》さんは会社《かいしゃ》がうまくいかなくて、金《かね》に困《こま》ってたんだ。そんな時《とき》、昔《むかし》のバンド仲間《なかま》だった安《やす》田《だ》さんに再会《さいかい》して、すごく妬《ねた》んだんだよ。」

妬《ねた》んだ?

「バンド時代《じだい》はお互《たが》いに社長《しゃちょう》の息子《むすこ》で、同《おな》じ立場《たちば》だったのに、久《ひさ》しぶりに会《あ》ったら夏木《なつき》さんは破《は》産寸前《さんすんぜん》、安田《やすだ》さんは相変《あいか》わらずのお坊《ぼっ》ちゃんだったからさ。夏木《なつき》さんは、安田《やすだ》さんを利用《りよう》しようとして、友《とも》だちのふりをして近《ちか》づいたんだ。側《はた》から見《み》てたら、すぐわかったよ。でも安田《やすだ》さんは甘《あま》いし、軽《かる》いからさ、食事《しょくじ》をおごったり旅行《りょこう》に連《つ》れていったり金《かね》を貸《か》したりしたあげく、自分《じぶん》が金《きん》の密輸《みつゆ》をしてることをポロッと話《はな》しちゃって、それで脅《おど》されるようになったんだ。夏木《なつき》さんは、金《きん》の密輸《みつゆ》をバラすってチラつかせながら、自分《じぶん》の抱《かか》えている売《う》れない不動産《ふどうさん》を次々《つぎつぎ》と安田《やすだ》さんに売《う》りつけたんだよ。」

私《わたし》は、目《め》から鱗《うろこ》が落《お》ちるような気分《きぶん》だった。

その時《とき》、これまで考《かんが》えてきた2人共犯説《ふたりきょうはんせつ》は、根底《こんてい》から覆《くつがえ》されたのだった。

安田専務《やすだせんむ》は脅《おど》され、引《ひ》きずられていただけだったんだ。

会社《かいしゃ》に不利益《ふりえき》をもたらすことを知《し》りながら、金《きん》の密輸《みつゆ》を隠《かく》しておきたい一心《いっしん》で、夏木健《なつきけん》の言《い》うなりになり、多《おお》くの不動産《ふどうさん》を買《か》い入《い》れていた。

第三者委員会《だいさんしゃいいんかい》の調査《ちょうさ》ですべてが明《あか》るみに出《で》れば、夏木健《なつきけん》の名前《なまえ》も当然《とうぜん》、浮上《ふじょう》する。

それで夏木健《なつきけん》は白木社長《しらきしゃちょう》を脅迫《きょうはく》し、第三者委員会《だいさんしゃいいんかい》を解散《かいさん》させようとしたんだ。脅《おど》されていた安田専務《やすだせんむ》は、それに同調《どうちょう》したんだろう。

2人《ふたり》の関係《かんけい》は共犯《きょうはん》ではなく、主従《しゅじゅう》だったんだ。

「夏木《なつき》さんはアメとムチの使《つか》い方《かた》がうまくてさ、脅《おど》しながら時々《ときどき》は優《やさ》しくする。不動産《ふどうさん》を売《う》りつけた時《とき》には、安田専務《やすだせんむ》に現金《げんきん》でキックバックしてたし、折《おり》に触《ふ》れてバンド時代《じだい》の話《はなし》を持《も》ち出《だ》して、自分《じぶん》たちがどのくらい心《こころ》を1つにしていたのかを思《おも》い出《だ》させるんだ。安田《やすだ》さんは軽《かる》いから、ついそれに引《ひ》きこまれて友情《ゆうじょう》を復活《ふっかつ》させる。完全《かんぜん》に操《あやつ》られてたんだよ。夏木《なつき》さんは、安田《やすだ》さんから絶対《ぜったい》、離《はな》れないだろうね。まるで蛭《ひる》みたいにくっついて、吸《す》い取《と》れるものは全部《ぜんぶ》、吸《す》い取《と》ろうとしてるもん。」

ああ安田専務《やすだせんむ》、かわいそう。

でも自己責任《じこせきにん》だよね、軽《かる》すぎるからいけないんだよ。

「おまえさぁ、」

お兄《にい》ちゃんが手《て》を伸《の》ばし、原下美香《はらしたみか》の頭《あたま》を小突《こづ》いた。

「夏木《なつき》のことも安田《やすだ》のことも、当面《とうめん》、放《ほ》っとけよ。今《いま》おまえに必要《ひつよう》なのは、自分《じぶん》のやってきたことをちゃんと反省《はんせい》することだろ。密輸《みつゆ》の手助《てだす》けと神剣《しんけん》クリス窃盗《せっとう》、わかってんのか。」

原下美香《はらしたみか》は、お兄《にい》ちゃんを見《み》つめる。

「裕樹《ゆうき》が見守《みまも》っててくれるなら、ちゃんと反省《はんせい》できると思《おも》うけど、どう?」

お兄《にい》ちゃんは再《ふたた》び、原下美香《はらしたみか》を小突《こづ》いた。

「さっきから聞《き》いてると、おまえは他人《たにん》に依存《いぞん》しすぎ。寄《よ》りかかってばっかり、いるんじゃねーよ。1人《ひとり》で立《た》つことを覚《おぼ》えるんだ、いいか。」

原下美香《はらしたみか》は、しかたなさそうに頷《うなず》く。

「君《きみ》の、」

向《む》き合《あ》っていた高宮《たかみや》さんが、真剣《しんけん》な表情《ひょうじょう》で口《くち》を開《ひら》いた。

「皮膚《ひふ》の壊死《えし》に関《かん》しては、白木社長《しらきしゃちょう》に話《はな》して、できる限《かぎ》りのことをしてもらうよ。日本《にほん》より皮膚《ひふ》の治療技術《ちりょうぎじゅつ》が進《すす》んでいる国《くに》もあるし、先端医療《せんたんいりょう》を使《つか》えばかなり希望《きぼう》が持《も》てると思《おも》う。」

原下美香《はらしたみか》は、パッと顔《かお》を輝《かがや》かせる。

すごくうれしそうで、私《わたし》もほっとした。

「それから研修生制度《けんしゅうせいせいど》も再検討《さいけんとう》してもらう。デビューを望《のぞ》んでいる力《ちから》ある人間《にんげん》を、本当《ほんとう》に掬《すく》い上《あ》げられるようなものに改善《かいぜん》した方《ほう》がいい。才能《さいのう》ある人材《じんざい》を集《あつ》めることは安田《やすだ》プロダクションのためなんだから。未来《みらい》への投資《とうし》だと思《おも》えば、無料《むりょう》にしてもいいくらいだ。」

原下美香《はらしたみか》は、強《つよ》く頷《うなず》く。

「もし無料《むりょう》だったら、私《わたし》、きっと金《きん》の密輸《みつゆ》なんかに手《て》を出《だ》さなかったと思《おも》う。」

お兄《にい》ちゃんがにらんだ。

「おまえ、いつも自分以外《じぶんいがい》のところに責任《せきにん》をもってくよな。直《なお》せ、その性格《せいかく》。」

原下美香《はらしたみか》は、黙《だま》って肩《かた》を竦《すく》める。

「警察《けいさつ》にちゃんと自首《じしゅ》しろよ。これまでの生《い》き方《かた》と決別《けつべつ》して、新《あたら》しい自分《じぶん》を作《つく》るんだ。」

原下美香《はらしたみか》は、甘《あま》えるような笑顔《えがお》になった。

「裕樹《ゆうき》がついてってくれれば、自首《じしゅ》してもいいけどなぁ。」

その時《とき》、お兄《にい》ちゃんのポケットでスマートフォンが鳴《な》り出《だ》したんだ。

取《と》り出《だ》して画面《がめん》を見《み》ながら、お兄《にい》ちゃんは立《た》ち上《あ》がる。

「黒木《くろき》からだ。もうこっちに向《む》かってるって。」

わ、ママが帰《かえ》ってくる。

「じゃ解散《かいさん》だ。原下《はらした》、必《かなら》ず警察《けいさつ》行《い》けよ。1人《ひとり》で自首《じしゅ》すんだ。わかったな。」

そう言《い》ってお兄《にい》ちゃんは、さっさと玄関《げんかん》に向《む》かった。

ママと搗《か》ち合《あ》うのが、相当嫌《そうとういや》らしい。

「ちぇっ、わかったよ。」

原下美香《はらしたみか》は、お兄《にい》ちゃんの後《あと》を追《お》う。

私《わたし》と高宮《たかみや》さんが見送《みおく》りに出《で》ていくと、原下美香《はらしたみか》がこちらを振《ふ》り返《かえ》った。

私《わたし》に向《む》かって、Ｖ《ブイ》サインをする。

「今度《こんど》、彩《あや》ちゃんと会《あ》う時《とき》は、姉《あね》と妹《いもうと》かもね。」

びっくりしていると、先《さき》に行《い》ったお兄《にい》ちゃんが戻《もど》ってきて、また原下美香《はらしたみか》の頭《あたま》を小突《こづ》いた。

「何《なに》、勝手《かって》に話《はなし》、作《つく》ってんだ。ほら、警察《けいさつ》行《い》くぞ。」

原下美香《はらしたみか》は一瞬《いっしゅん》、信《しん》じられないといった表情《ひょうじょう》になり、それからすごくうれしそうに笑《わら》った。

「やっぱ一緒《いっしょ》に行《い》ってくれるんだ、やりぃ！　でも今日《きょう》じゃなくていいよね。その前《まえ》に、お父《とう》さんやお母《かあ》さんに話《はな》さないと、さぁ。」

そう言《い》いながら、お兄《にい》ちゃんにまつわりつくようにして歩《ある》いていった。

私《わたし》は、高宮《たかみや》さんと顔《かお》を見合《みあ》わせる。

「お兄《にい》ちゃん、なんで一緒《いっしょ》に行《い》くことにしたんだろ。」

「裕樹《ゆうき》は、面倒見《めんどうみ》いいから。ダメな奴《やつ》を放《ほう》っておけないんだ。」

そっか、お兄《にい》ちゃんって、ほんとに性格《せいかく》いいんだね、今日《きょう》まで全然《ぜんぜん》知《し》らなかったよ。

だって家族《かぞく》には、そんな様子《ようす》、ちっとも見《み》せないんだもの。

そう考《かんが》えながら私《わたし》は、高宮《たかみや》さんから前《まえ》に言《い》われたことを思《おも》い出《だ》した。

「自分《じぶん》の気持《きも》ちを伝《つた》える努力《どりょく》を、家族《かぞく》に対《たい》してはカットすることが多《おお》いよね、それは、甘《あま》えなんだよ。」

お兄《にい》ちゃんも、家族《かぞく》に甘《あま》えてるんだ。

それは、すごく新鮮《しんせん》な発見《はっけん》で、自分《じぶん》もお兄《にい》ちゃんから甘《あま》えられている1人《ひとり》なんだと思《おも》うと、何《なん》だか偉《えら》くなったような気《き》がした、
まぁ時々《ときどき》は、甘《あま》えさせてあげてもいいかな。

「裕樹《ゆうき》が羨《うらや》ましいよ、かわいい妹《いもうと》が2人《ふたり》もいて、」

まっ、かわいいなんて・・・うれしっ！

思《おも》わずニッコリしたとたん、高宮《たかみや》さんの襟《えり》の間《あいだ》からのぞいている包帯《ほうたい》が見《み》えた。

これまで、それについて話《はな》したことがなかったけれど、今《いま》なら言《い》えるような気《き》がした。

「胸《むね》の傷《きず》、夏木健《なつきけん》に撃《う》たれたんですよね。」

高宮《たかみや》さんは苦笑《くしょう》し、片手《かたて》を胸《むね》に当《あ》てる。

「これが大《おお》きな騒《さわ》ぎにならずに、うまく収《おさ》まってくれることを願《ねが》ってた。俺《おれ》が身《み》を隠《かく》していれ

ば、母《はは》も余分《よぶん》な心配《しんぱい》をせずにすむと思《おも》ったしさ。この家《いえ》に来《き》てから連絡《れんらく》したら、母《はは》もほっとしてるようだったからね。ああ母《はは》って、白木由美《しらきゆみ》だよ。」

わっ、そうだったんだ！

驚《おどろ》きながら私《わたし》は高宮《たかみや》さんを見《み》つめ、プロダクションの廊下《ろうか》ですれ違《ちが》った白木社長《しらきしゃちょう》の顔《かお》を思《おも》い浮《う》かべた。

確《たし》かに似《に》ている。

高宮《たかみや》さんはプロダクションの主力《しゅりょく》タレントであると同時《どうじ》に白木社長《しらきしゃちょう》の息子《むすこ》だったから、社長《しゃちょう》を脅《おど》したい夏木健《なつきけん》にとっては、絶好《ぜっこう》の標的《ひょうてき》だったんだね。

「小学校卒業《しょうがっこうそつぎょう》の年《とし》に父《ちち》が死《し》んで収入《しゅうにゅう》がなくなって、俺《おれ》の家《いえ》はすごく大変《たいへん》だったんだ。その話《はなし》は、前《まえ》にしたよね。」

うん聞《き》いた、お父《とう》さんが亡《な》くなったことは知《し》らなかったけど。

「母《はは》の姉《あね》で、社長夫人《しゃちょうふじん》だった安田専務《やすだせんむ》のお母《かあ》さんとは親《した》しく付《つ》き合《あ》っていたから、いろいろと助《たす》けてもらっていたんだ。安田専務《やすだせんむ》が夏木健《なつきけん》に強請《ゆす》られていて、そのつながりが切《き》れないってことも聞《き》いていた。だから母《はは》にプロダクションを任《まか》せたいって話《はなし》があった時《とき》、母《はは》はこう言《い》ったらしい。会社再建《かいしゃさいけん》のために現状調査《げんじょうちょうさ》をしたいが、その報告《ほうこく》が出《で》てくれれば、安田専務《やすだせんむ》を告訴《こくそ》するか、あるいは解任《かいにん》するということになる、それでもいいかって。安田専務《やすだせんむ》のお母《かあ》さんはオッケイして、それで警察《けいさつ》に捕《つか》まるか、あるいは無収入《むしゅうにゅう》にでもなれば、夏木健《なつきけん》も離《はな》れていくだろうし、息子《むすこ》もようやく真面《まとも》になれるだろうって言《い》ったんだって。」

母親《ははおや》として、いろいろと心配《しんぱい》していたんだね。

「前《まえ》に俺《おれ》が言《い》ったこと、覚《おぼ》えてる？　人《ひと》は豊《ゆた》かさの中《なか》で腐《くさ》っていくんだって。あれ、安田専務《やすだせんむ》のことだよ。」

高宮《たかみや》さんの美《うつく》しい顔《かお》には、哀《かな》しげな笑《え》みが浮《う》かんでいた。

「ラウドスで成功《せいこう》して人気《にんき》が出《で》て、大金《たいきん》を手《て》にして、ロックのカリスマ扱《あつか》いされて、その中《なか》で本当《ほんとう》の自分《じぶん》を見失《みうしな》ったんだ。自分《じぶん》に力《ちから》があると思《おも》いこんで、自分《じぶん》の価値観《かちかん》だけがすべてになり、自己《じこ》を肥大《ひだい》させてスタンダードな感覚《かんかく》を失《うしな》っていった。それで社会《しゃかい》に受《う》け入《い》れられなくなり、絶頂《ぜっちょう》からあっという間《ま》に滑《すべ》り落《お》ちて自己崩壊《じこほうかい》し、今度《こんど》は拝金主義《はいきんしゅぎ》に走《はし》ってしまって・・・。でも本質《ほんしつ》は優《やさ》しくて思《おも》いやりのある人《ひと》なんだ。俺《おれ》が小《ちい》さな頃《ころ》は、家《いえ》に来《く》ると、よく遊《あそ》んでくれたり本《ほん》を読《よ》んでくれたり、いろいろなことを教《おし》えてくれたりした・・・」

哀《かな》しみに沈《しず》んでいく高宮《たかみや》さんを励《はげ》ましたくて、私《わたし》は言葉《ことば》を探《さが》し、それをつないで口《くち》にした。

「原下美香《はらしたみか》が警察《けいさつ》に自首《じしゅ》すれば、そこから安田専務《やすだせんむ》の密輸《みつゆ》が発覚《はっかく》すると思《おも》うけど、それ以外《いがい》は夏《なつ》木健《きけん》に脅《おど》されてのことなんだし、お母《かあ》さんも白木社長《しらきしゃちょう》も理解《りかい》があるみたいだから、安田専務《やすだせんむ》もきっと立《た》ち直《なお》れるんじゃないかな。」

高宮《たかみや》さんの顔《かお》に、若干《じゃっかん》、明《あか》るさが戻《もど》る。

「そうだね。人間《にんげん》は、成功《せいこう》より失敗《しっぱい》から多《おお》くを学《まな》ぶって言《い》うから。」

高宮《たかみや》さんは、素敵《すてき》な言葉《ことば》をたくさん知《し》っている。

そばにいて話《はな》しているだけで心《こころ》が豊《ゆた》かになっていく感《かん》じがして、私《わたし》はうれしかった。

前《まえ》に黒木君《くろきくん》たちが言《い》っていた、自分《じぶん》を成長《せいちょう》させてくれる子《こ》が魅力的《みりょくてき》って、きっとこういうことなんだろうな。

「まぁ！」

大《おお》きな声《こえ》が上《あ》がり、目《め》を向《む》ければ、ママと黒木君《くろきくん》が並《なら》んで帰《かえ》ってくるところだった。

「2人揃《ふたりそろ》って、お出迎《でむか》え？　ありがとう。」

奈子《なこ》も一緒《いっしょ》で、手《て》にポップキャンディを握《にぎ》っている。

「お帰《かえ》りなさい。」

高宮《たかみや》さんが、奈子《なこ》とハイタッチしながら言《い》った。

「急《いそ》いで夕食《ゆうしょく》、作《つく》りますね。」

家《いえ》に入《はい》っていくその後《うし》ろ姿《すがた》を見《み》ながら、ママが満足《まんぞく》そうな溜《た》め息《いき》をつく。

「あー楽《たの》しかった。黒木君《くろきくん》とデートして、家《いえ》に帰《かえ》ればKAITO《カイト》王子《おうじ》が夕食作《ゆうしょくつく》ってくれて。こんな素敵《すてき》なことが続《つづ》くんだったら、もうパパなんていらないかも。」

焦《はし》ゃがないでね、続《つづ》かないから・・・。

＊

その夜《よる》、私《わたし》は事件《じけん》ノートを整理《せいり》した。

最終的《さいしゅうてき》には、12個《こ》にも及《およ》ぶことになった謎《なぞ》は、これですべて解《と》けたのだった。

ふうっ、すっきり！

あとはクリスの呪《のろ》いを処理《しょり》するだけだ。

そう考《かんが》えながら、お兄《にい》ちゃんに事情《じじょう》を話《はな》す約束《やくそく》をしていたことを思《おも》い出《だ》した。

それでまずお兄《にい》ちゃんに電話《でんわ》し、留守電《るすでん》だったからそこに今回《こんかい》の事件《じけん》のすべてを吹《ふ》きこみ、その後《ご》、小塚君《こづかくん》にかけたんだ。

「ああアーヤ、どうだった？」

そう言《い》いながら小塚君《こづかくん》は、大《おお》きな溜《た》め息《いき》をついた。

「こっちは収穫《しゅうかく》なし。まるっきりダメだったよ。」

すっかり力《ちから》を落《お》としている様子《ようす》だった。

「安田専務《やすだせんむ》の家《いえ》と、夏木健《なつきけん》のマンションの住所《じゅうしょ》を調《しら》べるところまでは順調《じゅんちょう》だったんだけどね、クリスを発見《はっけん》できなかったんだ。敗因《はいいん》は、美門《みかど》がどうしてもクリスの臭《にお》いを嗅《か》ぎ当《あ》てられなかったこと。」

ああビニールコーティングだから、やっぱ無理《むり》なんだね。

「呪《のろ》いを封《ふう》じこめておけるのは、明日《あした》までだろ。皆《みな》あせってるから、帰《かえ》る時《とき》には喧嘩《けんか》になったよ。若武《わかたけ》と上杉《うえすぎ》がいつも通《どお》り摑《つか》み合《あ》って、僕《ぼく》はハラハラ、七鬼《なきき》は緘黙《かんもく》、失敗《しっぱい》した美門《みかど》はガックリ。」

私《わたし》がその様子《ようす》を想像《そうぞう》していると、小塚君《こづかくん》はまたも大《おお》きな溜《た》め息《いき》をついた。

「もう明日《あした》1日《にち》しかないのに・・・。このままいくと、探偵《たんてい》チームKZ《カッズ》初《はつ》の敗北《はいぼく》ってことになりかねない気《き》がする。」

私《わたし》は、急《いそ》いで言《い》った。

「私《わたし》の調査《ちょうさ》は、うまくいってるから心配《しんぱい》しないで。クリスは、銀行《ぎんこう》の貸《か》し金庫《きんこ》にあるみたい。どこの銀行《ぎんこう》かは、今《いま》のところ不明《ふめい》だけど。謎《なぞ》の方《ほう》は、全部解《ぜんぶと》けたから。」

小塚君《こづかくん》は、感嘆《かんたん》したような声《こえ》を出《だ》す。

「すごいや、アーヤ。」

えっへん！

「明日《あした》、休《やす》み時間《じかん》に会議《かいぎ》を招集《しょうしゅう》してほしいって若武《わかたけ》に言《い》っておいて。そこで全部《ぜんぶ》を説明《せつめい》するから。」

そう頼《たの》んで電話《でんわ》を切《き》った。

そしてもう一度《いちど》、事件《じけん》ノートを見直《みなお》し、間違《まちが》いがないかどうかを確《たし》かめたんだ。

これでやっと事件《じけん》も解決《かいけつ》だと思《おも》っていたその時《とき》、私《わたし》は、現実《げんじつ》を甘《あま》く見《み》ていたのだった。

# 24 謎《なぞ》はまだ解《と》けてない

「ということで、これが今回《こんかい》の『2人《ふたり》の王子事件《おうじじけん》』の全容《ぜんよう》です。」

秀明《しゅうめい》の休《やす》み時間《じかん》、カフェテリアに揃《そろ》ったKZ《カッズ》メンバーに、私《わたし》は意気揚々《いきようよう》と説明《せつめい》した。

「これで、12個《こ》の謎《なぞ》はすべて解決《かいけつ》。後《あと》は今日中《きょうじゅう》にクリスを捜《さが》し出《だ》し、呪《のろ》いを封《ふう》じこめればいいだけです。」

説明《せつめい》を終《お》えると、皆《みな》がいっせいにつぶやいた。

「2人《ふたり》は、共犯《きょうはん》じゃなかったのか。」

「高支配男《こうしはいおとこ》だったんだね、夏木《なつき》。」

「革《かわ》にビニールコーティングじゃ、臭《にお》いは無理《むり》でしょ。」

ただ若武《わかたけ》だけが、何《なに》かに気《き》を取《と》られているかのようで、ボンヤリとした顔《かお》で何《なに》も言《い》わなかった。

どうしたんだろ。

「じゃ早急《そうきゅう》に、クリスがどこの銀行《ぎんこう》にあるのか確《たし》かめないと。」

小塚君《こづかくん》の意見《いけん》に、翼《たすく》が目《め》をむいた。

「それ、結構《けっこう》、大変《たいへん》だよ。銀行《ぎんこう》はセキュリティ半端《はんぱ》ないもん。どこの銀行《ぎんこう》かを捜《さが》すだけだって時間《じかん》かかるし、そこから持《も》ち出《だ》すとなったら、それこそ銀行強盗《ぎんこうごうとう》でもしないと。」

ああ、そうだよね。

「それも今日中《きょうじゅう》にだぜ。とても無理《むり》でしょ。」

黒木君《くろきくん》が、不敵《ふてき》な笑《え》みを浮《う》かべる。

「こっちが手《て》を出《だ》そうとするから、無理《むり》なんだ。夏木本人《なつきほんにん》にやってもらえばいい。」

え？

「夏木《なつき》に罠《わな》をかける。何《なに》か口実《こうじつ》をつけて、銀行《ぎんこう》からクリスを持《も》ち出《だ》させるんだ。そこを待《ま》ち伏《ぶ》せて、こっちにいただく。」

なるほど、さすが策士《さくし》。

「じゃ、それでいこう。」

そう言《い》ってから上杉君《うえすぎくん》は、その目《め》に鋭《するど》い光《ひかり》をまたたかせた。

「ちょっと気《き》になってることがあんだけど、一瞬《いっしゅん》、話題《わだい》、変《か》えていいか。」

え、何《なに》？

「2代目《だいめ》の社長《しゃちょう》がフィリピンで殺《ころ》されたっていう事件《じけん》、それ、もしかして夏木《なつき》の指示《しじ》じゃね？あるいは夏木《なつき》が自分《じぶん》でやったとか。」

あ、私《わたし》も初《はじ》めて聞《き》いた時《とき》、関係《かんけい》があるのかもしれないって思《おも》ったよ。

「社長《しゃちょう》が死《し》ねば、妻《つま》か息子《むすこ》が次《つぎ》の社長《しゃちょう》になる。そしたら操《あやつ》りやすいと考《かんが》えたんじゃないのかな。事実《じじつ》、それで専務《せんむ》になった安田《やすだ》に、夏木《なつき》は不動産《ふどうさん》を売《う》りつけ始《はじ》めた訳《わけ》だろ。」

黒木君《くろきくん》が、考《かんが》え深《ぶか》げな眼差《まなざし》で皆《みな》を見回《みまわ》す。

「夏木《なつき》は、銃《じゅう》を持《も》ってるって話《はなし》だから、自分《じぶん》でやったとしたらその銃《じゅう》だろう。銃身《じゅうしん》の線条《せんじょう》と、フィリピンの警察《けいさつ》が押《お》さえている弾丸《だんがん》の線条痕《せんじょうこん》を調《しら》べれば、一発《いっぱつ》ではっきりするよ。」

忍《しのぶ》が、表情《ひょうじょう》も変《か》えずに口《くち》を開《ひら》いた。

「警察《けいさつ》に電話《でんわ》して、夏木《なつき》を密告《みっこく》しよう。日本《にほん》で拳銃《けんじゅう》を所持《しょじ》してれば、銃刀法違反《じゅうとうほういはん》でしょ。フィリピンでの殺人事件《さつじんじけん》を話《はな》せば、警察《けいさつ》は喜《よろこ》んで動《うご》くよ。国際的事件《こくさいてきじけん》のホシなら、ぜひ挙《あ》げたいはずだからさ。」

上杉君《うえすぎくん》が頷《うなず》く。

「じゃ夏木《なつき》からクリスを奪《うば》った後《あと》で、通報《つうほう》するってことで。」

私《わたし》は、若武《わかたけ》の顔色《かおいろ》をうかがった。

いつも若武《わかたけ》は、警察《けいさつ》に届《とど》ける前《まえ》にテレビだ、新聞《しんぶん》だと騒《さわ》ぐから、今回《こんかい》もそう言《い》い出《だ》すに違《ちが》いないと思《おも》ったんだ。

ところが相変《あいか》わらず、心《こころ》ここにあらずといった様子《ようす》でぼんやりしている。

「どうした、若武先生《わかたけせんせい》。」

黒木君《くろきくん》にそう言《い》われた瞬間《しゅんかん》、まるで夢《ゆめ》から覚《さ》めたような顔《かお》で突《つ》っ立《た》った。

「俺《おれ》たち、大事《だいじ》なことを見落《みお》としてるぜ。謎《なぞ》はまだ解《と》けてないんだ。」

ええっ!?

「謎《なぞ》の5、安田専務《やすだせんむ》はなぜクリスを盗《ぬす》んだのか。これは、夏木《なつき》に命令《めいれい》されてってことで解決《かいけつ》した。」

そうだよ、解《と》けてるじゃないの。

「じゃ夏木《なつき》は、何《なん》のためにクリスをほしがったんだ。」

あ！

「夏木《なつき》の、動機《どうき》や目的《もくてき》がわかってないだろ。だったら事件《じけん》は全然《ぜんぜん》、解決《かいけつ》してねーじゃん。」

私《わたし》は青《あお》ざめながら、事件《じけん》ノートに13番目《ばんめ》の新《あたら》しい謎《なぞ》を書《か》き足《た》した。

なんで今《いま》まで気《き》がつかなかったんだろう、私《わたし》のボケ！

「これ、結構《けっこう》デカいぜ。何《なん》てったって夏木《なつき》は、呪《のろ》いを信《しん》じている。そして今《いま》、クリスを手《て》にしているんだ。何《なに》かをするつもりだ。初《はじ》めっからそのために盗《ぬす》んだのに違《ちが》いない。」

強《つよ》い口調《くちょう》で言《い》ってから、若武《わかたけ》は急《きゅう》に情《なさ》けない顔《かお》つきになり、腰《こし》を下《お》ろす。

「何《なに》をする気《き》なのか、まるで見当《けんとう》がつかんが、とにかく今日中《きょうじゅう》に何《なん》とかせんと、非常《ひじょう》にマズい。」

上杉君《うえすぎくん》がすっかり毒気《どくけ》を抜《ぬ》かれた表情《ひょうじょう》で、つぶやいた。

「タイムトライアルかよ。呪《のろ》いが始動《しどう》するのは明日《あした》のいつなんだ。七鬼《ななき》、正確《せいかく》な時間《じかん》は？」

忍《しのぶ》がスマートフォンを出《だ》し、細《ほそ》くてきれいな指《ゆび》であれこれ操作《そうさ》していて、やがて顔《かお》を上《あ》げる。

「封《ふう》じこめが切《き》れるのは、正確《せいかく》には、今夜《こんや》の10時《じ》だ。」

ええっ!?

びっくりしたのは私《わたし》ばかりではなかった。

「明日《あした》じゃないのかっ!?」

「なんで今頃《いまごろ》、前倒《まえだお》し情報《じょうほう》なんだっ!?」

「切羽詰《せっぱつ》まってる状況《じょうきょう》を、さらに詰《つ》まらせてどうするつもりだ、言《い》ってみろっ！」

忍《しのぶ》は、ケロリとした顔《かお》で答《こた》える。

「現地《げんち》の関係者《かんけいしゃ》のカウントダウンでは、初《はじ》めから今夜《こんや》10時《じ》だったんだ。でも現地《げんち》と日本《にほん》では、時《じ》差《さ》が2時間《じかん》あるからさ。それを考慮《こうりょ》して、真夜中《まよなか》の12時《じ》、つまり明日《あした》から呪《のろ》いがスタートだと判《はん》断《だん》したわけ。でも今《いま》メールで聞《き》いたら、神事《しんじ》は時差《じさ》を超《こ》えるから、そのままの時間《じかん》で考《かんが》えた方《ほう》がいいって言《い》われたんだ。だから今夜《こんや》10時《じ》。」

若武《わかたけ》も上杉君《うえすぎくん》も、頭《あたま》を抱《かか》えこんだ。

「ここに来《き》て、2時間《じかん》の短縮《たんしゅく》は痛《いた》い、痛《いた》すぎるっ！」

「しれっと言《い》いやがって、おまえ、隠《かく》れ天然《てんねん》かよ。」

翼《たすく》がテーブルに両手《りょうて》をつき、若武《わかたけ》たちの方《ほう》に体《からだ》を乗《の》り出《だ》す。

「そんなことより、急《いそ》がないと。時間《じかん》ないでしょ。」

「即《そく》、夏木《なつき》に罠《わな》をかけよう。」

「早《はや》く作戦《さくせん》、練《ね》らないと。」

私《わたし》は、カフェテリアの時計《とけい》を見上《みあ》げた。

今《いま》は4時《じ》、10時《じ》までには、あと6時間《じかん》しかない。

その間《あいだ》に夏木健《なつきけん》に罠《わな》をかけて、クリスを取《と》り戻《もど》し、呪《のろ》いを封《ふう》じこめる神事《しんじ》を行《おこな》わなければならないんだ。

できるだろうか。

「とにかくやるっきゃねぇ！　アイディア出《だ》せ、アイディア。」

若武《わかたけ》がそう言《い》った時《とき》だった、誰《だれ》かのスマートフォンが鳴《な》り始《はじ》めたんだ。

皆《みな》がいっせいに自分《じぶん》のスマートフォンを確認《かくにん》し、黒木君《くろきくん》が立《た》ち上《あ》がった。

耳《みみ》に当《あ》て、返事《へんじ》をしながらテーブルから離《はな》れていく。

「ああ、1番《いちばん》の策士《さくし》が離脱《りだつ》だ。」

嘆《なげ》くように言《い》った上杉君《うえすぎくん》の頭《あたま》を、若武《わかたけ》が小突《こづ》いた。

「1番《いちばん》の策士《さくし》は、俺《おれ》だろ。」

上杉君《うえすぎくん》が小突《こづ》き返《かえ》す。

「おまえは策士《さくし》じゃなくて、1字違《じちが》いの、詐欺師《さぎし》。」

翼《たすく》が、私《わたし》と小塚君《こづかくん》と忍《しのぶ》を見回《みまわ》した。

「あの2人《ふたり》は放《ほう》っておいて、俺《おれ》たちで進《すす》めよう。ここで4票《ひょう》になるから、決定権《けっていけん》を持《も》つよ。」

私《わたし》たちは頷《うなず》き合《あ》い、額《ひたい》を集《あつ》める。

こうしている間《あいだ》にも、時間《じかん》は、情《なさ》け容赦《ようしゃ》なく過《す》ぎていく。

皆《みな》、真剣《しんけん》な顔《かお》だった。

「どうやって夏木《なつき》に接触《せっしょく》する？　俺《おれ》たち全然《ぜんぜん》、面識《めんしき》ないだろ。」

そう言《い》われてみれば、そうだった。

夏木健《なつきけん》とは、これまで会《あ》ったこともない。

初《はじ》めて会《あ》う人《ひと》に、不審《ふしん》がられずに罠《わな》をかけ、銀行《ぎんこう》に預《あず》けてあるクリスを持《も》ち出《だ》してこさせて、しかもそれを横取《よこど》りするなんて・・・。

そのハードルの高《たか》さに、私《わたし》は絶望《ぜつぼう》しそうになった。

「あ、アーヤが脱落《だつらく》しそう。」

小塚君《こづかくん》が言《い》い、翼《たすく》と忍《しのぶ》が私《わたし》を見《み》た。

「アーヤ、頑張《がんば》ろう！」

「ほら、元気出《げんきだ》して！」

2人《ふたり》に励《はげ》まされ、何《なん》とか気《き》を取《と》り直《なお》しながら私《わたし》は思《おも》い出《だ》した、原下美香《はらしたみか》が夏木健《なつきけん》についていろいろと詳《くわ》しかったことを。

銀行《ぎんこう》についても、知《し》っているかもしれないっ！

「誰《だれ》か、今《いま》から言《い》う番号《ばんごう》に電話《でんわ》かけて。私《わたし》が出《で》るから。」

メモを見《み》ながら原下美香《はらしたみか》の電話番号《でんわばんごう》を読《よ》み上《あ》げる。

忍《しのぶ》が素早《すばや》くスマートフォンをタップし、私《わたし》に差《さ》し出《だ》した。

受《う》け取《と》って耳《みみ》に当《あ》て、しばらく待《ま》っていると原下美香《はらしたみか》の声《こえ》が聞《き》こえてきた。

「誰《だれ》だよ。こんな番号《ばんごう》のヤツ、私《わたし》、知《し》んない。二度《にど》とかけんな、バーロー。」

かなりきつい言《い》い方《かた》だったので、私《わたし》は恐《おそ》れをなしながら、それでもこれだけが手《て》がかりだと思《おも》って頑張《がんば》った。

「あの、立花《たちばな》です。すみません。」

原下美香《はらしたみか》は、あっと言《い》い、取《と》り繕《つくろ》うように笑《わら》い出《だ》す。

「やだ、そういうこと先《さき》に言《い》ってよ。今《いま》の、裕樹《ゆうき》に言《い》わないでね。何《なに》か用《よう》？」

それで私《わたし》は思《おも》ってしまった、この人《ひと》の弱《よわ》み、また握《にぎ》ったぞって。

「あの、夏木健《なつきけん》はクリスを銀行《ぎんこう》の貸《か》し金庫《きんこ》に保管《ほかん》してるって言《い》ってましたよね。どこの銀行《ぎんこう》ですか？」

原下美香《はらしたみか》は、なんでそんなことに興味《きょうみ》があるんだと言《い》わんばかりの口調《くちょう》で答《こた》える。

「駅前《えきまえ》の、新玉銀行《しんたまぎんこう》だよ。」

わっ、近《ちか》くだっ！

「夏木《なつき》さんの母親《ははおや》の実家《じっか》が駅前《えきまえ》にあって、夏木《なつき》さんも新玉銀行《しんたまぎんこう》に口座《こうざ》持《も》ってるみたい。借金《しゃっきん》してる都内《とない》の銀行《ぎんこう》より、金庫《きんこ》借《か》りやすいって言《い》ってたから。」

私《わたし》は、お礼《れい》を言《い》って電話《でんわ》を切《き》った。

「クリスは、駅前《えきまえ》の新玉銀行《しんたまぎんこう》の貸《か》し金庫《きんこ》みたい。」

瞬間《しゅんかん》、翼《たすく》が立《た》ち上《あ》がる。

「俺《おれ》、調《しら》べに行《い》ってくる。銀行員《ぎんこういん》から顧客情報《こきゃくじょうほう》を探《さぐ》るんだ。有力《ゆうりょく》な情報《じょうほう》が出《で》てきたら、メールで送《おく》るから。」

素早《すばや》くテーブルから離《はな》れていく翼《たすく》を見送《みおく》って、私《わたし》たちは唖然《あぜん》。

だって・・・そんなこと、できるの？

「かなり無理《むり》だと思《おも》うよ。銀行《ぎんこう》は、口堅《くちかた》いし。」

あきれたように言《い》った小塚君《こづかくん》に、私《わたし》は同意《どうい》した。

「いつも静《しず》かで落《お》ち着《つ》いてる翼《たすく》らしくないよね、どうしたんだろ。」

忍《しのぶ》が、口角《こうかく》を下《さ》げる。

「あせってんだろ、昨日《きのう》、失敗《しっぱい》してるからさ。」

そっか、気《き》にしてんだ。

「顧客情報《こきゃくじょうほう》なら、銀行《ぎんこう》のコンピュータに侵入《しんにゅう》すれば一発《いっぱつ》で取《と》れるよ。俺《おれ》、やっていい？」

う・・・いいと言《い》いたいような、言《い》ったらマズいような、く、苦《く》、苦《くる》しいっ！

答《こた》えに窮《きゅう》していると、若武《わかたけ》がなお上杉君《うえすぎくん》と摑《つか》み合《あ》いながらこっちを見《み》た。

「やれっ！　時間《じかん》がない。」

それを聞《き》いて、忍《しのぶ》は立《た》ち上《あ》がる。

「マズいだろ、やめとけ。」

上杉君《うえすぎくん》に言《い》われて、忍《しのぶ》は腰《こし》を下《お》ろした。

若武《わかたけ》は、いっそう力《ちから》をこめて上杉君《うえすぎくん》を摑《つか》み寄《よ》せる。

「背《せ》に腹《はら》だ、やむを得《え》んだろーがっ！」

「警察《けいさつ》のサイバー犯罪対策室《はんざいたいさくしつ》、かなり充実《じゅうじつ》してきてんぞ。捕《つか》まったらヤバいだろーが！」

忍《しのぶ》が私《わたし》と小塚君《こづかくん》を見《み》る。

「俺《おれ》、どうすべき？」

う〜ん・・・。

迷《まよ》っていると、黒木君《くろきくん》の声《こえ》がした。

「あれ、美門《みかど》は？」

見《み》れば、電話《でんわ》を終《お》えた黒木君《くろきくん》が、こちらに歩《あゆ》み寄《よ》ってきていた。

「アーヤのお兄《にい》さんからだったよ。」

え、お兄《にい》ちゃんが、何《なん》だろ？

「今日《きょう》、宇田川町《うだがわちょう》のプロダクションビルに寄《よ》ったら、白木社長《しらきしゃちょう》と安田専務《やすだせんむ》、それにもう1人《ひとり》の男性《だんせい》が、会議室《かいぎしつ》から出《で》てくるところに行《い》き合《あ》わせたんだって。その男性《だんせい》は、夏木《なつき》さんと呼《よ》ばれていたらしい。」

ゴックン！

「3人《にん》ともすごく和《なご》やかな雰囲気《ふんいき》で、談笑《だんしょう》しながら歩《ある》いてたって。それで不思議《ふしぎ》に思《おも》って俺《おれ》に電《でん》話《わ》してきたんだ、どうなってるんだって。」

それは私《わたし》が聞《き》きたいよっ！

だってありえないことだもん!!

「何《なに》かが起《お》こって、事態《じたい》が変《か》わったんだ。」

そう言《い》ったのは、若武《わかたけ》だった。

上杉君《うえすぎくん》と摑《つか》み合《あ》うのをやめ、こちらに向《む》き直《なお》っている。

「それで？」

きれいな2つの目《め》は、好奇心《こうきしん》でキラキラしていた。

黒木君《くろきくん》は、どうしようもないといったように肩《かた》を竦《すく》める。

「俺《おれ》も訳《わけ》わかんなくて、高宮《たかみや》さんに電話《でんわ》してみたんだ。何《なに》か情報入《じょうほうはい》ってるかと思《おも》って。昨日《きのう》、アーヤの家《いえ》の前《まえ》で会《あ》った時《とき》に、番号聞《ばんごうき》いてあったから。」

え、そうだったんだ、全然知《ぜんぜんし》らなかった。

黒木君《くろきくん》がネットワークを広《ひろ》げていく速《はや》さって、すごいかも！

「そしたら話《はな》し中《ちゅう》で、少《すこ》し経《た》ってかけたら、たった今《いま》、母《はは》から電話《でんわ》があって、夏木健《なつきけん》と和解《わかい》したって言《い》われたらしい。」

和解《わかい》っ⁉

「夏木健《なつきけん》が突然《とつぜん》、会社《かいしゃ》を訪《たず》ねてきて、これまで認《みと》めなかったすべてを認《みと》め、謝罪《しゃざい》し、売《う》りつけた不動産《ふどうさん》を買《か》い戻《もど》すから第三者委員会《だいさんしゃいいんかい》を解散《かいさん》させてくれって土下座《どげざ》したんだって。白木社長《しらきしゃちょう》としても、事態《じたい》が穏《おだ》やかに収拾《しゅうしゅう》すればそれに越《こ》したことはないから、受《う》け入《い》れたらしい。つまり両者《りょうしゃ》は歩《あゆ》み寄《よ》り、対立《たいりつ》は解消《かいしょう》した訳《わけ》。」

意外《いがい》な結果《けっか》だった。

私《わたし》たちは、顔《かお》を見合《みあ》わせた。

「突然《とつぜん》、どうしたんだろ、夏木健《なつきけん》。」

小塚君《こづかくん》が言《い》い、黒木君《くろきくん》が考《かんが》え深《ぶか》げにつぶやく。

「可能性《かのうせい》としては、白木社長《しらきしゃちょう》が脅《おど》しに屈《くっ》しないと見《み》て、方針《ほうしん》を変更《へんこう》したってとこかな。きっと硬《こう》軟《なん》の使《つか》い分《わ》けが巧《たく》みな奴《やつ》なんだ。夏木《なつき》の罪《つみ》は窃盗教唆《せっとうきょうさ》から恐喝《きょうかつ》、拳銃不法所持《けんじゅうふほうしょじ》、フィリピンでの殺人《さつじん》もしくは殺人依頼《さつじんいらい》まで、数々《かずかず》あるだろ。第三者委員会《だいさんしゃいいんかい》が、そこまで踏《ふ》みこむことはないはずだけど、本人《ほんにん》としては調《しら》べが進《すす》めば露見《ろけん》するかもしれないと思《おも》って、不安《ふあん》でたまらなくなったのかもしれない。」

若武《わかたけ》が、呆気《あっけ》にとられたような顔《かお》で言《い》った。

「じゃ事件《じけん》は、これで解決《かいけつ》？」

黒木君《くろきくん》が頷《うなず》く。

「そうなるね。」

若武《わかたけ》は、見《み》るも哀《あわ》れなほど表情《ひょうじょう》を崩《くず》した。

それがあまりにも間抜《まぬ》け顔《がお》だったので、私《わたし》は思《おも》わず笑《わら》ってしまった。

「アーヤ、笑《わら》うな！」

若武《わかたけ》はブスッとし、そっくり返《かえ》るように椅子《いす》の背《せ》もたれに寄《よ》りかかって天井《てんじょう》を仰《あお》ぐ。

「あーあ、今回《こんかい》は国際的《こくさいてき》な大事件《だいじけん》のはずだったのに。俺《おれ》たちの努力《どりょく》は、いったい何《なん》だったたんだ。」

黒木君《くろきくん》がクスッと笑《わら》った。

「和解《わかい》を記念《きねん》して、これから白木社長《しらきしゃちょう》の家《いえ》で乾杯《かんぱい》するらしいぜ。高宮《たかみや》さんも行《い》くって。若武先生《わかたけせんせい》も参加《さんか》して、慰安《いあん》してもらえば？」

わ、行《い》ってみたいな。

「行《い》かねーよ、誰《だれ》が行《い》くか。」

若武《わかたけ》は完全《かんぜん》に不貞腐《ふてくさ》れ、横《よこ》を向《む》いた。

その時《とき》、小塚君《こづかくん》のスマートフォンが鳴《な》り出《だ》したんだ。

小塚君《こづかくん》は画面《がめん》を見《み》て、私《わたし》たちに視線《しせん》を上《あ》げる。

「美門《みかど》からだ。」

そう言《い》いながら操作《そうさ》し、スマートフォンからの声《こえ》を皆《みな》で聞《き》けるようにしてからテーブルの中央《ちゅうおう》に置《お》いた。

「銀行《ぎんこう》で、夏木《なつき》らしき人物《じんぶつ》と出会《であ》った。」

それが、翼《たすく》の第一声《だいいっせい》だった。

「ロビーで銀行員《ぎんこういん》が、夏木《なつき》さんって呼《よ》んでたんだ。」

私《わたし》たちは、スマートフォンに向《む》かって身《み》を乗《の》り出《だ》す。

「細長《ほそなが》い箱《はこ》を抱《かか》えてた。たぶんクリスが入《はい》ってるんだと思《おも》う。後《あと》を尾《つ》けたんだけど、タクシーに乗《の》られちまってさ。でも行《い》き先《さき》は聞《き》こえた。松濤《しょうとう》だ。」

黒木君《くろきくん》が、その目《め》に艶《あで》やかな光《ひかり》をきらめかせる。

「白木社長《しらきしゃちょう》の家《いえ》が、松濤《しょうとう》だ。」

じゃ、乾杯《かんぱい》に行《い》くところなんじゃないの。

「きっとクリスを見《み》せるつもりなんだよ。」

小塚君《こづかくん》は、自分《じぶん》なら絶対《ぜったい》そうすると言《い》わんばかりだった。

「クリスはユネスコの無形文化遺産《むけいぶんかいさん》だし、原下美香《はらしたみか》が自首《じしゅ》して、今後《こんご》、調《しら》べが進《すす》めば、没収《ぼっしゅう》されてしまうからさ。見《み》せるなら、今《いま》しかないもの。」

上杉君《うえすぎくん》が、鋭《するど》い声《こえ》を上《あ》げる。

「それだけか？」

え？

「今日《きょう》の10時《じ》になれば、呪《のろ》いが始動《しどう》する。それは、1番近《いちばんちか》くにいる女《おんな》を殺《ころ》せ、だぜ。白木社長《しらきしゃちょう》の部屋《へや》にこっそりクリスを置《お》いて10時前《じまえ》に立《た》ち去《さ》れば、夏木《なつき》はアリバイを作《つく》ることができる。」

あ！

「突然《とつぜん》の和解《わかい》って、実《じつ》は、殺人《さつじん》のための作戦《さくせん》だったんじゃね？」

そのことに初《はじ》めて気《き》づいて、私《わたし》は心臓《しんぞう》が跳《は》ね上《あ》がるような気《き》がした。

「白木社長《しらきしゃちょう》が死《し》ねば、第三者委員会《だいさんしゃいいんかい》の調査《ちょうさ》を強硬《きょうこう》に推《お》し進《すす》めようとする人間《にんげん》はいなくなる。安田《やすだ》専務《せんむ》は夏木《なつき》の支配下《しはいか》にあるし、取締役会《とりしまりやくかい》は最初《さいしょ》の調査《ちょうさ》を社外秘《しゃがいひ》にしてしまうほど弱気《よわき》だ。謎《なぞ》の13、夏木《なつき》がクリスを盗《ぬす》んだ動機《どうき》そして目的《もくてき》は、自分《じぶん》に嫌疑《けんぎ》がかからないように白木社長《しらきしゃちょう》を殺害《さつがい》することだ。呪《のろ》いが現実《げんじつ》にならなくても、やってみるだけの価値《かち》はある、夏木《なつき》がそう考《かんが》えたとしても、おかしくないだろ。」

だったら、大変《たいへん》だっ！

「黒木《くろき》、白木社長《しらきしゃちょう》の住所《じゅうしょ》を皆《みんな》に送《おく》っとけ。」

若武《わかたけ》が、生《い》き返《かえ》ったかのようにキビキビと命令《めいれい》した。

「夏木《なつき》の犯罪《はんざい》を阻止《そし》する。」

休《やす》み時間《じかん》の終《お》わりを告《つ》げるチャイムが鳴《な》り出《だ》す。

「今夜《こんや》、午後《ごご》9時《じ》15分《ふん》に、白木社長《しらきしゃちょう》の家《いえ》の前《まえ》に集合《しゅうごう》だ。誰《だれ》か、美門《みかど》にも連絡《れんらく》しとけ。じゃこれで解散《かいさん》！」

言《い》い捨《す》てて若武《わかたけ》は立《た》ち上《あ》がり、テーブルを離《はな》れようとして、ふと私《わたし》を振《ふ》り返《かえ》った。

「夜遅《よるおそ》いから、来《こ》なくていいぞ。」

その言葉《ことば》に、皆《みな》が同意《どうい》しながら自分《じぶん》の教室《きょうしつ》に帰《かえ》っていく。

それで私《わたし》の胸《むね》で、いつもの葛藤《かっとう》が始《はじ》まったのだった。

行《い》くべきか、行《い》かざるべきか、That is the question《それが問題だ》。

KZ《カッズ》メンバーとしての責任《せきにん》を果《は》たしたい。

けど、ママに言《い》ったら、きっとダメって言《い》われるから、行《い》くとしたら内緒《ないしょ》で出《で》かけるしかないんだ。

でもそれって、すごくドキドキする。

悪《わる》いことしてるって、気持《きも》ちにもなるし・・・。

「行《い》きたい？」

声《こえ》をかけられて目《め》を上《あ》げると、そこに忍《しのぶ》が残《のこ》っていた。

「秀明生《しゅうめいせい》じゃないから、急《いそ》いで教室《きょうしつ》に戻《もど》らなくてもいいんだ。よかったら、俺《おれ》が送《おく》り迎《むか》えしようか。そしたら家《いえ》の人《ひと》も安心《あんしん》するだろ。」

たぶん、しないと思《おも》う。

黒木君《くろきくん》なら、別《べつ》だけど。

そう考《かんが》えながら、私《わたし》は、さっきの黒木君《くろきくん》の言葉《ことば》を思《おも》い出《だ》した。

高宮《たかみや》さんも、来《く》るって。
高宮《たかみや》さんと一緒《いっしょ》に、白木社長《しらきしゃちょう》の家《いえ》に行《い》くと言《い》えば、ママはきっと反対《はんたい》しない。
それに今日《きょう》の授業《じゅぎょう》は、いつもより1単元少《たんげんすく》ないんだ。
よし、行《い》ける！
すごくうれしくなり、私《わたし》はニッコリした。
「大丈夫《だいじょうぶ》、高宮《たかみや》さんと行《い》くから。」

# 25　呪《のろ》いの力《ちから》

秀明《しゅうめい》が終《お》わると、私《わたし》は大急《おおいそ》ぎで家《いえ》に帰《かえ》った。

ダイニングでは、ママがテレビに見入《みい》っていた。

「あら、早《はや》かったのね。」

でも高宮《たかみや》さんの姿《すがた》がない。

私《わたし》はダイニングを出《で》て、パパの部屋《へや》をノックしてみた。

シ～ンとしている。

もしかして、いない？

不安《ふあん》になりながらもう一度《いちど》ダイニングに入《はい》って、ママに聞《き》いた。

「高宮《たかみや》さんは？」

ママはテレビの画面《がめん》に見入《みい》りながら、パリンとお煎餅《せんべい》の音《おと》をさせる。

「お母《かあ》さんから呼《よ》ばれて、自宅《じたく》に顔出《かおだ》してくるって言《い》って、出《で》ていったわよ。パーティなんだって。」

しまった、遅《おそ》かった！

私《わたし》は真《ま》っ青《さお》になったけれど、どうすることもできなかった。

とにかく、何《なん》とかして行《い》かなくちゃ！

「え、私《わたし》、一緒《いっしょ》に連《つ》れてってもらう予定《よてい》だったのに。もしかして、駅《えき》とかで待《ま》っててくれるのかな。」

ママは、テレビ番組《ばんぐみ》がいいシーンに差《さ》しかかったみたいで、息《いき》を詰《つ》めながらうるさそうに答《こた》えた。

「アイドルが電車《でんしゃ》に乗《の》るはずないでしょ。タクシーで行《い》ったわよ。」

う・・私《わたし》、タクシーなんか使《つか》えない。

「KAITO《カイト》王子《おうじ》のスマホに連絡《れんらく》してみれば？　ついでに私《わたし》も行《い》きたいから、そう言《い》っといて。」

うう、マズい！

私《わたし》はダイニングを出《で》て電話《でんわ》のところまで行《い》き、黒木君《くろきくん》にかけてみた。

でも、出《で》ない。

玄関《げんかん》にかかっている時計《とけい》を見上《みあ》げれば、もう8時《じ》を過《す》ぎていた。

ああ、時間《じかん》がないっ！

「KAITO《カイト》王子《おうじ》、何《なん》だって？」

ダイニングからママの声《こえ》がし、私《わたし》はとっさに答《こた》えた。

「迎《むか》えに来《き》てくれるって。ママのことは聞《き》くの忘《わす》れた、ごめん。じゃ行《い》ってくるから。」

ママの返事《へんじ》を待《ま》たず、玄関《げんかん》を飛《と》び出《だ》す。

自転車《じてんしゃ》に飛《と》び乗《の》って、夢中《むちゅう》で駅《えき》まで漕《こ》いだ。

駅《えき》の階段《かいだん》を走《はし》り上《あ》がり、ポケットの中《なか》からお財布《さいふ》を出《だ》して切符《きっぷ》を買《か》おうとして、はっとした、
私《わたし》・・・松濤《しょうとう》を知《し》らない。

松濤《しょうとう》って、どこっ!?

もう泣《な》き出《だ》したいような気分《きぶん》だった。

でもここで泣《な》いてても、誰《だれ》も助《たす》けてくれない。

私《わたし》は大《おお》きく息《いき》を吸《す》いこんで自分《じぶん》を落《お》ち着《つ》かせ、それから切符《きっぷ》の自動販売機《じどうはんばいき》の上《うえ》にある運賃表《うんちんひょう》を見上《みあ》げた。

松濤《しょうとう》という駅《えき》を探《さが》したんだ。

でも、どこにもなかった。

どうしよう!?

しばらく立《た》ちつくしていて、小塚君《こづかくん》に教《おし》えてもらおうと思《おも》いつく。

急《いそ》いで公衆電話《こうしゅうでんわ》を探《さが》し、電話《でんわ》をかけた。

ところがっ！

小塚君《こづかくん》のスマートフォンは、電源《でんげん》が入《はい》っていなかったんだ。

あせりながら私《わたし》は、今度《こんど》は若武《わかたけ》や上杉君《うえすぎくん》たちにかけてみた。

でも皆《みな》が、スマートフォンを切《き》ってた。

きっと作戦実行中《さくせんじっこうちゅう》で、音《おと》がするとマズいんだ。

私《わたし》は途方《とほう》に暮《く》れてしまったけれど、そうしている間《あいだ》にも、時間《じかん》はドンドン過《す》ぎていくっ！

早《はや》く行《い》かなくちゃ、役《やく》に立《た》てない!!

それで思《おも》い切《き》って駅《えき》の窓口《まどぐち》に走《はし》っていき、そこにいた駅員《えきいん》さんに松濤《しょうとう》への行《い》き方《かた》を聞《き》いてみた。

忙《いそが》しそうだったし、ここが道案内所《みちあんないじょ》じゃないことはわかっていたから、悪《わる》いなと思《おも》いながら、背《せ》に腹《はら》は替《か》えられない気持《きも》ちで。

駅員《えきいん》さんの言《い》うことには、まず渋谷《しぶや》まで行《い》き、そこから歩《ある》くか、あるいは井《い》の頭線《かしらせん》に乗《の》って、1つ目《め》の神泉駅《しんせんえき》で降《お》りて歩《ある》くか、どちらかだということだった。

ああ渋谷《しぶや》なら行《い》ける、先週《せんしゅう》の土曜日《どようび》に行《い》ったもの、大丈夫《だいじょうぶ》だ。

そう思《おも》ってほっとしたとたん、駅員《えきいん》さんに聞《き》かれた。

「松濤《しょうとう》は広《ひろ》いからね。松濤《しょうとう》の、どこに行《い》きたいの？」

私《わたし》は、全身真《ぜんしんま》っ青《さお》っ！

白木社長《しらきしゃちょう》の家《いえ》がどこなのか、私《わたし》は知《し》らない、聞《き》いてないっ!!

ああダメだ、もう行《い》けない。

いったんそう思《おも》ったんだけれど、ここまで来《き》てスゴスゴ帰《かえ》るのは、すごくくやしかった。

それで、取《と》りあえず渋谷《しぶや》まで行《い》ってみようと思《おも》ったんだ。

その間《あいだ》に、誰《だれ》かの電話《でんわ》が通《つう》じるようになるかもしれない。

私《わたし》は電車《でんしゃ》に乗《の》り、前《まえ》に行《い》った時《とき》のように乗《の》り換《か》えて渋谷駅《しぶやえき》に着《つ》いた。

時刻《じこく》はもう9時半《じはん》を過《す》ぎていたけれど、駅《えき》や駅前《えきまえ》には、昼間《ひるま》と同《おな》じくらいの人通《ひとどお》りがあって、その中《なか》には、私《わたし》と同《おな》い年《どし》くらいの女《おんな》の子《こ》のグループもいたんだ。

それで、ちっとも恐《こわ》くなかった。

でも自分《じぶん》が不良《ふりょう》になったみたいな気《き》がして、ちょっとドキドキだった。

駅前《えきまえ》の公衆電話《こうしゅうでんわ》から、もう一度《いちど》、小塚君《こづかくん》のスマートフォンに電話《でんわ》する。

祈《いの》るような気持《きも》ちで、受話器《じゅわき》を耳《みみ》に押《お》し当《あ》てていた。

ああ、それなのに、さっきと同《おな》じで、全然通《ぜんぜんつう》じない。

藁《わら》にもすがる思《おも》いで他《ほか》のメンバーにもかけたけれど、やっぱり誰《だれ》も電源《でんげん》を入《い》れていなかった。

私《わたし》は、目《め》の前《まえ》が真《ま》っ暗《くら》！

ここからどこに行《い》っていいのか、まるっきりわからない。

今度《こんど》こそ、もう一歩《いっぽ》も進《すす》めない状況《じょうきょう》だった。

途方《とほう》に暮《く》れて私《わたし》は、受話器《じゅわき》を握《にぎ》りしめたまま、駅前《えきまえ》の交差点《こうさてん》を行《ゆ》き過《す》ぎる人々《ひとびと》をぼんやりと見《み》つめた。

どうしよう・・・。

「ちょっと、電話《でんわ》終《お》わってるんなら、替《か》わってほしいんですけど！」

後《うし》ろにいた人《ひと》にそう言《い》われ、あわてて受話器《じゅわき》を置《お》いた、その時《とき》っ！

目《め》の前《まえ》にあったタクシー乗《の》り場《ば》の横《よこ》に、すうっと着《つ》いたタクシーから、なんと安田専務《やすだせんむ》が降《お》りてきたんだ。

続《つづ》いてもう1人《ひとり》、男《おとこ》の人《ひと》が姿《すがた》を見《み》せる。

髪《かみ》を短《みじか》く刈《か》り上《あ》げ、色《いろ》が黒《くろ》く、痩《や》せて険《けん》のある顔《かお》つきをしていたけれど、服装《ふくそう》は派手《はで》で地紋《じもん》の入《はい》った紫色《むらさきいろ》のスーツの下《した》に、黒《くろ》いシルクの開襟《かいきん》シャツを着《き》ていた。

小脇《こわき》に抱《かか》えた細長《ほそなが》い箱《はこ》を持《も》ち替《か》えながら、袖《そで》をめくって腕時計《うでどけい》を露《あらわ》にし、それを運転手《うんてんしゅ》さんに見《み》せて、何《なに》か話《はな》している。

私《わたし》は、コクンと息《いき》を呑《の》んだ。

今《いま》この時間《じかん》に、松濤《しょうとう》にすごく近《ちか》いこの場所《ばしょ》で、安田専務《やすだせんむ》と一緒《いっしょ》にいるって、しかも細長《ほそなが》い箱《はこ》を持《も》ってるって・・・もしかして、あれ、夏木健《なつきけん》!?

急《きゅう》に鼓動《こどう》が速《はや》くなる。

その男性《だんせい》は自分《じぶん》のポケットから何《なに》かを出《だ》して運転手《うんてんしゅ》さんに渡《わた》し、代《か》わりに運転手《うんてんしゅ》さんから何《なに》かをもらった。

そして先《さき》に降《お》りていた安田専務《やすだせんむ》と2人《ふたり》で、駅《えき》の方《ほう》に向《む》かっていったんだ。

私《わたし》はあわてて駆《か》け出《だ》し、発車《はっしゃ》しようとしていたタクシーの運転席《うんてんせき》の窓《まど》をドンドンと叩《たた》く。

「あの、この車《くるま》、今《いま》、松濤《しょうとう》から来《き》ましたか?」

運転手《うんてんしゅ》さんは不審《ふしん》な顔《かお》で頷《うなず》いた。

「そうだけど、」

希望《きぼう》の光《ひかり》を見《み》つけた気分《きぶん》だった。

「今《いま》のお客《きゃく》さんを乗《の》せた場所《ばしょ》まで、私《わたし》を乗《の》せていってください。」

開《ひら》いたドアからタクシーに飛《と》びこみながらそう言《い》ったものの、急《きゅう》に料金《りょうきん》が心配《しんぱい》になった。

「いくらくらいですか？」

運転手《うんてんしゅ》さんは、やる気《き》が出《で》ないといったような顔《かお》で、発車《はっしゃ》しながら溜《た》め息《いき》をつく。

「ワンメーターだよ、７３０円《えん》。」

よかった、そのくらいなら大丈夫《だいじょうぶ》！

「今日《きょう》は、ツイてねぇ。変《へん》な客《きゃく》ばっかでよ。さっきの客《きゃく》なんか、わざわざ時間《じかん》を確認《かくにん》させたあげく、自分《じぶん》の名刺《めいし》出《だ》して、俺《おれ》の名刺《めいし》がほしいって言《い》いやがってさ。」

私《わたし》は、声《こえ》が震《ふる》えないように気《き》をつけて答《こた》えた。

「へぇ、おもしろい人《ひと》ですね。その名刺《めいし》、見《み》せてもらえますか？」

運転手《うんてんしゅ》さんは無造作《むぞうさ》に助手席《じょしゅせき》に手《て》を伸《の》ばし、そこに置《お》いてあった名刺《めいし》を取《と》って、私《わたし》の方《ほう》に差《さ》し出《だ》す。

「やるよ、いらねーから。」

私《わたし》は車内灯《しゃないとう》を探《さが》し、それを点《つ》けた。

名刺《めいし》には、夏《なつ》木《き》不《ふ》動産《どうさん》代表《だいひょう》取締役《とりしまりやく》社長《しゃちょう》夏《なつ》木《き》健《けん》と書《か》かれている。

やっぱり！

きっと自分《じぶん》のアリバイ作《づく》りのために、時間《じかん》を確認《かくにん》させたり、名刺《めいし》を渡《わた》したりしたんだ。

「あんた、小学生《しょうがくせい》みたいだけど、金持《かねも》ってんだろうね。なかったら、松濤《しょうとう》じゃなくて警察《けいさつ》に行《い》かなきゃなんないけどよ。」

私《わたし》は、ありますと言《い》おうとして気《き》がついた、運転席《うんてんせき》の前方《ぜんぽう》のインストルメント・パネルに嵌《は》めこまれた時計《とけい》が、もう9時《じ》45分《ふん》を指《さ》しているのをっ！

「すみません、急《いそ》いでくださいっ！」

運転手《うんてんしゅ》さんは振《ふ》り返《かえ》って私《わたし》をにらみ、ものすごい勢《いきお》いでアクセルを踏《ふ》んだので、私《わたし》は一気《いっき》に後《うし》ろにでんぐり返《がえ》ってしまった。

それでも9時《じ》50分《ぷん》には、大《おお》きな家《いえ》の前《まえ》に到着《とうちゃく》っ！

「ここだ。」

さっき金額《きんがく》を聞《き》いてお財布《さいふ》から摑《つか》み出《だ》していたお金《かね》を渡《わた》し、タクシーから飛《と》び降《お》りる。

家《いえ》の前《まえ》には、誰《だれ》もいなかった。

若武《わかたけ》たちは、中《なか》に忍《しの》びこんだのに違《ちが》いない。

ここで門《もん》のドアフォンを押《お》して音《おと》が響《ひび》いたり、家《いえ》の人《ひと》が出《で》てきたりしたら、作戦《さくせん》の邪魔《じゃま》になるかもしれないと考《かんが》えて、私《わたし》はこっそり門《もん》を入《はい》った。

水銀灯《すいぎんとう》に照《て》らされた広《ひろ》い庭《にわ》が左右《さゆう》に広《ひろ》がり、その真《ま》ん中《なか》に敷石《しきいし》が嵌《は》めこまれていて、奥《おく》へと続《つづ》いている。

取《と》りあえずそこを歩《ある》き、立《た》ち木《き》の角《かど》を曲《ま》がって突《つ》き当《あ》たりにある玄関前《げんかんまえ》まで行《い》った。

さて、どうしようかと考《かんが》える。

瞬間《しゅんかん》、後《うし》ろでガサッと何《なに》かが動《うご》いた。

ぎゃっ！

叫《さけ》びそうになるのをこらえて振《ふ》り返《かえ》ると、そこで小塚君《こづかくん》がびっくりしていた。

「アーヤ、よく来《こ》られたね。」

必死《ひっし》だったんだよぉ。

「こっちに来《き》て。」

そう言《い》って小塚君《こづかくん》は、庭《にわ》の方《ほう》に歩《ある》き出《だ》した。

「さっきまで安田専務《やすだせんむ》と夏木健《なつきけん》がいたんだ。」

ん、駅《えき》で会《あ》ったよ。

「2人《ふたり》が帰《かえ》ってから、黒木《くろき》がスマホでKAITO《カイト》さんに連絡《れんらく》して、事情《じじょう》を話《はな》して家《いえ》に入《い》れてもらったんだ。どこかに残《のこ》されているはずの神剣《しんけん》クリスを捜《さが》すためにね。」

あ、高宮《たかみや》さんの協力《きょうりょく》を得《え》るって方法《ほうほう》があったんだ。

これっぽっちも考《かんが》えてみなかったけど、それ、正解《せいかい》だよね。

「上杉《うえすぎ》なんかは、呪《のろ》いの話《はなし》なんか信《しん》じてもらえないだろうって言《い》ってたんだけど、白木社長《しらきしゃちょう》はすぐ反応《はんのう》した。芸能界《げいのうかい》ってそういうことを信《しん》じる人《ひと》が多《おお》いらしいよ。」

そうなんだ。

「夏木《なつき》は確《たし》かに、美《うつく》しき王子《おうじ》のクリスを持《も》ってきて、皆《みな》に見《み》せたらしい。でも持《も》って帰《かえ》ったと、皆《みな》が言《い》ってるんだ。」

箱《はこ》を持《も》ってるのは、見《み》かけたよ。

中《なか》に神剣《しんけん》が入《はい》ってたかどうかは、疑問《ぎもん》だけど。

「持《も》って帰《かえ》るはずはない。どこかにこっそり置《お》いてあるんじゃないかって、皆《みな》で捜《さが》したんだけど、家《いえ》の中《なか》のどこにもなかった。」

ない・・・。

「で、庭《にわ》じゃないかってことになって、捜《さが》し始《はじ》めたんだけど、何《なに》しろ広《ひろ》いし暗《くら》いし、捜《さが》しきれなかった。もうすぐ10時《じ》で封《ふう》じこめが切《き》れる。とにかく白木社長《しらきしゃちょう》を守《まも》るしかないってことで捜《さが》すのをやめて、社長《しゃちょう》の身辺《しんぺん》を固《かた》めてたとこだよ。」

庭《にわ》の奥《おく》の方《ほう》に、明《あ》かりの漏《も》れている部屋《へや》が見《み》えてくる。

「僕《ぼく》は、外《そと》で連絡《れんらく》、兼《けん》、見張《みは》り係《がかり》。」

近《ちか》づいていくと、装飾《そうしょく》タイルを敷《し》き詰《つ》めた広《ひろ》いテラスに面《めん》した窓《まど》が開《あ》いていた。

「庭《にわ》から攻撃《こうげき》されるとすれば、まずガラスが割《わ》られる。その破片《はへん》で怪我《けが》をする可能性《かのうせい》も大《おお》きいから、初《はじ》めから窓《まど》は開《あ》けといた方《ほう》がいいって七鬼《なぎ》が言《い》うからさ。」

窓《まど》の向《む》こうはシャンデリアの下《さ》がった広《ひろ》い居間《いま》で、中央《ちゅうおう》のソファに白木社長《しらきしゃちょう》が硬《かた》い表情《ひょうじょう》で座《すわ》っていた。

その前《まえ》に忍《しのぶ》が立《た》ちふさがり、両脇《りょうわき》に若武《わかたけ》と上杉君《うえすぎくん》、後方《こうほう》に翼《たすく》と黒木君《くろきくん》が、それぞれ床《ゆか》に片膝《かたひざ》を突《つ》いて待機《たいき》している。

高宮《たかみや》さんは、ソファの後《うし》ろに立《た》っていた。

「七鬼《なぎ》が、白木社長《しらきしゃちょう》を守《まも》る結界《けっかい》を敷《し》いたんだ。」

結界《けっかい》？

「呪《のろ》いを寄《よ》せ付《つ》けない壁《かべ》のことだよ。」

へえ。

「七鬼《なぎ》を頂点《ちょうてん》にして若武《わかたけ》たちが五芒星《ペンタグラム》を形作《かたちづく》って、その中心《ちゅうしん》に白木社長《しらきしゃちょう》を入《い》れて守《まも》ってるんだ。」

そう言《い》われてみれば、確《たし》かに5人《にん》は星《ほし》の形《かたち》に立《た》っていた。

「絶対破《ぜったいやぶ》れないってさ。つまり封《ふう》じこめが切《き》れ、呪《のろ》いが始動《しどう》しても、白木社長《しらきしゃちょう》には近《ちか》づけないんだ。」

忍《しのぶ》、すごいかも。

「私《わたし》にできること、ある？」

そう聞《き》くと、小塚君《こづかくん》は腕時計《うでどけい》に視線《しせん》を落《お》とした。

「今《いま》のところは大丈夫《だいじょうぶ》。その辺《へん》の木《き》の陰《かげ》にでも隠《かく》れてて。どこから攻撃《こうげき》してくるかわからないから、巻《ま》きこまれないようにさ。」

私《わたし》は、皆《みな》の足手《あしで》まといになったらいけないと思《おも》い、あたりを見回《みまわ》して、池《いけ》の畔《ほとり》にあった数本《すうほん》の百日紅《さるすべり》の陰《かげ》に身《み》をひそめた。

小塚君《こづかくん》は腕時計《うでどけい》を見《み》ながらテラスに近寄《ちかよ》り、部屋《へや》の中《なか》の皆《みな》に向《む》かって両手《りょうて》を上《あ》げる。

「10時《じ》まで、あと1分《ぷん》だ。カウントダウンに入《はい》るからね。」

空中《くうちゅう》に差《さ》し上《あ》げた10本《ぽん》の指《ゆび》を巧《たく》みに使《つか》い、残《のこ》りの秒数《びょうすう》を表示《ひょうじ》した。

「・・・35、34、33、」

私《わたし》は次第《しだい》に緊張《きんちょう》する。

「19、18、17、」

体《からだ》が硬《かた》くなっていくのがわかった。

「4、3、2、」

息《いき》が詰《つ》まる。

「1、0っ！」

瞬間《しゅんかん》、私《わたし》の背中《せなか》のすぐ後《うし》ろで、チャプンと水音《みずおと》が響《ひび》いた。

ドキッとして振《ふ》り返《かえ》れば、風《かぜ》もないのに池《いけ》の表面《ひょうめん》が不自然《ふしぜん》に波立《なみだ》っている。

う！

乱《みだ》れたその水面《すいめん》は、やがて泡立《あわだ》つように盛《も》り上《あ》がってきて2つに分《わ》かれ、そこから1本《ぽん》の剣《けん》が、まるで身《み》を起《お》こす人間《にんげん》のように立《た》ち上《あ》がった。

わっ！

細《ほそ》い剣先《けんさき》を上《うえ》にし、次第《しだい》に空中《くうちゅう》にその刀身《とうしん》を露《あらわ》にする。

表面《ひょうめん》に複雑《ふくざつ》な模様《もよう》が浮《う》き出《だ》した両刃《りょうば》の剣《けん》だった。

水《みず》を滴《したた》らせたその刃《は》が、庭《にわ》の水銀灯《すいぎんとう》の光《ひかり》を浴《あ》びて銀色《ぎんいろ》の輝《かがや》きを放《はな》つ。

思《おも》わず、うっとりと見入《みい》ってしまいそうなほど華麗《かれい》だった。

これが、美《うつく》しき王子《おうじ》のクリスなんだ！

忍《しのぶ》の、低《ひく》い声《こえ》が響《ひび》く。

「独鈷印《どっこいん》、」

目《め》を向《む》ければ、忍《しのぶ》はその紫《むらさき》の瞳《ひとみ》でクリスを見《み》すえ、胸《むね》の前《まえ》で両手《りょうて》を合《あ》わせて、10本《ぽん》の指《ゆび》を複《ふく》雑《ざつ》な形《かたち》に組《く》み合《あ》わせていた。

「大金剛印《だいこんごういん》、外獅子印《そとじしいん》、」

素早《すばや》く指《ゆび》を組《く》み替《か》えながら、次々《つぎつぎ》と新《あたら》しい形《かたち》を作《つく》り上《あ》げる。

その目《め》に自信《じしん》に満《み》ちた光《ひかり》をきらめかせ、口元《くちもと》に不敵《ふてき》な微笑《ほほえ》みを浮《う》かべた忍《しのぶ》は、今《いま》まで見《み》たこともないほどカッコよかった。

「内獅子印《うちじしいん》、外縛印《げばくいん》、」

忍《しのぶ》の背中《せなか》を覆《おお》っていた長《なが》い髪《かみ》がゆっくりと浮《う》き上《あ》がり、光《ひかり》のように四方八方《しほうはっぽう》に広《ひろ》がる。

「内縛印《ないばくいん》、知拳印《ちけんいん》、」

私《わたし》が息《いき》を呑《の》む中《なか》、美《うつく》しき王子《おうじ》のクリスは上《うえ》にしていた剣先《けんさき》を下《お》ろし、一瞬《いっしゅん》、水平《すいへい》になったかと思《おも》うと、向《む》きを変《か》え始《はじ》めた。

「日輪印《にちりんいん》、隠形印《おんぎょうのいん》。」

磁石《じしゃく》の針《はり》のように微妙《びみょう》に揺《ゆ》れながら、柄《つか》を中心《ちゅうしん》にして360度《ど》回転《かいてん》する。

そして、なんとっ！　私《わたし》の方《ほう》に剣先《けんさき》を向《む》けて、ピタリと止《と》まったのだった。

まるで、私《わたし》を指差《ゆびさ》すかのようだった。

え、ええっ⁉

驚《おどろ》きのあまり、私《わたし》は棒立《ぼうだ》ちになった。

若武《わかたけ》の悲鳴《ひめい》のような声《こえ》が響《ひび》く。

「アーヤ、なんで、ここにいんだっ⁉」

上杉君《うえすぎくん》の叫《さけ》びも聞《き》こえた。

「呪《のろ》いは、1番近《いちばんちか》くにいる女《おんな》を殺《ころ》せ、だぜっ！」

私《わたし》は凍《こお》りつくような思《おも》いで目《め》だけを動《うご》かし、クリスと自分《じぶん》の距離《きょり》、そしてクリスと白木社長《しらきしゃちょう》の距離《きょり》を見比《みくら》べた。

うう、圧倒的《あっとうてき》に私《わたし》の方《ほう》が近《ちか》いっ！

「早《はや》く逃《に》げろ！　結界《けっかい》を作《つく》ってる俺《おれ》たちは、この位置《いち》から動《うご》けない！」

「白木社長《しらきしゃちょう》より、遠《とお》くに行《い》くんだ！」

翼《たすく》と黒木君《くろきくん》に次々《つぎつぎ》と言《い》われて、私《わたし》は走《はし》り出《だ》そうとしたけれど、足《あし》が強張《こわば》ってしまって一歩《いっぽ》も進《すす》めなかった。

「臨《りん》、兵《びょう》、闘《とう》、者《しゃ》、皆《かい》、陣《じん》、烈《れつ》、在《ざい》、前《ぜん》っ！」

忍《しのぶ》が声《こえ》を張《は》り上《あ》げるのと、クリスが私《わたし》に向《む》かって滑《すべ》るように突《つ》っこんでくるのが、同時《どうじ》だった。


ああ、もうだめだっ！

私《わたし》は、立《た》ちすくんだまま目《め》をつぶる。

直後《ちょくご》、誰《だれ》かに飛《と》びつかれ、押《お》し倒《たお》されて、その大《おお》きな胸《むね》の中《なか》に抱《だ》きしめられた。

「破《は》っ！」

忍《しのぶ》の叫《さけ》びが轟《とどろ》く。

あたりの空気《くうき》が一気《いっき》に、凄《すさ》まじい勢《いきお》いで動《うご》き出《だ》し、私《わたし》はその流《なが》れに巻《ま》きこまれ、どこか遠《とお》くに引《ひ》きずられていきそうになった。

悲鳴《ひめい》を上《あ》げる。

耳元《みみもと》で、優《やさ》しい声《こえ》がした。

「大丈夫《だいじょうぶ》、必《かなら》ず守《まも》る。」

息《いき》を呑《の》んで目《め》を開《あ》けると、自分《じぶん》のすぐ上《うえ》に、高宮《たかみや》さんのきれいな微笑《ほほえ》みがあった。

「安心《あんしん》して、目《め》を瞑《つぶ》っていいよ。」

それで夢中《むちゅう》で目《め》を閉《と》じる。

大《おお》きなその胸《むね》の中《なか》に包《つつ》まれながら、私《わたし》は高宮《たかみや》さんの心臓《しんぞう》の音《おと》を聞《き》いていた。

ほんの少《すこ》しも乱《みだ》れていないその規則正《きそくただ》しさが、私《わたし》の心《こころ》を落《お》ち着《つ》かせてくれたんだ。

やがて体中《からだじゅう》にかかっていた圧迫感《あっぱくかん》が、すうっと引《ひ》いていき、カランという音《おと》がした。

顔《かお》を上《あ》げれば、美《うつく》しき王子《おうじ》のクリスが池《いけ》の縁石《えんせき》の上《うえ》に落《お》ち、まるで人間《にんげん》のように力《ちから》なく横《よこ》たわるところだった。

「おお、やったっ！」

皆《みな》の歓声《かんせい》が上《あ》がる。

高宮《たかみや》さんは、私《わたし》の上《うえ》から半身《はんしん》を起《お》こし、こちらを見下《みお》ろした。

「どこか、痛《いた》いところは？」

私《わたし》は首《くび》を横《よこ》に振《ふ》りながら起《お》き上《あ》がり、直後《ちょくご》に見《み》てしまった、高宮《たかみや》さんのジャケットの背中《せなか》がザックリと切《き》れているのをっ！

きっと後《うし》ろからクリスに襲《おそ》われたんだ、私《わたし》を庇《かば》っていたから。

両手《りょうて》で口《くち》を覆《おお》い、息《いき》を呑《の》んでいると、高宮《たかみや》さんはちょっと笑《わら》った。

「大丈夫《だいじょうぶ》。」

そう言《い》いながら胸《むね》の前《まえ》で両腕《りょううで》を交差《こうさ》させ、ジャケットとシャツを一緒《いっしょ》に脱《ぬ》ぎすてて、こちらに背中《せなか》を見《み》せる。

「ほら、1ミリも切《き》れてないだろ。」

日《ひ》に焼《や》けてたくましいその背中《せなか》は、滑《なめ》らかで美《うつく》しく、ほんの少《すこ》しの傷《きず》もなかった。

「間一髪《かんいっぱつ》でクリスを叩《たた》き落《お》とした七鬼君《な(な) きくん》のパワーに、敬服《けいふく》だな。」

立《た》ち上《あ》がり、居間《いま》から出《で》てきた忍《しのぶ》と固《かた》い握手《あくしゅ》を交《か》わす。

「母《はは》と俺《おれ》を守《まも》ってくれて、ありがとう。」

忍《しのぶ》は恥《は》ずかしそうに笑《わら》いながら庭《にわ》に降《お》り、池《いけ》に近《ちか》づいた。

転《ころ》がっているクリスを取《と》り上《あ》げると、ポケットから出《だ》した緑色《みどりいろ》のボールでその刀身《とうしん》を拭《ぬぐ》う。

「何《なん》だ、それ。」

上杉君《うえすぎくん》に聞《き》かれて、そのボールを差《さ》し出《だ》した。

それは、丸《まる》い木実《このみ》を半分《はんぶん》に切《き》ったもので、その断面《だんめん》はレモンみたいだった。

「ライムの一種《いっしゅ》。クリスの魂《たましい》は、これで拭《ぬぐ》ってやると落《お》ち着《つ》くんだ。」

へぇ。

「あとは、ジャスミンや薔薇《ばら》の花弁《かべん》を浮《う》かべた水《みず》で沐浴《もくよく》させてやると喜《よろこ》ぶ。」

意外《いがい》とおしゃれなんだね。

「今《いま》は気絶《きぜつ》している状態《じょうたい》だから、しばらくはおとなしいはず。家《いえ》に持《も》ち帰《かえ》って、きちんと伝統通《でんとうどお》りの神事《しんじ》を行《おこな》ってから、警察《けいさつ》を通《つう》じて博物館《はくぶつかん》に戻《もど》すよ。」

小塚君《こづかくん》が興味深《きょうみぶか》そうな視線《しせん》を走《はし》らせた。

「その前《まえ》に、1、2日貸《にちか》してくれないかな。分析《ぶんせき》してみたいんだ。」

忍《しのぶ》は、あわててクリスを胸《むね》に抱《かか》えこむ。

「ダメっ！」

まるで恋人《こいびと》でも庇《かば》うかのようだった。

「小塚《こづか》だって、自分《じぶん》の魂《たましい》を分析《ぶんせき》されたくないだろ。クリスも同《おな》じだ。呪《のろ》いに操《あやつ》られていただけで、このクリス自体《じたい》に罪《つみ》はないんだし。」

忍《しのぶ》は結構《けっこう》、繊細《せんさい》なんだなと、この時《とき》、私《わたし》は思《おも》った。

クリスをほとんど人間扱《にんげんあつか》いしているのは、いかがなものかという気《き》がするけど・・・。

「クリスのことは、もういいよ。問題《もんだい》は、」

若武《わかたけ》が、くやしそうに頬《ほお》を歪《ゆが》める。

「夏木《なつき》だ。くっそ、あいつ、殺人未遂《さつじんみすい》だぜ。だけどその方法《ほうほう》がクリスの呪《のろ》いじゃ、警察《けいさつ》は動《うご》きっこない。きっとそこまで読《よ》んでたんだ、ちきしょうめ。」

忍《しのぶ》が眉根《まゆね》を寄《よ》せる。

「このままにしとくと、ヤバくない？　きっとまたやるでしょ。」

黒木君《くろきくん》が、問題《もんだい》ないといったように片目《かため》をつぶった。

「そこは銃刀法違反《じゅうとうほういはん》だよ。警察《けいさつ》に電話《でんわ》して、フィリピンで買《か》った銃《じゅう》を持《も》ってる人《ひと》がいますってチクればいいだけさ。その銃《じゅう》の線条《せんじょう》は、おそらく2代目《だいめ》の社長《しゃちょう》を殺《ころ》した銃弾《じゅうだん》の線条痕《せんじょうこん》と一致《いっち》する。殺人罪《さつじんざい》で、即《そく》、逮捕《たいほ》だね。」

やった、悪《あく》は滅《ほろ》びる！

「よし、俺《おれ》が明日《あした》、通報《つうほう》する。」

若武《わかたけ》がそう言《い》い、誰《だれ》も反対《はんたい》しなかった。

「皆《みな》さん、ありがとう、ご苦労様《くろうさま》でした。」

居間《いま》にいた白木社長《しらきしゃちょう》が、テラスまで出《で》てきて、満面《まんめん》の笑《え》みで私《わたし》たちを見回《みまわ》した。

「あなたたちをユニットでデビューさせたらどうかって話《はなし》は、安田《やすだ》から聞《き》いています。今日《きょう》、改《あらた》

めてお会《あ》いして、そうね、メンバーが皆《みな》、本当《ほんとう》に個性的《こせいてき》で、それぞれが客層《きゃくそう》のニーズに合《あ》ってい
るし、チームワークもよさそうだから、とてもいいユニットになるんじゃないかと思《おも》ったわ。」

若武《わかたけ》が、やったと言《い》わんばかりの笑顔《えがお》になり、拳《こぶし》を握《にぎ》りしめる。

「リーダーは俺《おれ》です。トップダウンじゃなくて、各人《かくじん》の個性《こせい》を尊重《そんちょう》しながら、いつも多数決《たすうけつ》で物《もの》
事《ごと》を決《き》めてきました。チームワークには自信《じしん》があります。」

白木社長《しらきしゃちょう》は、ちょっと困《こま》ったような表情《ひょうじょう》になった。

「結構《けっこう》ね。でもアイドルになったら、それは無理《むり》よ。」

え？

「アイドルは、ファンのために存在《そんざい》するの。自分《じぶん》たちの意思《いし》で、何《なに》かを決《き》めていくことはできな
いわ。プロダクションの指示《しじ》に従《したが》ってもらわないとね。」

そうなんだ・・・。

その場《ば》に一瞬《いっしゅん》、沈黙《ちんもく》が広《ひろ》がり、若武《わかたけ》がそれを破《やぶ》った。

「もちろん指示《しじ》には従《したが》います。でも俺《おれ》たち、このメンバーでチームを組《く》んで、いろんな活動《かつどう》をし
ているんです。それは、続《つづ》けても構《かま》いませんよね!?」

念《ねん》を押《お》すように言《い》うと、白木社長《しらきしゃちょう》は首《くび》を傾《かし》げた。

「基本的《きほんてき》に、芸能活動《げいのうかつどう》以外《いがい》は、しないでもらいたいのよ。」

えっ!?

「アイドルを芸能活動《げいのうかつどう》に専念《せんねん》させる、これが安田《やすだ》プロダクションの方針《ほうしん》。学校《がっこう》はしかたないけれど、それ以外《いがい》のことは諦《あきら》めてもらうしかないわね。」

私《わたし》は、頭《あたま》から血《ち》が引《ひ》いていくような気《き》がした。

だってそれは、私《わたし》たちの計画《けいかく》を根底《こんてい》から覆《くつがえ》すものだったから。

そもそも皆《みな》でアイドルデビューを目指《めざ》したのは、翼《たすく》がスカウトされ、若武《わかたけ》も昔《むかし》の情熱《じょうねつ》に火《ひ》がついていて、その状態《じょうたい》では、全員《ぜんいん》でアイドルをすることだけが、今《いま》まで通《どお》りKZ《カッズ》の活動《かつどう》を続《つづ》ける唯《ゆい》一《いっ》の方法《ほうほう》だったんだ。

だから小塚君《こづかくん》だって河馬《カバ》を見習《みなら》う決心《けっしん》をしたのだし、私《わたし》だって皆《みな》の記録《きろく》を取《と》っていく決意《けつい》をした。

それが、プロダクションから禁止《きんし》されるなんて。

つまりアイドルチームKZ《カッズ》になったら、探偵《たんてい》チームKZ《カッズ》ではいられないってことなんだ。

「そもそもデビューしてしまえば、芸能活動《げいのうかつどう》以外《いがい》をする余裕《よゆう》なんてなくなるのが普通《ふつう》だし、またそのくらい集中《しゅうちゅう》して取《と》り組《く》まないと、とてもやっていけない厳《きび》しい世界《せかい》でもあるのよ。」

若武《わかたけ》は、黙《だま》りこんだ。
私《わたし》たちは顔《かお》を見合《みあ》わせる。
アイドルKZ《カッズ》か、探偵KZ《たんていカッズ》か、どちらかを取《と》らねばならないのだった。
私《わたし》は、ドキドキしながら考《かんが》えた。
きっと若武《わかたけ》と翼《たすく》は、アイドルデビューを取《と》るだろう。
でも、2票《ひょう》だ。
残《のこ》りの5票《ひょう》は、KZ《カッズ》の継続《けいぞく》を望《のぞ》むかもしれない。
いったんは、そう考《かんが》えた。
でもすぐ、この問題《もんだい》は、多数決《たすうけつ》で決《き》められないものだと気《き》がついたんだ。
若武《わかたけ》と翼《たすく》がデビューしたいと思《おも》っているのなら、それを邪魔《じゃま》する権利《けんり》は誰《だれ》にもない。
むしろ応援《おうえん》してあげたい。
でも2人《ふたり》が抜《ぬ》けたら・・・KZ《カッズ》は、今《いま》までのKZ《カッズ》じゃないし、全然KZ《ぜんぜんカッズ》らしくない。
KZ《カッズ》を続《つづ》けていくことは、きっとできなくなるんだ・・・。
そう思《おも》っている私《わたし》の前《まえ》で、上杉君《うえすぎくん》が黒木君《くろきくん》に視線《しせん》を走《はし》らせる。
黒木君《くろきくん》は、それを受《う》け、すぐ若武《わかたけ》を見《み》た。

若武《わかたけ》は頷《うなず》き、白木社長《しらきしやちょう》に向《む》き直《なお》る。

「わかりました。プロダクションの方針通《ほうしんどお》りにします。」

私《わたし》は、目《め》の前《まえ》が真《ま》っ暗《くら》になる思《おも》いだった。

うつむきながら思《おも》う、探偵《たんてい》チームKZ《カッズ》は、もうこれで終《お》わりなんだって。

「まぁ細《こま》かなことは、これからゆっくり話《はな》し合《あ》っていきましょう。今日《きょう》は取《と》りあえず、ケーキとジュースでも、いかが？　どうぞ、お入《はい》りなさいよ。」

白木社長《しらきしやちょう》の誘《さそ》いを受《う》けて、皆《みな》がうれしそうにテラスから居間《いま》に上《あ》がりこむ。

若武《わかたけ》が私《わたし》に近《ちか》づき、耳元《みみもと》でこっそりささやいた。

「心配《しんぱい》すんな。黙《だま》ってやればいい。わかりゃしないって。」

あ、上杉君《うえすぎくん》から黒木君《くろきくん》を通《とお》して若武《わかたけ》に伝《つた》わったのは、このことだったんだね。

## 26　月夜《つきよ》の散歩《さんぽ》

その夜《よる》は、すっかりごちそうになり、私《わたし》は家《いえ》に帰《かえ》った。

でも高宮《たかみや》さんと一緒《いっしょ》だったから、ママには全然怒《ぜんぜんおこ》られなかった。

ただ、こう言《い》われたけれど。

「彩《あや》だけなんて、ずるい。私《わたし》も行《い》きたかったのに!」

私《わたし》はお風呂《ふろ》に入《はい》り、寝《ね》る前《まえ》に事件《じけん》ノートを整理《せいり》した。

事件《じけん》は完璧《かんぺき》に片付《かたづ》き、クリスの問題《もんだい》も解決《かいけつ》して、今《いま》が1番《いちばん》、爽快感《そうかいかん》を味《あじ》わえるはずの時《とき》だった。

でも私《わたし》は、憂鬱《ゆううつ》な気持《きも》ちをどうすることもできなかったんだ。

だって今回《こんかい》は、いつもと違《ちが》う。

この後《あと》には、KZ《カッズ》のアイドルデビューが待《ま》っているんだもの。

若武《わかたけ》たちは、内緒《ないしょ》で探偵《たんてい》チームの活動《かつどう》を続《つづ》けるつもりでいるけれど、そんなこと、うまくいくだろうか。

こっそり隠《かく》れてやるのと、今《いま》までみたいに自由《じゆう》に、正々堂々《せいせいどうどう》とやっていくのとでは、全然違《ぜんぜんちが》う。

それに、いつかはバレると思《おも》う。

ああ、こんなことになるなんて、思《おも》ってもみなかった。

私《わたし》はノートをめくり、これまでの事件《じけん》の1つ1つに目《め》を通《とお》しながら、皆《みな》で夢中《むちゅう》になって謎《なぞ》を解《と》いていた頃《ころ》のことを思《おも》い出《だ》した。

全員《ぜんいん》が揃《そろ》っているのがあたりまえで、そのことに何《なん》の疑問《ぎもん》も持《も》たず、直向《ひたむ》きに、驀地《まっしぐら》に、皆《みな》で事件《じけん》を追《お》っていた。

どうして時間《じかん》は、流《なが》れていってしまうのだろう。

私《わたし》がこんなに大事《だいじ》に思《おも》っているのに、なぜいつまでも、今《いま》までのKZ《カッズ》じゃいられないんだろう。

変《か》わりたくないと思《おも》っているのは、私《わたし》だけ？

切《せつ》なくてたまらなくなって、私《わたし》はノートを抱《だ》きしめた。

私《わたし》たちは成長《せいちょう》しているし、それぞれ別々《べつべつ》の未来《みらい》を持《も》っている、だから永遠《えいえん》に一緒《いっしょ》にいるなんて、できないことなんだ。

皆《みな》で心《こころ》を合《あ》わせて1つのことに夢中《むちゅう》になれる時間《じかん》には、限《かぎ》りがある。

一瞬一瞬《いっしゅんいっしゅん》、すり減《へ》るように消《き》えていってしまうその時間《じかん》の価値《かち》が、今《いま》ようやくわかった気《き》がした。

それは本当《ほんとう》に短《みじか》くて、黄金《おうごん》のように貴重《きちょう》な、光《ひか》り輝《かがや》く時間《じかん》なんだ。

それは過《す》ぎ去《さ》っていってしまい、もう二度《にど》と戻《もど》ってこないんだ。

KZ《カッズ》は、もう昔《むかし》のKZ《カッズ》には戻《もど》れない。

私《わたし》は胸《むね》がつぶれそうになり、声《こえ》を上《あ》げて泣《な》いてしまった。

瞬間《しゅんかん》、ノックの音《おと》が響《ひび》く。

「アーヤ、どうかしたの？」

高宮《たかみや》さんの声《こえ》だった。

「よかったら、出《で》てこない？　少《すこ》し話《はな》そう。」

私《わたし》は迷《まよ》ったけれど、涙《なみだ》を拭《ふ》いて立《た》ち上《あ》がり、ドアを開《あ》けた。

そこに高宮《たかみや》さんが、気遣《きづか》わしげな表情《ひょうじょう》で立《た》っていた。

「深夜《しんや》の散歩《さんぽ》でもしようか？　コート着《き》ておいで。」

2人《ふたり》で家《いえ》を出《で》て、道《みち》を歩《ある》く。

「月《つき》がきれいだ。」

高宮《たかみや》さんは両手《りょうて》を上《あ》げ、頭《あたま》の後《うし》ろで組《く》んだ。

「夜《よる》はいいね、サングラスしなくてもいいし。」

私《わたし》はちょっと笑《わら》う。

気持《きも》ちが、次第《しだい》に落《お》ち着《つ》いてきていた。

「何《なに》か、あったの？」

そう聞《き》かれて、結構《けっこう》、素直《すなお》に話《はな》すことができた。

「大《たい》したことじゃないんだけど、時間《じかん》はどうして流《なが》れ過《す》ぎていってしまうのかなって考《かんが》えて、憂《ゆう》鬱《うつ》だったの。皆《みな》とずっと友《とも》だちでいたいのに、いつかは別《わか》れなくちゃならなくなるから。」

高宮《たかみや》さんは、小《ちい》さく何度《なんど》か頷《うなず》く。

「そっか、喪失感《そうしつかん》に悩《なや》まされてるんだね。」

そう言《い》いながら月《つき》を仰《あお》いだ。

「今《いま》、アーヤが感《かん》じてるのは、誰《だれ》でも、きっと抱《かか》えているに違《ちが》いない悩《なや》みだよ。どんな関係《かんけい》も永《えい》遠《えん》には続《つづ》かない。孤独《こどく》は、人間《にんげん》の宿命《しゅくめい》みたいなものだね。」

そうなのかと、私《わたし》は思《おも》った。

人《ひと》が皆《みな》そうなら、私《わたし》だけがそこから逃《のが》れられるはずもない。

「『青春《せいしゅん》は美《うる》わし』っていう本《ほん》を読《よ》んだことがある？」

私《わたし》は、首《くび》を横《よこ》に振《ふ》った。

「その中《なか》に、こういう文章《ぶんしょう》がある。人間《にんげん》は、どんなに足掻《あが》いてみても、1人《ひとり》なのだ。1人《ひとり》で生《い》き、1人《ひとり》で苦痛《くつう》に耐《た》え、1人《ひとり》で死《し》んでいかねばならないのだ。」

その重《おも》さに、私《わたし》は胸《むね》を突《つ》かれた。

同時《どうじ》に、それこそが人生《じんせい》の重《おも》みの1つなんだと直感《ちょっかん》した。

人《ひと》は誰《だれ》も、それを背負《せお》って生《い》きていかなければならないんだ。

「これを読《よ》んだ時《とき》、俺《おれ》は思《おも》ったよ。だったら自分《じぶん》は、強《つよ》くなろうって。孤独《こどく》が人間《にんげん》の宿命《しゅくめい》なら、それを乗《の》り越《こ》えるには強《つよ》さが必要《ひつよう》だから。」

高宮《たかみや》さんは手《て》を伸《の》ばし、私《わたし》の肩《かた》を抱《だ》き寄《よ》せる。

「アーヤ、強《つよ》くなれ！　悲《かな》しみに負《ま》けて、自分《じぶん》を曲《ま》げたり傷《きず》つけたり嘆《なげ》いたりするな。」

大《おお》きな手《て》が強《つよ》く肩《かた》を抱《だ》きしめて、私《わたし》の心《こころ》を励《はげ》ましてくれた。

私《わたし》は頷《うなず》きながら高宮《たかみや》さんを仰《あお》ぎ、月《つき》の光《ひかり》を浴《あ》びているその横顔《よこがお》に見《み》とれる。

そこには、はっきりと孤独《こどく》がにじんでいた。

でもそれに打《う》ち拉《ひし》がれない強《つよ》さがあって、それが美《うつく》しかった。
どんなことも乗《の》り越《こ》えていく人間《にんげん》の気高《けだか》さと崇高《すうこう》さが、そこで輝《かがや》いていたんだ。
私《わたし》はうつむき、心《こころ》に高宮《たかみや》さんの言葉《ことば》を抱《だ》きしめた。
それだけで、何《なん》だか強《つよ》くなれたような気《き》がして、うれしかった。

## 27 別《わか》れの時《とき》

その週《しゅう》のうちに、私《わたし》たちKZ《カッズ》が突《つ》き止《と》めた事件《じけん》が1つずつ明《あき》らかになり、様々《さまざま》な形《かたち》で報道《ほうどう》された。

まず原下美香《はらしたみか》が警察《けいさつ》に自首《じしゅ》し、その供述《きょうじゅつ》をもとに安田専務《やすだせんむ》が逮捕《たいほ》される。

白木社長《しらきしゃちょう》は、マスコミに向《む》けてコメントを出《だ》した。

安田専務《やすだせんむ》を解任《かいにん》し、社長以下《しゃちょういか》が一丸《いちがん》となって会社《かいしゃ》を立《た》て直《なお》していくとの決意表明《けついひょうめい》だった。

夏木健《なつきけん》も、いったんは銃刀法違反《じゅうとうほういはん》で逮捕《たいほ》されたけれど、押収《おうしゅう》された銃《じゅう》の線条《せんじょう》がフィリピンの殺《さつ》人事件《じんじけん》に使《つか》われた銃弾《じゅうだん》の線条痕《せんじょうこん》と一致《いっち》したとのことで、今後《こんご》はフィリピン警察《けいさつ》との合同捜査《ごうどうそうさ》により、殺人《さつじん》への関与《かんよ》も追及《ついきゅう》されるようだった。

テレビから流《なが》れてくるそれらのニュースを聞《き》きながら、私《わたし》は、このすべてを最初《さいしょ》に明《あき》らかにしたのは私《わたし》たちKZ《カッズ》なのだと考《かんが》え、それが誰《だれ》にも知《し》られないことをくやしく思《おも》った。

KZ《カッズ》の実力《じつりょく》を認《みと》めてもらえない無念《むねん》さを嚙《か》みしめたと言《い》ってもいい。

若武《わかたけ》はいつも、こういう思《おも》いをしてきたんだと、ようやく気《き》づいた。

それなのに、私《わたし》、今《いま》まで思《おも》いやりが足《た》りなかったかもしれない。

電話《でんわ》をかけて謝《あやま》ろうか。

ちょっと迷《まよ》ったけれど、きっといい気《き》になるだろうから、やめておいた。

その代《か》わりに、今度《こんど》そういうことがあったら、若武《わかたけ》の味方《みかた》をしようと考《かんが》えたんだ。

でも、そういうことって・・・あるのだろうか。

もう、ないかもしれない。

だってKZ《カッズ》は、アイドルKZ《カッズ》になってしまうんだもの。

胸《むね》が、絞《しぼ》られるように痛《いた》かった。

こんなことじゃいけない、強《つよ》くならなくっちゃ！

そう思《おも》いながら私《わたし》は、順調《じゅんちょう》に進《すす》むアイドルデビューの話《はなし》を事件《じけん》ノートに記録《きろく》した。

若武《わかたけ》が、デビューメンバーになれない私《わたし》に気《き》を使《つか》ってか、あるいはアイドルKZ《カッズ》の本《ほん》を出版《しゅっぱん》する時《とき》の準備《じゅんび》のためか、毎日KZ会議《まいにちカッズかいぎ》を招集《しょうしゅう》し、私《わたし》に細《こま》かな情報《じょうほう》を教《おし》えてくれていたんだ。

「今週《こんしゅう》の土曜日《どようび》、宇田川町《うだがわちょう》のビルに行《い》ってくる。安田《やすだ》プロダクションと契約《けいやく》するんだ。」

私《わたし》にそう言《い》ってから若武《わかたけ》は、皆《みんな》を見回《みまわ》した。

「たぶんデビューの日《ひ》も、決《き》まると思《おも》う。」

私《わたし》は目《め》を伏《ふ》せ、シャープペンを走《はし》らせた。

いよいよなんだ・・・。

「探偵《たんてい》チームとしての活動《かつどう》は、デビュー後《ご》も続《つづ》ける。今度《こんど》は、隠《かく》れ探偵《たんてい》チームKZ《カッズ》だ。」

上杉君《うえすぎくん》が、片手《かたて》で眼鏡《めがね》の中央《ちゅうおう》を押《お》し上《あ》げながら、もう一方《いっぽう》の手《て》を上《あ》げる。

「はい、質問《しつもん》。」

若武《わかたけ》は、面倒《めんどう》そうに上杉君《うえすぎくん》を指差《ゆびさ》した。

「なんだよ、さっさと言《い》え。」

アイドルデビューのためのレッスンは、すでに始《はじ》まっていた。

皆《みな》、慣《な》れないこともあって疲《つか》れ気味《ぎみ》だったんだ。

特《とく》に小塚君《こづかくん》は、とても大変《たいへん》らしく、会議《かいぎ》が始《はじ》まると、たいてい組《く》んだ両腕《りょううで》をテーブルに突《つ》いて、その上《うえ》に体重《たいじゅう》をかけ、くたっとしていた。

「あのさぁ、俺《おれ》たち、アイドルになるんだぜ。」

若武《わかたけ》は、何《なに》を当《あ》たり前《まえ》のことを言《い》っているんだというような表情《ひょうじょう》になる。

「そんで？」

上杉君《うえすぎくん》は、眼鏡《めがね》の向《む》こうの目《め》をパチパチさせた。

「そしたら、面割《メンわ》れるじゃん。そのへん歩《ある》いてても、あ、アイドルの何《なん》とかだって言《い》われっだろ。そういう状態《じょうたい》で、探偵活動《たんていかつどう》って無理《むり》なんじゃね？　聞《き》きこみとかさ。」

その時初《ときはじ》めて、私《わたし》は、その困難《こんなん》さを実感《じっかん》した。

確《たし》かにアイドルになったら、歩《ある》いているだけで人《ひと》が集《あつ》まってきてしまう。

聞《き》きこみに行《い》っても、あ、アイドルでしょって言《い》われて、すぐ噂《うわさ》になるし、調査《ちょうさ》どころではなくなってしまいそうだった。

「今《いま》さらだけどさ、KZ《カッズ》続行《ぞっこう》は、やっぱ苦《くる》しくね？」

その場《ば》に暗雲《あんうん》が立《た》ちこめる。

「大丈夫《だいじょうぶ》だ。」

そう言《い》ったのは、若武《わかたけ》だった。

「俺《おれ》たちには、切《き》り札《ふだ》がある。」

そのきれいな目《め》が、私《わたし》の方《ほう》を向《む》く。

「それは、アーヤだ。」

え、私《わたし》？

「アーヤだけが、アイドルデビューしない。今後《こんご》の現場調査《げんばちょうさ》は、アーヤにやってもらえばいい。」

その大変《たいへん》さを考《かんが》えて、私《わたし》は眩暈《めまい》がしそうだった。

だって1人《ひとり》で調査《ちょうさ》なんて・・・。

今《いま》までやったこともないような、大変《たいへん》な作業《さぎょう》が圧《の》し掛《か》かってくるように思《おも》えたんだ。

でも、それで探偵《たんてい》チームKZ《カッズ》を支《ささ》えることができるなら、頑張《がんば》るしかない。

私《わたし》にとって、KZ《カッズ》は、本当《ほんとう》に大切《たいせつ》なものなんだ、頑張《がんば》ってみせる。

「わかった。やるよ。できると思《おも》う。」

皆《みな》が、ほっとしたような表情《ひょうじょう》になった。

「おし、それでいこう!」

若武《わかたけ》に続《つづ》いて、皆《みんな》が次々《つぎつぎ》と口《くち》を開《ひら》く。

「もちろん、フォローはするからさ。」

「ん、あんまり負担《ふたん》かけないように気《き》を付《つ》ける。」

「よろしく!」

その日《ひ》は、それで解散《かいさん》だった。

私《わたし》はデビューしないし、契約《けいやく》もしないから宇田川町《うだがわちょう》には行《い》かない。

当《あ》たり前《まえ》だったけれど、これまでずっと一緒《いっしょ》に行動《こうどう》していたから、皆《みな》との間《あいだ》に少《すこ》し距離《きょり》ができたような気《き》がした。

これでKZ《カッズ》がデビューして、テレビで私《わたし》がそれを見《み》るようになったら、もっともっと遠《とお》くに感《かん》じるんだろうなぁ。

でも、これまでだって、皆《みんな》と私《わたし》の間《あいだ》には隔《へだ》たりがあった。

それでも何《なん》とかやってきたんだ。

今度《こんど》だって乗《の》り切《き》れる、たぶん。

＊

その土曜日《どようび》、私《わたし》は1日中《いちにちじゅう》、時計《とけい》を見上《みあ》げては、皆《みな》がどうしているのかを考《かんが》えていた。

もうあのビルに着《つ》いたかなとか、今頃契約《いまごろけいやく》してるんだろうなとか、ついにアイドルKZ《カッズ》が誕生《たんじょう》するんだなぁとか。

それだけで心《こころ》がいっぱいだったのに、夕食《ゆうしょく》の後《あと》で、高宮《たかみや》さんが突然《とつぜん》、こんなことを言《い》い出《だ》したんだ。

「今《いま》まで、大変《たいへん》お世話《せわ》になりました。事件《じけん》も解決《かいけつ》したし、母《はは》も戻《もど》ってこいと言《い》っているので、明日《あした》にでも自宅《じたく》に帰《かえ》ります。」

その発言《はつげん》は、私《わたし》たち家族《かぞく》にかなりのショックを与《あた》えた。

何《なん》といっても高宮《たかみや》さんは、我《わ》が家《や》の光《ひかり》というか、華《はな》のような存在《そんざい》だったし、私《わたし》たちは高宮《たかみや》さんがいることにすっかり慣《な》れてしまって、それが当《あ》たり前《まえ》になっていたから。

まず奈子《なこ》が派手《はで》に泣《な》き出《だ》し、続《つづ》いてママが鼻《はな》をグスグス言《い》わせ始《はじ》めた。

高宮《たかみや》さんが困《こま》っていたので、私《わたし》は2人《ふたり》を宥《なだ》める側《がわ》に回《まわ》らざるをえなかった。

でも本当《ほんとう》は、すごく悲《かな》しかったんだ。

KZ《カッズ》の活動《かつどう》が新《あたら》しい局面《きょくめん》を迎《むか》えようとしている今《いま》、私《わたし》はかなり不安定《ふあんてい》な気持《きも》ちになっていて、そこに高宮《たかみや》さんの立《た》ち去《さ》りは、ダブルパンチだった。

自分《じぶん》の大事《だいじ》なものが、立《た》て続《つづ》けに無《な》くなってしまうような気《き》がしたんだ。

いつまでも高宮《たかみや》さんに、家《いえ》にいてほしい。

そんなことはできないとわかっていたけれど・・・。

私《わたし》は自分《じぶん》を励《はげ》まし、力《ちから》を振《ふ》り絞《しぼ》って感傷《かんしょう》に蓋《ふた》をしながら考《かんが》えた。

高宮《たかみや》さんにはKAITO《カイト》としての仕事《しごと》があって、夢《ゆめ》に向《む》かって一生懸命《いっしょうけんめい》なんだ。

それを応援《おうえん》しなくちゃ！

「じゃ高宮《たかみや》さん、明日《あした》の夕方《ゆうがた》まで待《ま》っていてください。お見送《みおく》りをしたいから。急《いそ》いで塾《じゅく》から帰《かえ》ってきます。ほら、奈子《なこ》も頼《たの》みなさい。」
ママも加《くわ》わって、皆《みな》でお願《ねが》いし、高宮《たかみや》さんの出発《しゅっぱつ》は夕方《ゆうがた》になった。

*

その夜《よる》、私《わたし》は、なかなか寝付《ねつ》けなかった。
楽《たの》しいことは、なんですぐに終《お》わってしまうんだろう。
いつまでも幸《しあわ》せでいることは、どうしてできないんだろうって思《おも》いながら。
孤独《こどく》は人間《にんげん》の宿命《しゅくめい》だと、高宮《たかみや》さんは言《い》った。
だから強《つよ》くならなければならないって。
私《わたし》は、高宮《たかみや》さんを尊敬《そんけい》している。
高宮《たかみや》さんみたいに強《つよ》くなりたい。
哀《かな》しみも苦《くる》しみも悩《なや》みも、全部乗《ぜんぶの》り越《こ》えて前《まえ》に進《すす》んでいきたい、頑張《がんば》ろう！
そう考《かんが》えながら眠《ねむ》った。

＊

翌朝《よくあさ》、小塚君《こづかくん》から電話《でんわ》があった。

「若武《わかたけ》が、アプリのことで会議《かいぎ》をするってさ。今日《きょう》、サッカーKZ《カッズ》は午後《ごご》の試合《しあい》があるみたい。それで、秀明《しゅうめい》が終《お》わってから1階《かい》の談話室《だんわしつ》だって。」

アイドルデビューについては全然《ぜんぜん》、触《ふ》れず、その話《はなし》が持《も》ち上《あ》がる前《まえ》と同《おな》じ言《い》い方《かた》だったので、私《わたし》の方《ほう》が驚《おどろ》いた。

「え・・・そんなこと、やってていいの？　昨日《きのう》、契約《けいやく》に行《い》ったんでしょ。デビュー前《まえ》って、忙《いそが》しいんじゃないの？」

そう言《い》うと、小塚君《こづかくん》はのんびりと答《こた》えた。

「デビュー、しないことになったんだ。」

その時《とき》の私《わたし》の心境《しんきょう》は、驚天動地《きょうてんどうち》、驚愕《きょうがく》、驚倒《きょうとう》っ！

ええっ⁉

「昨日《きのう》、契約《けいやく》に行《い》った時《とき》、プロダクションから出《だ》された契約書《けいやくしょ》を見《み》たら、すごく細《こま》かなことまで書《か》いてあってさ、僕《ぼく》なんか体重制限《たいじゅうせいげん》までされてた。」

そうなんだ。

「若武《わかたけ》が気《き》にしたのは、恋愛禁止《れんあいきんし》って項目《こうもく》だよ。なんでこうなんですかって真剣《しんけん》に聞《き》いていた。白木社長《しらきしゃちょう》はこう答《こた》えたんだ。アイドルはファンの恋人《こいびと》でなくっちゃならないのよ。恋人《こいびと》だからこそ、ファンは夢中《むちゅう》になって、DVD《ディーブイディー》から関連《かんれん》グッズまで買《か》って、お金《かね》を使《つか》ってくれるわけでしょ。それがアイドルっていう商売《しょうばい》なの。」

わかるけど、結構《けっこう》、過酷《かこく》かも・・・。

「で、若武《わかたけ》が言《い》ったんだ、やめますって。聞《き》いてて気持《きも》ちがいいほど、きっぱりしてた。」

私《わたし》は、若武《わかたけ》の言葉《ことば》を思《おも》い出《だ》した。

俺《おれ》、プライベートは断固《だんこ》として確保《かくほ》するから。もしどうしてもダメって言《い》われたら、その時《とき》は、涙《なみだ》を呑《の》んでアイドルやめるからさ、って。

あれ、本気《ほんき》だったんだ。

「俺《おれ》はアイドルじゃなくて、実力派《じつりょくは》目指《めざ》します。そしたら恋愛《れんあい》しても何《なに》も言《い》われないですよねって。白木社長《しらきしゃちょう》は苦笑《くしょう》してた。たとえ実力《じつりょく》があってそれを認《みと》められても、商売《しょうばい》にならないことの方《ほう》が多《おお》いのよ。簡単《かんたん》に名前《なまえ》を売《う》るには、アイドルが1番《いちばん》。今《いま》アイドルでデビューしておいて、実力《じつりょく》派《は》に転向《てんこう》する方《ほう》がいいと思《おも》うわ。そうすれば？　今《いま》だけ我慢《がまん》すればいいのよ。そう言《い》ったんだけど、若武《わかたけ》は妥協《だきょう》しなかった。俺《おれ》には今《いま》が大事《だいじ》なんです、やめときますって言《い》い張《は》ったんだ。」

私《わたし》は、ちょっと感動《かんどう》した。

今《いま》を大事《だいじ》にするって考《かんが》え方《かた》は、高宮《たかみや》さんと同《おな》じだったから。

「それで、上杉《うえすぎ》もすぐ同調《どうちょう》した。僕《ぼく》も止《や》めたかったし、その様子《ようす》を見《み》て黒木《くろき》も止《や》める方《ほう》に傾《かたむ》き、結局《けっきょく》、美門《みかど》だけが残《のこ》ったんだ。白木社長《しらきしゃちょう》は僕《ぼく》らのユニットを諦《あきら》め、美門《みかど》だけにクールポイントのオーディションを受《う》けさせようと思《おも》ったみたいだよ。」

そっか、翼《たすく》の決心《けっしん》は固《かた》いもんね。

「でも美門《みかど》も、結局《けっきょく》、辞退《じたい》したんだ。」

なんでっ!?

「若武《わかたけ》の言葉《ことば》に、心《こころ》を動《うご》かされたんじゃないかな。」

ああ若武《わかたけ》は詐欺師《さぎし》だから、いかにも人《ひと》の心《こころ》を揺《ゆ》するような言《い》い方《かた》をするよね。

でも翼《たすく》は、そんなこと、お見通《みとお》しのはずなのに・・・。

「白木社長《しらきしゃちょう》が、美門《みかど》に、じゃあなただけねって言《い》ったら、僕《ぼく》も止《や》めますって。自分《じぶん》を生《い》かすためのデビューだったんですけど、恋愛禁止《れんあいきんし》って条件《じょうけん》が付《つ》くなら、デビューのために自分《じぶん》の気持《きも》ちを殺《ころ》さなけりゃならないことになります。それじゃ自分《じぶん》を生《い》かすことにならないから、って。」

ああ翼《たすく》は翼《たすく》で、ものすごくしっかり考《かんが》えてたんだ。

「で、デビューは中止《ちゅうし》。結局《けっきょく》、僕《ぼく》ら全員《ぜんいん》、普通《ふつう》に戻《もど》ったんだ。」

私《わたし》は、飛《と》び上《あ》がりたいほどうれしかった。

KZ《カッズ》は、変《か》わらないんだ！

今《いま》まで通《どお》りに、正々堂々《せいせいどうどう》と活動《かつどう》できる!!

皆《みな》と一緒《いっしょ》にいられる黄金《おうごん》の時間《じかん》を、私《わたし》は再《ふたた》び手《て》に入《い》れたんだ！

大事《だいじ》にしよう、ほんとに大切《たいせつ》にしよう、絶対《ぜったい》するよっ!!

「白木社長《しらきしゃちょう》はこう言《い》ってた、まだ皆《みな》13歳《さい》だから、来年《らいねん》でも再来年《さらいねん》でもその次《つぎ》でも、デビューには遅《おそ》くないわよ、またお話《はな》しさせてねって。僕《ぼく》たちの気持《きも》ちが変《か》わるかもしれないって考《かんが》えてるんだと思《おも》うよ。事実《じじつ》、変《か》わるかもしれないしね。だから、この可能性《かのうせい》を閉《と》ざさずにおくことは、きっといいことだと思《おも》うんだ。皆《みな》、笑顔《えがお》で、はいっ！　って言《い》ったよ。というわけで今日《きょう》、来《こ》られるよね。」

私《わたし》は、あわてて答《こた》えた。

「今日《きょう》は、高宮《たかみや》さんが自宅《じたく》に帰《かえ》るの。で、秀明《しゅうめい》が終《お》わったら、急《いそ》いで家《いえ》に帰《かえ》って見送《みおく》りをしなくちゃならないんだ。」

小塚君《こづかくん》は、ちょっと考《かんが》えてから言《い》った。

「それ、僕《ぼく》たちも参加《さんか》していいかな。たぶん皆《みんな》、来《き》たがるよ。クールボーイのメンバーを生《なま》で見《み》られる最後《さいご》のチャンスだもの。」

最後《さいご》という言葉《ことば》が、胸《むね》に痛《いた》かった。

「ん、きっと高宮《たかみや》さんも喜《よろこ》ぶよ。」

そう言《い》いながら、改《あらた》めて、今日《きょう》が最後《さいご》なんだと考《かんが》えた。

高宮《たかみや》さんは芸能界《げいのうかい》に帰《かえ》り、クールボーイのＫＡＩＴＯ《カイト》に戻《もど》る。

それはちょうど、天《てん》からこぼれ落《お》ちてきた星《ほし》が、また天《てん》に帰《かえ》っていくのを見送《みおく》るような気分《きぶん》だった。

今《いま》まで高宮《たかみや》さんは私《わたし》の隣《となり》にいたけれど、これから私《わたし》は天《てん》を見上《みあ》げて、そこで輝《かがや》く高宮《たかみや》さんを応援《おうえん》するようになるんだ。

＊

夕方《ゆうがた》、私《わたし》たちは高宮《たかみや》さんを囲《かこ》んで、最後《さいご》のお茶《ちゃ》を飲《の》んだ。

やがて玄関前《げんかんまえ》に、プロダクションが手配《てはい》した車《くるま》が着《つ》く音《おと》がし、運転手《うんてんしゅ》さんがドアフォンを鳴《な》らした。

「お迎《むか》えに参《まい》りました。」

高宮《たかみや》さんは、ダイニングの椅子《いす》から立《た》ち上《あ》がり、私《わたし》たちを見回《みまわ》した。

「では、これで。」

奈子《なこ》が両手《りょうて》を広《ひろ》げて抱《だ》きつく。

高宮《たかみや》さんは、天井《てんじょう》近《ちか》くまで奈子《なこ》を抱《だ》き上《あ》げてから床《ゆか》に下《お》ろし、顔《かお》をのぞきこんだ。

「また遊《あそ》びに来《く》るからね。」

奈子《なこ》は、小指《こゆび》を出《だ》す。

「きっとだよ、約束《やくそく》!」

高宮《たかみや》さんは指切《ゆびき》りをし、玄関《げんかん》に向《む》かった。

来《き》た時《とき》と同《おな》じスリッパを履《は》き、外《そと》に出《で》ると、そこにＫＺ《カッズ》メンバーが並《なら》んでいた。

「やぁ、君《きみ》たちか!」

若武《わかたけ》が進《すす》み出《で》て、手《て》に持《も》っていた花束《はなたば》を渡《わた》す。

「この間《あいだ》は、我《わ》がKZ《カッズ》メンバー立花《たちばな》を守《まも》っていただき、ありがとうございました。これ、僕《ぼく》たちからの気持《きも》ちです。僕《ぼく》たちは当面《とうめん》、芸能活動《げいのうかつどう》をしませんが、高宮《たかみや》さんは、これからもどうか頑《がん》張《ば》ってください。応援《おうえん》しています！」

花束《はなたば》を受《う》け取《と》る高宮《たかみや》さんに、皆《みな》が拍手《はくしゅ》を送《おく》った。

高宮《たかみや》さんは笑顔《えがお》でメンバーと握手《あくしゅ》を交《か》わし、ママの肩《かた》を抱《だ》き、奈子《なこ》の頭《あたま》をなで、最後《さいご》に私《わたし》の前《まえ》に立《た》った。

「この家《いえ》で過《す》ごしたこと、忘《わす》れないよ。君《きみ》たちは、俺《おれ》の第《だい》2の家族《かぞく》だ。」

私《わたし》は、涙《なみだ》ぐんでしまった。

高宮《たかみや》さんは片手《かたて》を伸《の》ばし、私《わたし》の頭《あたま》に載《の》せる。

そのまま自分《じぶん》の胸《むね》に引《ひ》き寄《よ》せ、その手《て》を私《わたし》の背中《せなか》に回《まわ》して、そっと抱《だ》いた。

「また来《く》るからさ。裕樹《ゆうき》の家《いえ》だし、それに俺《おれ》、」

そう言《い》いながら身《み》をかがめ、目《め》の奥《おく》にからかうような光《ひかり》を浮《う》かべて私《わたし》の顔《かお》をのぞきこむ。

「アーヤに、プロポーズしてるんだしね。」

私《わたし》はちょっと赤《あか》くなりながら、高宮《たかみや》さんの肩《かた》の向《む》こうに見《み》た、そこに並《なら》んで立《た》っていた若武《わかたけ》たちが、一気《いっき》に固《かた》まるのを。

誰《だれ》も何《なに》も言《い》えないで、目《め》を見開《みひら》いたまま、じいっとこちらを見《み》つめている。

その顔《かお》があまりにも間抜《まぬ》けだったので、奈子《なこ》が笑《わら》い出《だ》し、つられてママも、そして私《わたし》も高宮《たかみや》さんも笑《わら》った。

「おい、皆《みな》でバカ笑《わら》いって、何《なん》なんだ。」

脇《わき》から声《こえ》がし、目《め》を向《む》けると、お兄《にい》ちゃんがこちらにやってくるところだった。

驚《おどろ》く私《わたし》に、高宮《たかみや》さんが片目《かため》をつぶる。

「お兄《にい》ちゃん、帰《かえ》ってきた！」

奈子《なこ》の叫《さけ》びに、お兄《にい》ちゃんは決《き》まり悪《わる》そうに横《よこ》を向《む》いた。

「高宮《たかみや》がうるさいから、取《と》りあえず戻《もど》っただけだ。」

やっぱり高宮《たかみや》さんが動《うご》いてくれたんだ。

私《わたし》が最初《さいしょ》に、ママとお兄《にい》ちゃんの間《あいだ》は、高宮《たかみや》さんが何《なん》とかしてくれるって感《かん》じたのは、間違《まちが》いじゃなかったんだね。

「じゃ。」

高宮《たかみや》さんは車《くるま》に乗《の》りこみ、黒《くろ》い窓《まど》ガラスを下《さ》げて片手《かたて》を上《あ》げ、あの美《うつく》しい微笑《ほほえ》みを見《み》せた。

私《わたし》は頷《うなず》き、心《こころ》をこめて言《い》ったんだ。

「ずっと応援《おうえん》しています。体《からだ》に気《き》を付《つ》けて頑張《がんば》ってください！」

上《あ》がっていく黒《くろ》いガラス窓《まど》が高宮《たかみや》さんの笑顔《えがお》を隠《かく》し、車《くるま》が走《はし》り出《だ》す。

忘《わす》れない、高宮《たかみや》さんが教《おし》えてくれたいくつもの言葉《ことば》を。

そう思《おも》いながら車《くるま》を見送《みおく》り、ふと見《み》ると、KZ《カッズ》メンバーは全員《ぜんいん》、まだ固《かた》まったままだった・・・。

《完《かん》》

住滝良《すみたきりょう》オリジナル　KZ《カッズ》スピンオフ小話《しょうわ》

**「上杉《うえすぎ》の憂鬱《ゆううつ》」**

俺《おれ》は、机《つくえ》の前《まえ》で、わずかに溜《た》め息《いき》をつく。

明日《あした》は、数学《すうがく》の小《しょう》テストだった。

「天使《てんし》が知《し》っている」で、目《め》の手術《しゅじゅつ》をしにスイスに渡《わた》り、その後《ご》、秀明《しゅうめい》に復帰《ふっき》してから初《はつ》のテストになる。

先日《せんじつ》からその準備《じゅんび》にかかっているのに、思《おも》うように進《すす》んでいなかった。

原因《げんいん》は、わかっている。

自分《じぶん》の目《め》で見《み》ている数字《すうじ》が、実際《じっさい》の数字《すうじ》と本当《ほんとう》に同《おな》じなのかどうか、自信《じしん》がないからだ。

気《き》のせいだ、正確《せいかく》に見《み》えているはず。

そう思《おも》って続《つづ》けようとするものの、違和感《いわかん》が消《き》えない。

それを追《お》いやるのに、時間《じかん》を取《と》られてしまうんだ。

数学《すうがく》のトップから転落《てんらく》したショックを、心《こころ》の中《なか》でまだ引《ひ》きずっている。

自分《じぶん》が見《み》ているものを、信《しん》じられない。

こんな有《あ》り様《さま》で、明日《あした》の小《しょう》テストに対応《たいおう》できるのか。

今回《こんかい》は難題《なんだい》が多《おお》いと、講師《こうし》が予告《よこく》していたのに。

天井《てんじょう》を仰《あお》いで目《め》を覆《おお》っていると、スマートフォンが鳴《な》り出《だ》す。

誰《だれ》だよ、こんな時間《じかん》に。

無視《むし》しようとしたものの、しつこく鳴《な》り続《つづ》けていた。

しかたなく手《て》に取《と》る。

ディスプレイを見《み》ると、若武《わかたけ》と表示《ひょうじ》されていた。

思《おも》わず言《い》いそうになった、勘弁《かんべん》してくれよ、テスト勉強中《べんきょうちゅう》なんだぜ。

若武《わかたけ》のしつこさは、半端《はんぱ》じゃない。

出《で》なければ、出《で》るまで鳴《な》らし続《つづ》けるし、何度《なんど》でもかけてくるだろう。

蛇《へび》ににらまれた蛙《かえる》の心境《しんきょう》で、俺《おれ》は、受話《じゅわ》ボタンを押《お》す。

ハイテンションな声《こえ》がした。

「今《いま》、おまえの家《いえ》の前《まえ》にいるんだけど、ちょっと出《で》てこいよ。」

いきなりかっ!?

「何時《なんじ》だと思《おも》ってんだ。さっさと帰《かえ》れ。」

そう言《い》って電話《でんわ》を切《き》ろうとした。

ところが若武《わかたけ》は、引《ひ》き下《さ》がらない。

「おまえが入《い》れてくれなけりゃ、帰《かえ》らん。俺《おれ》、今《いま》、風邪気味《かぜぎみ》なんだけど、これが悪化《あっか》したらおまえの父親か母親のクリニックで診てもらうことになって、おまえが入れてくれなかったからだって言《い》うぜ。風邪《かぜひ》引いてるのに、友《とも》だちがいがないんですけど、上杉家《うえすぎけ》では、どういう教育《きょういく》をしてるんですかって、聞《き》かざるを得《え》ないんだけど、いいか？」

あー、面倒《めんどう》くせー奴《やつ》だ。

そう思《おも》いながらパーカーを羽織《はお》って外《そと》に出《で》る。

門扉《もんぴ》の前《まえ》に、若武《わかたけ》が立《た》っていた。

鼻《はな》の頭《あたま》が赤《あか》い。

KZ《カッズ》のユニフォームの上《うえ》からジャケットを着《き》たままの格好《かっこう》だった。

まさか・・・KZ《カッズ》の練習《れんしゅう》の後《あと》、家《いえ》に帰《かえ》らず、そのままか？

「なんだよ。」

若武《わかたけ》は、ちょっと笑《わら》った。

「長居《ながい》はしねーからさ。」

そう言《い》いながら、脇《わき》をすり抜《ぬ》けて家《いえ》の中《なか》に入《はい》っていく。

おい、何《なに》、勝手《かって》に入《はい》ってんだよ！

あわてて追《お》いかけると、若武《わかたけ》は、2階《かい》の俺《おれ》の部屋《へや》に入《はい》って座《すわ》りこんだ。

「とりあえず、おまえが手術《しゅじゅつ》でスイス行《い》ってる間《あいだ》、数学《すうがく》トップの地位《ちい》は、俺《おれ》が守《まも》ってやった。」

いや、頼《たの》んでないし。

そう思《おも》いながら、こいつがトップを取《と》るのは、相当大変《そうとうたいへん》だったはずだと考《かんが》える。

若武《わかたけ》は、「ウエーブの若武《わかたけ》」と言《い》われるくらい、波《なみ》が激《はげ》しい。

調子《ちょうし》に乗《の》ると、ほとんど天才《てんさい》の領域《りょういき》まで達《たっ》するが、乗《の》らなければ、普通以下《ふつういか》だ。

数学《すうがく》というのは、そういう波《なみ》を受《う》け付《つ》けない整然《せいぜん》とした世界《せかい》だった。

波《なみ》があるということ自体《じたい》、数学《すうがく》に向《む》いていない。

数学《すうがく》に必要《ひつよう》なのは、冷静《れいせい》なセンスなんだ。

それにもかかわらずトップを取《と》り、かつそれをキープするのには、かなりの苦労《くろう》をしたのに違《ちが》いない。

俺《おれ》は、多少《たしょう》の敬意《けいい》を払《はら》う気《き》になった。

頼《たの》んでねーけど・・・と思《おも》いながら。

「で、現数学《げんすうがく》トップから、渡《わた》したいものがある。」

そう言《い》いながら若武《わかたけ》がポケットから取《と》り出《だ》したのは、緑《みどり》の丸《まる》い葉《は》が4つ付《つ》いた植物《しょくぶつ》。

四《よ》つ葉《ば》のクローバーだった。

「おまえに、やる。」

唖然《あぜん》とする。

なんだ、これ・・・。

「おい、ちょっとは嬉《うれ》しそうな顔《かお》しろよ。探《さが》すの、苦労《くろう》したんだからな。」

確《たし》かに、四《よ》つ葉《ば》のクローバーを探《さが》すのは難《むずか》しい。

小塚《こづか》から聞《き》いたところでは、四《よ》つ葉《ば》のクローバーが自然界《しぜんかい》で発生《はっせい》する確率《かくりつ》は、10万分《まんぶん》の1らしいから。

探《さが》し出《だ》した努力《どりょく》は、認《みと》めるが、これをもらっても正直嬉《しょうじきうれ》しくない。

だいたいなんで、俺《おれ》が、これ、もらわなきゃなんないんだ。

「知《し》ってるか？」

そう言《い》った若武《わかたけ》の顔《かお》は、すごく得意《とくい》げだった。

「四《よ》つ葉《ば》って、傷《きず》をつけられたクローバーが成長《せいちょう》した結果《けっか》なんだぜ。」

え？

「傷《きず》がつくと、新《あたら》しい葉《は》をつけてその傷《きず》を補《おぎな》おうとするんだ。つまり復活《ふっかつ》するってこと。不屈《ふくつ》の精神《せいしん》の象徴《しょうちょう》だろ。」

そう言《い》いながら若武《わかたけ》は、俺《おれ》の手《て》を摑《つか》んで、クローバーを握《にぎ》らせた。

「おまえ、クローバーを見習《みなら》えよ。」

俺《おれ》は、若武《わかたけ》を見《み》つめる。

明日《あした》の小《しょう》テストは難《むずか》しいと聞《き》いて、皆《みな》がその対策《たいさく》に追《お》われている。

もちろん若武《わかたけ》だって、そのはずだ。

それなのに、このクローバーを探《さが》していたんだ、俺《おれ》に渡《わた》すために。

サッカーの練習《れんしゅう》の後《あと》から、こんな時間《じかん》になるまでずっと。

若武《わかたけ》って・・・すごくいい奴《やつ》かも・・・うざいけど。

礼《れい》を言《い》うべきだろうな。

そう思《おも》いながら口《くち》を開《ひら》こうとした時《とき》、若武《わかたけ》が、俺《おれ》の秀明《しゅうめい》バッグを引《ひ》きずり寄《よ》せた。

その中《なか》から素早《すばや》く数学《すうがく》のノートを取《と》り上《あ》げる。

「というわけで、おまえのノート借《か》りるぜ。」

は?

「俺《おれ》は勉強時間《べんきょうじかん》と体調《たいちょう》を犠牲《ぎせい》にしてクローバーを探《さが》し、おまえはそれを受《う》け取《と》った。よって、その礼《れい》として、数学《すうがく》のノートを明日《あした》の秀明《しゅうめい》の時間《じかん》まで俺《おれ》に貸《か》す。等価交換《とうかこうかん》は、経済《けいざい》の基本《きほん》だ。」

そう言《い》うなり、素早《すばや》く立《た》ち上《あ》がる。

「じゃあな。明日《あした》、秀明《しゅうめい》で会《あ》おう。」

叫《さけ》ぶように言《い》って、一目散《いちもくさん》に出《で》ていった。

くっそ、あいつ・・・。

手《て》の中《なか》にある四《よ》つ葉《ば》のクローバーを見《み》つめる。

見《み》ていると、若武《わかたけ》の得意《とくい》げな顔《かお》を思《おも》い出《だ》してムカムカしてきた。

ノートなんか、なくてもいい！

頭《あたま》の中《なか》に全部《ぜんぶ》入《はい》っている、あとは自分《じぶん》を信《しん》じて前《まえ》に進《すす》めばいいだけだ!!

そう思《おも》いながら、ふと考《かんが》える。

そういえば、立花《たちばな》は数学《すうがく》できないことを気《き》にしてたよな。

数学《すうがく》に不安《ふあん》を持《も》っているアイツにこそ、四《よ》つ葉《ば》のクローバーが必要《ひつよう》かもしれない。

トップをキープしていた若武《わかたけ》が見《み》つけた縁起物《えんぎもの》だから、ってプレゼントしてみようか。

お守《まも》りにすればって。

女子《じょし》って、そういうの好《す》きだし。

机《つくえ》の中《なか》からパラフィン紙《し》を出《だ》し、クローバーを包《つつ》んでカバンにしまうと、もう一度《いちど》参考書《さんこうしょ》を手《て》にした。

若武《わかたけ》の訪問《ほうもん》は予想外《よそうがい》だったが、気《き》は紛《まぎ》れた。

何《なん》となくやる気《き》になっている自分《じぶん》を感《かん》じる。

よし、頑張《がんば》るぞ！

そう思《おも》いながら、ふとシャーペンが止《と》まった。

あのクローバー、若武《わかたけ》から俺《おれ》がもらった物《もの》だけど、それをさらに立花《たちばな》にやっていいのか？

普通《ふつう》、人《ひと》からもらったものを、他人《たにん》にやらんぞ。

だとしたら、俺《おれ》がこれからクローバーを探《さが》しに行《い》って渡《わた》せばいいのか。

いや、それじゃ縁起《えんぎ》がついてこないじゃん。

俺《おれ》は頭《あたま》を抱《かか》えた。

数学《すうがく》よりもこっちの方《ほう》が、俺《おれ》にとっては難題《なんだい》かも。


〈了〉

# あとがき

皆様《みなさま》、いつも読《よ》んでくださって、ありがとう！

この事件《じけん》ノートシリーズは、KZ《カッズ》、G《ジエニ》、KZD《カッズディ》（KZ《カッズ》 Deep《ディープ》 File《ファイル》）の3つの物語《ものがたり》に分《わ》かれて、同時《どうじ》に進行《しんこう》しています。

これらの違《ちが》いをひと言《こと》でいうと、KZ《カッズ》の3年後《ねんご》の話《はなし》を扱《あつか》っているのがG《ジエニ》、またKZ《カッズ》を深《ふか》め、登《とう》場人物《じょうじんぶつ》の心《こころ》の深層《しんそう》を追求《ついきゅう》しているのがKZD《カッズディ》です。

本屋《ほんや》さんでは、KZ《カッズ》とG《ジエニ》は青《あお》い鳥文庫《とりぶんこ》の棚《たな》にありますが、KZD《カッズディ》は一般文芸書《いっぱんぶんげいしょ》のコーナーに置《お》かれています。

またこれらに共通《きょうつう》した特徴《とくちょう》は、そのつど新《あたら》しい事件《じけん》を扱《あつか》い、謎《なぞ》を解決《かいけつ》して終《お》わるので、どこからでも読《よ》めることです。

気《き》に入《い》ったタイトル、あるいはテーマの本《ほん》から読《よ》んでみてください。

ご意見《いけん》、ご感想《かんそう》など、お待《ま》ちしています。

さて、KZ《カッズ》の時間《じかん》の流《なが》れについてですが、皆様《みなさま》の中《なか》には、KZ《カッズ》は「消《き》えた自転車《じてんしゃ》は知《し》っている」から始《はじ》まったと思《おも》っている方々《かたがた》がいませんか？

えっと、違《ちが》うんです。

KZ《カッズ》の中《なか》で、1番早《いちばんはや》い時期《じき》を扱《あつか》った作品《さくひん》は、「青《あお》いダイヤが知《し》っている」です。

これは、「消《き》えた自転車《じてんしゃ》は知《し》っている」より、少《すこ》し前《まえ》に起《お》こった事件《じけん》。

KZ《カッズ》の原点《げんてん》ともいえる作品《さくひん》です。

これを書《か》く時《とき》には、悩《なや》みながら案《あん》を練《ね》ったり、打《う》ち合《あ》わせをしたりしたのですが、今《いま》では大好《だいす》きな作品《さくひん》の1つとなりました。

住滝《すみたき》さんも、278ページからの《トラウマの原因《げんいん》は？》の章《しょう》が好《す》きで、「和人《かずと》さん、最高《さいこう》でしょっ!?」

とのことです。

担当者《たんとうしゃ》にも、大変喜《たいへんよろこ》ばれた作品《さくひん》でした。

皆様《みなさま》も、ぜひ「青《あお》いダイヤが知《し》っている」のご感想《かんそう》をお聞《き》かせください、お待《ま》ちしています。

これらKZ《カッズ》のストーリー原案《げんあん》を作《つく》る時《とき》、私《わたし》はいつも、まず事件《じけん》を考《かんが》え、それを中心《ちゅうしん》に物語《ものがたり》を組《く》み立《た》てています。

ところが先日《せんじつ》、こんなお葉書《はがき》をいただきました。

「KZ《カッズ》を読《よ》み始《はじ》めてもう5年《ねん》、私《わたし》も高校生《こうこうせい》です。でもこの本《ほん》のページをめくると、いつもKZ《カッズ》の世界《せかい》が広《ひろ》がっていて、KZ《カッズ》の仲間《なかま》たちがいる。変《か》わらない彼《かれ》らの姿《すがた》に、ほっとします。KZ《カッズ》は、私《わたし》の心《こころ》の安定剤《あんていざい》です。」

目《め》から鱗《うろこ》が落《お》ちる思《おも》いでした。

事件《じけん》がどうなるのか、犯人《はんにん》は誰《だれ》かということだけでなく、KZ《カッズ》全体《ぜんたい》を楽《たの》しんでくださる方《かた》がいるんだなぁと。

そういう方《かた》が、いつまでもKZ《カッズ》で憩《いこ》うことができるように、頑張《がんば》りたい！

どうぞKZ《カッズ》を、末永《すえなが》く見守《みまも》ってやってくださいね。

藤本《ふじもと》ひとみ

「事件《じけん》ノート」シリーズの次作《じさく》は、2017年《ねん》3月《がつ》発売予定《はつばいよてい》の探偵《たんてい》チームKZ《カッズ》事件《じけん》ノート『学校《がっこう》の都市伝説《としでんせつ》は知《し》っている』です。お楽《たの》しみに！

＊原作者紹介

藤本《ふじもと》ひとみ

長野県生まれ。西洋史への深い造詣と綿密な取材に基づく歴史小説で脚光をあびる。フランス政府観光局親善大使をつとめ、現在AF（フランス観光開発機構）名誉委員。著作に、『皇妃エリザベート』『シャネル』『アンジェリク　緋色の旗』『ハプスブルクの宝剣』『幕末銃姫伝』など多数。青い鳥文庫の作品では『三銃士』『マリー・アントワネット物語』（上・中・下巻）『新島八重物語』がある。

＊著者紹介

住滝《すみたき》 良《りょう》

千葉県生まれ。大学では心理学を専攻。ゲームとまんがを愛する東京都在住の小説家。性格はポジティブで楽天的。趣味は、日本中の神社や寺の「御朱印集め」。

＊画家紹介

駒形《こまがた》

大阪府在住。京都の造形大学を卒業後、フリーのイラストレーターとなる。おもなさし絵の作品に「動物と話せる少女リリアーネ」シリーズ（学研教育出版）がある。

講談社　青い鳥文庫　　286-25

探偵《たんてい》チームKZ《カッズ》事件《じけん》ノート
アイドル王子《おうじ》は知《し》っている

藤本《ふじもと》ひとみ　原作
住滝《すみたき》　良《りょう》　文

2016年12月15日　第1刷発行

（定価はカバーに表示してあります。）

発行者　清水保雅
発行所　株式会社講談社
東京都文京区音羽2-12-21　郵便番号112-8001
電話　編集（03）5395-3536
販売（03）5395-3625
業務（03）5395-3615

N.D.C.913　376p　18cm

装　丁　久住和代
印　刷　図書印刷株式会社
製　本　図書印刷株式会社
本文データ制作　講談社デジタル製作



ISBN978-4-06-285600-3

## どこから読《よ》んでも楽《たの》しめる！

# 探偵《たんてい》チームKZ《カッズ》事件《じけん》ノート

藤本《ふじもと》ひとみ／原作《げんさく》
住滝《すみたき》良《りょう》／文《ぶん》
駒形《こまがた》／絵《え》

### 消《き》えた自転車《じてんしゃ》は知《し》っている

第一印象《だいいちいんしょう》は最悪《さいあく》！なエリート男子《だんし》４人《にん》と探偵《たんてい》チーム結成《けっせい》！

本格《ほんかく》ミステリーはここから始《はじ》まった！

### 切《き》られたページは知《し》っている

だれも借《か》りてないはずの図書室《としょしつ》の本《ほん》からページが消《き》えた!?

国語《こくご》のエキスパート・彩《あや》、大奮闘《だいふんとう》！

### キーホルダーは知《し》っている

なぞの少年《しょうねん》が落《お》とした鍵《かぎ》にかくされた秘密《ひみつ》とは!?

受験《じゅけん》の合格発表《ごうかくはっぴょう》は明暗《めいあん》まっぷたつ！

### 卵《たまご》ハンバーグは知《し》っている

給食《きゅうしょく》を食《た》べた若武《わかたけ》がひどい目《め》に！　あのハンバーグに何《なに》が？

砂原《すなはら》、初登場《はっとうじょう》です!!

### 緑《みどり》の桜《さくら》は知《し》っている

ひとり暮《ぐ》らしの老婦《ろうふ》人《じん》が行方《ゆくえ》不明《ふめい》に!?
失踪《しっそう》か？　事件《じけん》か!?

洋館《ようかん》に隠《かく》された恐《おそ》るべき秘密《ひみつ》！

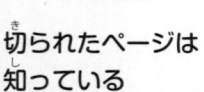

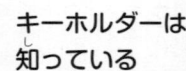

## シンデレラ特急《とっきゅう》は知《し》っている

K Z《カッズ》がついに海外《かいがい》へ‼
リーダー若武《わかたけ》の目標《もくひょう》は超《ちょう》・世界基準《せかいきじゅん》！

K Z初《カッズはつ》の海外編《かいがいへん》！

## シンデレラの城《しろ》は知《し》っている

K Z《カッズ》、最大《さいだい》のピンチ‼
おちいった罠《わな》から脱出《だっしゅつ》できるか⁉

スケールの大《おお》きさにびっくり！

## クリスマスは知《し》っている

若武《わかたけ》がついに「解散《かいさん》」を宣言《せんげん》！　K Z《カッズ》最後《さいご》の事件《じけん》になるか⁉

砂原《すなはら》ファンは見逃《みのが》せない1冊《さつ》！

## 裏庭《うらにわ》は知《し》っている

若武《わかたけ》に掃除《そうじ》サボりのヌレギヌが！　そこへ上《うえ》杉《すぎ》の数学《すうがく》1位転落《いてんらく》⁉

大《だい》ショック！
上杉《うえすぎ》に何《なに》が⁉

## 初恋《はつこい》は知《し》っている 若武編《わかたけへん》

「ついに初恋《はつこい》だぜ！
すごいだろ。」
若武《わかたけ》、堂々《どうどう》の告白《こくはく》！

若武《わかたけ》の恋《こい》バナがとんでもないことに！

## 天使《てんし》が知《し》っている

「天使《てんし》」に秘《ひ》められたメッセージとは⁉　この事件《じけん》は過去最大級《かこさいだいきゅう》！

スペシャルカラーイラストつきの特別編《とくべつへん》！

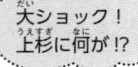

KZ

## バレンタインは知《し》っている

砂原《すなはら》と再会《さいかい》！　心《こころ》ときめくバレンタインは大事件《だいじけん》の予感《よかん》!?

バレンタインの思《おも》い出《で》は永遠《えいえん》に・・・。

## ハート虫《むし》は知《し》っている

転校生《てんこうせい》はパーフェクトな美少年《びしょうねん》！　そして若武《わかたけ》のライバル!?

超《ちょう》・強力《きょうりょく》な新《しん》キャラ登場《とうじょう》！

## お姫《ひめ》さまドレスは知《し》っている

若武《わかたけ》、KZ《カッズ》除名《じょめい》!?　そして美門翼《みかどたすく》にも危機《きき》が・・・。

最大《さいだい》のピンチ！　どうする、若武《わかたけ》!?

## 青《あお》いダイヤが知《し》っている

高級《こうきゅう》ダイヤの盗難事件《とうなんじけん》発生《はっせい》！　若武《わかたけ》にセカンド・ラヴ到来《とうらい》か!?

男《おとこ》の子《こ》たちの友情《ゆうじょう》とは!?

KZ

## 赤《あか》い仮面《かめん》は知《し》っている

砂原《すなはら》が13歳《さい》で社長《CEO》に！　KZ《カッズ》最大《さいだい》の10億円黒《おくえんくろ》ルビー事件《じけん》ぼっ発《ぱつ》！

KZ《カッズ》に雇《やと》い主《ぬし》がみつかる!?

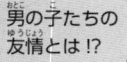

## 黄金《おうごん》の雨《あめ》は知《し》っている

上杉《うえすぎ》が女《おんな》の子《こ》を誘《さそ》う!?
その意外《いがい》な真相《しんそう》とは!?

彩《あや》の宣言《せんげん》、
上杉《うえすぎ》の告白《こくはく》!

## 七夕姫《たなばたひめ》は知《し》っている

屋敷《やしき》に妖怪《ようかい》が住《す》む!?
忍《しの》びこんだKZ《カッズ》メンバーが見《み》たものは。

あの砂原《すなはら》が
帰《かえ》ってきて!?

## 消《き》えた美少女《びしょうじょ》は知《し》っている

KZ《カッズ》に近《ちか》づく
謎《なぞ》の美少女《びしょうじょ》の目的《もくてき》は!?

上杉《うえすぎ》がまさかの
退団宣言《たいだんせんげん》!?

## 妖怪《ようかい》パソコンは知《し》っている

不登校《ふとうこう》のクラスメイトは、妖怪《ようかい》の末裔《まつえい》!?

KZ《カッズ》が分裂《ぶんれつ》、
解散《かいさん》へ!?

## 本格《ほんかく》ハロウィンは知《し》っている

砂原《すなはら》が極秘帰国《ごくひきこく》!?
そして彩《あや》が拾《ひろ》ったスマホから思《おも》わぬ事件《じけん》へ!

パーティーで
何《なに》かが起《お》こる!?

「探偵《たんてい》チームKZ《カッズ》
事件《じけん》ノート」は
まだまだ続《つづ》きます!

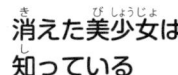

妖精《ようせい》チームGジェニ事件《じけん》ノート

こんにちは、奈子《なこ》です。姉《あね》の彩《あや》から、超天然《ちょうてんねん》と言《い》われている私《わたし》は、秀明《しゅうめい》の特別《とくべつ》クラス「**G**《ジェニ》」に通《かよ》っています。

この**G**《ジェニ》というのは、ｇｅｎｉｅ《ジェニ》の略《りゃく》で、フランス語《ご》で妖精《ようせい》という意味《いみ》。同《おな》じクラスにはカッコいい3人《にん》の男子《だんし》がいて、皆《みんな》で探偵《たんてい》チームを作《つく》っています。

**妖精《ようせい》チームG**《ジェニ》は、妖精《ようせい》だけに、事件《じけん》を消《け》してしまえる！
これは、過去《かこ》のどんな名探偵《めいたんてい》にもできなかった至難《しなん》の業《わざ》なんだ。
ＫＺ《カッズ》の若武先輩《わかたけせんぱい》、上杉先輩《うえすぎせんぱい》や小塚《こづか》さんも手伝《てつだ》ってくれるしね。
さぁ**妖精《ようせい》チームG**《ジェニ》の世界《せかい》をのぞいてみて！
すっごくワクワク、ドキドキ、最高《さいこう》だよっ!!

妖精《ようせい》チームGジェニ事件《じけん》ノート

## わたしたちが活躍《かつやく》します！

### 立花《たちばな》 奈子《なこ》
*Nako Tachibana*

主人公《しゅじんこう》。大学生《だいがくせい》の兄《あに》と高《こう》校生《こうせい》の姉《あね》がいる。小学《しょうがく》5年生《ねんせい》。超《ちょう》・天然系《てんねんけい》。

### 火影《ひかげ》 樹《たつき》
*Tatsuki Hikage*

野球部《やきゅうぶ》で4番《ばん》を打《う》ち、リーダーシップと運動《うんどう》神経《しんけい》、頭脳《ずのう》をあわせ持《も》つ小学《しょうがく》6年生《ねんせい》。

### 若王子《わかおうじ》 凛《りん》
*Rin Wakaouji*

フランスのエリート大学《だいがく》で学《まな》んでいた小学《しょうがく》5年生《ねんせい》。繊細《せんさい》な美貌《びぼう》の持《も》ち主《ぬし》。

### 美織《みおり》 鳴《めい》
*Mei Miori*

音楽大学付属中学《おんがくだいがくふぞくちゅうがく》に通《かよ》う中学《ちゅうがく》1年生《ねんせい》。ヴァイオリンの名手《めいしゅ》だが、元《もと》ヤンキーの噂《うわさ》も。

好評《こうひょう》発売中《はつばいちゅう》！

**クリスマスケーキは知《し》っている**

塾《じゅく》の特別《とくべつ》クラス「妖精《ようせい》チームG《ジェニ》」に入《はい》った奈子《なこ》に、思《おも》いもかけない事件《じけん》が！

**星形《ほしがた》クッキーは知《し》っている**

美織《みおり》にとんでもない疑惑《ぎわく》!?　クラブZ《ゼータ》と全面対決《ぜんめんたいけつ》!?

**5月《がつ》ドーナツは知《し》っている**

G《ジェイ》チームが、初《はつ》の敗北《はいぼく》!?一方《いっぽう》、奈子《なこ》は印象的《いんしょうてき》な少年《しょうねん》に出会《であ》って・・・。

## 「講談社《こうだんしゃ》 青《あお》い鳥文庫《とりぶんこ》」刊行《かんこう》のことば

太陽《たいよう》と水《みず》と土《つち》のめぐみをうけて、葉《は》をしげらせ、花《はな》をさかせ、実《み》をむすんでいる森《もり》。小《こ》鳥《とり》や、けものや、こん虫《ちゅう》たちが、春《はる》・夏《なつ》・秋《あき》・冬《ふゆ》の生活《せいかつ》のリズムに合《あ》わせてくらしている森《もり》。森《もり》には、かぎりない自然《しぜん》の力《ちから》と、いのちのかがやきがあります。

本《ほん》の世界《せかい》も森《もり》と同《おな》じです。そこには、人間《にんげん》の理想《りそう》や知恵《ちえ》、夢《ゆめ》や楽《たの》しさがいっぱいつまっています。

本《ほん》の森《もり》をおとずれると、チルチルとミチルが「青《あお》い鳥《とり》」を追《お》い求《もと》めた旅《たび》で、さまざまな体験《たいけん》を得《え》たように、みなさんも思《おも》いがけないすばらしい世界《せかい》にめぐりあえて、心《こころ》をゆたかにするにちがいありません。

「講談社《こうだんしゃ》 青《あお》い鳥文庫《とりぶんこ》」は、七十年《ねん》の歴史《れきし》を持《も》つ講談社《こうだんしゃ》が、一人《ひとり》でも多《おお》くの人《ひと》のために、すぐれた作品《さくひん》をよりすぐり、安《やす》い定価《ていか》でおおくりする本《ほん》の森《もり》です。その一さつ一さつが、みなさんにとって、青《あお》い鳥《とり》であることをいのって出版《しゅっぱん》していきます。この森《もり》が美《うつく》しいみどりの葉《は》をしげらせ、あざやかな花《はな》を開《ひら》き、明日《あす》をになうみなさんの心《こころ》のふるさととして、大《おお》きく育《そだ》つよう、応援《おうえん》を願《ねが》っています。

昭和《しょうわ》五十五年《ねん》十一月《がつ》

講談社